Barry Hughart

Die Brücke der Vögel

Ein Meister-Li-Roman

Aus dem Amerikanischen von
Manfred Ohl und Hans Sartorius

Piper München Zürich

Von Barry Hughart liegen in der Serie Piper vor:
Die Brücke der Vögel (6519)
Der Stein des Himmels (6520)

Ungekürzte Taschenbuchausgabe
Oktober 2003

Titel der amerikanischen Originalausgabe:
»Bridge of Birds«, St. Martin's Press, New York 1984

Deutsche Erstausgabe:
Fischer Taschenbuch Verlag, Frankfurt am Main 1986

Umschlagkonzept: Büro Hamburg
Umschlaggestaltung: Nele Schütz Design, München
Umschlagabbildung: Premium / ImageState
Autorenfoto: Thomas Schlück GmbH
Druck und Bindung: Clausen & Bosse, Leck
Printed in Germany ISBN 3-492-26519-7

www.piper.de

Barry Hughart

Die Brücke der Vögel

Zu diesem Buch

In dem chinesischen Dorf Ku-fu wurde die Seidenspinnerernte auf mysteriöse Weise vernichtet, und zahlreiche Kinder sind ins Koma gefallen. Der Dorfvorsteher schickt den kräftigsten Burschen, genannt »Nummer Zehn der Ochse«, nach Peking, um Hilfe zu holen. Als Nummer Zehn dem uralten, versoffenen Meister Li Kao begegnet, weiß dieser Rat: Die »Große Wurzel der Macht« muß her, um die Kinder aus dem Dämmerschlaf zu befreien. Das seltsame Paar begibt sich auf die Jagd nach der Wurzel und reist durch ein phantastisches China. Eine Spur führt zu dem gefürchteten Herzog Ch'in, einem raffgierigen Massenmörder. In seinem Todeslabyrinth stoßen die beiden Helden auf einen Schatz, den der Geist eines Mädchens bewacht. Sie erhalten einen verschlüsselten Hinweis – und sehen sich unvermittelt in die Rettung einer betrogenen Halbgöttin verstrickt …

Barry Hughart, wurde 1934 in Peoria, Illinois, geboren, studierte Anglistik und beschäftigte sich während seiner Dienstjahre bei der Air Force im Fernen Osten intensiv mit der Kultur und Literatur Chinas. Aus dieser Begegnung heraus entstand die Serie der »Meister-Li«-Romane, ausgezeichnet mit dem World Fantasy Award. Barry Hughart lebt in Tuscon, Arizona.

Inhalt

ERSTER TEIL
Meister Li

1. Das Dorf Ku-fu 11
2. Die Heimsuchung 20
3. Ein Weiser mit einem kleinen Charakterfehler 28
4. Die Wurzel des Blitzstrahls 41
5. Von Ziegen, Gold und Geizhals Shen 47
6. Eine liebreizende Dame 58
7. Ein Großes Haus 65
8. Das Tanzmädchen 73
9. Kurzes Zwischenspiel für einen Mord 87
10. Ein prunkvolles Begräbnis 91
11. Ich will dir eine Geschichte erzählen 101

ZWEITER TEIL
Die Flöte, die Kugel und das Glöckchen

12. Von Schlössern und Schlüsselhasen 113
13. Die Kunst, ein Stachelschwein zu kochen 120
14. Lotuswolke 128
15. Das Labyrinth 135
16. Kinderspiele 149
17. Eine wundersame Wandlung 160
18. Die Hand der Hölle 171

19. Die Bambuslibelle 178
20. Die Höhle der Glocken 188
21. Ein Gebet für Ah Chen 196

DRITTEL TEIL

Die Prinzessin der Vögel

22. Der Traum der weißen Kammer 209
23. Doktor Tod 216
24. Es gibt keine Zufälle auf dem Großen Weg des Tao 225
25. Der Triumph von Hahnrei Ho 238
26. Drei Arten der Weisheit 245
27. Der See der Toten 261
28. Das kälteste Herz der Welt 267
29. Der Blick durch ein halb geschlossenes Auge 277
30. CHINA! 291

Caveat Oriens

Prolepsis. (Pro' lepsis), w., pl. -sen. **1.** (Rhetorik) Vorwegnahme möglicher Einwände durch Beantwortung im voraus. **2.** Hist. Einordnung eines Menschen, Ereignisse usw. in eine frühere und nicht in die tatsächliche Periode.

The Random House Dictionary of the English Language

Caveat Occidens

Chen. Stillstehen. Sich schnellstmöglich vorwärts bewegen.
Wan. Ein kleiner Mund. Manche sagen ein großer Mund.
Ch'he. Fehlende Intelligenz, mangelnder Verstand, einfältig, dumm. Bezeichnet auch das Entleihen und Zurückgeben von Büchern.
Pee. Ein Hund unter dem Tisch.
Ein Hund mit kurzen Beinen.
Ein kurzköpfiger Hund.
Maou Tsaou. Ein erfolgloser Gelehrter, der dem Alkohol verfällt.

The Chinese Unicorn,
zusammengestellt aus chinesisch-englischen Wörterbüchern
von Thomas Rowe;
Privatdruck für Robert Gilkey.

ERSTER TEIL

Meister Li

1.
Das Dorf Ku-fu

Ich falte die Hände und verneige mich in alle Himmelsrichtungen.
Ich heiße Lu, und mein Vorname ist Yu, aber man darf mich nicht mit dem bedeutenden Verfasser von *Das Buch vom Tee* verwechseln. Meine Familie ist völlig unbedeutend, und da ich der zehnte Sohn meines Vaters und sehr stark bin, nennt man mich im allgemeinen Nummer Zehn der Ochse. Als ich acht war, starb mein Vater. Ein Jahr später folgte ihm meine Mutter zu den Gelben Quellen Unter der Erde. Seit dieser Zeit lebe ich bei Onkel Nung und Tante Hua in dem Dorf Ku-fu im Tal Cho. Wir sind sehr stolz auf unsere Wahrzeichen. Bis vor kurzem waren wir auch sehr stolz auf zwei Herren; es waren so einmalige Exemplare ihrer Art, daß Menschen von nah und fern herbeikamen, nur um sie anzuschauen. Vielleicht sollte ich eine Beschreibung meines Dorfs deshalb mit ein paar Geschichten beginnen.
Als Pfandleiher Fang zu Ma der Made mit dem Vorschlag kam, sich zusammenzutun, eröffnete er die Verhandlungen damit, daß er Mas Frau einen kleinen, auf billigem Papier gezeichneten Fisch schenkte. Mas Frau nahm das großartige Geschenk entgegen, streckte die rechte Hand aus und machte mit Daumen und Zeigefinger einen Kreis. In diesem Augenblick flog die Tür auf. Ma die Made stürmte herein und schrie: »Frau, willst du mich ruinieren? Ein *halber* Kuchen hätte es auch getan!«
Vielleicht entspricht das nicht ganz den Tatsachen, doch der Abt unseres Klosters sagt immer, auf der breiten Schulter der Fabel liegt mehr Wahrheit als in Tatsachen.
Pfandleiher Fang erriet immer unfehlbar den niedrigsten Preis, wenn

jemand etwas verpfänden wollte. Ich dachte, das sei eine übernatürliche Gabe. Doch der Abt nahm mich beiseite und erklärte mir, daß sich Fang keineswegs auf seine Eingebung verließ. Auf seinem Tisch in dem vorderen Raum des Warenlagers von Ma der Made lag immer ein glatter, glänzender Gegenstand, in dem sich die Augen der Opfer spiegelten.

»Wertlos, völlig wertlos«, rief Fang wegwerfend und nahm den Gegenstand in die Hand, »nicht mehr wert als zweihundert in bar.«

Sein Blick richtete sich auf den glänzenden Gegenstand, und wenn die Pupillen der darin gespiegelten Augen sich zu sehr verengten, bot er mehr.

»Nun ja, in seiner derben Bauernart ist es handwerklich gar nicht so schlecht. Sagen wir... zweihundertfünfzig.«

Die gespiegelten Pupillen weiteten sich, aber vielleicht nicht genug.

»Heute jährt sich der Tag, an dem meine arme Frau dahingeschieden ist, und der Gedanke daran trübt immer mein Urteilsvermögen«, jammerte Fang mit tränenerstickter Stimme, »dreihundert in bar, aber keinen Pfennig mehr!«

Natürlich wechselte kein Geld den Besitzer, denn bei uns herrscht Tauschwirtschaft. Das Opfer ging mit einem Gutschein durch die Tür ins Warenlager. Ma die Made starrte den Gutschein ungläubig an und schrie dann in Richtung Fang: »Du Wahnsinniger! Deine krankhafte Großzügigkeit treibt uns noch in den Bankrott! Wer soll die Mäuler deiner hungrigen Brut stopfen, wenn wir nur noch in Lumpen und mit der Bettelschale herumlaufen?« Dann löste er den Gutschein gegen Waren ein, die um sechshundert Prozent überteuert waren.

Pfandleiher Fang war ein Witwer mit zwei Kindern, eine hübsche Tochter, die wir Fangs Reh und einen jüngeren Sohn, den wir Fangs Floh nannten. Ma die Made war kinderlos. Als seine Frau mit einem Hausierer durchbrannte, verringerten sich seine Ausgaben um die Hälfte, und sein Glück verdoppelte sich. Doch am glücklichsten war das Gespann Ma und Fang zur Zeit der jährlichen Seidenernte, denn

Seidenspinnereier konnten nur für Geld erstanden werden. Aber nur Ma und Fang besaßen Geld. Ma die Made kaufte die Eier und verteilte sie an die einzelnen Familien gegen Schuldscheine, die mit Seide eingelöst wurden. Pfandleiher Fang war der einzige anerkannte Seidentaxierer im Umkreis; bei diesem Geschäft konnten sie zwei Drittel unserer Ernte nach Peking bringen und mit prallgefüllten Säcken voller Münzen zurückkehren, die sie in mondlosen Nächten in ihren Gärten vergruben.

Der Abt pflegte zu sagen: »Das emotionale Wohlergehen eines Dorfes hängt davon ab, daß es einen Menschen gibt, den alle aus vollem Herzen hassen... Und der Himmel hat uns sogar mit zweien gesegnet.«

Die Wahrzeichen von Ku-fu sind unser See und unsere Mauer; See und Mauer verdanken den Märchen und dem Aberglauben aus alter Zeit ihren Ruf. Als unsere Ahnen in das Tal Cho kamen, untersuchten sie das Gelände mit größter Sorgfalt; wir sind davon überzeugt, daß kein Dorf auf der ganzen Welt besser geplant wurde als das Dorf Ku-fu. Unsere Ahnen legten es so an, daß es vor der Schwarzen Schildkröte geschützt war. Die Schwarze Schildkröte hat einen sehr schlechten Charakter. Ihre Himmelsrichtung ist Norden, ihr Element das Wasser und ihre Jahreszeit der Winter. Ku-fu öffnet sich dem Roten Vogel des Südens, dem Element Feuer und der Jahreszeit Sommer. Die Hügel im Osten, wo der Blaue Drachen lebt, mit dem Element Holz und der hoffnungsvollen Jahreszeit Frühling, sind mächtiger als die Hügel im Westen. Dort sind die Metalle, der Weiße Tiger und der Herbst, die melancholische Jahreszeit, zu Hause.

Die Form von Ku-fu war Ursache gründlicher Überlegungen, denn jemand, der ein Dorf in Form eines Fisches anlegt, während ein Nachbardorf die Form eines Hakens hat, beschwört das Unheil geradezu herauf. Ku-fu erhielt schließlich die Umrisse eines Einhorns, eines sanften, friedlichen Tieres, das keine natürlichen Feinde besitzt. Doch es mußte sich ein Fehler eingeschlichen haben, denn eines Tages ertönte ein heftiges Schnauben, und die Erde erbebte. Mehrere Häuser stürzten ein, und ein breiter Spalt zog sich durch die Erde. Unsere Ahnen überprüften ihr Dorf aus jedem möglichen

Blickwinkel, und man entdeckte schließlich den Fehler, als jemand in den Hügeln im Osten auf einen hohen Baum kletterte und auf das Dorf hinabblickte. Durch ein dummes Versehen hatte man die letzten fünf Reisfelder so angelegt, daß sie die Flügel und den Leib einer riesigen, hungrigen Bremse bildeten, die auf der zarten Flanke des Einhorns saß. Und natürlich hatte das Einhorn ausgeschlagen. Man gab den Feldern die Form eines Verbandes, und Ku-fu wurde nie wieder von Erdbeben heimgesucht.

Unsere Ahnen achteten darauf, daß es keine geraden Straßen oder Wasserläufe gab, die gute Einflüsse hätten davontragen können. Als zusätzliche Vorsichtsmaßnahme errichteten sie am Ende eines engen kleinen Tals einen Damm und leiteten Bäche die Abhänge der Hügel hinunter. So entstand ein kleiner See, der gute Einflüsse sammelte und bewahrte, die sonst in andere Dörfer geflossen wären. Ästhetische Absichten verfolgten sie dabei bestimmt nicht. Die Schönheit unseres Sees ist also wirklich ein zufälliges Ergebnis des Aberglaubens, und als der große Dichter Ssu-ma Hsiang-ju auf einer Wanderung an diesem kleinen See vorüberkam, hielt er an und war von der Schönheit so beeindruckt, daß er einem Freund schrieb:

Im Wasser tummeln sich Fisch und Schildkröten.
Zahllose lebende Wesen,
Wildgänse und Schwäne, Graugänse und Trappen,
Kraniche und Enten,
Taucher und Reiher
Landen in Scharen auf dem Wasser,
Segeln schwebend über der Oberfläche,
Treiben im Wind,
Schaukeln auf und nieder mit den Wellen,
Schwimmen im Schilf an den Ufern,
Fressen Binsen und Entengrütze,
Picken an Wasserkastanien und Lotus.

So ist es auch heute noch. Ssu-ma Hsiang-ju war nicht zu der richtigen Zeit da, um die zahllosen Wildblumen blühen zu sehen oder die kleinen gesprenkelten Hirsche, die ans Wasser kommen, um zu trinken und wie Rauchwölkchen wieder verschwinden.

Die Mauer von Ku-fu, das Drachenkissen, ist als Wahrzeichen sehr viel berühmter. Man muß darauf hinweisen, daß es viele unterschiedliche Geschichten über die Entstehung des Drachenkissens gibt. Doch wir in Ku-fu sind der Ansicht, daß unsere Version die einzig richtige ist.

Vor vielen Jahrhunderten lebte ein General, der den Befehl erhielt, eine der Verteidigungsmauern zu errichten, die Teile der Großen Mauer bilden sollten. Eines Nachts träumte er, der Himmel habe ihn gerufen, um seinen Plan dem Erlauchten Jadekaiser zu unterbreiten. Der General wurde wegen Hochverrats angeklagt. Im Verlauf der Verhandlung schilderte er sehr anschaulich seine Reise in den Himmel.

Er träumte, sich im Innern einer riesigen Lotusblüte zu befinden. Ihre Blütenblätter öffneten sich langsam und bildeten eine Tür. Der General trat hinaus auf den smaragdgrünen Rasen des Himmels. Das Himmelszelt war saphirblau, und vor seinen Füßen sah er einen Weg aus Perlen. Eine Weide hob einen Zweig und wies ihm damit wie mit einem Finger die Richtung. Der General folgte dem Weg zum Fluß der Blüten, der sich über den steilen Felsen des Großen Erwachens hinunterstürzte. Die Konkubinen des Himmelskaisers badeten im Teich der Lieblichen Düfte. Sie lachten und spielten in einem Regenbogen aus Rosenblättern und waren so schön, daß es dem General schwerfiel, sich von ihrem Anblick loszureißen. Doch die Pflicht rief, und so folgte er dem Weg, der sich sieben Terrassen hinaufwand, wo die Blätter der Bäume aus Edelsteinen waren, die melodisch erklangen, wenn der sanfte Windhauch sie streifte, wo Vögel mit leuchtenden Federn mit himmlischen Stimmen von den Fünf Tugenden und Erhabenen Gesetzen sangen. Der Weg führte an den üppigen Obstgärten vorbei, wo unter Aufsicht von Königinmutter Wang die Pfirsiche der Unsterblichkeit wuchsen. Als der General die letzte Wegbiegung an den Obstgärten hinter sich ließ, stand er direkt vor dem Palast des Erhabenen Himmelskaisers.

Lakaien erwarteten den General. Sie geleiteten ihn in die Audienzhalle, und nach drei Verbeugungen und neun Kotaus durfte er sich erheben und dem Thron nähern. Dort saß der Erhabene Jadekaiser mit gefalteten Händen und hatte das Kaiserliche Buch der Etikette auf dem Schoß. Er trug einen flachen, brettähnlichen Hut, von dem dreizehn rote Schnüre mit farbigen Perlen hingen. Auf seinem schwarzen Seidengewand ringelten sich rote und gelbe Drachen. Der General verneigte sich und überreichte demütig seinen Plan für die Mauer.

Hinter dem Thron stand T'ien-kou, der Himmelshund, der mit seinen Zähnen Berge zermalmt hatte, und neben ihm Ehr-lang, ohne Zweifel der größte aller Krieger, denn er kämpfte mit dem mächtigen Steinaffen und zwang ihn, Ruhe zu geben. (Der Affe symbolisiert den Verstand.) Die beiden Leibwächter blickten den General finster an, und er senkte hastig die Augen. Da bemerkte er auf der linken Armlehne des Throns das Symbol des kaiserlichen Vorgängers, des Himmlischen Meisters des Ersten Ursprungs, und auf der rechten Armlehne das Symbol des kaiserlichen Nachfolgers, des Himmlischen Meisters der Jademorgendämmerung am Goldenen Tor. Den General überwältigte das schwindelerregende Gefühl der Zeitlosigkeit, in der ihm jeder Vergleich und jedes Maß abhanden kam. Ihm wurde übel. Er fürchtete, sich durch Erbrechen zu entehren, doch im letzten Augenblick sah er, daß man ihm seinen Plan, ordentlich zusammengerollt und gebunden, vor die gesenkten Augen hielt. Er nahm ihn entgegen, fiel auf die Knie und erwartete göttliche Kritik oder göttliches Lob. Aber nichts dergleichen geschah. Der Erhabene Jadekaiser schwieg und deutete durch ein Zeichen das Ende der Audienz an. Der General kroch rückwärts und berührte immer wieder mit der Stirn den Boden. An der Tür packten ihn die Lakaien, führten ihn nach draußen und über eine endlose Wiese. Dann hoben sie ihn hoch und warfen ihn in den Großen Fluß der Sterne.

Der General berichtete, daß er sich seltsamerweise überhaupt nicht gefürchtet habe. Im Himmel war gerade Regenzeit, und Milliarden leuchtender Sterne tanzten über tosenden Wogen, die wie eine Billion Tiger brüllten. Aber der General fiel sanft in das Wasser, sank tiefer und tiefer, erreichte schließlich den Grund und glitt hindurch.

Das Glitzern des Großen Flusses entschwand schnell in der Ferne, während er kopfüber auf die Erde zustürzte. Er landete direkt in seinem Bett; und in diesem Augenblick trat sein Diener ein, um ihn zum Frühstück zu wecken.
Es dauerte einige Zeit, bis er genug Mut aufbrachte, um seinen Plan zu öffnen. Als er es schließlich tat, entdeckte er, daß der Erhabene Himmelskaiser – oder jemand anderes – die Mauer einhundertzweiundzwanzig Meilen nach Süden versetzt hatte. Damit stand sie mitten im Tal Cho, wo sie keinerlei praktischen Nutzen hatte.
Was sollte er tun? Er konnte sich unmöglich der Weisung des Himmels widersetzen. Also befahl er seinen Leuten, eine Mauer zu bauen, die nirgendwo hinführte und mit nichts verbunden war. Deshalb wurde der General verhaftet, des Hochverrats angeklagt und vor den Kaiser von China gebracht. Als er seine Geschichte erzählte, ließ man die Anklage fallen und verurteilte statt dessen den General wegen Trunkenheit im Dienst zum Tode. In seiner Verzweiflung erfand der General eine der hübschesten Entschuldigungen der Geschichte. Die Mauer, so erklärte er, sei an der richtigen Stelle gebaut worden, doch eines Nachts habe sich ein Drache dagegen gelehnt, sei eingeschlafen und am nächsten Morgen habe man die Mauer an ihrem jetzigen absurden Platz entdeckt. Das mächtige Tier hatte sie im Schlaf durch sein Gewicht dort hingeschoben.
Die Geschichte vom »Drachenkissen« verbreitete sich wie ein Lauffeuer am kaiserlichen Hof, wo der General geschickte und skrupellose Freunde besaß. Sie machten sich sofort ans Werk, seinen Kopf zu retten, und bestachen als erstes den vom Kaiser favorisierten Wahrsager.
»O Sohn des Himmels«, rief er beschwörend, »ich habe die Drei Stäbe befragt. Diese merkwürdige Mauer ist die wichtigste aller Befestigungen, und nur der Erhabene Jadekaiser kennt die Gründe! Sie ist so wichtig, daß nicht Sterbliche dort Wache halten sollen, sondern die Geister von zehntausend Soldaten, die lebend in den Fundamenten begraben werden müssen!«
Für einen Kaiser war dieser Kaiser sehr menschlich, und er bat den Wahrsager, die Drei Stäbe noch einmal zu befragen, um sich zu

überzeugen, ob sich nicht ein Irrtum eingeschlichen habe. Der Wahrsager nahm noch einmal Bestechungsgelder entgegen und kam mit einer anderen Auslegung zum Kaiser.
»O Sohn des Himmels, die Drei Stäbe sagen eindeutig, daß *wan* lebend in den Fundamenten zu begraben ist. *Wan* kann zwar zehntausend bedeuten, aber es ist auch ein weit verbreiteter Familienname!« verkündete er mit hohler Stimme. »Es liegt auf der Hand, was zu tun ist, denn was bedeutet das Leben eines unbedeutenden Soldaten im Vergleich zu der wichtigsten Mauer von ganz China?«
Dem Kaiser gefiel das immer noch nicht, doch er schien keine andere Wahl zu haben. Deshalb befahl er seinen Wachen, den ersten einfachen Soldaten mit dem Namen Wan, der ihnen über den Weg lief, festzunehmen. Alle Berichte stimmen darin überein, daß Wan sich mit großer Würde in sein Schicksal fügte. Man setzte seiner Familie eine Rente aus. Ihm erklärte man, der Himmel habe ihn vor allen anderen ausgezeichnet. Er erhielt eine Trompete mit Auftrag, Alarm zu blasen, falls China Gefahr drohe. Dann schlug man eine Kammer in das Fundament der Mauer, und Wan marschierte pflichtschuldigst hinein. Die Öffnung wurde wieder verschlossen, und man errichtete auf dem höchsten Punkt des Drachenkissens einen Wachturm – das Drachenauge –, wo Wans Geist seine einsame Wache halten konnte.
Der Kaiser war der ganzen Sache so überdrüssig, daß er verbot, diese verwünschte Mauer und jeden, der damit zu tun hatte, in seiner Gegenwart noch einmal zu erwähnen. Und natürlich hatten die schlauen Freunde des Generals genau das von Anfang an geplant. Der General wurde in aller Stille freigelassen und konnte seine Memoiren schreiben.
Das Drachenkissen war beinahe hundert Jahre lang ein beliebtes Ausflugsziel. Ein paar Soldaten wurden dorthin abkommandiert, um die Mauer instand zu halten. Doch da sie nur einem Geist diente, der dort Wache halten sollte, ließ man sie schließlich zerfallen. Selbst die Schaulustigen verloren das Interesse daran. Das Unkraut überwucherte sie, und die Steine begannen abzubröckeln. Für Kinder war das Drachenkissen ein Paradies, und einige Jahrhunderte lang war es

der beliebteste Spielplatz für die Kinder meines Dorfes. Doch dann geschah etwas so Merkwürdiges, daß selbst die Kinder dort wegblieben.

Eines Abends spielten die Kinder von Ku-fu eines der Spiele, deren Ursprung am Anfang der Zeit liegt, erstarrten aber plötzlich vor Schreck. Eine hohle, körperlose Stimme – ein Junge erzählte später, es habe geklungen, als sei sie durch ein zweihundert Meilen langes Bambusrohr zu ihnen gedrungen – wehte vom Drachenauge zu ihnen herab. Sie hörten so seltsame Worte, daß alle Kinder sich genau daran erinnerten, obwohl sie Hals über Kopf davonstürzten, sobald sie wieder laufen konnten.

War es möglich, daß der arme Wan, der wichtigste aller Wächter auf dem wichtigsten aller Wachtürme durch die Kinder des kleinen Dorfes Ku-fu China eine Botschaft übermitteln wollte? Wenn ja, dann handelte es sich um eine sehr seltsame Botschaft. Wissenschaftler, Gelehrte und weise Männer bemühten sich jahrhundertelang, in den Worten irgendeinen Sinn zu finden.

Falls meine verehrten und geschätzten Leser das Rätsel lösen wollen, wünsche ich ihnen viel Glück.

Jadepracht
Sechs, acht.
Feuer, das heiß brennt,
Nacht, die man nicht Nacht nennt,
Feuer, das kalt brennt,
Silber
Gold
Doch wer es kennt,
Sieht ein anderes Element.

2.
Die Heimsuchung

Meine Geschichte beginnt mit der Seidenernte im Jahr des Tigers 3337 (639 n. Chr.). Die Aussichten auf Rekorderträge waren so günstig wie nie zuvor.

Ma die Made verteilte sehr schöne, pechschwarze und vor Gesundheit strotzende Eier; die Blätter an den Maulbeerbäumen hingen so dicht, daß die Wäldchen wie Wandteppiche aus dunkelgrünem Brokat wirkten. Die Kinder tanzten und sangen: »Maulbeerblätter so glänzend und schön, welch eine Lust sie anzusehn!« Im ganzen Dorf herrschte freudige Erregung. Die Mädchen trugen Strohkörbe zum Kloster auf dem Hügel, wo die Bonzen sie mit gelbem Papier auslegten, auf das sie Bilder der Dame Pferdekopf gezeichnet hatten. Der Abt segnete dann die Körbe und verbrannte Weihrauch zu Ehren des Schutzpatrons der Seidenraupenzucht. Man brachte die Bambusgestelle und Schalen zum Fluß und schrubbte sie energisch. Man pflückte und zerstampfte Wildblumen, schnitt Lampendochte in winzige Stücke; die ältesten Mitglieder jeder Familie bestrichen Knoblauchzehen mit feuchter Erde und legten sie vor die Mauern der Häuser. Bekam der Knoblauch viele Triebe, bedeutete das eine reiche Ernte, und niemand konnte sich erinnern, jemals so viele Triebe gesehen zu haben. Die Frauen legten sich beim Schlafen die Tücher mit den Seidenspinnereiern auf die nackte Haut, um durch die Körperwärme das Schlüpfen zu beschleunigen. Die Alten warfen Reis in Töpfe mit Wasser, das über Holzkohlenfeuer brodelte. Als der Dampf schnurgerade aufstieg, schrien sie: »Jetzt!«

Die Frauen streiften die Eier in Körbe mit Gänsefedern, streuten die zerstampften Wildblumen und die zerschnittenen Lampendochte darüber und stellten die Körbe auf die Bambusgestelle. Die Gänsefedern waren sorgfältig an den Seitenwänden der Körbe befestigt worden (die Bedeutung von Wildblumen, Lampendochten und Gänsefedern ist im Dunkel der Geschichte verlorengegangen, aber es würde uns nie im Traum einfallen, diesen Brauch zu ändern), dann wurden unter den Gestellen Holzkohlenfeuer entzündet. Die Familien knieten nieder und beteten zur Dame Pferdekopf, und in jedem Haus schlüpften die Larven genau zur erwarteten Zeit.

Die Dunklen Damen wanden sich träge und genußvoll in der Wärme des Feuers. Doch sie blieben nicht lange träge. Wenn man es nicht mit eigenen Augen gesehen hat, kann man sich unmöglich vorstellen, wieviel Seidenraupen fressen – müssen, und ihre einzige Nahrung sind Maulbeerblätter. Es ist wahrlich nicht übertrieben, wenn man behauptet, daß die Kaugeräusche der gefräßigen Raupen Bären aus ihrem Winterschlaf wecken könnten, doch an Schlaf war ohnehin nicht zu denken. Es dauert ungefähr dreißig Tage, bis die Seidenraupen anfangen, ans Spinnen zu denken, und in dieser Zeit unterbrechen sie das Fressen nur dreimal: zum Kurzen Schlaf, zum Zweiten Schlaf und zum Großen Schlaf. Nach dem Großen Schlaf sterben die Seidenraupen, wenn sie auch nur eine Stunde ohne Nahrung bleiben. Wir pflückten Tag und Nacht die Blätter von den Bäumen, und die dafür eingeteilten Gruppen trugen sie körbeweise in die Häuser. Die Kinder hatten natürlich regelmäßig ihre Ruhepausen, doch wir anderen konnten von Glück sagen, wenn wir in den dreißig Tagen sechzig Stunden Schlaf bekamen.

Die Alten unterhielten die Feuer, denn Seidenraupen brauchen eine gleichmäßige Wärme. Die Kinder, die zu klein waren, um zu arbeiten, blieben sich selbst überlassen. Wir entlaubten die Bäume, Wäldchen um Wäldchen, bis sie kahl waren, und taumelten dann erschöpft zum Maulbeerwäldchen von Pfandleiher Fang. Das bedeutete für uns natürlich noch mehr Schuldscheine, doch er besaß die schönsten Bäume im ganzen Dorf. Allmählich veränderten die Raupen ihre Farbe – von Schwarz zu Grün, von Grün zu Weiß. Dann wurden sie beinahe durchsichtig, und die ältesten Mitglieder der Familien stellten Wandschirme aus Bambus um die Gestelle, denn

Seidenraupen sind scheu, wenn sie anfangen zu spinnen. Sie müssen vor neugierigen Blicken geschützt werden.

Die ohrenbetäubenden Freßgeräusche sanken zu einem Dröhnen herab. Dann klangen sie wie eine ferne Brandung und wurden schließlich zu einem Flüstern. Schließlich legte sich eine Stille über unser Dorf, die gespenstisch und unwirklich zu sein schien. Es blieb nichts mehr zu tun, als die Feuer in Gang zu halten; wenn das Glück uns hold war, würden wir in drei Tagen die Wandschirme beiseite schieben und Schneefelder sehen: Die weißen Kokons, Seidenraupenblüten genannt, häuften sich dann auf den Gestellen und warteten darauf, in mehr als tausend Fuß langen Fäden auf Spindeln gewickelt zu werden. Einige schafften es, in die Betten zu fallen, aber andere sanken einfach zu Boden.

Am fünfzehnten Tag des achten Mondes, an meinem neunzehnten Geburtstag, erwachte ich vom Geräusch sanft trommelnden Regens. Die Wolken begannen, sich zu heben. Schräge Sonnenstrahlen fielen durch silberne Regentropfen, und leichter Nebel trieb wie Rauch über die Felder. In der Ferne sah ich die dunstigen Umrisse des Drachenkissens; am Flußufer in der Nähe neckten ein paar Jungen Fangs Reh, die auf einem Wasserbüffel ritt. Die Jungen folgten ihr vermutlich, weil sich unter ihrem nassen Kleid zwei kleine, wohlgeformte Brüste abzeichneten, die das Mädchen vor einem Monat noch nicht gehabt hatte. Reh sonnte sich in der Aufmerksamkeit. Im Kloster auf dem Hügel läuteten die Glocken.

Ich rekelte mich im Bett, sog genußvoll den Duft von Tee und Grütze ein, der aus Tante Huas Küche drang. Aber plötzlich sprang ich auf. Am Flußufer starrten die Jungens mit aufgerissenen Augen Fangs Reh an, die leichenblaß geworden war. Sie griff sich an den Hals, stieß einen durchdringenden Schmerzensschrei aus und stürzte vom Wasserbüffel und fiel ins Gras.

Wie ein Blitz war ich draußen. Rehs Augen standen weit offen und starrten ins Leere. Sie sah mich nicht, als ich ihren Puls fühlte, der nur schwach und unregelmäßig schlug. Schweißtropfen glitzerten auf ihrer Stirn. Ich trug den Jungen auf, ihren Vater zu suchen, nahm Reh auf die Arme und rannte den Hügel hinauf zum Kloster.

Der Abt war auch unser Arzt. Er hatte an der Hanlin-Universität studiert, doch Rehs Krankheit verwirrte ihn sichtlich. Sie schien kaum noch am Leben zu sein; er mußte einen Spiegel an ihre Lippen halten, um sich davon zu überzeugen, daß er beschlug. Und als er sie an verschiedenen schmerzempfindlichen Punkten mit einer Nadel stach, reagierte sie nicht. Ihre Augen standen immer noch weit offen und starrten ins Leere.

Plötzlich richtete sich das hübsche Mädchen auf und schrie. In der Stille des Klosters klang der Schrei erschreckend. Es schlug mit den Händen ziellos in die Luft und schien etwas Unsichtbares abzuwehren, dann begann es krampfhaft zu zucken. Reh fiel auf das Bett zurück, und ihre Augen schlossen sich. Ihr Körper wurde schlaff, und wieder gab sie kaum noch ein Lebenszeichen von sich.

»Dämonen!« flüsterte ich.

»Ich hoffe es sehr«, sagte der Abt grimmig. Später erfuhr ich, daß er geglaubt hatte, es handle sich um Tollwut, und lieber wollte er es mit den gefährlichsten Dämonen aus den tiefsten Abgründen der Hölle aufnehmen.

Aus dem Dorf am Fuß des Hügels drangen plötzlich Stimmengewirr und immer lauter werdender Lärm zu uns herauf. Wir hörten das Fluchen von Männern und das Jammern und Wehklagen von Frauen. Der Abt sah mich an und hob eine Augenbraue. Ich stürzte aus der Tür und war wie der Blitz unten im Tal. Dann ging alles durcheinander, und heute fällt es mir schwer, mich in allen Einzelheiten an die Ereignisse zu erinnern.

Es begann mit Tante Hua. Sie hütete das Feuer unter dem Seidenraupengestell in ihrem Haus, als sie etwas Merkwürdiges roch. Durch eine Spalte im Wandschirm spähte sie vorsichtig auf die Raupen, doch sie sah kein schneeweißes Feld, sondern eine schwarze schleimige Masse. Ihre verzweifelten Klagen riefen die Nachbarn auf den Plan, die sich von Tante Huas Unglück überzeugten und sofort in ihre Häuser zurückrannten. Als aus allen Ecken lautes Wehgeschrei ertönte, war klar, daß wir zum ersten Mal seit Menschengedenken keine Seide ernten würden. Und das war erst der Anfang!

Großer Hong, unser Schmied, stürzte mit schreckgeweiteten Augen aus dem Haus und trug seinen kleinen Sohn auf den Armen. Die Augen von Kleiner Hong standen weit offen und starrten ins Leere; er schrie und schlug in die Luft. Dem Schmied folgte Wang, der Weinverkäufer, dessen kleine Tochter schrie und in die Luft schlug. Immer mehr Eltern kamen mit ihren Kindern auf den Armen aus den Häusern gerannt, und eine verzweifelte, aufgeregte Menge lief den Hügel hinauf zum Kloster.

Es handelte sich nicht um Tollwut. Es war eine Seuche!

Ich starrte ungläubig zwei zierliche Mädchen an, die mit den Daumen im Mund in einer offenen Tür standen. Mutter Hos Urenkel waren so schwächlich, daß der Abt Tag und Nacht um ihr Überleben gekämpft hatte, und doch schien die Seuche ihnen nicht das geringste anhaben zu können. Ich lief an ihnen vorbei ins Haus. Mutter Ho war zweiundneunzig, und es ging mit ihr bergab. Mir klopfte das Herz im Hals, als ich mich ihrem Bett näherte und die Decken zurückschlug. Ich erhielt eine schallende Ohrfeige.

»Was glaubst du denn, wer du bist? Der kaiserliche Schwanz?« schrie die alte Dame empört.

(Sie meinte den Kaiser Wu-ti. Als er starb, hüpfte sein lüsterner Geist immer noch in die Betten der kaiserlichen Konkubinen; aus Verzweiflung suchte man im ganzen Land nach immer neuen Bräuten. Erst als ihre Zahl auf fünfhundertunddrei angewachsen war, gab der erschöpfte Geist schließlich auf und kroch in sein Grab zurück.)

Ich rannte auf die Straße und warf einen kurzen Blick in alle Häuser, wo mich kleine Kinder anstarrten, die weinten oder lachten, oder die mit mir spielen wollten, und wo die Alten vor den Gestellen mit verwesenden Seidenraupen saßen und weinten, sonst jedoch so gesund wie Pferde waren. Dann stürmte ich wieder den Hügel hinauf und berichtete dem Abt, was ich gesehen hatte. Als wir eine Liste aufgestellt hatten, trat eine unumstößliche, aber auch unglaubliche Wahrheit zutage.

Kein Kind unter acht und niemand über dreizehn war von der Seuche befallen worden. Aber jedes Kind – ohne Ausnahme – zwischen acht und dreizehn hatte plötzlich angefangen zu schreien, blindlings in die Luft zu schlagen und lag jetzt wie tot in dem

Krankenzimmer, das der Abt im Gemeinschaftsraum der Bonzen eingerichtet hatte. Die schluchzenden Eltern sahen den Abt hilfesuchend an, doch er breitete die Arme aus und rief verzweifelt:
»Zuerst müßt ihr mir sagen, wie eine Seuche lernen kann zu *zählen*!«
Tante Hua war in unserer Familie schon immer die Tatkräftige gewesen. Sie zog mich beiseite. »Ochse, der Abt hat recht«, sagte sie mit belegter Stimme. »Wir brauchen einen weisen Mann, der uns sagt, wie eine Seuche lernen kann zu zählen. Ich habe gehört, daß es in Peking solche Männer gibt. Sie leben in der Straße der Augen. Ich habe auch gehört, daß sie sich ihre Dienste teuer bezahlen lassen.«
»Tante, es wird mindestens eine Woche dauern, um aus Pfandleiher Fang Geld herauszubekommen, obwohl auch Reh zu den Opfern gehört«, erwiderte ich.
Sie nickte, griff dann in ihr Kleid und zog einen abgeschabten Lederbeutel hervor. Sie schüttete mir den Inhalt in die Hände, und ich blickte verblüfft auf mehr Geld, als ich je in meinem Leben gesehen hatte: Hunderte von Kupfermünzen aufgezogen auf eine grüne Schnur!
»Fünftausend in Kupfer, und du darfst deinem Onkel nie etwas davon erzählen. Niemals!« sagte die alte Dame energisch. »Lauf nach Peking, geh in die Straße der Augen und bringe einen weisen Mann mit zurück ins Dorf.«
Ich hatte gehört, daß Tante Hua in ihrer Jugend eine aufsehenerregende Schönheit gewesen war und überlegte kurz, ob sie Gründe haben mochte, P'an Chin-lien, dem Schutzpatron gefallener Mädchen, ein Opfer zu bringen. Doch zu solchen Überlegungen blieb mir keine Zeit, denn ich machte mich sofort auf den Weg und rannte wie der Wind davon.
Ich habe mit dem Mond Geburtstag, und Peking war bei meiner Ankunft ein einziges Irrenhaus. Es war wie einer dieser Alpträume, in denen man versucht, sich durch Treibsand zu kämpfen, als ich mich durch die Menschenmenge schob, die sich zum Mondfest in den Straßen drängte. Es herrschte ein unglaublicher Lärm; ich kämpfte mich durch die Straßen mit weit aufgerissenen Augen und

schmerzenden Ohren und war verstört wie ein junges Pferd beim Schmied. Als ich schließlich die Straße erreichte, die ich suchte, war ich völlig durcheinander. Es handelte sich um eine elegante Allee, wo auf beiden Seiten prächtige Häuser standen. Über jedem Eingang hing ein Schild mit einem offenen Auge.
»Die Wahrheit wird enthüllt«, schienen diese Augen zu sagen. »Wir sehen alles.«
In mir regte sich leise Hoffnung, und ich klopfte an die nächstbeste Tür. Sie wurde von einem hochmütigen Eunuchen geöffnet, der Gewänder trug, die ich bis dahin mit dem kaiserlichen Hof in Verbindung gebracht hatte. Seine Augen glitten von meinem Bambushut bis hinunter zu den schäbigen Sandalen. Dann hielt er sich ein parfümiertes Taschentuch an die Nase und befahl mir, mein Anliegen vorzutragen. Der Eunuch verzog keine Miene, als ich sagte, sein Meister solle mir erklären, wie eine Seuche lernen kann zu zählen. Doch als ich hinzufügte, ich sei bereit, für die Antwort bis zu fünftausend in Kupfer zu bezahlen, wurde er blaß, lehnte sich schwach an die Wand und griff nach seinem Riechsalz.
»Fünftausend in Kupfer?« flüsterte er. »Junge, mein Herr verlangt fünfzig Silberstücke, um einen verlorenen Hund zu suchen!«
Die Tür wurde vor meiner Nase zugeschlagen, und als ich es beim nächsten Haus versuchte, flog ich durch die Luft auf die Straße – hinausgeworfen von sechs stämmigen Dienern –, während ein prächtig gekleideter Lakai wütend die Faust hob und schrie: »Du wagst es, dem ehemaligen obersten Untersuchungsbeamten des Kaisers fünftausend in Kupfer anzubieten? Verzieh dich in deine Lehmhütte, du unverschämter Bauer!«
Mit dem gleichen Ergebnis versuchte ich es in einem Haus um das andere; nur mein Abgang ging etwas würdiger vonstatten – ich ballte die Fäuste; meine Augen funkelten, und ich bin nicht gerade klein! – Ich entschied, es sei wohl notwendig, einem weisen Mann eins über den Kopf zu geben, ihn in einen Sack zu stecken und nach Ku-fu zu schleppen, ob er nun wollte oder nicht. Dann gab mir der Himmel ein Zeichen. Ich hatte das Ende der Allee erreicht und wollte auf der anderen Seite zurückgehen, als plötzlich ein Sonnenstrahl durch die

Wolken brach und wie ein Pfeil in eine schmale gewundene Gasse schoß. Er fiel auf ein Schild mit einem Auge; doch dieses Auge stand nicht offen. Es war halb geschlossen.
»Die Wahrheit wird teilweise enthüllt«, schien dieses Auge zu sagen. »Manche Dinge sehe ich, andere nicht.«
Wenn es sich um diese Botschaft handelte, dann war es das erste Vernünftige, was ich in Peking gesehen hatte. Ich machte kehrt und ging in das Gäßchen.

3.
Ein Weiser mit einem kleinen Charakterfehler

Es war ein altes und schäbiges Schild, und es hing über der offenen Tür einer schiefen Bambushütte. Als ich schüchtern eintrat, fiel mein Blick auf zerbrochene Möbel und eine Menge zerbrochenes Geschirr. Von dem Gestank nach abgestandenem Wein wurde mir ganz schwindlig. Der einzige Bewohner lag schnarchend auf einer dreckigen Matratze.

Er war unglaublich alt und konnte kaum mehr als neunzig Pfund wiegen. Seine dünnen Knochen hätten eher zu einem großen Vogel gepaßt. Betrunkene Fliegen taumelten durch Weinpfützen, krabbelten frech auf dem kahlen Schädel des alten Mannes herum, stolperten die zerknitterten Falten eines zerknitterten Gesichts hinunter, das ohne weiteres eine Reliefkarte von China hätte sein können, und verirrten sich in seinem strähnigen weißen Bart. Zwischen den Lippen des alten Mannes bildeten sich kleine Bläschen und platzten, und sein Atem stank.

Ich seufzte und wandte mich zum Gehen. Doch ich blieb wie angewurzelt stehen und hielt den Atem an.

Ein bedeutender Besucher unseres Klosters hatte uns einmal das goldene Diplom gezeigt, das den Gelehrten verliehen wurde, die den dritten Platz bei den kaiserlichen *chin-shih* erreichten. In Schulbüchern hatte ich Abbildungen des Silberdiploms gesehen, das für den zweiten Platz verliehen wurde, doch ich hätte mir nie träumen lassen, die Ehre zu haben, jemals die Blume zu sehen. Die echte Blume, nicht nur eine Abbildung. Da hing sie unbeachtet an einem Pfosten dicht vor meinen Augen. Ehrfurchtsvoll blies ich den Staub von dieser höchsten Auszeichnung und las, daß einem gewissen Li

Kao vor achtundsiebzig Jahren der erste Platz unter allen Gelehrten Chinas zuerkannt worden war und er eine feste Anstellung als Gelehrter an der Kulturwald-Akademie erhalten hatte.
Ich riß mich von dem Bild der Rose los und betrachtete staunend den alten Herrn auf der Matratze. Konnte er der große Li Kao sein, vor dessen Verstand sich das ganze Reich verneigt hatte? Den man in den höchsten Rang eines Mandarins erhoben hatte und dessen bedeutender Kopf jetzt betrunkenen Fliegen als Kissen diente? Starr vor Staunen stand ich da, während die Falten begannen, sich wie die Wellen eines grauen sturmgepeitschten Meeres zu heben und zu senken. Zwei rotgeränderte Augen tauchten auf, und eine lange, fleckige Zunge fuhr vorsichtig über die aufgesprungenen Lippen.
»Wein!« stöhnte er.
Ich suchte nach einem heilen Krug, doch es gab keinen. »Ehrwürdiger Herr, ich fürchte, es ist kein Wein da«, sagte ich höflich.
Seine Augen verdrehten sich und wanderten langsam zu einer schäbigen Börse, die in einer Weinlache lag. »Geld!« krächzte er.
Ich hob die Börse hoch und öffnete sie. »Ehrwürdiger Herr, ich fürchte, es ist auch kein Geld mehr da«, sagte ich.
Er verdrehte die Augen, bis nur noch das Weiße zu sehen war, und ich beschloß, das Thema zu wechseln.
»Habe ich die Ehre, mit dem großen Li Kao zu sprechen, dem größten Gelehrten Chinas? Ich habe ein Problem, das ich einem solchen weisen Mann unterbreiten möchte, doch ich kann nicht mehr als fünftausend in Kupfer bezahlen«, sagte ich traurig.
Eine klauenartige Hand tauchte aus dem Ärmel seines Gewandes auf. »Gib her!« krächzte er.
Ich legte ihm die Schnur mit den Münzen in die Hand, und er schloß besitzergreifend die Finger darum. Dann öffneten sie sich wieder. »Nimm die fünftausend«, stieß er mühsam hervor, »komm so schnell wie möglich mit soviel Wein wie möglich zurück.«
»Sofort, Ehrwürdiger Herr«, seufzte ich.
Ich hatte für Onkel Wang unzählige Male ähnliche Aufträge ausgeführt und hielt es für klüger, auch etwas zu essen zu kaufen. Also kehrte ich mit zwei kleinen Krügen Wein, zwei kleinen Schalen

gekochtem Reis und einer wertvollen Lektion in der Kaufkraft von Kupfermünzen zurück. Ich hielt dem alten Mann den Kopf hoch und flößte ihm Wein ein, bis er lebendig genug war, um den Krug zu packen und den Rest in einem Zug zu leeren. Lange Übung ermöglichte es mir, ihm eine Schale mit Reis in die Hand zu drücken und an seine Lippen zu führen, ehe er bemerkte, daß es sich nicht um Wein handelte. Als er gegessen hatte, erschienen zwei rote Flecken auf seinen Wangen, und nach dem zweiten Krug Wein machte er sich bereitwillig über die andere Schale mit Reis her.

»Wer bist du?« fragte er rülpsend.

»Ich heiße Lu, und mein Vorname ist Yu, aber ich bin nicht mit dem bedeutenden Verfasser von *Das Buch vom Tee* zu verwechseln. Alle nennen mich Nummer Zehn der Ochse«, erwiderte ich.

»Ich heiße Li, und mein Vorname ist Kao, und ich habe einen kleinen Charakterfehler«, erklärte er sachlich. »Du hast ein Problem?«

Ich erzählte ihm die ganze Geschichte und weinte am Ende. Er hörte mir aufmerksam zu und ließ mich alles noch einmal wiederholen. Dann warf er die leere Schale über die Schulter, und sie ging auf den Scherben des anderen Geschirrs zu Bruch. Als er von der Matratze aufsprang, stellte ich erstaunt fest, daß er so wendig war wie eine Ziege.

»Nummer Zehn der Ochse also? Muskeln werden zwar sehr überschätzt, doch deine kommen uns vielleicht sehr gelegen«, sagte er. »Wir werden uns beeilen müssen, und aus den verschiedensten Gründen wird es vielleicht notwendig sein, daß du jemandem den Kopf abreißt.«

Ich traute meinen Ohren nicht.

»Meister Li, wollt Ihr damit sagen, Ihr kommt mit mir in mein Dorf, um herauszufinden, wie eine Seuche das Zählen lernen kann?« rief ich.

»Ich weiß bereits, wie deine Seuche das Zählen gelernt hat«, erwiderte er ruhig. »Beug dich.«

Ich war so verblüfft, daß ich mich nach hinten bog, bis er mir vorschlug, es doch in die andere Richtung zu versuchen. Meister Li hüpfte gewandt auf meinen Rücken, legte mir die Arme um den Hals

und steckte seine winzigen Füße in die Tasche meines Kittels. Er war so leicht wie eine Feder.
»Nummer Zehn der Ochse, ich bin nicht mehr so schnell zu Fuß wie früher, und habe das Gefühl, Zeit ist kostbar. Ich schlage vor, du kehrst in dein Dorf zurück und rennst, als sei der Teufel hinter dir her«, sagte der uralte weise Mann.
In meinem Kopf drehte sich alles, doch mein Herz schlug wild vor Hoffnung, und ich sprang davon wie ein Hirsch. Li Kao duckte sich, als ich durch die Tür schoß, und etwas schlug gegen meinen Kopf. Beim Einbiegen in die Allee wurde ich etwas langsamer, warf einen Blick zurück und sah, daß ich mit dem Kopf gegen den unteren Rand des schäbigen Schildes gerannt war. Das halbgeschlossene Auge drehte sich im Kreis, als spähe es auf Geheimnisse in allen Winkeln des Reiches.
Ich weiß nicht, ob es ein Omen war oder nicht, doch das Bild ließ mich auf dem ganzen Weg nach Ku-fu nicht mehr los.

Tante Hua blickte den alten Weisen, den ich mit zurückbrachte, zunächst etwas schief an, aber das änderte sich bald. Der uralte Herr stank nach Wein, und seine Kleidung war so schmutzig wie sein Bart. Doch von ihm ging eine solche Autorität aus, daß sogar der Abt sich ohne Widerrede seinen Anweisungen fügte. Li Kao ging von Bett zu Bett, zog die Augenlider der Kinder zurück und knurrte zufrieden, als er sah, daß die Pupillen nicht starr und geweitet waren.
»Gut!« brummte er. »Es geht nicht darum, einer Seuche das Zählen beizubringen, was ziemlich einfach ist, sondern herauszufinden, welches Mittel benutzt wurde. Ich hatte befürchtet, es könnten Gehirnschäden aufgetreten sein. Ich brauche Maulbeerblätter aus jedem Wäldchen mit genauer Herkunftsbezeichnung, damit wir wissen, woher sie stammen.«
Wir beeilten uns, seine Forderung zu erfüllen, und bald wurde ein Korb mit Maulbeerblättern nach dem anderen den Hügel hinaufgetragen. Li Kao legte die Blätter in Phiolen und fügte Chemikalien hinzu, während der Abt das Feuer unter den Dreifüßen in Gang setzte. Als sich die Chemikalien bei der achtzehnten Blätterprobe

blaßorange färbten, ging Li Kao mit großer Geschwindigkeit ans Werk, kochte das Laub zu Brei und fügte tropfenweise die Chemikalien hinzu. Dann vergrößerte er die Hitze und verminderte dadurch die Flüssigkeit. Das blasse Orange verwandelte sich in Grün. Als die Flüssigkeit völlig verdampft war, blieb ein winziges Häufchen schwarzer Kristalle in der Phiole zurück. Die Hälfte davon schüttete Li Kao in eine andere Phiole und gab eine farblose Flüssigkeit hinzu. Dann richtete er sich müde auf und streckte sich.
»Noch eine Minute, dann weiß ich es mit Sicherheit«, erklärte er und ging zum Fenster hinüber. Ein paar der kleineren Kinder, die von der Seuche verschont geblieben waren, liefen verstört im Klostergarten herum. Li Kao wies auf einen kleinen Jungen. »Paßt auf«, sagte er.
Wir beobachteten ihn, aber nichts geschah. Dann pflückte der Junge gedankenverloren ein Blatt von einem Baum, schob es zwischen die Lippen und begann, es zu kauen.
»Das tun alle Kinder«, erklärte Meister Li ruhig. »Die Kinder aus dem Dorf, die alt genug waren, um beim Tragen der Körbe zu helfen, haben Maulbeerblätter gekaut. Aber je älter sie waren, desto bewußter unterließen sie es, so etwas Kindisches zu tun, und deshalb sind die Opfer nur die Acht- bis Dreizehnjährigen. Versteht ihr, wir haben es nicht mit einer Seuche zu tun, sondern mit einem Mittel, das bewußt eingesetzt wurde, um die Seidenraupen zu töten.«
Er drehte sich um und deutete auf eine Phiole. Die Flüssigkeit hatte inzwischen die ekelhafteste Farbe, die ich je gesehen hatte: ein glitschiges, schleimiges und widerliches Grün wie Eiter.
»*Ku*, ein Gift, für das kein Gegenmittel bekannt ist«, sagte Meister Li finster. »Man hat es auf die Blätter der Maulbeerbäume geschmiert, die einem gewissen Pfandleiher Fang gehören.«
Eine mordlüsterne Menge wälzte sich den Hügel hinunter, aber das Tor zum Lagerhaus war verschlossen. »Ochse!« schnaubte der Abt. Ich trat gegen das Tor, das durch den halben Raum flog. Uns bot sich ein erschütternder Anblick: Ma die Made lag ausgestreckt auf dem Rücken. Seine Lippen waren mit Spuren von *Ku* beschmiert,

und er war so tot wie Konfuzius. Pfandleiher Fang lebte noch, lag jedoch bereits in den letzten Zügen. Seine glasigen Augen richteten sich mühsam auf uns, und er bewegte die Lippen.
»Wir wollten nicht... Es ging um die Seidenraupen«, flüsterte er. »Wenn sie eingingen... die Schuldscheine... alles uns gehören... Und jetzt ist meine Tochter...«
Es war beinahe vorüber. Der Abt kniete nieder, gab ihm einen kleinen Jadebuddha in die Hände und begann, für die elende Seele des Pfandleihers zu beten. Fang schlug noch einmal die Augen auf und starrte blicklos auf den Jadebuddha hinunter. Mit heldenhafter Anstrengung stieß er verächtlich hervor:
»Billig, sehr billig, höchstens zweihundert...«
Dann war er tot.
Li Kao blickte mit einem merkwürdigen Gesichtsausdruck auf die Leichen hinunter und sagte dann achselzuckend:
»So sei es. Ich schlage vor, wir lassen sie hier verfaulen und gehen ins Kloster zurück. Wir müssen uns um wichtigere Dinge Gedanken machen.«
Pfandleiher Fang und Ma die Made hatten die Kinder meines Dorfes mit Sicherheit getötet, doch als ich einen letzten Blick auf die beiden Leichen warf, empfand ich keinen Zorn.

Der Abt ging voran. Wir zündeten Kerzen an, und unsere Schatten glitten drohend wie zusammengekrümmte Riesen über die grauen Steinmauern, während wir vorsichtig die lange, gewundene Treppe in das große Kellergewölbe hinunterstiegen, wo in langen Holzregalen die Schriftrollen lagen. Unser Kloster ist sehr alt, und die Äbte hatten im Laufe der Jahrhunderte eine umfangreiche Bibliothek zusammengetragen. Die medizinischen Texte gingen in die Hunderte, und ich half den Novizen, Rolle um Rolle zu den langen Tischen zu bringen, wo der Abt und seine Bonzen sie auf jeden Hinweis auf das Gift *Ku* überprüften. Es gab zahlreiche Hinweise, da dieses Gift seit beinahe zweitausend Jahren häufig für Morde verwendet wurde. Die Informationen lauteten beinahe immer: »Die Lebensfunktionen des Opfers kamen soweit zum Erliegen, daß es praktisch keine Energien verbrauchte. Dieser Zustand konnte monatelang andauern, doch nichts konnte dem Opfer das Bewußtsein wiedergeben. Der Tod war unvermeidlich, denn es gab kein Gegengift.«

Das Gift wurde aus Tibet eingeführt. Li Kao besaß als einziger Gelehrter genügend Kenntnisse, um alte tibetanische Texte wie das *Chalog Job Jad* zu interpretieren, und er sagte, das Exemplar des *Zaraga Dib Jad* sei eine ungeheure Seltenheit und vermutlich das einzige, das überhaupt noch existierte. Das Rascheln des alten Pergaments wurde nur durch die leisen Flüche von Meister Li unterbrochen. Die tibetanischen Ärzte hatten Behandlungsmethoden großartig beschrieben, doch beim Beschreiben von Symptomen versagten sie kläglich. Offensichtlich war es verboten gewesen, ein Mittel zu erwähnen, dessen einziger Zweck Mord war – möglicherweise, weil die Alchemisten, die so etwas erfanden, denselben Mönchsorden angehört hatten wie die Ärzte, erläuterte Li Kao. Ein weiteres Problem war das Alter der Texte, die so verblaßt und fleckig waren, daß man sie kaum noch entziffern konnte. Die Sonne war untergegangen und ging bereits wieder auf, als Meister Li sich tiefer über eine Seite des *Jud chi, Acht Zweige der vier Prinzipien besonderer Therapien* beugte.

»Ich kann das alte Ideogramm für Stern erkennen und daneben ein völlig fleckiges Zeichen, das vielerlei bedeuten kann, unter anderem auch Weingefäß«, murmelte er vor sich hin. »Was kommt dabei heraus, wenn man die Zeichen für Stern und Weingefäß miteinander verbindet?«

»Das Logogramm für ›aus trunkener Betäubung erwachen‹«, antwortete der Abt.

»Richtig und ›trunkene Betäubung‹ bildlich gesehen, ist eine so vage Beschreibung von Symptomen, daß es praktisch alles bedeuten kann. Das ist wirklich zum Verrücktwerden. Interessant ist jedoch, daß der vorausgehende Text Anfälle und in die Luft schlagen erwähnt«, sagte Meister Li, »kann man behaupten, daß die Kinder jetzt in einer Betäubung liegen?«

Er beugte sich dicht über den Text und las laut vor.

»Nur eine Behandlung ist wirksam, um jemanden aus einer trunkenen Betäubung zu wecken. Auch ist sie nur dann erfolgreich, wenn dem Arzt das seltenste und wirkungsvollste Heilmittel zur Verfügung steht...« Meister Li kratzte sich nachdenklich am Kopf. »Neben dem alten Ideogramm für ›Ginseng‹ steht ein ungewöhnlich ausgeschmücktes Zeichen, das ich als ›Große Wurzel der Macht‹ lesen würde. Hat jemand schon einmal etwas von einem Ginseng Große Wurzel der Macht gehört?«

Das hatte niemand. Li Kao wandte sich wieder dem Text zu.

»Man muß aus der Großen Wurzel eine Essenz destillieren und drei Tropfen auf die Zunge des Patienten träufeln. Die Behandlung muß dreimal wiederholt werden, und wenn man wirklich die Große Wurzel benutzt hat, wird der Patient sich beinahe augenblicklich erholen. Ohne diese Wurzel ist keine Heilung möglich...« Meister Li machte eine bedeutungsvolle Pause. »Der Patient kann zwar monatelang in der Betäubung verharren, doch es ist unmöglich, ihn daraus zu erwecken. Der Tod ist unvermeidlich.«

»Das Gift *Ku*!« rief der Abt.

Nun überprüften die Bonzen jeden Hinweis auf Ginseng, und das bedeutete, daß sie beinahe jede Seite lesen mußten, denn im Laufe der Zeit war die Pflanze für beinahe jede erdenkliche Krankheit verordnet worden. Aber es fand sich nirgends ein Hinweis auf die Große Wurzel der Macht. Wir waren in eine Sackgasse geraten.

Plötzlich schlug Li Kao mit der Faust auf den Tisch und sprang auf.

»Auf zum Büro des Pfandleihers Fang im Lagerhaus!« befahl er. Er trabte die Treppe hinauf, und wir folgten ihm alle auf den Fersen. »Die Gilde der Pfandleiher vertritt das zweitälteste Gewerbe der Welt, und ihre Aufzeichnungen sind älter als die Orakelknochen von An-yang. Die Gilde veröffentlicht Listen äußerst seltener und wertvoller Dinge, die das ungeschulte Auge übersehen könnte. Wenn es eine Große Wurzel der Macht gibt, ist sie vermutlich das Zehnfache ihres Gewichts in Diamanten wert und sieht aus wie ein Hundehaufen«, erklärte er, »ein Bursche wie Fang hat diese Listen zweifellos abonniert, und zwar in der Hoffnung, einen Erben zu betrügen, der den Wert seiner Erbschaft nicht kennt.«

Er trabte flink den Pfad den Hügel hinunter, durch die Tür des

Lagerhauses und dann geradewegs über die Stelle, wo zwei Leichen hätten liegen sollen.

»Diese Kerle?« sagte er, als er unsere fassungslosen Gesichter sah, »oh, die haben sich schon längst aus dem Staub gemacht.«

Ich packte den Abt und hielt ihn fest, doch Großer Hong und einige andere umringten den uralten weisen Mann drohend.

»Soll das heißen, Ihr wußtet die ganze Zeit, daß diese Mörder den Selbstmord nur vorgetäuscht haben?« brüllte der Abt.

»Natürlich, aber man sollte vorsichtig sein, sie des Mordes zu beschuldigen. Soweit ich weiß, haben sie bis jetzt noch niemanden getötet... und ganz sicher lag das nie in ihrer Absicht«, erklärte Meister Li gelassen, »habt Ihr über das Los der Kinder von Pfandleiher Fang nachgedacht, verehrter Herr? Seine Tochter wird vermutlich sterben, aber falls sie sich wieder erholt, welch ein Leben hat sie dann zu erwarten, wenn sie erfährt, daß ihr Vater von den Dorfbewohnern in Stücke zerrissen wurde? Ihr kleiner Bruder wäre schon im Alter von fünf Jahren zu einem Leben in Schande verurteilt, und das erscheint mir doch eine Spur ungerecht. Es wird sicher hier im Dorf eine Familie geben, die sich unschuldiger Kinder annimmt und ihnen erklärt, daß ihr Vater versuchte, die Seide zu verbessern, wobei ihm allerdings ein Fehler unterlief. Deshalb ist er davongelaufen, aber ihm ist alles vergeben.«

Ich ließ den Abt wieder los, der sich vor dem Weisen verbeugte, und Großer Hong räusperte sich.

»Meine Frau und ich werden Fangs Floh zu uns nehmen«, sagte er heiser, »und Reh auch, wenn sie am Leben bleibt. Sie sollen ein liebevolles Elternhaus haben.«

»Sie sind ein guter Mann«, sagte Meister Li, »und was den Pfandleiher Fang und Ma die Made angeht, warum sollen sie sich nicht selbst bestrafen? Eine solche Habgier nagt Tag und Nacht unaufhörlich an den Eingeweiden wie eine Schar Ratten, und wenn sie in die Hölle kommen, haben sie bestimmt schon alle Qualen kennengelernt, zu denen sie von den Yama-Königen vielleicht verdammt werden. Machen wir uns an die Arbeit!«

Fangs Geschäftsbücher füllten zwei große Schränke und einen Koffer, und in diesen umfangreichen Unterlagen fand der Abt den ersten Hinweis auf eine Wurzel der Macht. Wir wußten nicht, ob sie mit der Großen Wurzel der Macht identisch war. Die Bonzen entdeckten drei weitere Hinweise, doch nur einer stammte aus unserer Zeit.

»Vor dreißig Jahren wurden für dreihundert Talente der Ahne eine Wurzel der Macht verkauft. Das ist ein unvorstellbarer Preis«, sagte der Abt und blickte von den Listen auf. »Die Wurzel wird nicht wieder erwähnt, und ich nehme deshalb an, sie befindet sich immer noch im Besitz dieser werten Dame.«

Li Kao verzog das Gesicht, als habe er in eine grüne Persimone gebissen.

»Wenn ich diesem Weib unter die Augen treten würde, wäre ich zwei Sekunden später einen Kopf kürzer«, erklärte er säuerlich. Er dachte nach. »Wenn ich es mir recht überlege, wäre es ein Wunder, wenn sie mich erkennen würde. Sie kann nicht älter als sechzehn gewesen sein, als ich in den Palast des Kaisers befohlen wurde... und das ist schon mehr als fünfzig Jahre her.«

»Meister Li, ein Kaiser hat Sie rufen lassen?« fragte ich mit großen Augen.

»Nicht nur *ein* Kaiser, aber in diesem Fall handelte es sich um den alten Wen«, sagte er, »in den sorglosen Tagen meiner Jugend habe ich ihm einmal Anteile an einer Senfmine verkauft.«

Wir starrten ihn ungläubig an.

»Eine Senfmine?« fragte der Abt zaghaft.

»Ich wollte eine Wette gewinnen, bei der es um die Intelligenz von Kaisern ging«, erklärte Meister Li, »als ich an den Hof gerufen wurde, nahm ich an, man würde mich dafür mit dem Tod der zehntausend Schnitte bestrafen, doch Kaiser Wen hatte etwas anderes im Sinn... merkwürdigerweise Seide. Ein paar Barbaren versuchten, das Geheimnis der Seide zu ergründen, und der Kaiser glaubte, sie könnten der Wahrheit auf die Spur kommen. ›Li Kao, verkaufe diesen Hunden eine Senfmine!‹ befahl er. Es wurde zu einem meiner widerlichsten Erlebnisse.«

Li Kao drehte sich um und trabte zur Tür, und wir trotteten wie

Schafe hinter ihm her zum Kloster. Ich lernte, daß Meister Li nicht nur eine Seite hatte, und hörte fasziniert zu.

»Ich mußte ihnen mit starkem Wein den Verstand vernebeln. Ich schlug jeden Morgen die Augen auf und starrte auf rotbärtige Barbaren, die in Erbrochenem lagen und schnarchten. Sie hatten die Konstitution von Ziegenböcken. Es dauerte eineinhalb Monate, ehe ich sie davon überzeugen konnte, daß Seide aus dem Samen schneeweißer Drachen gewonnen wird, die sich nur in den versteckten Höhlen der geheimnisvollen mongolischen Gletscher vermehren. Ehe sie mit dieser traurigen Information davonsegelten, besuchte mich ihr Anführer, ein Dummkopf namens Procopius. Der Wein hatte sein Aussehen keineswegs verbessert. ›O großer und mächtiger Meister Li, ich bitte Euch, weiht mich in das Geheimnis der Weisheit ein!‹ blökte er. Ein dümmliches Lächeln glitt über sein Gesicht wie verschmierte Wasserfarbe, und seine Augen erinnerten an ein paar rosa Taubeneier, die in Tellern mit gelber Wontonsuppe schwammen. Zu meiner Ehre muß ich sagen, daß ich noch nicht einmal mit der Wimper zuckte. ›Nimm eine große Schüssel‹, sagte ich, ›fülle sie zu gleichen Teilen mit Tatsachen, Phantasie, Geschichte, Mythologie, Wissenschaft, Aberglauben, Logik und Blödsinn, trübe die Mischung mit bitteren Tränen, kläre sie mit schallendem Gelächter, wirf drei Jahrtausende Zivilisation hinein, brülle *kan pei* – das heißt ›trockener Becher‹ – und schlucke alles.‹ Procopius starrte mich an. ›Und dann bin ich weise?‹ fragte er. ›Noch etwas viel Besseres‹, antwortete ich, ›Chinese‹.«

Li Kao führte uns zurück ins Krankenzimmer und schritt langsam die lange Reihe der Betten ab. Die Erschöpfung beugte seine Schultern, und in der hellen Morgensonne wirkte seine faltige Haut beinahe transparent.

Die Kinder von Ku-fu glichen Wachspuppen. Fangs Reh war immer ein hübsches Mädchen gewesen, doch jetzt zeichneten sich die Knochen unter der glatten Haut ab. Sie war so schön wie eine Jadeschnitzerei – ohne Leben und ohne Wärme. Im Bett neben ihr lag Porzellankopf, die Tochter eines Holzfällers. Sie war ein dünnes unauffälliges Mädchen, das immer sanft und liebevoll gewesen war.

Seit sie alt genug war, um eine Nadel zu halten, hatte sie am Totengewand ihres Vaters gearbeitet, und er trug es stolz bei jedem Fest. Jetzt hatte der untröstliche Vater seine Tochter in dieses Gewand gehüllt. Porzellankopf wirkte unglaublich klein und hilflos in einem blauen Seidengewand, das ihr mindestens fünfmal zu groß war. »Langes Leben« hatte sie in Gold darauf gestickt; diese Ironie wirkte jetzt gar nicht komisch.

Die Eltern hatten neben die schlaffen Hände der Kinder ihre Lieblingsspielzeuge gelegt und saßen still und hilflos vor den Betten. Klagendes Heulen drang aus dem Dorf herauf, wo einsame Hunde nach ihren menschlichen Spielgefährten suchten.

Li Kao seufzte, richtete sich auf und winkte mich zu sich. »Nummer Zehn der Ochse, ich habe keine Ahnung, ob eine Wurzel der Macht dasselbe ist wie eine Große Wurzel der Macht, und soweit ich weiß, taugt so etwas nur dazu, um es mit Leim zu mischen und Sandalen damit zu reparieren«, sagte er leise. »Zwei Dinge aber weiß ich: Jeder, der versucht, der Ahne etwas Wertvolles zu stehlen, beschwört einen unangenehmen Tod, und ich bin zu alt, um es ohne die Unterstützung einiger Muskeln zu versuchen. Ich habe deine Fünftausend in Kupfer angenommen, und du bist mein Klient. Die Entscheidung liegt bei dir.«

»Meister Li, wann brechen wir auf?« fragte ich eifrig.

Ich war bereit, auf der Stelle loszurennen, doch er sah mich nachdenklich an.

»Ochse, wenn die Kinder plötzlich sterben, können wir nichts dagegen tun, und wenn das Lehrbuch recht hat, müßten sie noch Monate am Leben bleiben. Es wäre das Schlimmste, wenn wir müde und unvorbereitet an unserem Ziel ankommen würden«, erklärte er geduldig. »Ich werde mich jetzt ausruhen, und wenn du nicht schlafen kannst, wird der Abt vielleicht so freundlich sein, deine Bildung in Hinblick auf unsere Aufgabe zu erweitern. Ginseng ist sowohl die interessanteste als auch die wertvollste Pflanze der ganzen Welt.«

Er gähnte und reckte sich.

»Wir müssen nach Peking zurück, um Geld mitzunehmen. Wir brechen um die erste Wache auf«, sagte er.

Li Kao begab sich im Schlafzimmer der Bonzen zur Ruhe. Ich war in meinem ganzen Leben noch nie so wach gewesen. Der Abt nahm mich mit in sein Studierzimmer, und was ich dort über Ginseng erfuhr, war so interessant, daß es mir beinahe eine Stunde gelang, die Kinder zu vergessen.

4.
Die Wurzel des Blitzstrahls

»Keine Heilpflanze ist so umstritten wie Ginseng«, erklärte der Abt. »Es gibt bedeutende Ärzte, die schwören, daß er nicht wirkungsvoller ist als starker Tee, und es gibt andere, die schwören auf seine Wirkung bei der Behandlung von Bleichsucht, allgemeinen Erschöpfungszuständen, Lymphdrüsentuberkulose, Magen- und Darmkatarrh, Lungen-, Nieren-, Leber-, Herzleiden und Krankheiten der Geschlechtsorgane. Vor langer Zeit, als die Pflanze noch sehr verbreitet war, bereitete man auf dem Land eine Paste aus Ginsengwurzeln, Eulenhirn und Schildkrötenfett und bestrich damit die Köpfe von Kranken, um Irrsinn zu heilen, oder man vermischte sie mit den zerstoßenen Geweihen von Wapitihirschen, und streute das auf die Brust von Patienten, um Tuberkulose zu heilen. Doch am merkwürdigsten ist die Haltung des berufsmäßigen Ginsengjägers, denn für ihn ist Ginseng keine Pflanze, sondern eine Religion.

Es gibt wunderbare Legenden. Ginsengjäger bezeichnen die Pflanze als *chang-diang shen*, ›die Wurzel des Blitzstrahls‹, denn man glaubt, daß sie nur an einer Stelle wächst, wo ein Blitz eine kleine Quelle ausgetrocknet hat. Nach einem Leben von dreihundert Jahren wird der grüne Saft weiß, und die Pflanze erwirbt eine Seele. Danach ist sie in der Lage, Menschengestalt anzunehmen, wird jedoch nie wirklich ein Mensch, denn Ginseng kennt keine Selbstsucht.

Ginseng ist durch und durch gut. Er opfert sich bereitwillig, um denen zu helfen, die reinen Herzens sind. In menschlicher Gestalt kann er als Mann oder als eine schöne Frau auftreten, häufiger jedoch erscheint er als ein rundliches, braunes Kind mit roten Backen und lachenden Augen. Vor langer Zeit entdeckten böse Menschen, daß man ein Ginsengkind fangen kann, indem man es mit einem roten Band festbindet, und deshalb, so sagen die Jäger, ist die Pflanze heutzutage so schwer zu finden. Man hat sie gezwungen, vor den bösen Menschen davonzulaufen, und aus diesem Grund ist die Ginsengjagd eines der gefährlichsten Abenteuer auf dieser Welt.

Der Ginsengjäger muß seine reinen Absichten von Anfang an unter Beweis stellen, und deshalb verzichtet er auf Waffen. Er trägt einen kegelförmigen Hut aus Birkenrinde, Schuhe aus geteertem Schweineleder und eine Ölhaut, um sich vor der Nässe zu schützen. An seinem Gürtel hängt ein Dachsfell, auf dem er sitzt, wenn der Boden feucht ist. Er hat kleine Spaten aus Knochen bei sich und zwei kleine, biegsame Messer, die völlig nutzlos sind, um sich damit zu verteidigen. Neben etwas Proviant und Wein ist dies das einzige, was er besitzt, und seine Suche führt ihn in die wildesten Berge, in die sich noch kein Mensch gewagt hat. Tiger und Bären sind seine Gefährten, und der Suchende fürchtet seltsame Wesen, die noch gefährlicher sind als Tiger – etwa die winzigen Eulen, die ihn beim Namen rufen und in den Wald des Vergessens locken, aus dem kein Mensch je zurückkehrt, oder Räuber, die grausamer sind als die wilden Bären, und die an den wenigen Pfaden lauern, um einen unbewaffneten Ginsengsucher zu ermorden und seine Wurzel zu stehlen.

Wenn Ginsengsucher ein Gebiet gründlich durchforscht und nichts gefunden haben, ritzen sie in die Rinde der Bäume *kao chu kua*, winzige Geheimzeichen, die anderen Suchenden verraten, daß sie hier keine Zeit verschwenden müssen. Ginsengsucher würden nie auf den Gedanken kommen, sich gegenseitig zu betrügen, denn sie sind keine Konkurrenten, sondern Glaubensbrüder. An der Stelle, an der ein Fund gemacht wurde, wird ein Schrein errichtet, und andere, die daran vorbeikommen, hinterlassen Opfergaben – Steine oder Stoffstücke. Findet ein Ginsengsucher eine Pflanze, die noch nicht alt genug ist, umgibt er sie mit Stöcken, die sein Zeichen tragen. Stoßen andere auf diese Stelle, werden sie dort beten oder Geschenke zurücklassen, aber sie würden sich eher die Kehle durchschneiden, als die Pflanze selbst zu nehmen. Ein Mann, der einen Fund gemacht hat, verhält sich sehr merkwürdig.

Ein von Wind und Wetter gezeichneter, halb verhungerter, abgezehrter Ginsengsucher hat hin und wieder das große Glück, sich seinen Weg durch das dichte Unterholz zu bahnen und auf eine kleine Pflanze zu stoßen mit vier Zweigen, violetten Blüten und einem fünften Zweig in der Mitte, der die anderen überragt und den rote Beeren schmücken. Der Stengel ist dunkelrot, die Blätter sind dunkelgrün auf der Außenseite und blaßgrün auf der Innenseite. Der Mann fällt auf die Knie, und Tränen strömen ihm über das Gesicht. Er breitet die Arme aus, um zu zeigen, daß er unbewaffnet ist. Dann macht er drei Kotaus, berührt dabei jedesmal mit der Stirn die Erde und betet.

›O Großer Geist, verlaß mich nicht! Ich komme mit reinem Herzen und reiner Seele, nachdem ich mich von Sünden und bösen Gedanken befreit habe. Verlaß mich nicht.‹

Dann bedeckt er die Augen und bleibt viele Minuten lang ruhig liegen. Wenn die Ginsengpflanze ihm nicht traut und sich in eine schöne Frau oder in ein kräftiges braunes Kind verwandeln und davonlaufen möchte, will der Ginsengsucher nicht sehen, wohin sie verschwindet. Schließlich öffnet er die Augen, und wenn die Pflanze immer noch an ihrem Platz ist, erfüllt ihn große Freude – weniger deshalb, weil er eine wertvolle Pflanze gefunden hat, sondern weil sein Herz als rein befunden worden ist.

Er pflückt die Beeren und legt sie behutsam in die Erde, damit der Ginseng wieder wachsen kann. Blätter und Blüten werden abgestreift und unter vielen Gebeten feierlich verbrannt. Mit den Knochenspaten gräbt der Sucher die Wurzel aus. Sie ist gegabelt und erinnert in ihrer Form an einen Menschen – Skeptiker betrachten die Form als Grundlage primitiver Volksreligion. Die kleinen biegsamen Messer werden benutzt, um die winzigen Wurzelfasern zu reinigen, die man Barthaare nennt, und die von größter Bedeutung für die Heilkräfte sind. Die Wurzel wird in Birkenrinde gewickelt, mit Pfeffer bestreut, um Insekten fernzuhalten, und dann macht sich der glückliche Ginsengsucher auf den langen gefährlichen Weg zurück in die Sicherheit der Zivilisation.

»Wo er vermutlich einem Halsabschneider wie Ma der Made in die

Hände fällt«, sagte der Abt verdrießlich, »der von jemandem wie dem Pfandleiher Fang übers Ohr gehauen wird, der die Wurzel an jemanden wie die Ahne verkauft, die wie eine riesige giftige Kröte auf einer Volksgottheit hockt, deren einziger Lebenszweck es ist, den Reinen im Herzen zu helfen.«

»Ehrwürdiger Vater, ich habe noch nie von der Ahne gehört«, sagte ich schüchtern.

Der Abt lehnte sich zurück und rieb sich die müden Augen.

»Was für eine Frau«, sagte er mit widerwilliger Bewunderung. »Ochse, sie begann ihre Laufbahn als elfjährige kaiserliche Konkubine, und mit sechzehn hatte sie den Kaiser Wen soweit um den Finger gewickelt, daß er sie zu seiner dritten Gemahlin machte. Daraufhin vergiftete die Ahne den Kaiser, erwürgte seine anderen Frauen, ließ bis auf den jüngsten alle seine Söhne enthaupten, hob diesen Schwächling – Kaiser Yang – auf den Thron und ließ sich hinter der Bühne als die wahre Herrscherin Chinas nieder.«

»Ehrwürdiger Vater, ich habe immer gehört, Kaiser Yang sei ein sittenloser grausamer Herrscher gewesen, der das Reich beinahe zugrunde gerichtet hat!«, rief ich.

»Das ist die offizielle Version, in der man ihm auch noch Vatermord anhängt«, erklärte der Abt trocken. »In Wirklichkeit war er ein furchtsamer kleiner Mann und eigentlich recht liebenswert. Die Herrschaft lag völlig in den Händen der Ahne, einen Titel, den sie sich selbst zugelegt hat und aus dem eine gewisse konfuzianische Endgültigkeit spricht. Ihre Herrschaft war kurz, aber grandios. Sie ging daran, das Reich zu ruinieren, indem sie verordnete, daß jedes Blatt, das in ihre kaiserlichen Lustgärten fiel, durch ein künstliches Blatt aus kostbarster Seide ersetzt werden mußte. Die kaiserliche Lustbarkeit war zweihundertsiebzig Fuß lang, besaß vier Decks, einen drei Stockwerke hohen Thronsaal und einhundertzwanzig mit Gold und Jade geschmückte Kabinen. Die Ahne stand vor dem Problem, einen Teich zu finden, der groß genug für dieses Ding war, also ließ sie drei Millionen Sechshunderttausend Bauern zur Zwangsarbeit einziehen und befahl ihnen, den Gelben Fluß mit dem Jangtsefluß durch einen vierzig Fuß tiefen, fünfzig Yard breiten und tausend

Meilen langen Graben zu verbinden. Der Große Kanal erwies sich von unschätzbarem Wert für den Handel, doch das Wichtige für die Ahne dabei war, daß bei seinem Bau drei Millionen Menschen starben, eine Zahl, die ihre gottähnliche Größe bestätigte.
Nach Fertigstellung des Kanals«, sagte der Abt, »lud die Ahne ein paar Freunde ein, sie auf einer wichtigen Staatsmission nach Jangtschou zu begleiten. Sechzig Meilen maß die Flotte der Lustbarken von Bug zu Bug. Sie war bemannt mit neuntausend Bootsleuten und wurde von achtzigtausend Bauern geschleppt, von denen ein paar überlebten. Die wichtige Staatsmission bestand darin, die blühenden Mondwinden zu betrachten. Doch Kaiser Yang betrachtete die Mondwinden nicht. Die Exzesse der Ahne fanden in seinem Namen statt, und so verbrachte er die ganze Reise damit, in einen Spiegel zu blicken. ›Was für ein ausgezeichneter Kopf!‹ jammerte er immer wieder, ›ich frage mich, wer ihn wohl abschlagen wird?‹ Das Köpfen besorgten ein paar Freunde des großen großen Kaisers Lu Shih-min, der den kaiserlichen Namen T'ang T'au'tsung annahm und heute auf dem Thron sitzt. Alles scheint darauf hinzudeuten, daß T'ang der größte Kaiser unserer Geschichte sein wird, aber ich will bescheiden gestehen, daß er einen schweren Fehler beging, als er annahm, Yang sei für die Verbrechen der Sui-Dynastie verantwortlich, und der Ahne erlaubte, sich in allem Luxus ins Privatleben zurückzuziehen.«
Ich glaube, ich war so bleich wie ein Geist geworden. Der Abt streckte die Hand aus und tätschelte begütigend eines meiner Knie.
»Ochse, du wirst mit einem Mann reisen, der sich seit mindestens neunzig Jahren in gefährliche Situationen begeben hat, wenn ich einmal annehme, daß er damit in deinem Alter begann. Und er ist immer noch am Leben, um davon zu erzählen. Außerdem weiß Meister Li weit mehr über die Ahne als ich, und er rechnet fest damit, sich ihre Schwächen zunutze machen zu können.«
Der Abt schwieg, um über seine Worte nachzudenken. Die Bienen summten, die Fliegen brummten, und ich fragte mich, ob man das Schlottern meiner Knie hören konnte. Noch vor ein paar Minuten

hatte ich wie ein Rennpferd davonstürmen wollen; jetzt hätte ich es vorgezogen, wie ein Angsthase blitzschnell in einem Loch zu verschwinden.

»Du bist ein guter Junge, und ich würde nicht gerne dem Mann begegnen, der dir an Körperkräften überlegen ist. Aber du weißt sehr wenig über diese böse Welt«, begann der Abt langsam. »Um die Wahrheit zu sagen, ich mache mir weniger Sorgen um den Schaden, den dein Körper nehmen kann, als um den Schaden deiner Seele. Verstehst du, du weißt nichts über Männer wie Meister Li, und er erwähnte, er habe vor, sich in Peking Geld zu beschaffen. Und ich fürchte...«

Er brach ab und suchte nach den richtigen Worten. Dann entschied er, es würde mehrere Jahre dauern, um mich richtig auf das Kommende vorzubereiten.

»Nummer Zehn der Ochse, unsere einzige Hoffnung ist Meister Li«, erklärte er ernst, »du mußt alles tun, was er befiehlt, und ich werde für deine unsterbliche Seele beten.«

Mit diesem eher alarmierenden Segen verließ er mich, um zu den Kindern zurückzukehren. Ich ging ins Dorf hinunter, um von meiner Familie Abschied zu nehmen. Später gelang es mir sogar, ein wenig zu schlafen. In meinen Träumen umgaben mich rundliche braune Kinder, während ich versuchte, in einem Garten, wo drei Millionen künstliche Seidenblätter in einer leichten Brise raschelten, die nach drei Millionen verwesender Leiber stank, ein rotes Band um die Wurzel eines Blitzstrahls zu schlingen...

5.
Von Ziegen, Gold und Geizhals Shen

»Ein Frühlingswind ist wie Wein«, schrieb Chang Chou, »ein Sommerwind wie Tee, ein Herbstwind wie Rauch und ein Winterwind wie Ingwer oder Senf.« Durch Peking strich ein Wind wie Tee mit einer Spur Rauch und gewürzt mit dem Duft von Pflaumen, Mohn, Päonien, Platanen, Lotus, Narzissen, Orchideen, wilden Rosen, den süß duftenden Blättern von Bananen und Bambus. In der Luft lagen auch die scharfen Gerüche von Schweinefett, saurem Wein, Schweiß und die verwirrenden Ausdünstungen von mehr Menschen, als ich mir hätte träumen lassen.

Bei meinem ersten Besuch in Peking wollte ich nichts anderes als die Straße der Augen erreichen und hatte kaum auf das Mondfest geachtet. Doch jetzt staunte ich mit offenem Mund die Gaukler und Akrobaten an, deren Keulen und Körper durch die Luft wirbelten, und Mädchen so winzig und zart wie Porzellanpuppen, die in riesigen, künstlichen Lotusblüten auf Zehenspitzen tanzten. Die prächtigen Sänften und Kutschen des Adels bewegten sich vornehm durch die Straßen. Männer und Frauen saßen weinend und lachend in Theatern unter freiem Himmel. Die Spieler grölten und fluchten beim Würfeln und bei den Grillenkämpfen. Ich beneidete die eleganten und selbstsicheren Herren, die sich in der routinierten Bewunderung der Liedermädchen sonnten – oder in die Gasse der Vierhundert Verbotenen Freuden schlichen, wenn sie mehr wollten. Die schönsten jungen Frauen, die ich je gesehen hatte, schlugen in bunten Zelten die Trommeln und sangen dabei die Blüten-Trommel-Lieder. Beinahe an jeder Straßenecke saßen alte Frauen mit flinken Augen, die Limonade und kandierte Früchte verkauften, und riefen:

»Aiieee! Aiieee! Kommt her, ihr Kinder! Spitzt die Ohren wie Elefanten, und ich werde euch die Geschichte erzählen, wie der große Ehr-lang von dem schrecklichen übernatürlichen Schwein verschlungen wurde!«

Meister Li besaß spitze Ellbogen. Er kam mühelos in dem Gedränge vorwärts; laute Schmerzensschreie begleiteten seinen Weg. Er zeigte mir die Sehenswürdigkeiten und erklärte, die merkwürdigen Geräusche der Stadt seien für die Ohren ihrer Bewohner ebenso leicht verständlich wie die Geräusche des Bauernhofs für die meinen. Sirren langer Stimmgabeln verriet, daß Barbiere auf Kunden warteten; Klappern von Porzellanlöffeln, die gegen Schalen geschlagen wurden, verhieß winzige Klöße in heißem Sirup, und Klirren von Kupferbechern bedeutete, daß Obstsäfte von wilden Pflaumen und süßen und sauren Holzäpfeln feilgeboten wurden.

Während Meister Li seinem Ziel zustrebte, vermutete ich in meiner Unschuld, er beabsichtige, sich Geld zu verschaffen, indem er einen reichen Freund besuchte oder einen Geldverleiher, der ihm eine Gefälligkeit schuldete. Ich kann nur errötend gestehen, daß ich nicht ein einziges Mal an den Zustand der Bambushütte dachte, in der ich ihn gefunden hatte, oder daran, welche Freunde er vermutlich haben mochte. Zu meiner Überraschung bog er abrupt von der Hauptstraße ab und trottete durch eine Gasse, die nach Abfällen stank. Ratten funkelten uns mit böse glitzernden Augen an; der faulende Unrat blubberte und stank, und ich stieg nervös über eine Leiche – zumindest hielt ich sie dafür, bis ich den Atem des Kerls roch. Er war nicht tot, sondern sternhagelvoll. Am Ende der Gasse hing über einer windschiefen Holzhütte die blaue Fahne eines Weinhändlers.

Später erfuhr ich, daß der Weinladen des Einäugigen Wong in ganz China berüchtigt war. Doch damals fiel mir lediglich auf, daß es in dem niedrigen, dunklen Raum vor Fliegen und Ungeziefer wimmelte und daß ein Schurke, an dessen angefressenen Ohrläppchen ein Jadeohrring baumelte, mit der Ware nicht zufrieden war.

»Ihr Pekinger Schwächlinge nennt diese wäßrige Pisse Wein?« brüllte er, »bei uns in Soochow machen wir Wein, der so stark ist, daß er dich einen Monat umwirft, wenn dich nur jemand anhaucht, der ihn getrunken hat!«

Der Einäugige Wong drehte sich nach seiner Frau um, die das Zeug hinter der Theke mischte.
»Wir müssen mehr roten Pfeffer hineintun, mein Täubchen.«
»Oh, zweihundertzweiundzwanzigfaches überirdisches Unheil!« jammerte Fette Fu: »Wir haben keinen roten Pfeffer mehr!«
»In diesem Fall, o Licht meines Daseins, nehmen wir statt dessen die Magensäure verendeter Schafe«, beruhigte sie der Einäugige Wong.
Der Schurke mit dem Ohrring riß einen Dolch aus der Scheide, taumelte durch den Raum und stieß damit wild in die Luft.
»Ihr Pekinger Schwächlinge nennt diese Dinger Fliegen?« grölte er, »bei uns in Soochow haben wir Fliegen, die so groß sind, daß wir ihnen die Flügel stutzen, sie vor den Pflug spannen und als Ochsen benutzen!«
»Vielleicht würden ein paar zerquetschte Fliegen das Bouquet abrunden«, sagte der Einäugige Wong nachdenklich.
»Dein Genie ist unübertrefflich, o edler Hengst der Schlafkammer, aber Fliegen sind zu riskant«, sagte Fette Fu, »sie könnten das berühmte Aroma zerstampfter Kakerlaken überdecken.«
Der Schurke hatte an Meister Li etwas auszusetzen: »Ihr Pekinger Schwächlinge nennt solche Zwerge Männer?« trompetete er, »bei uns in Soochow gibt es Männer, die sind so groß, daß die Wolken ihre Köpfe streifen, wenn sie mit beiden Beinen auf der Erde stehen!«
»Wirklich? In meinem bescheidenen Dorf«, sagte Meister Li liebenswürdig, »gibt es Männer, die sind so groß, daß die Oberlippe die Sterne netzt, während die Unterlippe die Erde berührt.«
Der Schurke dachte darüber nach.
»Und wo ist ihr Körper?«
»Sie sind wie du«, sagte Meister Li, »... nur ein einziges großes Maul.«
Seine Hand schoß nach oben, eine Klinge blitzte, Blut schoß hervor, und er steckte ruhig den Ohrring des Schurken zusammen mit dem Ohr, das daran hing, in seine Tasche. »Ich heiße Li, mein Vorname ist Kao, und ich habe einen kleinen Charakterfehler«, sagte er mit einer höflichen Verbeugung, »dies ist mein geschätzter Klient Nummer

Zehn der Ochse, der dir gleich mit einem stumpfen Gegenstand auf den Kopf hauen wird.«

Ich wußte nicht genau, was ein stumpfer Gegenstand war, doch die Peinlichkeit, fragen zu müssen, blieb mir erspart, denn der Schurke setzte sich an einen Tisch und begann zu heulen. Li Kao begrüßte Einäugigen Wong mit einem unanständigen Witz, kniff Fette Fu in den mächtigen Hintern und bedeutete mir, mich zu ihnen an einen Tisch zu setzen, auf dem ein Krug Wein stand, der nicht eigener Herstellung war.

»Ochse, mir scheint, deine Bildung läßt in gewissen grundlegenden Aspekten menschlichen Umgangs möglicherweise etwas zu wünschen übrig, und ich schlage deshalb vor, daß du sehr aufmerksam zuhörst«, sagte Meister Li und legte den Jadeohrring des Schurken – ein sehr schönes Stück – auf den Tisch. »Ein hübsches Ding«, sagte er.

»Schund«, höhnte Einäugiger Wong.

»Billige imitierte Jade«, höhnte Fette Fu.

»Von einem Blinden geschnitzt«, höhnte Einäugiger Wong.

»So einen häßlichen Ohrring habe ich noch nie gesehen«, höhnte Fette Fu.

»Wieviel?« fragte Einäugiger Wong.

»Für ein Butterbrot gehört er dir«, sagte Meister Li, »in diesem Fall bedeutet ein Butterbrot einen großen Beutel unechter Goldmünzen, die Kleidung für zwei vornehme Herren, die vorübergehende Benutzung einer luxuriösen Sänfte und der entsprechend gekleideten Träger, ein Karren voller Abfälle und eine Ziege.«

Einäugiger Wong rechnete in Gedanken.

»Keine Ziege.«

»Aber ich brauche eine Ziege.«

»Ein so guter Ohrring ist das nicht.«

»Es muß keine so gute Ziege sein.«

»Keine Ziege.«

»Aber du bekommst nicht nur den Ohrring, sondern auch das Ohr, das daran hängt«, erwiderte Meister Li.

Die beiden beugten sich über den Tisch und musterten interessiert das blutige Ding.

»Kein sehr gutes Ohr«, höhnte Einäugiger Wong.
»Ein schreckliches Ohr«, höhnte Fette Fu.
»Widerlich«, höhnte Einäugiger Wong.
»So ein häßliches Ohr habe ich noch nie gesehen«, höhnte Fette Fu.
»Und wozu soll es überhaupt gut sein?« fragte Einäugiger Wong.
»Sieh dir diese elende Kreatur an, von der es stammt und stell dir vor, welche Unflätigkeiten da hinein geflüstert worden sind«, Meister Li beugte sich über den Tisch und senkte die Stimme, »nehmen wir an, du hast einen Feind.«
»Einen Feind«, sagte Einäugiger Wong.
»Er ist ein reicher Mann mit einem Landgut.«
»Ein Landgut«, sagte Fette Fu.
»Ein Fluß fließt durch das Gut.«
»Ein Fluß«, sagte Einäugiger Wong.
»Es ist Mitternacht. Du steigst über den Zaun und schleichst dich geschickt an den Hunden vorbei. Geräuschlos wie ein Schatten gleitest du an den Oberlauf des Flusses und blickst dich verstohlen um. Du ziehst dieses widerliche Ohr aus deiner Tasche, tauchst es ins Wasser, und dann quellen solche unflätigen Worte heraus, daß die Fische meilenweit davon vergiftet werden. Das Vieh deines Feindes säuft aus dem Fluß und fällt auf der Stelle tot um. Seine saftigen, bewässerten Felder welken und verdorren, seine Kinder planschen im Becken und bekommen Lepra ... und das alles für den Preis einer Ziege.«
Fette Fu vergrub das Gesicht in den Händen.
»Zehntausendfacher Segen für die Mutter, die Li Kao in die Welt gesetzt hat«, schluchzte sie, während Einäugiger Wong sich mit einem schmutzigen Taschentuch die Augen betupfte und schnaubte: »Gekauft.«
Auf dem Land verlief mein Leben im Rhythmus der Jahreszeiten, und alles ereignete sich langsam und gemächlich. Jetzt befand ich mich in der turbulenten Welt von Li Kao, und ich glaube, ich befand mich in einer Art Schock. Wie auch immer, als nächstes erinnere ich mich, daß ich mit Li Kao und Fette Fu in einer prächtigen Sänfte saß

und durch die Straßen getragen wurde, während Einäugiger Wong vor uns her marschierte und das niedere Volk mit einem goldbeschlagenen Stab aus dem Wege trieb. Einäugiger Wong trug die Livree des Haushofmeisters einer vornehmen Familie, und Fette Fu spielte eine vornehme Amme... Meister Li und ich zogen in Gewändern aus meergrüner Seide, die von silbernen mit Jade eingefaßten Gürteln gehalten wurden, bewundernde Blicke auf uns. Die vielen Edelsteine, die an unseren vornehmen Quastenhüten hingen, klimperten im Wind, und wir fächelten träge mit goldgesprenkelten Sezuanfächern.
Die Nachhut bildete ein Diener, der einen Karren voller Abfälle und eine magere, klapprige Ziege hinter sich her zog. Der Diener war ein Schurke mit einer Binde um den Kopf, und er wimmerte immer wieder: »Mein Ohr!«
»Das Haus von Geizhals Shen?« sagte Fette Fu und deutete nach vorne auf ein großes, lange nicht gestrichenes Haus, wo vor den Statuen des Unsterblichen der Kommerziellen Gewinne, des Himmlischen Entdeckers Verborgener Schätze, des Herrn der Einträglichen Erbschaften und jeder anderen habgierigen Gottheit im Himmlischen Ministerium für Reichtum billiger Weihrauch brannte. »Geizhals Shen besitzt sechs blühende Unternehmen, sechs Häuser in sechs verschiedenen Städten, eine Kutsche, eine Sänfte, ein Pferd, drei Kühe, zehn Schweine, zwanzig Hühner, acht scharfe Wachhunde, sieben halb verhungerte Diener und die schöne, junge Konkubine Bezaubernde Ping«, erklärte Fette Fu. »Das alles hat er sich angeeignet, indem er Hypotheken für verfallen erklärte.«
Vor uns trottete ein alter Bauer mit einem Maultier, das einen Karren mit Steinrädern zog, der ins Museum gehörte.
»Miiiiiiiist!« rief er mit zittriger, melancholischer Stimme, *»frischer Miiiiiiiist!«*
Im Haus krächzte jemand aufgeregt: »Steinräder? Steinräder in Peking?« Fensterläden flogen auf, und ein außergewöhnlich häßlicher Mann streckte den Kopf heraus, »großer Buddha, es *sind* Steinräder!« schrie er schrill und verschwand im Haus. Einen Augenblick später hörte ich ihn brüllen: »Koch! Koch! Schnell, wir dürfen keine Zeit

verlieren!« Dann wurde die Haustür aufgerissen, Geizhals Shen und sein Koch stürmten auf die Straße, und sie liefen zu dem uralten Karren.

Sie waren mit Küchenmessern beladen, die sie an den sich langsam drehenden Steinrädern schliffen.

»Mindestens zwei Kupfermünzen gespart, Herr!« rief der Koch.

»Was für ein Glück!« krähte Geizhals Shen.

»Miiist!« rief der Bauer, *»frischer Miiiiiiist!«*

Ein anderer Fensterladen flog auf, und Fette Fu wies auf ein herzförmiges Gesicht mit zwei sinnlichen Mandelaugen.

»Bezaubernde Ping«, erklärte sie, »Bezaubernde Ping besitzt ein billiges Kleid, einen billigen Mantel, einen billigen Hut, ein Paar billige Sandalen, ein Paar billige Schuhe, einen billigen Kamm, einen billigen Ring und soviel Erniedrigungen, daß zwanzig Leben dafür nicht reichen.«

»Mehr Messer!« krähte Geizhals Shen, »bringt auch die Schaufeln und die Hacken!«

»Eine Million Demütigungen«, stöhnte Bezaubernde Ping, und der Fensterladen schlug krachend zu.

»Miiist!« rief der alte Bauer, *»frischer Miiiiiiist!«*

»Diese Hitze«, japste Meister Li und fächelte sich eifrig das Gesicht, »dieser Gestank, dieser Lärm!«

»Unser Herr ist müde und muß ruhen!« schrie Fette Fu dem Einäugigen Wong zu.

»Selbst dieser Schweinestall wäre mir recht«, hauchte Meister Li.

Einäugiger Wong stieß Geizhals Shen mit dem goldbeschlagenen Stab gegen die Schulter.

»Du da!« schnauzte er ihn an, »tausendfacher Segen ist über dich gekommen, denn Lord Li von Kao läßt sich herab, in deiner erbärmlichen Hütte zu ruhen!«

»He?« sagte Geizhals Shen und starrte mit offenem Mund auf die Goldmünze, die Einäugiger Wong ihm in die Hand drückte.

»Lord Li von Kao braucht auch eine Suite für sein geliebtes Mündel, Lord Lu von Yu!« schnauzte Einäugiger Wong und drückte Geizhals Shen eine zweite Goldmünze in die Hand.

»He?« sagte Geizhals Shen, und eine dritte Goldmünze landete in der offenen Hand.
»Lord Li von Kao braucht auch eine Suite für seine Ziege!« schnauzte Einäugiger Wong.
»Dein Herr muß aus Gold gemacht sein!« staunte Geizhals Shen.
»Nein«, erwiderte Einäugiger Wong zerstreut, »nicht er, sondern seine Ziege.«
Wenige Minuten später befand ich mich mit Li Kao, der Ziege und dem Abfall in Geizhals Shens bestem Zimmer. Die falschen Goldmünzen steckten verborgen in Fischköpfen, schimmligen Mangos, und Li Kao fütterte der Ziege eine Schaufel voll davon. Dem Abfall folgte ein halber Liter Rizinusöl, und bald darauf stocherte er mit einer silbernen Zange im Ziegendreck auf dem Boden und hob zwei glitzernde Münzen heraus.
»Was?!« schrie er, »nur zwei Goldmünzen? Du elende Kreatur, hüte dich vor dem Zorn des Lord Li von Kao!«
Ein dumpfer Aufschlag im Gang wies darauf hin, daß Geizhals Shen ohnmächtig von seinem Platz an einem Guckloch zu Boden gefallen war. Li Kao ließ ihm Zeit, sich wieder zu erholen und versuchte es dann noch einmal mit den Abfällen und dem Rizinusöl.
»Vier? Vier Goldmünzen?« tobte er, »unverschämtes Tier, Lord Li von Kao braucht vierhundert Goldmünzen am Tag, um seinen gewohnten Lebensstil aufrechtzuerhalten!«
Die dünne Wand erzitterte unter dem dumpfen Aufprall. Nachdem Geizhals Shen sich wieder erholt hatte, versuchte Meister Li es zum dritten Mal, und jetzt kannte seine Wut keine Grenzen.
»Sechs? Sechs Goldmünzen? Schwachsinnige Kreatur, hast du nie etwas von der geometrischen Reihe gehört? Zwei, vier, *acht* und nicht zwei, vier, *sechs*! Ich werde dich als Hundefutter verkaufen und zu den Schimmernden Gärten des Goldenen Korns zurückgehen und mir eine bessere Ziege suchen!«
Der heftige Aufprall ließ darauf schließen, daß Geizhals Shen längere Zeit bewußtlos sein würde, und Meister Li führte mich in den Gang hinaus. Als wir über den schlaffen Körper stiegen, packte er mich am Arm und sagte sehr ernst: »Nummer Zehn der Ochse, wenn wir

unseren Besuch bei der Ahne überleben wollen, mußt du lernen, daß ein leichtes Herz der beste Schild eines Kriegers ist. Wenn du weiterhin mit einem langen Gesicht und einer verzagten Seele herumläufst, dann wird das unser Tod sein. Dieser Sache werden wir uns sofort annehmen.« Er stieg flink die Treppe nach oben und öffnete Türen, bis er die richtige gefunden hatte.

»Wer seid Ihr?« rief Bezaubernde Ping.

»Ich heiße Li, mein Vorname ist Kao, und ich habe einen kleinen Charakterfehler«, sagte er mit einer höflichen Verbeugung, »dies ist mein geschätzter Klient, Nummer Zehn der Ochse.«

»Aber was wollt Ihr in meiner Schlafkammer?« rief Bezaubernde Ping.

»Ich mache Euch meine Aufwartung, und mein Klient bereitet sich darauf vor, die Nacht hier zu verbringen«, erklärte Meister Li.

»Aber wo ist Geizhals Shen?« fragte Bezaubernde Ping.

»Geizhals Shen bereitet sich darauf vor, die Nacht mit einer Ziege zu verbringen.«

»Einer Ziege?«

»Eine sehr teure Ziege.«

»Eine sehr teu... *was macht Ihr*?« rief Bezaubernde Ping.

»Ich ziehe mich aus«, sagte ich, denn ich war gut erzogen und hätte mir nicht im Traum einfallen lassen, einem so verehrungswürdigen Weisen wie Li Kao zu widersprechen. Außerdem hatte mir der Abt, der für meine Seele betete, aufgetragen, dem Meister zu gehorchen.

»Ich werde schreien!« rief Bezaubernde Ping.

»Das hoffe ich sehr. Ah, wenn ich doch nur noch einmal neunzig wäre«, sagte Meister Li wehmütig, »Ochse, laß für die junge Dame ein paar Muskeln spielen.«

Bezaubernde Ping starrte mich an, während Li Kao sich umdrehte und die Treppe hinunterstieg. Ich strahlte die junge Dame an, deren Familie in die Klauen eines Wucherers gefallen war, und deren Schönheit sie dazu verdammt hatte, die Umarmungen eines ältlichen Mannes zu erdulden, der ein Paar glitzernde Schweinsäuglein besaß, einen kahlen, fleckigen Schädel, eine gekrümmte Nase wie ein Papageienschnabel, die hängenden, schlaffen Lippen eines Kamels und zwei faltige Elefantenohren, aus denen dichte, struppige, graue Haarbüschel ragten. Ihre sinnlichen Lippen teilten sich.

»Hilfe«, hauchte Bezaubernde Ping.

Das Stimmengewirr aus dem Erdgeschoß ließ darauf schließen, daß Geizhals Shen eine Ziege, Rizinusöl und eine Ladung Abfälle erwarb. Bezaubernde Ping und ich nutzten die Gelegenheit, um uns miteinander bekannt zu machen. Wenn in China junge Leute sich kennenlernen wollen, beginnen sie üblicherweise damit, daß sie Flatternde Schmetterlinge spielen, denn es gibt keinen besseren Weg, jemanden kennenzulernen, als Flatternde Schmetterlinge zu spielen.

»*Friß!*« schrie Geizhals Shen die Ziege an.

Nachdem die jungen Leute miteinander bekannt geworden sind, ist es üblich, sich durch die Eisvogelvereinigung näher zu kommen, denn nach der Eisvogelvereinigung ist es unmöglich, nicht gute Freunde zu sein.

»*Gold!*« schrie Geizhals Shen.

Danach ist ein Becher Wein angebracht und ein Gespräch über die jeweiligen Vorzüge, das meist zugunsten von Hunden am Neunten Herbsttag beendet wird.

»*Friß!*« schrie Geizhals Shen.

Dann spielt der junge Herr die Laute, während die junge Dame so aufreizend tanzt, daß sie in der Öffentlichkeit damit Aufruhr erregen würde. Und unvermeidlich verschlingen sie sich zu Sechs Tauben Unter Der Dachtraufe An Einem Regentag.

»*Gold!*« schrie Geizhals Shen.

Jetzt ist die Freundschaft endgültig geschlossen, und es bleibt nur noch ein Schritt und ein Sprung, um ein Herz und eine Seele zu werden. Der schnellste Weg, um ein Herz und eine Seele zu werden, ist: Phönix Vergnügt Sich In Der Zinnoberroten Spalte.

»*Friß!*« schrie Geizhals Shen.

Das führt zu Wein, Liebesgedichten und der Wiederaufnahme von Flatternden Schmetterlingen, jedoch langsam, schläfrig und unter vielem Gekicher. So geht es in China bis zur Morgendämmerung,

wenn jemand sich vielleicht soweit beruhigen mag, daß er daran denkt, die Echtheit von Goldmünzen zu überprüfen.
»Was ist das für ein widerwärtiger Gestank, oh, du vollkommenster und eindringlichster aller Partner?« fragte Bezaubernde Ping gähnend.
»Ich fürchte, der Gestank verkündet das Nahen von Geizhals Shen, oh, du unvergleichliche Schönheit«, antwortete ich traurig, stieg aus dem Bett und zog mir die Hosen an.
»Und was ist das für ein zorniges Geschei, oh, du liebevoller, lüsterner Leopard?« fragte Bezaubernde Ping.
»Ich fürchte, Geizhals Shen bewaffnet seine sieben halb verhungerten Diener mit Keulen, oh, du kostbarstes aller Rosenblätter«, seufzte ich, während ich meine Sandalen, den Umhang, den jadebesetzten Silbergürtel, den vornehmen Quastenhut und den goldgesprenkelten Sezuanfächer zusammensuchte.
»Barmherziger Buddha! Was für ein abscheuliches Ding dringt so unverschämt durch meine Tür?« stöhnte Bezaubernde Ping.
»Ich fürchte, das ist ein Haufen Ziegenmist, unter dem du Geizhals Shen finden wirst. Leb wohl, du Verführung des Universums«, sagte ich und sprang durch das Fenster auf die Straße.
Li Kao wartete dort auf mich. Er war nach einer Nacht mit Fette Fu und Einäugiger Wong bestens ausgeruht, und er schien sich über das Funkeln in meinen Augen zu freuen. Ich bückte mich, und er hüpfte mir auf den Rücken. Ich rannte durch die Straßen auf die Stadtmauer zu, während Geizhals Shen hinter uns schrie: *»Gebt mir meine fünfhundert Goldstücke zurück!«*

6.
Eine liebreizende Dame

Unser Weg zum Haus der Ahne führte durch hohe Berge, und die meiste Zeit trug ich Meister Li auf dem Rücken. Meeresrauschen erfüllte den weiten Himmel, wenn der Wind durch die hohen Bäume blies – Kiefernbrandung sagen die Poeten –, und die Wolken erinnerten an weiße Segel, die über ein endloses blaues Meer glitten.

Eines Tages stiegen wir den letzten Berghang in ein grünes Tal hinunter, und Li Kao wies auf einen niedrigen Hügel vor uns.

»Der Sommersitz der Ahne müßte sich auf der anderen Seite befinden«, sagte er. »Ehrlich gesagt, ich freue mich darauf, sie wiederzusehen.«

Er lächelte bei der Erinnerung an etwas, das fünfzig Jahre zurücklag.

»Ochse, wie ich höre, hat sie inzwischen eine ganze Menge zugenommen, doch die Ahne war die schönste Frau, die ich in meinem Leben je gesehen habe – und die charmanteste, wenn sie es darauf anlegte«, erzählte er. »Trotzdem ließ irgend etwas an ihr meine Warnlämpchen aufleuchten, und ich mochte eigentlich den alten Wen ganz gern. Nach der Sache mit Procopius und den anderen Barbaren stand ich bei ihm in hoher Gunst – mir war sogar erlaubt, mich dem Thron auf einer Ost-West-Achse zu nähern, anstatt von Süden auf den Knien heranzurutschen. Eines Tages schlängelte ich mich an den Kaiser heran und sagte mit listigem Zwinkern, ich hätte Vorkehrungen getroffen, ein frischverheiratetes Paar bei der glücklichen Vereinigung beobachten zu können. Wen war ein kleiner Voyeur, also schlichen wir uns in meine Räume, ich zog einen kleinen Vorhang und hob pedantisch den Finger.

›O Sohn des Himmels‹, sagte ich, ›wie es scheint, kann die Hochzeit mit einer gewissen Art Frau unglückselige Nebenwirkungen haben.‹

Bei den Jungverheirateten handelte es sich um Gottesanbeterinnen«, erklärte Meister Li. »Der Bräutigam überließ sich glücklich der Kopulation, und auf mein Stichwort hin verdrehte die errötende Braut den hübschen Hals und biß ihm einfach den Kopf ab. Das Hinterteil des Bräutigams pumpte immer noch weiter, während die Braut seinen Kopf verspeiste, und das sagt etwas über den Sitz seines Gehirns aus. Dem Kaiser kamen einen Augenblick lang gewisse Zweifel an den Hochzeitsglocken, doch die Ahne nahm sich seiner an, und ich wurde ins Exil nach Serendip geschickt. Das war mein Glück, denn ich befand mich nicht in der Nähe, als sie den armen Wen vergiftete und jeden umbrachte, der ihr unter die Augen kam.«

Wir erreichten den Kamm des Hügels, und ich blickte voll Entsetzen auf einen Besitz hinunter, der einer gewaltigen Festung glich. Er erstreckte sich über das ganze Tal und war umgeben von zwei hohen parallel verlaufenden Mauern. Im Gang dazwischen patrouillierten Wachen und wilde Hunde, und wohin ich auch blickte, sah ich nur Soldaten.

»Ich habe gehört, ihr Winterpalast sei wirklich eindrucksvoll«, bemerkte Meister Li ruhig.

»Können wir tatsächlich in ihre Schatzkammer vordringen und die Wurzel der Macht stehlen?« fragte ich verzagt und kleinlaut.

»Ich habe nicht vor, es zu versuchen«, sagte er. »Wir werden die reizende Dame überreden, uns die Wurzel zu bringen. Leider bedeutet das, wir müssen jemanden ermorden, und es hat mir noch nie großen Spaß gemacht, unschuldigen Zuschauern die Kehle durchzuschneiden. Wir wollen beten, daß wir jemanden finden, der es wirklich verdient.«

Er stieg den Hügel hinunter.

»Wenn sie mich erkennt, wird es natürlich unser eigenes Begräbnis sein, und dieses eine Mal wird sie zugunsten von kochendem Öl auf das Beil verzichten«, erklärte er.

In der letzten größeren Stadt traf Li Kao gewisse Vorbereitungen. Er erstand eine elegante Kutsche und bezog Quartier in der größten Suite des Gasthauses. Dann ging er auf den Marktplatz und heftete eine der Goldmünzen von Geizhals Shen an die Anschlagtafel. Ich nahm an, man würde sie stehlen, sobald wir den Rücken wendeten, doch er zeichnete geheimnisvolle Symbole um die Münze; die Städter, die sich der Anschlagtafel näherten, wurden blaß, suchten schnell das Weite und murmelten Zaubersprüche, um sich vor dem Bösen zu schützen. Ich hatte keine Ahnung, was das alles bedeuten sollte.

Am Abend sammelten sich die furchterregendsten Schurken, die ich je gesehen hatte, vor der Anschlagtafel, betrachteten die Münze und die Symbole und kamen dann zu zweit und zu dritt in den Gasthof geschlendert. Li Kao hatte den stärksten Wein auftragen lassen, den sie wie Schweine soffen, während sie knurrten, brüllten und mich, die Hände an den Dolchen, drohend anstarrten. Als Li Kao eintrat und auf einen Tisch stieg, verstummten die tierischen Laute abrupt.

Es schien, als habe man ihnen die schmutzigen Mäuler gestopft. Ihre Augen traten hervor, und der Schweiß rann ihnen über die schmierigen Gesichter. Der Anführer der Bande wurde vor Entsetzen aschgrau, und ich glaubte, er würde in Ohnmacht sinken.

Meister Li trug ein rotes Gewand mit astrologischen Symbolen und ein rotes Stirnband mit fünf Schlaufen. Das rechte Hosenbein hatte er hochgerollt, das linke Hosenbein entrollt; am rechten Fuß trug er einen Schuh und eine Sandale am linken. Er legte die linke Hand mit ausgestrecktem Mittel- und kleinem Finger auf die Brust und schob die rechte Hand in den Ärmel seines Gewandes. Der Ärmel begann, auf eine bestimmte Weise zu flattern, während er die verborgenen Finger bewegte.

Vier der Banditen packten ihren Anführer und schoben ihn mit Gewalt nach vorne. Eierabschneider Wang zitterte so sehr, daß er sich kaum auf den Beinen halten konnte, aber schließlich gelang es ihm, die rechte Hand in seinen Ärmel zu schieben, und der Ärmel begann ebenfalls zu flattern. Meister Lis Ärmel bewegte sich schneller und schneller, Eierabschneider Wang antwortete auf dieselbe lautlose Weise, und so ging es viele Minuten weiter. Schließlich zog Li Kao seine Hand aus dem Ärmel und verabschiedete die Bande mit einer Geste. Zu meinem Erstaunen rutschten die Schurken und ihr Anführer auf den Knien rückwärts aus dem Raum, wobei sie immer wieder demütig die Köpfe auf den Boden schlugen.

Li Kao lächelte, goß sich aus einem Krug besseren Wein ein und winkte mich zu sich an den Tisch.

»Je gemeiner der Verbrecher, desto mehr beeindruckt ihn das kindische Brimborium der Geheimgesellschaften«, erklärte er zufrieden. »Eierabschneider Wang glaubt aus irgendeinem Grund, ich sei ein Großmeister der Triaden und beabsichtige, seine Bande an der Beute zu beteiligen, wenn ich meinen Schlag gegen die Ahne führe. Mit der letzteren Annahme hat er völlig recht«, sagte Meister Li.

Zwei Tage später wurden ein paar adlige Damen auf dem Rückweg zum Sommersitz der Ahne von Räubern überfallen, die so furchterregend aussahen, daß die Wachen flohen und die Damen ihrem Schicksal überließen. Die Damen befanden sich in einer sehr üblen Lage, bis zwei beherzte Edelmänner zu ihrer Rettung herbeieilten.

»Auf die Knie, ihr Hunde, denn euch trifft der Zorn von Lord Li von Kao!« schrie Meister Li.

»Verkriecht euch, ihr Spitzbuben, vor der Wut von Lord Lu von Yu!« brüllte ich.

Unglücklicherweise stolperte unser Leitpferd im Schlamm, und unsere Kutsche prallte gegen die Kutsche der Damen. Wir wurden auf ein paar halbnackte Frauen geschleudert, die aus Leibeskräften schrien. Benommen starrten wir auf einen hübschen Jadeanhänger, der zwischen ein Paar hübschen Brüsten mit rosigen Spitzen baumelte, und es dauerte eine Weile, ehe wir uns daran erinnerten, weshalb wir hier waren. Dann sprangen wir hinaus, um die Räuber zu vertreiben.

Li Kao hieb mit dem Schwert nach rechts und nach links, und ich teilte mit beiden Fäusten Schläge aus – er traf natürlich daneben, und ich schlug zu kurz. Die Schurken erinnerten sich wieder daran, daß es nicht ihre Aufgabe war, zu rauben und jemanden zu vergewaltigen und lieferten ein gutgespieltes Rückzugsgefecht. Einmal glitt ich im Schlamm aus, und bedauerlicherweise traf einer meiner Haken: Der Anführer der Bande lag flach auf der Erde. Ich vergaß den Zwischenfall, und bald flohen die Banditen in nacktem Entsetzen. Wir wandten uns der Kutsche zu, um den Dank der geretteten Damen entgegenzunehmen.

Eierabschneider Wang hatte bei Hinterhofgefechten bereits seine Nase und beide Ohren verloren und schätzte es überhaupt nicht, auch noch ein paar Zähne eingebüßt zu haben. Mit einem Knüppel in der Hand schlich er sich von rückwärts an mich heran.

»Ein Geschenk für Lord Lu von Yu!« brüllte er und schlug mit aller Macht zu. Vor meinen Augen explodierten prächtige goldgelbe und blaurote Sterne, dann wurde alles schwarz.

Ich erwachte in einem sehr luxuriösen Bett, umgeben von sehr luxuriösen Damen, die sich um die Ehre stritten, die Beule auf meinem Kopf zu kühlen.

»Er erwacht!« kreischten sie so laut sie konnten. *»Lord Lu von Yu öffnet die göttlichen Augen!«*

Ich bin zu Höflichkeit erzogen worden, doch es gibt gewisse Grenzen.

»Wenn ihr nicht mit dem höllischen Gezeter aufhört, wird Lord Lu von Yu euch mit seinen göttlichen Händen erwürgen«, stöhnte ich.

Sie beachteten mich überhaupt nicht, das ohrenbetäubende Geschrei ging weiter, und allmählich begann ich, etwas zu verstehen. Unser wunderbares Eingreifen hatte sie alle vor Vergewaltigung und Schande bewahrt, und die vornehmen Quastenhüte, die grünen Seidengewänder, die jadegefaßten Silbergürtel, die Sezuanfächer und die prallen Geldkatzen mit den Goldmünzen von Geizhals Shen verminderten unser Ansehen bei ihnen keineswegs. Das alles entsprach dem Plan, doch mich verwirrte die wiederholte Erwähnung eines »Bräutigams«. Ich versuchte, genug Kraft zu sammeln, um ein paar Fragen zu stellen, als ich erkennen mußte, daß meine Wunden weit ernsthafter waren, als ich geglaubt hatte.

Ich war so krank, daß ich glaubte, die Erde bebe und mein Bett tanze auf und ab. Ein dumpfes rhythmisches Stampfen, das an

Lautstärke zunahm, begleitete diese Halluzination. Die Damen hörten urplötzlich auf zu plappern. Sie wurden blaß, verschwanden auf Zehenspitzen durch eine Seitentür, und ich roch den widerwärtigen Geruch von verwesendem Fleisch.
Die Schlafzimmertür flog auf, und eine Frau stapfte herein, die ungefähr fünfhundert Pfund wiegen mußte. Der Boden erzitterte, als sie sich meinem Bett näherte. Inmitten von dicken, schlaffen, grauen Fleischwülsten funkelten so kalte Augen, wie ich sie selbst in Alpträumen noch nicht gesehen hatte; eine schwere, gedunsene Hand schnellte vor und packte mich am Kinn. Die eisigen Augen glitten über mein Gesicht.
»Zufriedenstellend«, grunzte sie.
Sie packte mich am rechten Arm und betastete meinen Bizeps.
»Zufriedenstellend«, grunzte sie.
Sie schlug die Decken zurück und drückte auf meine Brust.
»Zufriedenstellend«, grunzte sie.
Mit einem Ruck riß sie die Decke völlig herunter und befühlte meine Genitalien.
»Zufriedenstellend«, grunzte sie.
Dann trat dieses Wesen zurück, und ich starrte wie gebannt auf einen ausgestreckten Finger, der an eine faulende Wurst erinnerte.
»Lord Lu von Yu nennen sie dich«, knurrte sie. »Ich kenne Yu gut, und dort gibt es keinen Lord Lu. Deinen altersschwachen Begleiter nennen sie Lord Li von Kao, und eine Provinz Kao gibt es nicht. Ihr seid Hochstapler und Glücksritter, aber eure verbrecherischen Absichten interessieren mich nicht.«
Sie stemmte die Arme in die Hüften und funkelte mich an.
»Meine Enkeltochter hat Gefallen an dir gefunden, und ich will Urenkel«, fauchte sie. »Die Hochzeit findet statt, sobald deine Wunden geheilt sind. Du wirst mir sieben Urenkel schenken, und es werden alles Knaben sein. Ich beabsichtige, die T'ang-Dynastie zu stürzen und die Sui wieder an die Macht zu bringen; dazu eignen sich Knaben besser. Inzwischen wirst du mich nicht dadurch reizen, daß ich dein dummes Gesicht öfter als unbedingt notwendig zu sehen bekomme. Und du wirst nur dann sprechen, wenn man dich

anspricht. Freches Benehmen wird in meinem Haus mit sofortiger Enthauptung bestraft.«

Das Monster machte kehrt und stapfte aus dem Raum. Die Tür fiel bösartig hinter ihr ins Schloß. Einen Augenblick lang lag ich wie gelähmt da; dann sprang ich aus dem Bett, rannte durch das Zimmer und wollte aus dem Fenster klettern. Der Anblick, der sich mir bot, ließ mich innehalten. Dieser riesige Landsitz besaß nicht weniger als sieben Lustgärten; und entsprechend der Tradition großer Häuser war einer als Bauerndorf angelegt. Ich starrte hinunter auf schlichte Schilfdächer, auf plumpe Wasserräder, grüne Felder, Schweine, Kühe, Hühner und Wasserbüffel. Tränen traten mir in die Augen und rollten über meine Wangen.

Mein Dorf betete um eine Ginsengwurzel!

Ich ging zurück ins Bett. Angst und Entsetzen quälten mich.

7.
Ein Großes Haus

Als ich mich soweit erholt hatte, daß ich mich mit meiner Umgebung vertraut machen konnte, dämmerte mir, daß das Monster schon vor einiger Zeit sich für sieben Urenkel entschlossen hatte und daß sie ihrer Enkeltochter auftragen würde, sie als Zwölfjährige zur Welt zu bringen. Ich lag im Schlafsaal der Knaben, die ihr helfen sollten, die T'ang-Dynastie zu stürzen. Ich gestehe, bei dem Gedanken daran, welches Leben meine armen Söhne führen sollten, mußte ich weinen.

Mit mathematischer Genauigkeit ausgerichtet standen sieben kleine Betten nebeneinander, und genau vor ihnen sieben kleine Schreibpulte; die Schreibpinsel lagen alle genau drei Fingerbreit rechts von den Tintensteinen. In diesem kalten unmenschlichen Raum verstieß nichts auch nur um Haaresbreite gegen die festgelegte Ordnung, auch nicht die Tafeln an den Wänden. Darunter befanden sich auch einige *kung kuo-yo*, also Sündenregister. Ich will ein Beispiel geben.

Jede Sünde wird durch Schläge mit der Birkenrute bestraft

Sich lustvollen Gedanken hingeben:	5
Sich nackt zeigen, wenn man sich nachts erleichtert:	2
Unzüchtige Träume:	2
Wenn solche Träume zu unzüchtigen Handlungen führen:	10
Das Singen frivoler Lieder:	5
Das Lernen frivoler Lieder:	10
Einer Frau nicht den Weg freimachen:	10

Wenn man gleichzeitig die Frau ansieht:	20
Wenn man sie sehnsüchtig ansieht:	30
Wenn einem dabei unzüchtige Gedanken kommen:	40
Dreistigkeit gegenüber einer Frau:	50
Dreistigkeit gegenüber der Ahne:	500
Wiederholte Dreistigkeit:	**Enthauptung**

Auf anderen Tafeln standen Lektionen, die auswendig gelernt werden mußten, und meine Augen irrten entsetzt von einer zur anderen. Hin und wieder träumte ich, in einem Schulzimmer zu sein, dessen Wände über und über mit Ausschnitten dieser Lektionen besetzt sind.

Die Wirkung der Flammenwerfer, als *meng huo yu* bekannt, läßt sich durch das Hinzufügen von zerstampften Bananen und Kokosnüssen zum Öl verstärken. Dadurch entsteht eine Mischung, die brennend am Fleisch haftet...

Die Feuerdroge entwickelt bei der Explosion ein tödliches Gas, wenn man fünf Unzen *langtu* hinzugibt, zweieinhalb Unzen Pech, eine Unze Bambusfasern, drei Unzen Arsenoxyd...

Unterwegs läßt sich sehr schnell ein ausgezeichetes Gift gewinnen, indem man zwei Körbe Oleanderblätter kocht, die Flüssigkeit destilliert und drei Unzen getrocknete Eisenhutwurzeln hinzufügt. Auf dem Meer entfernt man einfach den Luftsack des Kugelfischs...

Wang Shihchen bediente sich einer subtileren Methode. Er überreichte seinen Opfern pornographische Romane, nachdem er die Ecken der Blätter mit Arsen bestrichen hatte. Wenn das Opfer sich die Finger leckte, um die Seiten zu wenden...

Hodenquetschen lassen sich sehr einfach herstellen, indem man...

Abgeschlagene Köpfe lassen sich für die Zurschaustellung präparieren, indem man...

Ich vergrub mich im Bett, zog mir die Decken über den Kopf und tauchte erst wieder auf, als ich hörte, wie sich die Tür öffnete, und eine vertraute Stimme sagte: »Was für ein Glück. Deine Verlobung ist ein Geschenk des Himmels... ach, übrigens, wie hat dir die reizende Dame gefallen, die vor kurzem noch über China herrschte?«
Ich sprang aus dem Bett und umarmte ihn. »Meister Li«, schluchzte ich, »wenn meine Verlobte ihrer Großmutter auch nur im entferntesten ähnelt, halte ich das nicht aus!« Doch dann durchzuckte mich ein erfreulicher Gedanke: »Aber wenn wir verlobt sind, werde ich sie bis zur Hochzeit nicht sehen.«
»Normalerweise wäre das der Fall, aber man hat eine Ausnahme gemacht, da du bereits beinahe alles von ihr gesehen hast«, erwiderte Meister Li. »Sie war eine der Damen in der Kutsche, und zwischen ihren hübschen Brüsten baumelte der hübsche Jadeanhänger. Mach dir keine Sorgen. Du mußt nur gelegentlich mit ihr in den Gärten spazierengehen, und in der Zwischenzeit finde ich heraus, wen wir umbringen müssen, um an die Wurzel der Macht zu kommen.«
»Aber die Ahne...«, jammerte ich.
»Hat mich nicht erkannt«, beruhigte mich Meister Li. »Ihr intensiver Abscheu vor verbrecherischen Glücksrittern hat meine schlechten Gewohnheiten verstärkt, die Augen zu rollen, zu sabbern, im unpassenden Moment zu kichern, mir mit ungewaschenen Fingern im Mund zu bohren. Ich bezweifle, daß sie deine Gesellschaft suchen wird. Du brauchst dir nur Gedanken über deine Verlobte, ihren Vater und den Kammerdiener zu machen.«

Mein künftiger Schwiegervater stellte sich als einer der liebenswertesten und freundlichsten Männer heraus, den man sich vorstellen kann. Als Gelehrter verneigte er sich nur vor Li Kao. Ho Wen hatte den zweiten Platz in den *chin-shih*-Prüfungen errungen, und ich hätte in die Hanlin-Akademie eintreten müssen, um zwei solche Köpfe unter einem Dach zu finden. Zwischen den beiden bestand ein faszinierender Gegensatz.

Li Kao warf eine Idee in die Luft, beobachtete, wie sie funkelte, und warf eine zweite hinterher. Dann schickte er viele verwandte Ideen in den Raum, wo sie kreisten und sich drehten, und wenn sie zur Erde zurückkehrten, hatten sie sich säuberlich zu einem Halsband verschlungen, das sich makellos um den Hals des Themas legte. Ho Wen dagegen war ein Gelehrter, der einen Schritt nach dem anderen und niemals einen Fehler machte. Sein Gedächtnis war so unerschöpflich, daß selbst Li Kao es ihm darin nicht gleichtun konnte. Ich fragte ihn einmal nach dem Namen eines fernen Berges und erhielt folgende Antwort.

»Es gibt fünf heilige Berge: Hengshan, Changshan, Huashan, Taishan und Sungshan, wobei Taishan rangmäßig an der Spitze steht und Sungshan in der Mitte. Zu den nicht heiligen, aber sehr ehrwürdigen Bergen zählen Wuyi, Wutang, Tienmu, Tienchu, Tienmuh, Niushi, Mei, Shiunherh, Chichu, Chihua, Kungtun, Chunyu, Yentang, Tientai, Lungmen, Kueiku, Chiuyi, Shiherh, Pakung, Huchiu, Wolung, Niuchu, Paotu, Peiyo, Hunagshan, Pichi, Chinsu, Liangfu, Shuanglang, Maku, Tulu, Peiku, Chinsan, Chiaoshan und Chungnan. Da der Berg, von dem du sprichst, nicht darunter ist...«

»Ho«, stöhnte ich.

»... ist es vielleicht keine zu überstürzte Schlußfolgerung anzunehmen, daß es Kuanfu ist, obwohl ich nicht gern in Gegenwart der Ahne zitiert werden möchte, denn der kleinste Irrtum kann Enthauptung zur Folge haben.«

Li Kao machte sich sofort das Potential von Hos Gedächtnis zunutze. Er bat ihn, wenn wir allein waren, auf unsere Titel zu verzichten und uns Li Kao und Nummer Zehn der Ochse zu nennen, und lenkte bei der ersten Gelegenheit das Gespräch auf Ginseng. Hos Augen leuchteten, aber ehe er einen Diskurs beginnen konnte, der möglicherweise mehrere Wochen gedauert hätte, fragte ihn Li Kao, ob er jemals von einer Großen Wurzel der Macht gehört habe. Selbst

Ho Wen mußte darüber nachdenken und sagte dann langsam und zögernd:
»Als Vierjähriger habe ich einen Vetter in der Segen-des-Himmels-Bibliothek in Loyang besucht.« Er schwieg und dachte darüber nach. »Im dritten Keller, fünfte Reihe links, zweites Fach von oben. Hinter Chou-pis *Mathematik* fand ich Chang Chis *Typhus und andere Kleinigkeiten*. Dahinter entdeckte ich in zweiundfünfzig Rollen die sechzehn Bände von Li Shi-chen: *Abriß der Kräutermedizin* und dahinter stieß ich auf ein Mäusenest. Damals jagte ich hinter der Maus her. Im Nest lag ein Stück Pergament mit einem hübschen Bild und der Unterschrift: ›Große Wurzel der Macht‹, aber das Pergament war so angeknabbert, daß ich nicht entziffern konnte, zu welcher Art diese Wurzel gehörte.«
Er kniff die Augen zusammen und spitzte die Lippen, während er versuchte, sich an die Abbildung zu erinnern.
»Es war eine merkwürdige Wurzel«, sagte er. »Sie hatte zwei winzige Fasern, die Beine der Macht, zwei weitere waren die Arme der Macht, und eine fünfte war der Kopf der Macht. Die eigentliche Wurzel war das Herz der Macht, und es trug die Bezeichnung ›das Höchste‹. Leider hatten die Mäuse alles andere gefressen, und deshalb weiß ich nicht, worauf sich ›das Höchste‹ bezog. Ich bezweifle sehr, daß es sich bei der Wurzel um Ginseng handelte, denn ich habe noch nie von Ginseng gehört, der dieser Wurzel ähnlich wäre.«
Ho Wens Interesse an Ginseng hatte einen besonderen Grund. Als eines Tages auf dem Begräbnisplatz der Familie ein Grab ausgehoben wurde, kamen Fragmente von Tontafeln zum Vorschein. Ho Wen erkannte sofort Schriftzeichen von unglaublichem Alter. Er brachte die Arbeiter dazu, jedes vorhandene Tonstückchen aufzusammeln, und machte sich dann an eine unmögliche Aufgabe. Die Zeichen auf den Täfelchen waren beinahe unleserlich, doch Ho Wen war entschlossen, den Text zu entziffern, oder bei dem Versuch zu sterben. Mit vor Stolz gerötetem Gesicht führte er uns in seinen Arbeitsraum und zeigte uns die winzigen Tonfragmente. Er erklärte uns die Theorien der mathematischen Wahrscheinlichkeit, die er aufgestellt hatte, um eine Reihenfolge der Zeichen in dem alten Text zu finden.

Er hatte bereits sechzehn Jahre daran gearbeitet und zehn ganze Sätze entziffert. Und wenn er sechzehn weitere Jahre leben würde, hoffte er, vier vollständige Absätze enträtselt zu haben.

Etwas konnte er bereits mit Sicherheit sagen: Es handelte sich um ein Märchen oder eine Geschichte über Ginseng, und es war eines der ältesten, das die Menschheit kannte.

Ho Wen besaß kein eigenes Geld. In meiner Unschuld glaubte ich, sein Rang als Gelehrter sei mehr wert als Geld, aber ich konnte mich bald vom Gegenteil überzeugen. Ich vermute, die Reichen aller Länder gleichen sich darin, daß Geld ihr einziger Wertmaßstab ist; bezeichnete man Ho Wen vielleicht als Meister Ho? Als den Ehrwürdigsten Gelehrten Ho? Als den Zweitgelehrtesten-Aller-Sterblichen Ho? Nein, das nicht gerade. Man nannte ihn Hahnrei Ho, und er lebte in Angst und Schrecken vor der Ahne, seiner Frau, ihren sieben dicken Schwestern und seiner Tochter. In einem großen Haus rangiert ein armer Gelehrter nur wenig über dem Mann, der die Nachtschüsseln leert.

Zwischen Hahnrei Ho und seiner Tochter bestand keinerlei Ähnlichkeit. Meine künftige Braut war ein auffallend hübsches Mädchen und hieß Jungfer Ohnmacht. Ich nahm an, dieser ungewöhnliche Name stamme aus einem Gedicht, doch bei unserem ersten Spaziergang durch die Gärten unter der Obhut von Li Kao und ihrem Vater wurde ich eines Besseren belehrt.

»Lauscht!« rief Jungfer Ohnmacht, blieb auf dem Pfad stehen und hob dramatisch den Finger. »Ein Kuckuck!«

Nun ja, ich bin auf dem Land aufgewachsen.

»Nein, mein Herz«, erwiderte ich lachend, »es ist eine Elster.«

Sie stampfte mit ihrem hübschen Fuß auf. »Es ist ein Kuckuck!«

»Teuerste, die Elster ahmt den Kuckuck nach«, erklärte ich ihr und wies auf die Elster, die einen Kuckuck nachahmte.

»Es ist ein *Kuckuck*!«

»Du Licht meines Lebens«, seufzte ich, »es ist eine Elster.«

Jungfer Ohnmacht wurde rot, wurde blaß, griff sich an die Brust, schwankte und piepste: »Oh, du bist mein Tod.« Dann taumelte sie rückwärts, wankte nach links und sank anmutig zu Boden.

»Zwei Schritte zurück, sechs nach links«, seufzte ihr Vater.
»Ändert sich das nie?« erkundigte sich Li Kao mit wissenschaftlichem Interesse.
»Nicht einen einzigen Inch. Genau zwei Schritte rückwärts und sechs nach links. Und jetzt, mein lieber Junge, wird von dir erwartet, daß du niederkniest, ihre zarten Schläfen benetzt und für deine unverzeihliche Grobheit um Vergebung bittest. Meine Tochter«, erklärte Hahnrei Ho, »irrt sich nie. Ich sollte vielleicht hinzufügen, daß ihr auch noch nie etwas verweigert wurde, was sie sich gewünscht hat.«
Ziehen einige meiner geschätzten Leser vielleicht eine Geldheirat in Erwägung? Ich kann mich noch sehr gut an einen goldenen Nachmittag erinnern, an dem der Kammerdiener mich in der Etikette eines großen Hauses unterwies, während Hahnrei Hos geliebte Frau und ihre sieben dicken Schwestern im Garten der Dreißig Duftenden Düfte Tee tranken, Jungfer Ohnmacht in der Halle der Preisgekrönten Pfauen sich über die »Dummheit« ihrer Hofdamen empörte, und die Ahne einen Diener tadelte, der auf der Terrasse der Sechzig Seligkeiten eine Tasse hatte fallen lassen.
»Der Koch reicht dem Gast einen Löffel mit einem geschnitzten Stiel und einem Ständer, der westlich der Dreifüße plaziert wird«, erklärte der Kammerdiener. »Der Gast umfaßt mit der rechten Hand und nach innen gewendeter Handfläche den Stiel des Löffels und legt ihn neben den Ständer.«
»Kopf ab!« brüllte die Ahne.
»Danach«, fuhr der Kammerdiener fort. »blickt er im Westen der Dreifüße nach Osten, um die Speisen entgegenzunehmen, die ihm zustehen, und das wiederum richtet sich nach seiner Kleidung, angefangen bei dem Standesschirm, den seine Diener tragen.«
»Plapper-plapper-plapper-plapper-plapper«, gackerten Hahnrei Hos Frau und die sieben dicken Schwestern.
»Die Schirme der Beamten ersten und zweiten Ranges haben gelblich-schwarze Gazebespannung, ein rotes Rohseidenfutter, silberne Spitzen und sind dreifach. Die Schirme der Beamten dritten und vierten Ranges sehen genauso aus, haben jedoch rote Spitzen.«

»Vergebung, Herrin! Natürlich hat Konfuzius das Handbuch der Stickerei für adlige Damen geschrieben«, schluchzte eine Hofdame.
»Die Schirme des fünften Ranges«, erklärte der Kammerdiener, »haben eine blaue Gazebespannung, ein rotes Rohseidenfutter, Silberspitzen und sind zweifach. Die des sechsten bis neunten Ranges haben blaue, geölte Rohseidenbespannung, rotes Rohseidenfutter, silberne Spitzen und sind einfach.«
»Werft die Leiche in den Schweinestall«, brüllte die Ahne.
Genug!

8.
Das Tanzmädchen

Eines Abends besuchten Li Kao und ich Hahnrei Ho in seinem Arbeitszimmer, und wir fanden ihn in Tränen aufgelöst. Schluchzend hielt er einen billigen Silberkamm in den Händen. Als er sich soweit beruhigt hatte, daß er sprechen konnte, bat er uns, seine Geschichte anzuhören, denn er hatte niemanden, mit dem er seine Freuden und Leiden teilen konnte. Li Kao goß ihm einen Becher Wein ein, und wir setzten uns, um ihm zuzuhören.

»Vor ein paar Jahren gelang es mir, das Wohlwollen der Ahne zu erringen«, begann Hahnrei Ho. »Gnädig gestattete sie mir, eine Konkubine zu nehmen, aber ich besaß kein Geld. Ich konnte mir keine Dame von Stand, noch nicht einmal die Zofe einer Dame von Stand leisten. Also wählte ich ein Tanzmädchen aus Hangchow. Sie hieß Leuchtender Stern. Sie war sehr schön und sehr tapfer, und ich liebte sie aus ganzem Herzen. Sie liebte mich natürlich nicht, denn ich bin alt und häßlich und gleiche eher einem Wurm. Aber ich drängte mich ihr nie auf, und ich glaube, sie war einigermaßen glücklich. Als Zeichen meiner Liebe schenkte ich ihr diesen Kamm. Wie ihr seht, ist es kein besonders guter Kamm, doch mehr konnte ich mir nicht leisten, und um mir eine Freude zu machen, steckte sie ihn sich in die Haare. Ich war noch nie verliebt gewesen, und in meiner Torheit glaubte ich, meine Freude würde ewig währen.

Eines Abends hatte die Ahne Offiziere aus der Festung zu Gast, darunter auch einen jungen Hauptmann aus so vornehmer Familie, daß jeder wußte, die Ahne würde ihn zum Gemahl von Jungfer Ohnmacht wählen. Aus irgendeinem Grund fiel der Name Leuchtender Stern, und der Hauptmann wurde plötzlich hellwach. Sie sei kein

gewöhnliches Tanzmädchen, erklärte er aufgeregt. Durch ihr Geschick und ihren Mut beim Schwerttanz war Leuchtender Stern in Hangchow zur lebenden Legende geworden. Der junge Hauptmann war selbst ein berühmter Schwertkämpfer und erklärte, er würde alles geben, um sich mit einer solchen Gegnerin zu messen. Beim Schwerttanz sind keine Rangunterschiede erlaubt, und so befahl die Ahne, Leuchtender Stern möge sich dem Hauptmann stellen. Als Leuchtender Stern aus einem alten Korb zwei Schwerter hervorholte, sah ich deutlich, daß ihr Herz an diesen blitzenden Klingen hing. Sie erlaubte mir, sie einzuölen, und ich staunte über den Stolz und das Glück in ihren Augen. Dann verließ mich mein schönes Tanzmädchen wie eine Königin.
Schwerttänzer tragen natürlich nur ein Lendentuch, und ich konnte nicht ertragen, mit anzusehen, wie Leuchtender Stern wie ein Stück Fleisch den lüsternen Blicken der Soldaten ausgesetzt wurde. Ich nahm nicht als Zuschauer an dem Tanz teil, aber das brauchte ich auch nicht. Ein sanfter Wind wehte vom Palast und trug das Klirren der stählernen Klingen zu mir herüber. Es wurde lauter und lauter, schneller und schneller. Ich hörte den Beifall, und dann hörte ich die Zuschauer aus Leibeskräften schreien. Die Trommeln dröhnten wie Donner, und als die Sanduhr abgelaufen war, jubelten die Zuschauer noch beinahe zehn Minuten voll Begeisterung und Staunen. Die Kampfrichter erklärten sich außerstande, einen Sieger zu bestimmen. ›Nur Götter haben das Recht, unter Göttern zu wählen‹, sagten sie. Die Trophäe wurde halbiert, und jeder der beiden bekam eine Hälfte.
In dieser Nacht lag ich in meinem Bett und lauschte dem Schluchzen meines Tanzmädchens. Leuchtender Stern hatte sich in den jungen Hauptmann verliebt, aber was sollte sie tun? Ihr gesellschaftlicher Rang war so niedrig, daß es für einen Herrn seiner Stellung völlig unmöglich war, sie zur Nebenfrau zu nehmen. Leuchtender Stern würde in Zukunft gezwungen sein, den Hauptmann als Gemahl meiner Tochter zu sehen, ohne ihn auch jemals nur berühren zu können. Sie weinte die ganze Nacht, und am nächsten Morgen machte ich mich auf den Weg zur Festung, wo ich ein langes Ge-

spräch mit dem jungen Hauptmann führte, der keine Sekunde geschlafen hatte, denn jedesmal, wenn er die Augen schloß, sah er das Gesicht von Leuchtender Stern vor sich. Als ich am Abend nach Hause zurückkehrte, legte ich dem Tanzmädchen eine Goldkette um den Hals, an der als Zeichen der Liebe des Hauptmanns ein wunderschöner Jadeanhänger hing... Bin ich nicht ein Wurm?« fragte Hahnrei Ho. »Ich besaß so wenig Stolz, daß ich für die Frau, die ich liebte, sogar den Kuppler spielte. Für mich zählte nur ihr Glück, und ich ging ganz systematisch ans Werk. Ich entdeckte, daß es zwei kurze Zeitspannen gab, in denen der Gang zwischen den Mauern unbewacht blieb: Bei Sonnenuntergang, wenn die Wachen ihren Dienst beendeten, warteten die Männer in den Zwingern ein paar Minuten, um sicherzugehen, daß sich niemand mehr draußen befand, ehe sie die Hunde losließen. Und bei Sonnenaufgang warteten die Wachen ein paar Minuten, ehe sie den Gang betraten, um sicherzugehen, daß alle Hunde eingesperrt waren. Am Nordende gab es eine kleine Tür in der inneren Mauer. Ich stahl den Schlüssel und überreichte ihn meinem Tanzmädchen. Am Abend bei Sonnenuntergang gab ich wie verabredet das Zeichen, daß der Gang frei war; der junge Hauptmann kletterte über die äußere Mauer, überquerte den Gang, und Leuchtender Stern öffnete ihm die Tür. Bei Sonnenaufgang kehrte er auf dieselbe Weise in die Festung zurück.
Beinahe einen Monat lebte sie im Himmel. Ich lebte natürlich in der Hölle, aber das hatte, relativ gesehen, wenig zu bedeuten«, erzählte Hahnrei Ho. »Dann hörte ich eines Abends einen markerschütternden Schrei. Ich rannte zur Mauer, wo Leuchtender Stern verzweifelt an der Tür zog und zerrte. Sie hatte die Tür gerade geöffnet, als jemand gekommen war und sie sich verstecken mußte. Und als sie wieder zur Tür zurückgekommen war, mußte sie entdecken, daß jemand abgeschlossen und den Schlüssel mitgenommen hatte. Ich lief so schnell ich konnte zu den Zwingern, denn ich wollte versuchen, die Männer daran zu hindern, die Hunde loszulassen, doch ich kam zu spät. Die schreckliche Meute stürmte bellend den Gang entlang. Der junge Hauptmann konnte zwar viele umbringen, doch es gelang ihm nicht, alle zu töten. Während Leuchtender Stern

verzweifelt an der Tür zerrte und zog, mußte sie mit anhören, wie der Hauptmann von den Hunden zerfleischt wurde. Das konnte sie nicht ertragen. Ich rannte zurück und mußte entdecken, daß mein schönes Tanzmädchen sich in einen alten Brunnen an der Mauer gestürzt hatte.

Es war kein Unfall gewesen. Man wußte in der Festung, daß der Hauptmann sich nachts davonschlich, und keinem, der den Schwerttanz miterlebt hatte, war das Leuchten in seinen Augen entgangen. Die Freude, die sich in den Augen von Leuchtender Stern spiegelte, war unübersehbar, und so wußte jeder, daß der junge Hauptmann eine Möglichkeit gefunden hatte, den Gang zu durchqueren. Aber wer konnte so grausam gewesen sein, die Tür zu verschließen und den Schlüssel abzuziehen? Es war Mord an zwei unschuldigen jungen Menschen...«

Hahnrei Ho begann wieder zu weinen, und es dauerte beinahe eine Minute, bis er weitersprechen konnte.

»Leuchtender Stern wollte vielleicht sterben, aber ihr Schicksal war weit schlimmer«, schluchzte er. »Ihre Sehnsucht nach dem jungen Hauptmann war so groß, daß sie selbst im Tod noch versuchen muß, rechtzeitig durch die Tür zu ihm zu gelangen, aber natürlich kann sie das nicht. In der nächsten Nacht kehrte ich zu dem Brunnen zurück, in dem sie sich das Leben genommen hatte, und mußte entdecken, daß mein schönes Tanzmädchen in einem Geistertanz gefangen war. Nun fürchte ich, daß sie die Qualen der Verdammten bis in alle Ewigkeit erdulden muß.«

Li Kao sprang auf und klatschte laut in die Hände.

»Unsinn!« sagte er, »es hat noch keinen Geistertanz gegeben, und es wird auch keinen geben, dessen Bann man nicht lösen kann. Ho, bring uns an den Ort der Tragödie, du, ich und Nummer Zehn der Ochse werden uns dieser Sache sofort annehmen.«

Es war beinahe die dritte Wache, die Geisterstunde, als wir im Mondlicht durch den Garten gingen. Der Wind seufzte traurig in den Zweigen, und in der Ferne heulte ein einsamer Hund. Eine Eule flog wie ein fallendes Blatt über das Gesicht des Mondes. Wir erreichten die Mauer, und ich sah, daß man die Tür entfernt und die Öffnung

zugemauert hatte. Der alte Brunnen war mit einem Deckel geschlossen, und auf dem Pfad wuchs das Unkraut.
Li Kao wandte sich an mich. »Ochse, hat man dich gelehrt, Geister zu sehen?« fragte er ruhig.
Ich wurde feuerrot. »Meister Li«, erwiderte ich bescheiden, »in meinem Dorf macht man die jungen Leute mit der Welt der Toten erst bekannt, wenn sie gebildet genug sind, die Lebenden zu achten. Der Abt glaubte, ich könnte vielleicht nach der Herbsternte zur Einweihung bereit sein.«
»Mach dir keine Sorgen«, sagte er zuversichtlich, »die Welt der Toten ist ungeheuer kompliziert, aber Geistersehen ist die Einfachheit selbst. Richte deinen Blick auf die Mauer, dorthin wo früher die Tür war. Sieh gut hin, und zwar so lange, bis du etwas Seltsames entdeckst.«
Ich starrte, bis mir die Augäpfel schmerzten.
»Meister Li, ich sehe etwas, das mich verwirrt«, flüsterte ich schließlich. »Dieser schwache Schatten über dem Rosenstrauch kann unmöglich von den Zweigen geworfen werden oder von den Wolken, die über den Mond ziehen. Woher kommt er?«
»Ausgezeichnet«, erwiderte Meister Li, »du siehst einen Geisterschatten. Ochse, hör gut zu, denn das, was ich dir sagen möchte, wird töricht klingen, ist es aber nicht. Wenn du einen Geisterschatten siehst, mußt du begreifen, daß der Tote dir etwas zu zeigen versucht. Du mußt dir den Schatten als etwas vorstellen, das so weich und angenehm ist wie eine Decke, in die du dich gerne hüllen würdest. Es ist ganz einfach. Beruhige deinen Herzschlag, denke an nichts anderes als an eine angenehme Decke. Dann greife in Gedanken danach, zieh sie an dich und dann über deinen Kopf. Sachte... sachte... sachte... Nein, du gibst dir zu große Mühe. Es erfordert überhaupt keine Anstrengung. Denk nur an die Wärme und an das Wohlbehagen. Sachte... sachte... sachte... Gut. Jetzt sag mir, was du siehst.«
»Meister Li, die vermauerte Stelle ist verschwunden, und die Tür ist wieder in der Mauer«, flüsterte ich. »Sie steht offen, der Deckel vom Brunnen ist verschwunden, und der Pfad ist frei von Unkraut.«

Und so war es, obwohl ich es mehr wie ein Bild mit einem verschwommenen Rahmen sah, das am Rand meines Blickfeldes schwankte. In der Ferne hörte ich schwach, wie der Wächter dreimal mit dem Holzklöppel schlug, und wir drei saßen im Gras neben dem Pfad. Hahnrei Ho streckte die Hand aus und preßte meine Schulter.

»Mein lieber Junge, du wirst gleich etwas sehr Schönes sehen, und du wirst lernen, daß es eine Schönheit gibt, die einem das Herz brechen kann«, sagte er leise.

Über uns funkelte der große Fluß der Sterne wie ein diamantenes Halsband am schwarzen samtenen Hals des Himmels. Auf den Zimtbäumen glitzerte der Tau, und die hohe Steinmauer schien in Silber getaucht zu sein. Bambusrohre reckten sich wie lange Finger, die sich im sanften Windhauch wiegten und auf den Mond deuteten. Eine Flöte begann zu spielen, aber eine solche Flöte hatte ich noch nie gehört. Die wenigen Töne ertönten immer und immer wieder, leise und traurig jedoch mit kaum merklichen Variationen in Tonlage und Klang, und so schien jeder Ton in der Luft zu beben wie ein Blütenblatt. Ein seltsam flackerndes Licht bewegte sich langsam zwischen den Bäumen.

Ich hielt den Atem an.

Ein Geist tanzte zu dem hypnotisierenden Rhythmus der Flöte auf uns zu. Leuchtender Stern war so schön, daß ich glaubte, eine Hand drücke mir das Herz zusammen, und ich konnte kaum noch atmen. Sie trug ein langes weißes Gewand, das mit blauen Blumen bestickt war, und sie tanzte mit unbeschreiblicher Anmut und Zartheit den Pfad entlang. Jede Geste ihrer Hände, jede Bewegung ihrer Füße, jedes weiche Schwingen ihres Gewandes schenkte dem Wort Vollkommenheit eine Bedeutung. Aber in ihren großen Augen lag Verzweiflung.

Li Kao beugte sich vor. »Dreh dich um«, flüsterte er.

Die Tür schloß sich. Sie schloß sich sehr langsam, doch gerade eine Spur schneller, als Leuchtender Stern tanzte. Und nun begriff ich: Die Musik war eine Kette, die das Tanzmädchen fesselte. In ihren Augen spiegelten sich Todesqualen, als sie zusah, wie die Tür sich

allmählich schloß, und zwei Geistertränen rannen ihr wie durchsichtige Perlen über die Wangen.
»Schneller«, betete ich stumm. »Du mußt schneller tanzen!«
Aber das konnte sie nicht. An einen Rhythmus gefesselt, den sie nicht brechen konnte, schwebte sie wie eine Wolke auf uns zu. Ihre Füße berührten kaum die Erde, und sie drehte sich mit vollkommener Anmut und erschütternder Sehnsucht. Arme, Hände und das lange, fließende Gewand beschrieben Figuren, die so zart waren wie Rauch, und selbst die Finger, die sich nach der Tür ausstreckten, bewegten sich in der Choreographie des Tanzes. Sie kam zu spät!
Die Tür fiel mit einem kalten grausamen Klicken ins Schloß. Leuchtender Stern verharrte regungslos, und eine Woge der Qual traf mich wie ein eisiger Winterwind. Dann war sie verschwunden, die Musik war verstummt, der Brunnen war bedeckt, auf dem Pfad wuchs Unkraut, und ich starrte mit tränenfeuchten Augen auf eine vermauerte Stelle in der Wand.
»Sie tanzt jede Nacht, und ich bete jede Nacht, daß es ihr gelingen wird, durch die Tür zu ihrem Hauptmann zu gelangen. Doch sie kann nicht schneller tanzen, als es die Musik erlaubt«, erklärte Hahnrei Ho leise. »Und deshalb muß Leuchtender Stern bis ans Ende der Zeit tanzen.«
Li Kao summte leise die Flötenmelodie vor sich hin und dachte nach. Dann schlug er sich mit der Hand auf das Knie.
»Ho, die Kette eines Geistertanzes ist aus dem Verlangen des Opfers geschmiedet, doch diese wunderschöne junge Frau wird von mehr als einem Verlangen beherrscht«, sagte er. »Im Leben oder im Tod kann keine Macht sie daran hindern, ihrer Kunst zu huldigen, und nur Kunst kann dem Tanzmädchen die Freiheit schenken. Es wird deine Aufgabe sein, zwei Schwerter und ein paar Trommeln zu beschaffen. Ochse, wenn ich noch einmal neunzig wäre, würde ich es selbst tun. Aber wie es aussieht, fällt dir die Ehre zu, dir Arme und Beine abzuschlagen.«
»Wie bitte?« fragte ich kläglich.
»Man sagt, der Ruf des Schwerttanzes sei stärker als der Tod, und es ist Zeit, das unter Beweis zu stellen«, erklärte Meister Li.

Die Füße zitterten mir in den Sandalen, und ich sah mich mit einer Bettelschale in den zwei verbliebenen Fingern auf einem Wägelchen durch die Straßen rollen: »Eine milde Gabe für die Armen! Eine milde Gabe für einen armen, beinlosen Krüppel...«

Jahr für Jahr versuchen wohlmeinende Staatsdiener, den Schwerttanz mit der Begründung zu verbieten, er töte oder verstümmle Hunderte, wenn nicht sogar Tausende. Doch der Tanz wird so lange lebendig bleiben, wie der große T'ang auf dem Thron sitzt (der Sohn des Himmels verbringt täglich eine Stunde mit Schwertübungen). Vermutlich sollte ich ein »barbarisches Ritual« erklären, das eines Tages möglicherweise so veraltet sein wird wie das Weissagen aus Schulterknochen, die man ins Feuer wirft.

Es gibt zwei Kämpfer, zwei Trommler und drei Richter. Die Trommeln bestimmen das Tempo, und nachdem der Tanz erst einmal begonnen hat, ist es verboten, den Rhythmus auf irgendeine Weise zu durchbrechen. Die beiden Wettkämpfer müssen in einer festgelegten Reihenfolge sechs Pflichtfiguren mit zunehmendem Schwierigkeitsgrad absolvieren. Die Figuren werden alle im Sprung ausgeführt – beide Füße müssen sich in der Luft befinden – und erfordern genau bemessene Hiebe mit zwei Schwertern über, unter und um den Körper herum, die nach Anmut, Präzision, der Nähe der Klingen zum Körper und der Höhe des Sprungs beurteilt werden. Diese Pflichtfiguren sind sehr wichtig, denn Kampfrichter dürfen ungleiche Kämpfe nicht zulassen. Wenn einer der Teilnehmer deutlich unterlegen ist, verlangen sie, daß der Tanz abgebrochen wird.

Die Wettkämpfer stehen sich am Anfang in ziemlich großer Entfernung gegenüber und nähern sich einander mit jeder Figur. Nach Beendigung der sechs Pflichtfiguren stehen sie sich praktisch hautnah gegenüber. Sind die Richter zufrieden, geben sie den Trommlern das Zeichen, den Rhythmus des siebten Grades zu schlagen, und der Tanz wird jetzt zur Kunst – hin und wieder auch zum Mord.

Die Figuren des siebten Grades sind nicht vorgeschrieben. Verlangt wird nur, daß sie von höchster Schwierigkeit sind. Die Tänzer bemühen sich, ihren Seelen Ausdruck zu verleihen. Der Spaß dabei ist, daß der Tänzer nach Beendigung einer Figur dem Gegner die Haare vom Kopf schneiden darf, wenn ihm das gelingt, ehe seine Füße den Boden berühren. Dem Gegner steht es frei zu parieren und anzugreifen – aber erst, nachdem er seine eigene Figur beendet hat und nur, solange seine Füße nicht den Boden berühren. Ein Tänzer, der zu einem Hieb ausholt, wenn auch nur eine einzige Zehe Bodenkontakt hat, wird auf der Stelle disqualifiziert. Meistertänzer verachten so leichte Ziele wie das Kopfhaar und versuchen, den Bart oder Schnurrbart des Gegners zu rasieren, wenn er solchen Schmuck trägt. Der Verlust von Nasen, Augen und Ohren gilt als ein unwesentliches Berufsrisiko. Ein Tänzer, der in Panik gerät und den Rhythmus durchbricht, stirbt vermutlich, denn er springt in die Luft, wenn er den Boden berühren sollte, und sein Gegner, der nach seinen Haaren zielt, schlägt ihm den Kopf ab.

Während der Pflichtfiguren spielen die Trommler zusammen, trennen sich jedoch beim siebten Grad. Jeder trommelt für einen der Wettkämpfer. Wie man sagt, ist ein wirklich großer Trommler gleichbedeutend mit einem dritten Schwert. Als Beispiel ein Gespräch in der Sportschule:

»Ich habe gehört, daß Fan Yun dich herausgefordert hat. Wer ist dein Trommler?«

»Der Blinde Meng.«

»Der *Blinde Meng*! Großer Buddha, dann muß ich meine Frau verkaufen und das Geld auf dich setzen! Diener, bestell bitte Blumen für die Witwe von Fan Yun.«

Das gilt natürlich nur für die Meisterklasse, und der Feind des blutigen Anfängers wie Nummer Zehn der Ochse, ist nicht sein Gegner, sondern er selbst. Die Schwerter sind scharf wie Rasiermesser, und es erfordert ungeheure Kraft, sie in einer Figur siebten Grades um den Körper zu wirbeln. Der Anfänger strahlt möglicherweise nach gelungener Figur voll Stolz, um dann jedoch zu entdekken, daß eines seiner Beine auf der Erde liegt.

Die Schönheit des Schwerttanzes läßt sich unmöglich in Worten beschreiben. Sie beruht auf der Einheit von Können, Stolz, Mut,

Schönheit und Anmut. Wenn sich zwei wahre Meister begegnen, scheinen ihre Körper mühelos durch die Luft zu fliegen, im Raum zu schweben, und ihre Schwerter sind blitzende, blendende Leuchtspuren – besonders nachts oder abends im Licht der Fackeln. Das Dröhnen des aufeinanderprallenden Stahls ist wie die Musik von Gongs, die das Herz ebenso in Erregung versetzt wie die Ohren. Jede brillante Figur fordert den Gegner zu einer noch brillanteren heraus, und die Trommler schlagen ihren Rhythmus in die Herzen ihres Kämpfers und zwingen ihn, die menschlichen Grenzen zu überschreiten und in das Übernatürliche vorzudringen. Die Zuschauer schreien laut auf, wenn eine Klinge trifft, und Blut spritzt, doch die Tänzer lachen nur laut. Und dann ist die Sanduhr abgelaufen, die Trommeln schweigen, und selbst die Richter springen auf und jubeln, während die keuchenden Gegner die Schwerter sinken lassen und sich umarmen.

Man könnte annehmen, daß dieser gefährliche Kampf die Stärke eines Mannes erfordert, doch Schnelligkeit und Geschmeidigkeit können fehlende Kraft ersetzen. Man sagt, unter den sechs größten Tänzern aller Zeiten sei eine Frau gewesen. Doch ich bestehe darauf, daß diese Behauptung korrigiert wird. Es waren zwei Frauen, und ich bin in der Lage, es zu beweisen.

In der nächsten Nacht schleppte Li Kao zwei scharfe Schwerter zu dem Pfad in der Mauer. Sie mußten scharf sein, denn ein Kenner würde sich von stumpfen Klingen keine Sekunde täuschen lassen. Hahnrei Ho schleppte zwei Trommeln, und ich schleppte zweitausend Pfund nackte Angst. Ich hatte am ganzen Körper Gänsehaut, als ich mich bis auf das Lendentuch auszog, und meine Finger fühlten sich wie Eiszapfen an, als ich die Schwerter von Li Kao entgegennahm. Die beiden verbargen sich im Gebüsch. Ich hatte noch nie erlebt, daß die Zeit so langsam verging und es trotzdem mit erschreckender Geschwindigkeit Mitternacht wurde.

Der Holzklöppel des Wächters schlug dreimal. Ich drehte mich um und sah die schwachen Umrisse eines Geisterschattens auf der zugemauerten Stelle in der Mauer. Die Schattendecke glitt mir mühelos über den Kopf, dann stand die Tür offen, der Brunnen war nicht

mehr zugedeckt, und auf dem Pfad wuchs kein Unkraut. Ich ging Leuchtendem Stern auf dem Pfad entgegen.
Die Flöte spielte ihre gespenstische Melodie. Ein Licht kam näher. Das wunderschöne Mädchen tanzte auf dem Pfad, und wieder beobachtete ich mit angehaltenem Atem die Qualen der Vollkommenheit, mit denen sie ihrer Kunst huldigte, während ihr das Herz brach. Sie sah mich nicht.
Hahnrei Ho begann, die Trommel zu schlagen. Und anfangs konnte ich mir beim besten Willen nicht vorstellen, was er tat. Es handelte sich eindeutig nicht um das Zeichen zum Schwerttanz. Doch mein Pulsschlag gab mir schließlich die Antwort. Der sanfte Gelehrte spielte das Lied, das er über alles liebte, und das er liebeskrank in den schlaflosen Nächten gelernt hatte: den Herzschlag eines Tanzmädchens. Er beugte sich über die Trommel, legte sein ganzes Gewicht hinein, und der eindringliche Herzschlag pochte und dröhnte zwischen den Bäumen. Der erste Makel im Tanz Leuchtenden Sterns war der Ausdruck leichter Verwirrung, der in ihre Augen trat.
Li Kaos Trommel rief zum Schwerttanz, vereinigte sich mit dem beharrlichen Herzschlag, trennte sich von ihm, legte sich darüber und hüllte ihn ein. In den Augen des Tanzmädchens leuchtete ein Begreifen, ein wachsendes Staunen. Ich trat vor und hob meine Schwerter zum Gruß, und plötzlich wußte ich, daß die Legende die Wahrheit sagte: Der Ruf zum Tanz ist stärker als der Tod, denn ihre Augen begannen zu funkeln. Als der Ruf und der Herzschlag lauter und lauter wurden, hob sie anmutig die Hände an die Spange am Hals, der Umhang fiel zu Boden, und sie tanzte nur mit einem Lendentuch bekeidet auf mich zu. Der Jadeanhänger, den der Hauptmann ihr geschenkt hatte, hing an einer Goldkette zwischen ihren kleinen, festen Brüsten, und Hahnrei Hos silberner Kamm steckte in ihrem Haar.
Dann sah sie mich. Sie breitete die Arme aus, und plötzlich funkelten zwei Geisterschwerter im Mondlicht. Der Herzschlag pochte lauter, und Li Kao trommelte die Aufforderung zu den Pflichtfiguren.
Ein Meister würde sich nie bereit finden, mit einem Anfänger zu tanzen – es wäre Mord. Ich verzog das Gesicht zu einem dümmlichen

Lächeln und gab vor, mir aus einer langweiligen Schulaufgabe einen Spaß zu machen. Dann sprang ich mit dem Tiger, dem Eisvogel, dem Drachenodem, dem Schwan, der Schlange und dem Nachtregen in die Luft. Leuchtender Stern ahnte nicht, daß ich alles gab, wozu ich fähig war. Sie lachte und ahmte mich sogar nach, bis hin zu dem leichten Stolpern nach Drachenodem. Wir kamen uns näher und näher, und Hahnrei Hos Trommel vereinigte sich mit der von Li Kao, als beide die Aufforderung für die Figuren des siebten Grades schlugen.

Ich schickte ein inbrünstiges Stoßgebet an den Jadekaiser und sprang mit Achter Drache Unter der Brücke am Fluß in die Luft. Der Jadekaiser mußte mich gehört haben, denn es gelang mir, die acht wilden Hiebe um meinen Körper und zwischen den Beinen zu vollführen, ohne mich dabei zu entmannen. Doch als ich die Antwort von Leuchtender Stern sah, fiel ich beinahe in Ohnmacht. Sie erhob sich mühelos in die Luft und schwebte wie ein Blatt, während die Schwerter in Eis Fällt von Einem Berggipfel – eine beinahe unmögliche Figur – um ihren Körper blitzten – und ihr noch Zeit für ein paar spielerische Hiebe blieben, die mir sauber die Augenbrauen abrasiert hätten, wenn ihre Geisterschwerter echt gewesen wären, ehe ihre Zehen wieder die Erde berührten. Mir gelang Ein Hengst Galoppiert Über die Wiese, und Leuchtender Stern verdreifachte den Schwierigkeitsgrad mit Sturmwolken, doch sie kniff argwöhnisch die Augen zusammen, als sie sah, daß ich meine Deckung aufgegeben hatte.

Jetzt oder nie! Ich sprang mit Witwentränen in die Luft, und Leuchtender Stern wurde bleich vor Schreck und Entsetzen. Ich tanzte *rückwärts* außer Reichweite ihrer Schwerter. Die Trommeln schlugen weiter, und sie verlor beinahe das Gleichgewicht. Meine Feigheit war unübersehbar, doch die Richter brachen den Kampf nicht ab, und dafür konnte es nur eine Erklärung geben: Sie waren bestochen worden, der Schwerttanz war entehrt. Die Welt brach für sie zusammen.

»Was? Du durchbrichst den Rhythmus des Tanzes?« fragte ich höhnisch. »Hast du Angst vor mir, du gewöhnliches Tanzmädchen?«

Das genügte. Der schöne Geist stieß einen durchdringenden, zornigen Schrei aus, ihr geschmeidiger Körper schoß in die Luft, und ihre Schwerter blitzten wie Flammenzungen um ihren Körper, während sie mich den Pfad entlang verfolgte und dabei Figuren des siebten Grades ausführte, die ich einfach nicht glauben konnte, obwohl die Klingen dicht vor meinen Augen blitzten. Ich keuchte und schnaufte und tanzte, so schnell ich konnte, rückwärts. Doch nichts auf der Welt kann einen Tänzer dazu bewegen, weiterzumachen, wenn der Gegner eine Figur nicht vollendet, und jetzt hackte ich mich selbst in Stücke.

Hahnrei Ho trommelte inzwischen den Herzschlag von Leuchtender Stern so machtvoll, daß das Blut aus seinen Handflächen spritzte, und Li Kaos Trommel übertönte die Geisterflöte mit ihrem Befehl: *Schneller! Schneller! Schneller!* Ich warf einen Blick hinter mich. Die Tür hatte sich bereits halb geschlossen. Ich tanzte noch schneller, doch in meiner Lunge brannten glühende Kohlen, und vor meinen Augen tanzten schwarze Flecken. Irgendwie gelang mir der Adlerschrei, ohne mir dabei die Beine abzuschlagen. Leuchtender Stern konterte verächtlich mit Adlerschrei Über dem Lamm – eine Figur, die in der zweitausendjährigen Geschichte des Schwerttanzes nur fünfmal erfolgreich absolviert worden war –, und ihr blieb noch Zeit für zwei Hiebe, die mir die Ohren abgetrennt hätten und einen dritten, der mich entmannen sollte. Ihre Augen sprühten Feuer, und ihre Haare waren gesträubt wie das Fell einer schönen großen Katze. Die Geisterschwerter wirbelten mit unvorstellbarer Wucht um ihren springenden Körper, sie schlug zu, um meine Augen und die Nase zu treffen. Ihre Zehen berührten kaum die Erde, als sie sich auch schon wieder in die Luft geschwungen hatte.

Hin und wieder tanzt sie jetzt in meinen Träumen für mich. Ich glaube, nicht vielen Männern wird eine solche Ehre zuteil.

Schneller! dröhnten die Trommeln. *Schneller! Schneller!* Ich tanzte schneller, aber plötzlich, als ich Zehnten Sturzflug des Blauen Reihers versuchte, verhakten sich meine Schwerter. Ich trat auf einen Ast, der über dem Pfad lag, stolperte und fiel. Der schöne Geist sprang über mich hinweg. Dabei blitzten ihre Schwerter auf, um mir von der Nase bis zu den Zehen die Haut abzuziehen, und sie landete auf der anderen Seite. Die Trommeln verstummten augenblicklich. Leuchtender Stern schüttelte benommen den Kopf. Dann wurden ihre Augen groß vor Staunen und Hoffnung, als sie begriff, daß der Ast, der mich zu Fall gebracht hatte, direkt vor die Tür gelegt worden war, die immer noch einen Spalt offenstand. Sie war durch den Spalt auf die andere Seite gesprungen!

Li Kao und Hahnrei Ho kamen herbeigerannt, als das Tanzmädchen sich langsam ihrem Hauptmann zuwandte. Er war ein großer, hübscher Geist, und im Leben muß er sehr heroisch gewesen sein, denn es gelang ihm, sich von Leuchtender Stern abzuwenden, die geballte Faust die ganzen sieben Sekunden zum Soldatengruß zu heben, ehe er sein Tanzmädchen in die Arme nahm. Dann verblaßten die Geister, die Tür verschwand, der Deckel lag wieder auf dem Brunnen, das Unkraut wuchs auf dem Pfad, und wir standen vor einer zugemauerten Stelle in der Mauer.

Blut tropfte Meister Li und Hahnrei Ho von den Händen, und ich sah aus wie ein Stück Fleisch, das eine Katze aus dem Schlachthaus gestohlen hat. Wir waren eine ziemlich mitgenommene Gruppe für so feierliche Zeremonien, doch wir bezweifelten, daß sich jemand daran stoßen würde. Im Arbeitsraum von Hahnrei Ho schnitten wir aus Papier die Figuren des glücklichen Paares aus. Wir verbrannten Papiergeld als Aussteuer und Speisen für die Gäste und besprengten den Boden mit Wein. Hahnrei Ho sprach für die Braut, ich sprach für den Bräutigam, Li Kao intonierte die Heiratsgelübde, und als die Hähne krähten, dankten wir den Jungverheirateten für das Festmahl und ließen sie endlich ins Brautbett sinken. So heiratete Leuchtender Stern ihren Hauptmann, und das gütige Herz von Hahnrei Ho fand schließlich Frieden.

»Alles in allem«, sagte Meister Li, der mich stützte, während ich den Pfad entlang humpelte, »war es doch ein recht zufriedenstellender Abend.«

9.
Kurzes Zwischenspiel für einen Mord

Sobald meine Wunden verheilt waren, machte Meister Li den Vorschlag zu einem weiteren Spaziergang durch die Gärten mit Jungfer Ohnmacht, in Begleitung ihres Vaters und der seinen. Ho und ich stellten überrascht fest, daß Meister Li den Weg zum alten Brunnen und der zugemauerten Tür einschlug. Jungfer Ohnmacht war in Hochform.

»Rosen! Meine Lieblingsblumen!« jubelte sie und wies auf ein paar Petunien.

Meister Li antwortete mit glatter, honigsüßer Stimme: »Wirklich schöne Rosen«, schmeichelte er ihr, »aber wie Chang Chou so bezaubernd sagt, Frauen sind die einzigen Blumen, die sprechen können.«

Jungfer Ohnmacht lächelte geziert.

»Halt!« rief Meister Li. »Bleibt so stehen, bleibt mit Euren vollkommenen Füßchen an dieser Markierung auf dem Pfad! Das Licht ist an dieser Stelle vollkommen, und Eure Schönheit war nie atemberaubender.«

Jungfer Ohnmacht stellte sich anmutig in Pose.

»Absolute Vollkommenheit«, hauchte Meister Li glücklich. »Eine hübsche Dame in einer hübschen Umgebung. Man kann kaum glauben, daß ein so heiterer Ort der Schauplatz einer Tragödie war. Aber ich habe gehört, daß hier eine Tür verschlossen, ein Schlüssel gestohlen wurde und ein hübscher junger Mann und das Mädchen, das ihn liebte, das Leben verloren haben.«

»Ein dummer Soldat und eine Dirne«, erklärte Jungfer Ohnmacht kalt.

Ihr Vater zuckte zusammen, aber Li Kao stimmte ihr zumindest teilweise zu.
»Also mit der Dirne, da bin ich mir nicht ganz so sicher, aber der Soldat war wirklich dumm«, sagte er nachdenklich. »Er hatte die ehrenvolle Möglichkeit, Euch zu heiraten, o Bild der Vollkommenheit, und doch wagte er, ein gemeines Tanzmädchen Euch vorzuziehen. Er schenkte ihr sogar einen wertvollen Jadeanhänger, der von Rechts wegen hätte der Eure sein sollen!«
Ich entdeckte allmählich eine gewisse Drohung hinter Li Kaos strahlendem Lächeln.
»Ich könnte mir vorstellen, es war das erste Mal in Eurem Leben, daß Euch etwas verweigert wurde, was Ihr wolltet«, sagte Meister Li. »Wißt Ihr, ich finde es eigentlich sehr seltsam, daß Leuchtender Stern den Anhänger des Hauptmanns nicht um den Hals trug, als man die Leiche aus dem Wasser zog. Sie wird doch wohl kaum innegehalten haben, um ihn abzunehmen, ehe sie sich in ihr nasses Grab stürzte... es sei denn natürlich, sie wollte sich überhaupt nicht ins nasse Grab stürzen, was bedeutet, jemand hat ein paar Schurken dafür bezahlt, eine Tür zu verschließen, einen Schlüssel zu stehlen und ein Tanzmädchen zu ermorden.«
Blitzschnell packte er mit beiden Händen die Goldkette um Jungfer Ohnmachts Hals und zog sie ihr über den Kopf. Am Ende der Kette hing ein Jadeanhänger, den er in seiner geöffneten Hand auf und ab tanzen ließ. Entsetzt und betroffen wurde mir klar, daß ich diesen Anhänger schon zweimal gesehen hatte. Das erste Mal zwischen den Brüsten von Jungfer Ohnmacht in der Kutsche, und danach zwischen den Geisterbrüsten von Leuchtender Stern.
»Sagt mir, liebes Kind, tragt Ihr das immer so nahe an Eurem süßen kleinen Herzen?« fragte Meister Li und lächelte so freundlich wie zuvor.
Hahnrei Ho starrte seine monströse Tochter voll Grauen und Abscheu an, und ich vermute, in meinem Gesicht spiegelte sich nichts anderes. Jungfer Ohnmacht beschloß, es sei das sicherste, sich an Li Kao zu halten.
»Ihr wollt doch ganz sicher nicht andeuten...«

»Aber ja doch...«
»Ihr könnt mich doch unmöglich verdächtigen...«
»Auch da irrt Ihr Euch...«
»Dieser unglaubliche Unsinn...«
»Ist kein Unsinn.«
Jungfer Ohnmacht wurde rot, wurde blaß, griff sich an die Brust, schwankte und schrie: »Oh, Ihr seid mein Tod!« Dann wankte sie zwei Schritte rückwärts, sechs nach links und verschwand.
Li Kao betrachtete die Stelle, an der sie verschwunden war. »Spitzfindige Kritiker könnten dazu neigen, Euch zuzustimmen«, sagte er mild und wandte sich ihrem Vater zu. »Ho, es steht Euch völlig frei zu hören, was Ihr hören wollt. Ich für meinen Teil höre eine Elster, die einen Schrei und ein Aufklatschen imitiert.«
Hahnrei Ho war leichenblaß, seine Hände zitterten, und seine Stimme bebte, doch er zuckte nicht mit der Wimper.
»Raffiniertes kleines Luder«, flüsterte er, »jetzt imitiert sie jemanden, der um Hilfe schreit.«
Li Kao und Hahnrei Ho gingen Arm in Arm weiter, und ich folgte ihnen nervös.
»Welch eine begabte Elster«, bemerkte Meister Li. »Wie um alles in der Welt gelingt es ihr, Planschen im Wasser und Gurgeln nachzuahmen? Es klingt wirklich, als würde jemand im tiefen Wasser versinken.«
»Die Natur bringt viele bemerkenswerte Talente hervor«, flüsterte Hahnrei Ho, »Euch zum Beispiel.«
»Ich habe einen kleinen Charakterfehler«, erwiderte Meister Li bescheiden.
Als wir eine Stunde später zurückkamen, schloß ich aus der Stille, daß die begabte Elster nicht länger unter uns weilte.
»Ich glaube, ich sollte besser dieses Zeichen auf dem Pfad entfernen, damit die Übereifrigen sich nicht fragen, weshalb es genau zwei Schritte vor und sechs Schritte rechts von einem alten Brunnen liegt, dessen Deckel jemand so unbesonnen entfernt hat«, erklärte Meister Li. »Fertig?«
»Fertig«, sagte ich.

»Fertig«, sagte Hahnrei Ho.
Wir zerrissen uns die Kleider und rauften uns die Haare, während wir zum Palast zurückstürmten.
»O je!« jammerten wir, *»o je! o je! o je! Die arme Jungfer Ohnmacht ist in einen Brunnen gefallen!«*
Natürlich richteten sich Argwohn und Mißtrauen gegen Li Kao und mich. Da jedoch der Vater des Mädchens dabeigewesen war, stand außer Frage, daß es sich um einen Unfall handelte.

10.
Ein prunkvolles Begräbnis

Li Kao freute sich, daß es ihm gelungen war, jemanden zu ermorden, der es wirklich verdient hatte. Der Grund für den Mord lag darin, daß die Ahne auf ihre unnachahmliche Weise tief religiös war. Ein Beispiel ihrer Frömmigkeit war das gewaltige Mausoleum, das sie in der Annahme hatte errichten lassen, daß sie sich eines Tages dazu herablassen würde, die Götter mit ihrer Gegenwart zu beehren. Bei dem Mausoleum handelte es sich um eine riesige, über hundert Fuß hohe Eisensäule, mit der Grabkammer in der Mitte. Über dem Eingang befand sich in riesigen Schriftzeichen die Botschaft, die sie der Nachwelt hinterlassen wollte. Wenn sich die Geschichte der Ahne einmal im Dunkel der Zeit verloren hat, wird ihre Grabinschrift die Gelehrten der Zukunft sicher in große Verwirrung stürzen.

> DER HIMMEL SCHAFFT MYRIADEN VON DINGEN,
> UM DEN MENSCHEN ZU NÄHREN.
> DER MENSCH TUT NIE ETWAS GUTES, UM ES DEM
> HIMMEL ZU DANKEN.
> TÖTEN! TÖTEN! TÖTEN! TÖTEN! TÖTEN! TÖTEN! TÖTEN!

Ein weiteres Beispiel ihrer Frömmigkeit war ihre Vorliebe für *lohans*. Ich meine damit nicht die Statuen buddhistischer Heiligen, wie die 142289, die man in Lung-men sehen kann, ich meine echte *lohans*.
Ein echter *lohan* ist ein frommer Mönch, der den Geist aufgegeben hat, während er im meditativen *mudra* saß. Man sieht darin ein Zeichen des Himmels, und wenn man den Abgeschiedenen entdeckt, der mit gekreuzten Beinen, nach oben gewendeten Fußsohlen,

die Hände mit nach oben gekehrten Handflächen locker im Schoß über seinen Nabel meditiert, wird der Körper sorgsam in Leinen gewickelt. Auf das Leinen werden immer neue Schichten Lack aufgetragen, und das Ergebnis ist ein echter Heiliger, dessen konservierter Körper Jahrhunderte überdauert. (Wurde der Lack richtig aufgetragen, und der Körper liegt in Wasser, zerfällt er bis in alle Ewigkeit nicht.) Solche lackierten *lohans* sind äußerst selten, aber die Ahne besaß allein zwölf. Bösartige Zungen behaupteten, mehr als einer dieser Heiligen habe friedlich meditiert, während ihm jemand im Auftrag der Ahne ein Messer zwischen die Rippen stieß. Das mag so sein, vielleicht auch nicht, aber die Ahne war zweifellos stolz auf die *lohans* und stellte sie bei allen großen, zeremoniellen Anlässen zur Schau.

In den Tagen, die auf das Ableben von Jungfer Ohnmacht folgten, strömten die Trauergäste von überall herbei, und die vornehmsten von ihnen errichteten Opferzelte entlang der Straße, die der Leichenzug zum Begräbnisplatz nehmen würde. Sie kamen mit eigenen Orchestern, sogar Schauspieltruppen und Akrobaten, und der Adel nutzte den Anlaß zu pompösen Geselligkeiten. Mehr und mehr Menschen versammelten sich, darunter zahllose Bonzen, die von der Ahne dafür bezahlt wurden, daß sie Tag und Nacht für ihre Seele beteten, und das Ganze ähnelte schließlich eher einem Fest.

Als der große Tag dämmerte, nieselte es. Den ganzen Morgen und den frühen Nachmittag ballten sich dicke Wolken am Himmel, und ein schwefliger Geruch hing in der feuchten, heißen Luft. Hahnrei Ho hatte sich bereit erklärt, uns zu helfen, und während er von Graf zu Marquis und von Marquis zu Herzog ging, murmelte er düstere Warnungen und sprach von bösen Vorzeichen. Im Wald habe man zottige schwarze Untiere gesehen, erzählte Hahnrei Ho. Dienstboten hatten zwei ominöse Geister gesehen – eine Frau in Weiß und eine Frau in Grün – die vor Dämonen warnten, und als man die Lustpavillons durchsuchte, fand man tatsächlich einen geschnitzten Dämonen mit einem eisernen Ring um den Kopf und einer Kette um den Hals. Am Teich des Dritten Dufts war ein Bronzekandelaber durch die Luft geflogen. »Mit sieben Flammen«, zischelte Hahnrei Ho, und ich hoffe, niemand wird den liebenswerten alten Herrn voreilig verurteilen, wenn ich berichte, daß das Begräbnis seiner Tochter der große Tag seines Lebens war.

Ein Trommelwirbel verkündete das Herannahen der Prozession. Den Anfang bildeten die Vorreiter in Zweierreihen, gefolgt von Dienern, die Phönixbanner trugen, und Musikanten, die Trauermusik spielten. Hinter ihnen schritten lange Reihen von Priestern, die goldene Weihrauchfässer schwenkten, dann kam der Sarg mit den vierundsechzig Trägern, die einer Prinzessin zustanden. Als der leidtragende Verlobte hatte ich den Ehrenplatz; ich ging weinend und wehklagend neben dem Sarg her und raufte mir die Haare. Es folgten Soldaten aus dem Heer der Ahne, die einen riesigen Baldachin aus mit Phönixen bestickter gelber Seide trugen; darunter zogen Bonzen zwölf juwelengeschmückte Wagen. Auf jedem Wagen saß in meditativem *mudra* ein lackierter *lohan*.

Die Heiligen blickten wohlgefällig auf die sichtbaren Zeichen der Frömmigkeit und der Trauer der Ahne hinunter. Sie hatte die Schatzkammer geöffnet, um den Geist der Verschiedenen mit angemessenen Gaben zu versehen; zu Füßen der *lohans* standen und lagen Dinge von unschätzbarem Wert. Natürlich wußte jeder, daß die Ahne nicht die geringste Absicht hatte, ihren Reichtum mit Jungfer Ohnmacht zu begraben, doch die Zurschaustellung war Sitte und auch dazu bestimmt, geringere Sterbliche grün vor Neid werden zu lassen. Auf die Grabgeschenke folgten vier Soldaten, die den Standesschirm der Ahne trugen, und unter dem Schirm marschierte ihr Obereunuch mit der großen Krone der Sui-Dynastie auf einem seidenen Kissen. Dann kam die hohe Dame persönlich. Ein Heer von Dienern stöhnte unter dem erdrückenden Gewicht der Stuhlsänfte, in der sie saß. Über ihr wölbte sich ein mit Phönixen bestickter gelbseidener Baldachin mit silbernen Glöckchen an den Rändern, und ein goldener Knopf zierte die Rückseite der Sänfte.

Sollte sich jemand darüber wundern, daß sie den Phönix der kaiserlichen Gemahlin benutzte anstelle des Drachens einer Kaiserin, so gibt es eine einfache Antwort. Mit dem kaiserlichen Drachen war das große Seidenkissen bestickt, auf dem die Ahne saß.

Ich werde die Begräbniszeremonie nicht in allen Einzelheiten beschreiben, denn sonst müßte ich mit den 3300 Regeln der *chu*-Etikette beginnen, und meine Leser würden schreiend davonlaufen. Aber ich will erwähnen, daß man den Leichnam meiner Geliebten mit Quecksilber und ›Drachenhirn‹ bedeckt hatte, und daß ich ziemlich enttäuscht feststellen mußte, daß es sich bei letzterem schlicht um Kampfer aus Borneo handelte.

Jungfer Ohnmacht durfte nicht erwarten, das Mausoleum mit der Ahne zu teilen. Wie alle anderen Familienangehörigen wurde sie in gewöhnlicher Erde begraben, um die Ewigkeit zu Füßen der hohen Dame zu verbringen. Von mir erwartete man, daß ich mir händeweise Erde über den Kopf streute und wie ein Wahnsinniger schrie und jammerte, als ich mich auf das Grab warf, während die Aristokratie kritische Bemerkungen über die Kunstfertigkeit meiner Darbietung machte. Mönche mit Kapuzen umstanden das Grab, schlugen Glokken und Gongs und schwenkten Weihrauchfässer in alle Richtungen. Ihr Anführer hielt die Hände fromm zum Gebet gefaltet – zumindest glaubte ich das, bis seine richtigen Hände verstohlen aus dem Gewand auftauchten, und geschickt die Taschen des Marquis von Tzu leerten.

Hahnrei Ho lief mit weit aufgerissenen Augen herum, redete wirr von bösen Geistern und Dämonen, und wer konnte daran zweifeln? Blitze zuckten bedrohlich in der Ferne, und schreckliche Dinge begannen sich zu ereignen. Fürst Han Li zum Beispiel war in eine tiefschürfende theologische Diskussion mit einem Mönch vertieft, und im nächsten Moment sah man den Fürsten mit einer großen Beule am Kopf im Graben, ohne seine Börse, seinen Schmuck, den roten, mit Smaragden besetzten Ledergürtel, die Mütze mit den weißen Quasten und den Silberflügeln und ohne das plissierte weiße Trauergewand mit den fünfklauigen goldenen Drachen. In den Pavillons der Reichen erhob sich zorniges Schreien und Gebrüll, da ihre wertvollen Grabgeschenke auf mirakulöse Weise verschwunden waren. Die Dame Wu, die an Schönheit, wie man sagte, der halb legendären Königin Feiyen gleichkam, wurde von einem Wesen ohne Ohren und Nase und mit Augen, die so gelb wie seine Zähne waren, in die Büsche geschleppt.

Wir haben alle unsere kleinen Schwächen, aber ich muß doch an Eierabschneider Wangs gesundem Menschenverstand zweifeln, der seine Mönchsbrüder im Stich ließ, um sich mit der Dame Wu in die Büsche zu schlagen. Ihm entging ein Großteil des Vergnügens.

Hahnrei Hos Warnungen waren eindeutig berechtigt gewesen, und das Begräbnis von Jungfer Ohnmacht wurde von Dämonen gestört. Nur sofortige Austreibung konnte das Leben aller retten, und Hahnrei Ho war unübertrefflich, als er den Großmeister der Zauberer spielte und neunundvierzig Helfer – die sich zufällig mit den Mönchen eingestellt hatten – herbeiführte; bald hüllten dicke Weihrauchwolken den Begräbnisplatz ein. Hahnrei Ho schwenkte tapfer die Banner, die die fünf Himmelsrichtungen symbolisierten, während die Zauberer in ihren Mänteln mit den astrologischen Zeichen und den siebengestirnten Tiaren die Gräber mit geweihtem Wasser besprengten. Wir wurden beinahe taub vom Dröhnen der Trommeln, als Ho und die Zauberer mit den unsichtbaren Dämonen kämpften, mit Pfirsichholzpeitschen knallten und Schwerter schwangen, in die die Acht Diagramme und die Neun Himmlischen Sphären eingraviert waren. Sie sperrten die bösen Dämonen in Krüge und Flaschen, verkorkten, versiegelten und stempelten sie mit Bannsprüchen.

Inmitten all dieses Geschehens ereignete sich ein Wunder, das selbst den verstocktesten Atheisten der Welt bekehrt hätte.

Ein besonders heiliger lackierter *lohan* bewunderte das mit Diamanten geschmückte kaiserliche Szepter, das die Ahne ihm zu Füßen gelegt hatte und fürchtete offenbar, daß die Dämonen die anderen Grabgeschenke entweihen könnten. Also erhob er sich aus dem Lotussitz und machte sich auf eine Inspektionsrunde. Bonzen schrien und fielen reihenweise in Ohnmacht, und selbst die Ahne, die unaufhörlich gebrüllt hatte: »*Kopf ab!*«, wurde blaß und wich entsetzt zurück. Der Lack glänzte im dunstigen Licht wie mattes Gold, und der Heilige schien durch die Weihrauchwolken zu schweben, während er den anderen *lohans* einen Besuch abstattete, jedes Geschenk genau betrachtete, um sich davon zu überzeugen, daß es in Sicherheit war. Das letzte Geschenk befand sich in einem Jadekästchen, das der Heilige in die Hand nahm und öffnete.

»Ich hab's!« rief er glücklich.
Unglücklicherweise hatte die dünne Lackschicht die Falten von fünfzig Jahren im Gesicht des *lohan* getilgt, und die Ahne setzte sich plötzlich kerzengerade auf.
»Du!« brüllte sie, »du mit deinen verdammten Gottesanbeterinnen hättest mir beinahe Kaiser Wen abspenstig gemacht! Soldaten, packt diesen betrügerischen Hund!«
Meister Li umklammerte das Jadekästchen fester und gab Fersengeld. Ich hüpfte vom Grab meiner Verlobten und rannte hinter ihm her. Das Heer der Ahne verfolgte uns, und diese Ablenkung kam für Eierabschneider Wang wie ein Gottesgeschenk, denn er tauchte gerade aus dem Gebüsch auf, sammelte seine Männer, und sie stahlen alles, was ihnen in die Hände fiel. Die Verwirrung artete in ein Chaos aus. Der Sturm, der den ganzen Tag gedroht hatte, brach schlagartig über uns herein. Blitz und Donner gesellten sich zu den Trommeln der Zauberer und dem Geschrei der Bestohlenen; der prasselnde Regen gab uns einen noch besseren Schutz als die Weihrauchwolken. Wir entkamen beinahe mühelos und erreichten unser Versteck, eine kleine natürliche Höhle am Flußufer. Dort zogen wir uns aus, ließen die Kleider trocknen, und Li Kao hielt mir das geöffnete Kästchen entgegen.
Darin lag die wunderbarste Ginsengwurzel, die man sich vorstellen kann. Kein Wunder, daß die Ahne sie zu ihren wertvollsten Schätzen zählte, wie Meister Li sich ausgerechnet hatte. Der Duft, der von ihr aufstieg, war so stark, daß sich in meinem Kopf alles zu drehen begann.
»Ochse, sie ist wirklich außergewöhnlich, aber die Wurzel der Macht ähnelt in keiner Weise der Großen Wurzel, die Hahnrei Ho beschrieben hat«, sagte Meister Li. »Natürlich zweifelt Ho daran, daß es sich bei seiner Wurzel überhaupt um Ginseng handelt, und wir können nur beten, daß diese hier die gewünschte Wirkung hat.«
Ich zweifelte nicht im geringsten daran, daß die Kinder so gut wie geheilt waren, und ich kann meine Freude nicht beschreiben. Bald hörte es auf zu regnen, und wir schlichen uns durch dicke Dunstschwaden zurück. Hahnrei Ho erwartete uns am Eingang des Be-

gräbnisplatzes. Seine Augen strahlten wie damals, als Leuchtender Stern durch die halb geschlossene Tür gesprungen war. Wir gingen zwischen den Gräbern entlang, und als wir uns dem Mausoleum der Ahne näherten, hörten wir das schwache Geräusch von Schaufeln.

»Ho, ich vermute, daß ein paar vom Abschaum der Erde, den Eierabschneider Wang um sich versammelt hat, deine Tochter berauben«, sagte Meister Li nachdenklich. »Hast du etwas dagegen, daß ihr Sarg geplündert wird?«

»Nicht im geringsten«, erwiderte Hahnrei Ho. »Meine geliebte Frau und ihre sieben dicken Schwestern haben sich von ziemlich teurem Schmuck getrennt, und ich bezweifle ernsthaft, daß meine liebe Tochter es verdient, ihn mitzunehmen.«

Hinter seinem sanftmütigen Äußeren verbarg sich ein eisenharter Kern. Wir hörten, wie Schaufeln gegen den Sarg stießen und dann, wie der Deckel entfernt wurde.

»Taugt dieses Zeug etwas?« fragte eine seltsam bekannte Stimme.

Es entstand eine Pause, in der das »Zeug« begutachtet wurde, dann antwortete eine zweite seltsam bekannte Stimme: »Beste Qualität.«

Der Dunst lichtete sich gerade soweit, daß ich im Mondlicht eine Klinge aufblitzen sah.

»Nimm du das Messer«, sagte die erste Stimme, »ich habe Angst vor Leichen.«

»Ho, wir können nicht zulassen, daß sie den Leichnam deiner Tochter schänden«, flüsterte ich.

»Haare und Fingernägel«, gab er flüsternd zurück.

»Was?«

»Haare und Fingernägel«, erklärte Meister Li ruhig. »Es ist ein uralter Brauch. Die Grabräuber öffnen die Gräber vornehmer Damen und schneiden ihnen die seidenen Locken und die makellosen Fingernägel ab, die sie für viel Geld an eine teure Kurtisane verkaufen. Die Kurtisane behauptet, es seien die eigenen Haare. Die Kurtisane macht sie einem reichen Liebhaber als Zeichen ihrer Treue zum Geschenk und behauptet, es seien ihre eigenen Haare und Fingernägel. Der Liebhaber glaubt, die liebeskranke Dame habe ihm die Macht über Leben und Tod gegeben – jede anständige Hexe könnte

die Spenderin damit ins Unglück stürzen – und sieht sich daher veranlaßt, sich für das Geschenk mit unermeßlich wertvollen Zeichen seiner Treue zu revanchieren. Auf diese Weise haben nicht wenige Schönheiten lange nach ihrem Dahinscheiden dazu beigetragen, Liebhaber in den Ruin zu treiben. Übrigens eine sehr interessante Form von Unsterblichkeit«, erklärte Meister Li.
Die Schaufeln warfen wieder Erde in das Grab zurück, um eine mögliche Entdeckung und Verfolgung hinauszuzögern. Ich streckte meinen Kopf durch das Gebüsch. Mir fielen beinahe die Augen heraus.
»Wer, sag mir bitte, schaufelt die Erde so, daß sie sich genau auf der anderen Seite des Loches türmt?« fauchte Pfandleiher Fang.
»In Beantwortung deiner Frage, mein geschätzter Kollege, möchte ich dir raten, auf den Boden zu pissen und dein Spiegelbild in der Pfütze zu betrachten«, erklärte Ma die Made.
Neben mir tauchte Li Kaos Kopf aus den Büschen auf, und seine Augen wurden schmal, als er das hübsche Paar betrachtete.
»Merkwürdig«, sagte er nachdenklich. »Vielleicht ist es Schicksal, denn Pfandleiher Fang gehört nicht zu den Männern, die alles in ihre Bücher schreiben, was sie wissen. Wie sehe ich aus?«
»Wie bitte?« fragte ich fassungslos.
»Hält der Lack?«
Ich musterte ihn mit einem leichten Schauder. Der Lack blätterte ab, und er wirkte wie eine sechs Monate alte Leiche.
»Ihr seht schaurig aus.«
»Vorsicht mit der Schaufel«, jaulte Ma die Made und sprang angstvoll zurück. »Du hast beinahe meinen Schatten ins Grab gebracht!«
»Warum bindest du dir deinen Schatten nicht mit einer Schnur an den Körper, wie jeder vernünftige Mensch?« brummte Pfandleiher Fang.
»Großartig. Aberglauben hat auch seinen Nutzen«, sagte Meister Li glücklich.
Li Kao glitt aus dem Gebüsch, und durch den Dunst schwebte gespenstisch ein lackierter *lohan*. »Ooooooooooooooooooooooo«, heulte der schreckliche Geist.

Ma die Made fiel ohnmächtig in das halb zugeschüttete Grab, und Pfandleiher Fang sank auf die Knie und bedeckte die Augen. Eine hohle schaurige Stimme mit starkem tibetanischen Akzent hallte durch die Nacht.

»Ich bin Tso Jed Chonu, der Schutzherr des Ginseng. Wer wagt es, meine Wurzel der Macht zu stehlen?«

»Verschone mich, Geist«, jammerte Pfandleiher Fang, »ich wußte, daß die Ahne eine solche Wurzel besaß, aber ich schwöre, ich wußte nicht, wo sie verborgen war!«

»Nicht die geringere Wurzel!« brüllte der Schutzherr des Ginseng. »Ich meine die Große Wurzel!«

»O Geist, auf der ganzen Welt gibt es nur eine einzige Große Wurzel der Macht, und kein geringer Pfandleiher würde wagen, sie zu berühren?« schluchzte Fang.

»Wer hat meine Wurzel? Wo hat er sie verborgen?«

»Ich wage es nicht zu sagen!« jammerte Fang.

Tso Jed Chonu hob das schreckliche Gesicht zum Himmel und streckte die Hand nach einem Blitz aus.

»Der Herzog von Ch'in!« schrie Pfandleiher Fang. *»Sie ist in seinem Labyrinth versteckt!«*

Der furchterregende *lohan* stand beinahe eine Minute gedankenverloren da. Dann schnappte er mit dem Finger.

»Verschwindet!«

Die Ohnmacht von Ma die Made war nicht das, was sie zu sein schien. Er schnellte aus dem Grab und ließ Pfandleiher Fang zwanzig Schritte hinter sich, während sie beide im Dunst davongaloppierten.

Li Kao blickte nachdenklich in das Grab, kniete dann nieder und griff hinein. Als er sich erhob, hielt er etwas in den Händen, das er im Mondlicht betrachtete. Dann kam er zurück und überreichte es Hahnrei Ho, der einen Freudenschrei ausstieß. Es handelte sich um das Fragment eines Tontäfelchens mit denselben alten Schriftzeichen wie auf den Stücken, an denen Ho seit sechzehn Jahren arbeitete. Doch es war groß genug, um ganze Absätze zu enthalten.

In der Ferne hörten wir, daß seine Frau und ihre sieben dicken Schwestern in die Litanei der Ahne eingestimmt hatten. *Kopf ab! Kopf ab!*« heulten sie, und Hahnrei Ho überlegte, ob seine Freude nicht vollständig gemacht werden könnte.

»Li Kao, seid Ihr auf Euren Streifzügen durch den Sommersitz auf noch mehr alte Brunnen gestoßen?« erkundigte er sich hoffnungsvoll.

»Ich würde zum Beil greifen«, sagte Meister Li.

»Ein Beil! Ja ein Beil, natürlich!«

Wir schlugen den Weg zu dem alten Brunnen und der Mauer ein. Li Kao stieß den Schrei einer Eule aus, und ein Hund antwortete, indem er dreimal bellte und einmal heulte. Wir verabschiedeten uns von Hahnrei Ho – ich unter Tränen –, und Li Kao hüpfte auf meinen Rücken. Die vermauerte Tür war jetzt ein geschickt bemaltes Stück Leinwand; ich zog sie beiseite und raste durch den leeren Gang. Als ich die Strickleiter an der Innenseite der äußeren Mauer hochkletterte und einen Blick zurückwarf, sah ich, daß Hahnrei Ho das kostbare Tontäfelchen in der einen Hand hielt und mit der anderen ein imaginäres Beil schwang.

»Hack-hack-hack!« sang er glücklich. »Hack-hack-hack… hack-hack-hack!«

Die Nebelschwaden verschluckten ihn, und ich kletterte rasch auf der anderen Seite hinunter zu Eierabschneider Wang und seinem Abschaum der Erde, die dort auf uns warteten. Sie hatten seit zwanzig Jahren keinen solchen Glücksfall wie das Begräbnis von Jungfer Ohnmacht erlebt und flehten Meister Li an, ihr Anführer zu werden. Wir hatten jedoch andere Dinge zu tun. Ich machte mich wie der Wind auf den Weg, rannte über die Hügel zu dem Dorf Kufu, während Meister Li auf meinem Rücken saß und die Wurzel der Macht umklammerte.

11.
Ich will dir eine Geschichte erzählen

Es war früh am Nachmittag, und Staub tanzte in den Sonnenstrahlen, die durch das Fenster in das Kloster drangen. Es herrschte völlige Stille, und man hörte nur die leisen Geräusche von Li Kao und dem Abt, die mit der Zubereitung der Essenz beschäftigt waren, und das Zwitschern von Vögeln, das der sanfte Wind hereintrug. Die Kinder hatten seit unserem Weggehen nicht einmal mit der Wimper gezuckt. Die Bonzen konnten nicht mehr für sie tun, als sie zu waschen und in regelmäßigen Abständen ihre Lage zu verändern. Es fiel schwer zu glauben, daß sich in den kleinen, blassen Körpern immer noch schwach die Lebensgeister regten.

Unter einer Phiole mit brodelndem Zuckerwasser, in das Meister Li die Wurzel der Macht gelegt hatte, brannte eine kleine bläuliche Flamme. Das Wasser färbte sich allmählich orange, und die Ginsengwurzel nahm einen kupferfarbenen Orangeton an und wirkte beinahe so durchscheinend wie Bernstein. Meister Li legte die Wurzel in eine andere Phiole, die mit mildem Reiswein gefüllt war. Der Abt erhitzte die Flüssigkeit, und während sie langsam verdampfte, ersetzte sie Meister Li durch die orangefarbene Flüssigkeit aus der ersten Phiole. Der Flüssigkeitsspiegel sank, bis kaum noch die Wurzel bedeckt war. Dann färbte sich das Konzentrat Safrangelb. Meister Li verschloß die Phiole und legte sie in einen Topf mit kochendem Wasser. Flüssigkeit und Wurzel wurden erst orangeschwarz und dann pechschwarz. Nur wenig Flüssigkeit befand sich noch in der Phiole. Meister Li hob das Glas aus dem Topf. Er öffnete den Verschluß, und ein unglaublich frischer, würziger Duft erfüllte den Raum wie eine ganze Wiese voller Bergkräuter nach dem Regen.

»Das wäre es«, sagte er, »und jetzt werden wir sehen, was wir sehen.«
Der Abt und Li Kao gingen von Bett zu Bett. Der Abt teilte die Lippen der Kinder, und Li Kao tauchte die schwarze Wurzel in die Flüssigkeit und ließ behutsam drei Tropfen auf jede Zunge fallen. Die Behandlung wurde dreimal wiederholt. Die Ginsengessenz reichte dafür gerade aus.
Wir warteten. Der sanfte Windhauch trug die Geräusche von Kühen, Hühnern und Wasserbüffeln herein; Weiden streiften mit ihren Ästen die grauen Steinmauern, und im Garten hämmerte der Specht. Die Farbe kehrte in die blassen Gesichter zurück. Die Bettdecken begannen, sich unter den kräftigen, regelmäßigen Atemzügen zu heben und zu senken, die Gliedmaßen schimmerten wieder rosig. Fangs Reh seufzte, und auf dem Gesicht von Porzellanpuppe lag ein strahlendes Lächeln. Alle Kinder lächelten glücklich, und mit einem Gefühl der Demut und Ehrfurcht begriff ich, daß ich Zeuge eines medizinischen Wunders geworden war. Die Eltern weinten vor Freude, als sie ihre Söhne und Töchter umarmten. Die Großeltern tanzten, und die Bonzen rannten an die Seile. Sie schaukelten fröhlich auf und ab, während sie alle Glocken des Klosters läuteten. Der Abt tanzte eine Gigue und schrie aus Leibeskräften: *»Namo Kuanshiyin Bodhisattva Mahasattva!«* – das »Halleluja« guter Buddhisten.
Nur Li Kao blieb ungerührt. Er ging von Bett zu Bett und untersuchte jedes Kind mit analytischer Kälte. Dann gab er mir das Zeichen, Klein Hong aus den Armen seines Vaters zu befreien. Er beugte sich über den Jungen und prüfte seinen Puls: erst am linken Handgelenk für die Funktionen von Herz, Leber, Nieren, Dünndarm, Galle und Harnleiter; dann am rechten Handgelenk für die Funktionen von Lunge, Magen, Dickdarm, Milz und Genitalien. Er winkte den Abt herbei und bat ihn, die Prozedur zu wiederholen, um die Ergebnisse zu vergleichen.
Auf dem Gesicht des Abtes zeigte sich Verwirrung, Besorgnis und dann Verzweiflung. Eilig holte er seine Nadeln und überprüfte Akupunktur- und Schmerzpunkte, ohne daß die Kinder irgendeine Reaktion zeigten. Klein Hong behielt die frische Farbe; sein Puls schlug

kräftig; das glückliche Lächeln blieb auf seinen Lippen; doch als Meister Li einen seiner Arme hochhielt und dann losließ, verharrte er in der Luft. Meister Li bewegte den Arm, und wieder blieb er genau da, wo er ihn losgelassen hatte. Der Abt packte Fangs Reh und schüttelte sie heftig. Doch das führte nicht einmal zu einem veränderten Pulsschlag.

Li Kao richtete sich auf, schlurfte zum Tisch zurück und starrte ausdruckslos auf die leere Phiole. Alle Blicke richteten sich auf ihn. Er wirkte völlig erschöpft, und ich erkannte, daß er trotz seiner Müdigkeit nach Worten rang, die die Tatsache mildern würden, daß es so etwas wie ein Beinahe-Wunder nicht gibt. Die Wurzel der Macht hatte es beinahe geschafft, aber sie war einfach nicht stark genug.

Ich hätte es nicht ertragen, seinem Blick zu begegnen. Ich wußte, daß er mir nur eins sagen konnte, und die Worte des uralten tibetanischen Textes gingen mir durch den Kopf: »Nur eine Behandlung ist wirksam und auch nur dann, wenn dem Arzt das seltenste und wirkungsvollste Heilmittel zur Verfügung steht: die Große Wurzel der Macht.« Ich sah das vor Angst verzerrte Gesicht von Pfandleiher Fang wieder vor mir, als er beteuerte, es gäbe nur eine einzige Große Wurzel der Macht auf der ganzen Welt. Und ich hörte ihn schreien: »Der Herzog von Ch'in. Er hat sie in seinem Labyrinth versteckt!« Selbst ein unwissender Junge vom Land wußte, daß der Herzog von Ch'in zehntausendmal gefährlicher war als die Ahne und daß man mit Kupfermünzen keinen Selbstmord bezahlen kann. Wenn ich mich auf die Suche nach der Großen Wurzel machte, würde es ganz allein meine Sache sein. Und es war noch nie jemandem gelungen, lebend aus dem Labyrinth des Herzogs zurückzukehren.

Ich drehte mich auf dem Absatz um, stürmte durch die Tür und das Gewirr der Flure, die ich wie meine Hosentasche kannte, sprang dann aus einem niedrigen Fenster ins Gras und rannte über die Hügel.

Ich hatte kein Ziel und verfolgte damit keinen Zweck, es sei denn, ich nahm unbewußt Abschied von meinem Dorf Ku-fu. Wie immer, wenn ich niedergeschlagen war oder mich fürchtete, wußte ich, ich mußte mir Bewegung verschaffen, denn das einzige, was ich besitze, sind Körperkräfte. Und wenn ich lange genug laufe, vergesse ich üblicherweise meine Sorgen. Ich rannte stundenlang durch Hügel, Felder und Wälder, und allmählich folgten mir die streunenden Hunde. Mir war schließlich ein ganzes Rudel auf den Fersen, als ich einem schmalen, gewundenen Pfad folgte, der zum dichten, niedrigen Gehölz am Abhang eines Hügels führte. Ich ließ mich auf die Knie nieder und zwängte mich durch eine Art Tunnel in eine kleine Höhle. Die Hunde drängten mir nach, und bald saßen wir auf einem Berg Knochen.

Man nannte sie Drachenknochen, denn früher hatte man einmal geglaubt, daß Drachen sich regelmäßig ihrer Knochen entledigen, so wie Schlangen ihre Haut abstreifen. Doch in Wirklichkeit waren es die Schulterknochen von Haustieren, die man zu Orakelzwecken benutzt hatte. Skapulimantik ist uralt, und wie der Abt mir erzählt hatte, sind die Orakelknochen von An-yang der einzig sichere Beweis dafür, daß es die sagenumwobene Shang-Dynastie wirklich einmal gegeben hat.

Werden andere Menschen wieder Kinder, wenn sie sich fürchten? Ich weiß, daß es bei mir so war. Die Höhle diente in meiner Kindheit uns jugendlichen Abenteurern als Hauptquartier, und wir hatten bei allen wichtigen Fragen die unfehlbaren Drachenknochen konsultiert. Jetzt entzündete ich ein Feuer in der alten Kohlenpfanne und legte den Schürhaken hinein. Die Hunde drängten sich um mich und beobachteten mich interessiert, während ich einen glatten, unbeschädigten Knochen suchte. Auf die linke Seite schrieb ich »Ja« und auf die rechte »Nein«. Dann räusperte ich mich.

»O Drachen, werde ich die Große Wurzel der Macht im Labyrinth des Herzogs von Ch'in finden und lebend wieder herauskommen?« flüsterte ich heiser.

Ich wickelte ein altes Stück Pferdefell um meine Hand und griff nach dem Schürhaken. Die Spitze bohrte ich zischend in den Knochen, der langsam zu reißen begann. Der Riß bewegte sich auf die Antwort zu. Dann teilte er sich in der Mitte. Die linke Hälfte des Knochens barst, und der Riß durchschnitt das »Ja«, während der rechte das »Nein« teilte. Ich starrte auf die Botschaft. Würde ich die Wurzel finden, aber

nicht am Leben bleiben, um die Geschichte zu erzählen? Würde ich am Leben bleiben, um die Geschichte zu erzählen, die Wurzel jedoch nicht finden? Ich war völlig durcheinander, bis mir einfiel, daß ich nicht mehr zehn Jahre alt war. Ich bekam einen roten Kopf.
»Dummkopf«, murmelte ich.
Die Sonne war inzwischen untergegangen. Mondstrahlen fielen in die Höhle, trafen meine linke Hand, und die kleine Narbe am Handgelenk schimmerte wie Silber. Ich warf den Kopf zurück und lachte. Meine Freunde aus der Kindheit, die mit mir im Kreis saßen und das Messer herumreichten, als wir Blutsbrüder wurden, wären vor Neid gestorben, wenn sie gewußt hätten, daß das Skelett von Nummer Zehn der Ochse dazu bestimmt war, im geheimnisvollen Labyrinth des Herzogs zu klappern. Ich schloß ein paar Hunde in die Arme, als ich feierlich den heiligen Schwur der Sieben Blutrünstigen Räuber der Drachenknochenhöhle intonierte.
»Rattendreck, Mäusespeck, giftiger Krötenneid, Knochen, Bein und Blutsbrüdereid . . .«
»Wirklich vortrefflich«, hörte ich beifällig eine Stimme, »es übertrifft den Gelehrteneid um viele Ellen.«
Die Hunde bellten aufgeregt, als Meister Li in die Höhle kroch. Er setzte sich und blickte sich um.
»Skapulimantik war ein Schwindel«, bemerkte er, »mit etwas Übung könnte ein Wahrsager den Knochen in jede gewünschte Richtung reißen oder sogar durch den Reifen springen lassen. Hast du als Junge je geschwindelt?«
»Dann wäre ich ein Spielverderber gewesen?« antwortete ich.
»Sehr klug«, sagte er, »der Abt, der auch sehr klug ist, hat mir gesagt, ich würde dich hier finden. Und wenn nicht, sollte ich einfach hier warten. Du mußt dich nicht schämen, in die Kindheit zurückzufallen, Ochse, denn jeder von uns muß das hin und wieder, um den gesunden Menschenverstand nicht zu verlieren.«
Er hatte eine große Flasche Wein bei sich, die er mir entgegenstreckte.
»Hier, trink, und ich will dir eine Geschichte erzählen«, sagte er.
Ich nahm einen Schluck von dem scharfen Zeug, und ich rang nach

Luft. Li Kao griff nach der Flasche und trank etwa einen halben Liter.

»Es war eine dunkle und stürmische Nacht«, begann er und wischte sich mit dem Handrücken den Mund ab, »ein kalter Wind heulte, Blitze zuckten über den Himmel wie Schlangenzungen, der Donner grollte wie wütende Drachen, und es regnete in Strömen. Durch den Sturm drang das Quietschen von Wagenrädern und das Klappern von Hufen, und dann der gefürchtetste Laut in ganz China: die gellenden Jagdhörner der Soldaten des Herzogs von Ch'in.«

Diesmal rang ich auch ohne Wein nach Luft, und Li Kao klopfte mir freundlich auf den Rücken.

»Ein Maultier zog einen zweirädrigen Karren in selbstmörderischem Tempo einen Bergpfad hinunter. Auf dem Sitz wurden ein Mann und eine Frau hin und her geschleudert«, fuhr er fort, »die Frau war im neunten Monat schwanger und umklammerte einen großen Leinwandbeutel, während der Mann die Peitsche schwang. Wieder erklangen hinter ihnen die schrecklichen Hörner, und dann flog ein Hagel von Pfeilen durch die Nacht. Das Maultier taumelte, stürzte, und der Karren landete im Graben. Anscheinend waren die Soldaten hinter dem Beutel her, den die Frau trug, denn der Mann versuchte, ihn ihr abzunehmen, damit die Soldaten ihn verfolgen sollten, während sie flüchtete. Doch die Frau stand dem Mann in Tapferkeit nicht nach und weigerte sich, den Beutel herzugeben. Sie zerrten beide immer noch an dem Beutel, als der zweite Pfeilhagel auf sie niederging. Der Mann stürzte tödlich getroffen zu Boden, und die Frau taumelte davon, obwohl ein Pfeil unter ihrem linken Schulterblatt steckte. Der Regen tarnte gnädig die kleine, entschlossene Gestalt, die den gewundenen Pfad hinaufkroch, der zum Kloster Sh'u führte.«

Meister Li hob die Flasche und trank durstig. Ich hatte keine Ahnung, warum er mir die Geschichte erzählte, doch zumindest lenkte er mich von meinen Sorgen ab.

»Der Pfeil war ihr Paß«, sagte er, »er trug das Tigerwappen des Herzogs von Ch'in, und im Kloster Sh'u haßte man den Herzog von Ch'in. Man tat, was man konnte, und beim ersten schwachen Morgenlicht erklang das dünne Weinen eines Neugeborenen in den Mauern. Der Abt und die Hebamme hatten ein kleines Wunder vollbracht, um das Kind zu retten. Aber für die Mutter konnten sie nichts tun.

›Tapfere Frau‹, flüsterte der Abt, und wischte ihr den Schweiß von der fiebernden Stirn, ›tapfere Rebellin gegen den bösen Herzog von Ch'in.‹

Die Hebamme zeigte ihr das schreiende Kind. ›Tausendfacher Segen, liebe Frau! Ihr habt einen gesunden Sohn geboren‹, sagte sie.

Die Nasenflügel der Sterbenden zuckten und blähten sich. Sie öffnete die Augen. Mit ungeheurer Anstrengung hob sie die Hand und wies auf die Hebamme.

›Kao‹, keuchte sie, ›Li... Li... Li... Kao...‹«

Mein Kopf fuhr hoch, und ich sah Meister Li mit weit aufgerissenen Augen an, der mir zuzwinkerte.

»Die Augen des Abts schwammen in Tränen. ›Ich habe es gehört, meine Tochter‹, sagte er mit belegter Stimme, ›dein Son soll Li Kao heißen.‹

›Kao!‹ keuchte die Frau, ›Li... Li... Kao...‹

›Ich verstehe, meine Tochter‹, schluchzte der Abt, ›ich werde Li Kao als meinen eigenen Sohn erziehen, und ich werde seine Füßchen auf den rechten Weg setzen. Er wird in den Fünf Tugenden und den Erhabenen Grundsätzen unterwiesen werden, und am Ende seines tadellosen Lebens sicher durch Die Pforten Der Großen Leere in Die Gesegneten Regionen Des Reinen Seins gelangen.‹«

Meister Li goß sich wieder einen halben Liter hinter die Binde und bot auch mir einen Schluck an, der mir wieder die Luft nahm.

»In den Augen der Frau glühte eine starke Erregung, die seltsamerweise an rasenden Zorn erinnerte«, fuhr Meister Li fort, »doch ihre Kräfte waren erschöpft. Sie schloß die Augen, ihre Hand sank schlaff auf das Bett, und ihre Seele machte sich auf den Weg zu den Gelben Quellen Unter der Erde. Die Hebamme war zutiefst gerührt. Sie zog zitternd eine kleine mit Ziegenfell bezogene Flasche aus ihrem Gewand und nahm einen tiefen Schluck. Dem Abt wurde es von dem Geruch eiskalt ums Herz. Dieser abscheuliche Gestank konnte nur vom besten Farbverdünner und vom schlimmsten Wein stammen, den je ein Mensch sich ausgedacht hatte: *Kao-liang*. Ich wiederhole: *Kao-liang*. War es möglich, daß die sterbende Frau nicht ihr Kind benannt, sondern einen Schluck aus der Flasche verlangt hatte? Es war tatsächlich möglich, und wie sich herausstellte, hatten die Soldaten des Herzogs sie nicht verfolgt, weil sie eine heroische Rebellin war, sondern weil sie und ihr Mann die Regimentskasse gestohlen hatten. Meine Eltern waren die berüchtigtsten Gauner in ganz China, und meine Mutter hätte ohne weiteres fliehen können, wenn sie sich mit meinem Vater nicht um die Beute gestritten hätte.«

Meister Li schüttelte nachdenklich den Kopf.

»Vererbung ist etwas Merkwürdiges, Ochse... ich habe meine Eltern nie gekannt, aber im zarten Alter von fünf Jahren stahl ich dem Abt die Silberschnalle vom Gürtel. Mit sechs ließ ich seinen Tintenstein aus Jade mitgehen. An meinem achten Geburtstag stahl ich die Goldquaste vom besten Hut des Abtes, und darauf bin ich immer noch stolz, denn bei dieser Gelegenheit hatte er ihn auf dem Kopf. Als ich elf war, tauschte ich die bronzenen Räuchergefäße des Abtes in ein paar Krüge Wein ein und betrank mich hemmungslos in der Gasse der Fliegen. Mit dreizehn lieh ich mir seine silbernen Kerzenleuchter aus und schlich mich in die Gasse der Vierhundert Verbotenen Freuden. *Die Jugend*!« rief Meister Li, »wie süß und doch beklagenswert schnell vergehen die friedlichen Tage unserer Unschuld.«

Er steckte die Nase wieder in die Weinflasche und rülpste zufrieden.

»Der Abt des Klosters Sh'u war wirklich heroisch«, erzählte er weiter, »er hatte gelobt, mich als seinen Sohn zu erziehen, und er hielt sein Wort. Er trichterte mir so erfolgreich eine Bildung ein, daß ich schließlich meine *Chin-Shih* gar nicht so schlecht absolvierte. Als ich jedoch das Kloster verließ, geschah das nicht, um Gelehrsamkeit zu suchen, sondern eine beispiellose Verbrecherlaufbahn. Mit Erschrekken entdeckte ich, daß das Verbrechen so leicht war, daß es langweilig wurde. Widerwillig wendete ich mich der Gelehrsamkeit zu, und da ich zufällig ein paar gute Arbeiten einreichte, wurde ich als Forscher in der Kulturwald-Akademie begraben. Ich entfloh diesem

Mausoleum, indem ich die Hofeunuchen bestach, die mir die Ernennung zum Militärstrategen verschafften. Es gelang mir, auf die erprobte Weise ein paar Schlachten zu verlieren, und ich wurde danach einer der wandernden Propagandisten des Kaisers, dann Gouverneur von Yu. Auf diesem letzten Posten ging mir endlich ein Licht auf. Ich versuchte, genug Beweise zu sammeln, um den verhaßten Hundefleisch General Wusan an den Galgen zu bringen, aber er war so glatt, daß ich ihm nichts nachweisen konnte. Glücklicherweise war der Gelbe Fluß wieder über die Ufer getreten, und es gelang mir, die Priester davon zu überzeugen, daß der Flußgott nur nach alter Sitte besänftigt werden konnte. Also verschwand Hundefleisch General auf ein graues Pferd gebunden in den Wellen. Um das Pferd tat es mir leid, aber es entsprach der Sitte. Dann reichte ich meinen Abschied ein. Ich hatte sehr spät entdeckt, daß es mindestens hundertmal schwieriger war, Verbrechen aufzuklären, als sie zu begehen. Deshalb hängte ich das Schild mit dem halb geschlossenen Auge über meine Tür, und ich habe es nie bedauert. Ich will noch hinzufügen, daß ich auch nie einen Fall halb gelöst aufgegeben habe.«

Ich schluckte geräuschvoll, und ich nehme an, daß die Hoffnung in meinen Augen ebenso hell leuchtete wie der Mond.

»Warum glaubst du, habe ich dir das erzählt?« fragte Meister Li, »ich habe einen sehr guten Grund, wütend auf den Herzog Ch'in zu sein, da einer seiner Vorfahren meine Eltern auf dem Gewissen hat... und außerdem bin ich durch meine Laufbahn auf mehreren Gebieten aufs beste darauf vorbereitet, Ginsengwurzeln zu stehlen.«

Er klopfte mir auf die Schulter.

»Und dich würde ich jederzeit als Urenkel akzeptieren«, sagte er, »ich denke nicht im Traum daran, dir zu erlauben, allein auszuziehen, um dich ermorden zu lassen. Schlaf jetzt, wir machen uns im Morgengrauen auf den Weg.«

Die Tränen standen mir in den Augen. Meister Li rief die Hunde und kroch aus der Höhle. Sie sprangen und hüpften fröhlich um ihn herum, während er den Pfad zum Kloster hinunter tanzte und dabei die Weinflasche schwenkte. Der sanfte Nachtwind trug das helle weinselige viertonige Lied des Hohen Mandarin zu mir herauf.

Zwischen den Blumen mit einer Flasche Wein,
Trinke ich ganz allein – keiner trinkt mit.
Ich heb die Flasche und grüße den Mond,
Mein Schatten stellt sich ein, und wir sind drei
beim Wein.

Wenn ich singe, scheint der Mond zu schwanken;
Wenn ich tanze, torkelt mein Schatten hin und her.
Wenn wir nüchtern sind, sind wir uns einig,
Wenn wir betrunken sind, trennen sich unsere Wege.

So jagt jeder seiner eigenen Offenbarung hinterher,
Und wir treffen uns wieder alle
Hinter dem Fluß der Sterne
In der großen Haaaaaaaalle!

Ich wünschte, ich hätte ihn als Neunzigjährigen erleben können. Selbst jetzt vollführte er hinreißende Hüpfer und Freudensprünge im Mondlicht.

ZWEITER TEIL

Die Flöte, die Kugel und das Glöckchen

12.
Von Schlössern und Schlüsselhasen

Auf Anraten des Abtes will ich für Barbaren erklären, daß mein Land Chung-kuo heißt. Das kann entweder Zentralland oder Reich der Mitte bedeuten, je nach Belieben. Tatsache ist, daß mein Land genau in der Mitte der Welt liegt und sich als einziges Land direkt unter dem Himmel befindet. »China« ist eine Erfindung der Barbaren, und das Wort wurde in Ehrfurcht und als Huldigung an den ersten Herzog von Ch'in geprägt, der die Herrschaft über das Reich im Jahr der Ratte 2447 (221 vor Christus) antrat. Er war ein bemerkenswerter Reformer. Der Abt sagt, Massenmörder sind meist Reformer, obwohl das nicht unbedingt umgekehrt auch der Fall ist.
»Unsere Vergangenheit erdrückt uns!« brüllte der Herzog von Ch'in. »Wir müssen einen neuen Anfang setzen!«
Ihm schwebte die Unterdrückung jeder vorausgegangenen Herrschaftsphilosophie und die Einsetzung seiner eigenen, der sogenannte Legalismus vor. Der Abt sagt, der berühmte erste Satz im Lehrbuch des Legalismus heißt: »Strafe schafft Macht, Macht schafft Stärke, Stärke schafft Ehrfurcht, Ehrfurcht schafft Tugend – also hat Tugend ihren Ursprung in Strafe«, und deshalb besteht kaum die Notwendigkeit, den zweiten Satz dieses Buches zu lesen.
Der Herzog begann seine Reformen damit, daß er jedes Buch im Reich verbrannte – ausgenommen bestimmte technische Werke und Orakelbücher; und da die Gelehrten zusammen mit den Büchern verbrannt wurden, verschwanden unersetzliche Wissensbereiche vom Antlitz der Erde. Der Herzog lehnte bestimmte Religionen ab, also gingen Tempel, Priester und Gläubige in Flammen auf. Er lehnte frivole Geschichten ab, also ließ er die professionellen Geschichten-

erzähler zusammen mit zahllosen fassungslosen Großmüttern köpfen. Die führenden Konfuzianer wurden in eine Schlucht gelockt, und man begrub sie unter einer Steinlawine. Die Strafe für den Besitz einer Zeile Analekten war langsame Zerstückelung bei lebendigem Leibe. Das Problem mit dem Verbrennen, Köpfen und Zerstückeln lag darin, daß es viel Zeit kostete. Der Herzog löste es mit einem Geniestreich.

»Ich werde eine Mauer bauen!« rief der Herzog von Ch'in.

Die große chinesische Mauer nahm mit dem Herzog nicht ihren Anfang und fand mit ihm auch nicht ihr Ende, doch der Herzog benutzte sie als erster zum Mord. Jeder, der eine andere Meinung vertrat, wurde in den rauhen Norden geschickt, und Millionen Männer starben während der Arbeit an diesem Staatsprojekt, das Eingeweihte das längste Massengrab der Welt nennen. Weitere Millionen starben beim Bau der Residenz des Herzogs. Das Schloß Des Labyrinths erstreckte sich über einhundertzehn Quadratmeilen, und es bestand in Wirklichkeit aus sechsunddreißig einzelnen Schlössern, die ein Labyrinth unterirdischer Gänge miteinander verband. (Der Herzog wollte sechsunddreißig prunkvolle Schlafzimmer haben, damit Meuchelmörder nie wissen sollten, wo er schlief.) Unter dem künstlichen Labyrinth befand sich ein natürliches, tief im Innern der hohen Steilküste. Man erzählte, dort hause ein schreckliches Ungeheuer, das die schreienden Opfer des Herzogs von Ch'in verschlang. Wahrheit oder Legende? Jedenfalls wurden Tausende in dieses Labyrinth geworfen und nie wieder gesehen.

Dem Herzog gelang noch ein weiteres Meisterstück. Er ließ sich von den besten Handwerkern im Reich die große goldene Maske eines brüllenden Tigers anfertigen, die er bei allen öffentlichen Anlässen trug. Seine Nachfolger übernahmen diesen Brauch und bedienen sich dieser Maske nun inzwischen seit mehr als achthundert Jahren. Hatte ein Herzog wäßrige Augen, ein fliehendes Kinn, litt er an Zuckungen im Gesicht? Seine Untertanen sahen immer nur eine erschreckende Maske, »den Tiger von Ch'in«, und der Abt erzählte mir, die barbarischen Herrscher von Kreta hätten zu demselben Zweck die Maske eines Stiers benutzt.

Geheimnisse und Schrecken sind Bollwerke der Tyrannei, und vierzehn Jahre lang hallte durch ganz China ein einziges Wehgeschrei. Doch dann beging der Herzog den Fehler, die Steuern soweit zu erhöhen, daß den Bauern nur die Wahl zwischen Hunger oder Rebellion blieb. Ihre Waffen hatte er beschlagnahmen lassen, doch im Umgang mit den Bauern war er nicht klug genug, um auch ihre Bambushaine zu beschlagnahmen. Einen gespitzten Bambusspeer sollte man meiden; als der Herzog mehrere Millionen in seine Richtung marschieren sah, verzichtete er schnell auf das Reich und verschanzte sich im Schloß des Labyrinths. Dort war er unangreifbar, und da er immer noch das größte Heer im Land besaß, einigte man sich stillschweigend darauf, daß Ch'in als Staat im Staat existieren würde.

Kaiser kamen, und Kaiser gingen, doch die Herzöge von Ch'in schienen bis in alle Ewigkeit zu herrschen; sie saßen knurrend und fauchend in dem monströsesten Monument brutaler Macht, das die Menschheit kennt.

Das Schloß des Labyrinths liegt inzwischen in Trümmern. Es ist ein gewaltiger Berg großer geborstener grauer Steine und rostenden Eisens auf einem hohen Felsen direkt am Gelben Meer. Dort gibt es die höchsten Flutwellen in ganz China, und die gestürzten Steine erzittern unter der Gewalt des Wassers. Ranken überziehen die klaffenden Eisentore, Eidechsen mit Regenbogenbäuchen und Türkisaugen klettern über die Mauerreste, und Spinnen eilen durch die ewigen Schatten, die Bananen und Bambus werfen. Im Schloß wohnen jetzt riesige, haarige, aber harmlose Spinnen. Seine früheren Bewohner waren ebenso grotesk, jedoch nicht so harmlos, und als ich das Schloß des Labyrinths zum ersten Mal sah, stand es noch in all seiner Pracht auf dem Felsen.

Unser Schiff glitt langsam durch den dicken Morgennebel auf das Gelbe Meer zu, und die lauten Kommandorufe schienen mir direkt ins Ohr gebrüllt zu werden. Die Luft erdröhnte unter gewaltigen metallischen Schlägen, dem Geklirr zahlloser Waffen und dem schweren Tritt marschierender Füße. Dann begann sich der Nebel zu heben, und mit ihm hoben sich meine Augen, wanderten über eine steile Felswand nach oben bis zur gewaltigsten Festung der Welt: ein gigantischer Bau, von Gräben umgeben und mit Türmen bestückt – uneinnehmbar! Ich starrte voll Entsetzen auf Türme, die in die Wolken ragten, auf gewaltige Eisentore, die wie schreckliche Fangzähne schimmerten, und auf die Zugbrücke, über die mühelos vier Kavallerieschwadronen nebeneinander reiten konnten. Die mächtigen Steinmauern waren so dick, daß die berittenen Patrouillen wie Ameisen wirkten, die auf kleinen Spinnen saßen. Unter den eisenbeschlagenen Hufen lösten sich Steine, die über die Steilwand hinunterfielen und rings um das Schiff ins Wasser klatschten. Einer der Felsbrocken traf das Dach der Kabine, in der Li Kao seinen Rausch ausschlief. Er schwankte an Deck, starrte nach oben und rieb sich die Augen.

»Eine abstoßende Architektur, nicht wahr?« fragte er gähnend. »Der erste Herzog besaß nicht das geringste Gefühl für Ästhetik. Was ist los, Ochse? Ein leichter Kater?«

»Nur leichte Kopfschmerzen«, erwiderte ich kleinlaut.

Der Nebel lichtete sich, und ich machte mich furchtsam auf den Anblick der vermutlich düstersten und abscheulichsten Stadt der Erde gefaßt. Ich zweifelte an meinem Verstand, als ich die fröhlichen Lieder der Fischer hörte und der Wind mir den Duft von unzähligen Blüten zutrug. Endlich klarte es völlig auf, und ich starrte ungläubig auf eine Stadt, die so schön war wie aus einem Märchen.

»Merkwürdig, nicht wahr?« sagte Meister Li, »Ch'in ist unvergleichlich schön. Außerdem ist es die sicherste Stadt in ganz China. Und der Grund dafür ist seltsamerweise Habgier.«

Er nahm einen Schluck Wein gegen einen möglichen Kater und rülpste zufrieden.

»Alle Nachfolger des großen Herzogs lebten nur für Geld, und anfangs waren ihre Methoden, um es sich zu beschaffen, brutal, aber wirkungsvoll«, erklärte er. »Einmal im Jahr wählte der regierende Herzog aufs Geratewohl ein Dorf, brannte es nieder und köpfte die Bewohner. Dann begab sich der Herzog mit seinem Heer auf die jährliche Rundreise, um seine Steuern einzuziehen. Die abgeschlagenen Köpfe wurden aufgespießt auf langen Stangen vorausgetragen, und die Herzöge von Ch'in freuten sich über den Eifer, mit dem die

Bauern herbeiströmten, um ihre Steuern zu bezahlen. Unausbleiblich kam früher oder später ein aufgeklärter Herzog an die Macht, und er ging als der Gute Herzog in die Geschichte ein. Wie man sich erzählt, sprang er während einer Ratsversammlung mit seinen Ministern auf, hob belehrend die Hand und rief mit donnernder Stimme: ›Leichen können keine Steuern *zahlen*!‹ Diese grandiose Erleuchtung führte zu einer veränderten Taktik.«

Li Kao bot mir einen Schluck Wein an, doch ich lehnte ab.

»Der Gute Herzog und seine Nachfolger mordeten auch weiterhin Bauern aus Geldgier und zum Vergnügen. Die Steuer wird noch immer Jahr für Jahr eingetrieben, doch man erlaubte den Reichen, die Truhen des Herzogs freiwillig zu füllen«, erklärte Meister Li, »der Gute Herzog verwandelte seine düstere Küstenresidenz in die größte und teuerste Vergnügungsstadt der Welt. Ochse, in Ch'in ist jeder Luxus und jedes erdenkliche Laster zu Hause, allerdings muß man dafür unerschwingliche Preise bezahlen. Da die Herzöge keine Verbrechen dulden, durch die ihnen Einnahmen entgehen könnten, macht sich für die Einwohner dieser hohe Preis mehr als bezahlt. Die Reichen sind nicht gezwungen, ganze Heere von Wächtern zu bezahlen, und in Ch'in – und nur in Ch'in – kann ein reicher Mann ein sorgloses Leben führen. Solange jemand großzügig gibt, hat er von den Herrschern im Schloß des Labyrinths nichts zu fürchten. Es ist fast nicht übertrieben, wenn ich sage, daß wir beide bald ins Paradies auf Erden kommen werden.«

Ich werde später die Stadt beschreiben. Wir standen als erstes vor der Aufgabe, jemanden zu finden, der uns in das Labyrinth und wieder herausführen konnte. Eine Stunde, nachdem wir an Land gegangen waren, hatten wir ihn bereits entdeckt.

In allen Geschäften und Vergnügungsstätten stand eine Eisentruhe mit dem Tigerwappen des Herzos. Die Hälfte aller Einnahmen wanderten in die Truhe, die andere Hälfte in die Kasse des Besitzers; es mußte also jemanden geben, der den Anteil des Herzogs einsammelte. Der Steuereinnehmer von Ch'in mußte den höchsten Rang unter den verächtlichsten Berufen der Welt bekleiden. Und der Mann, den das Schicksal dazu bestimmt hatte, war überall als der Schlüsselhase bekannt – es konnte nicht anders sein, denn er war ein unterwürfiger, kleiner Wicht mit rotgeränderten Augen und einer langen roten Nase, die ständig vor Angst zuckte. Wenn er durch die Straßen trippelte, klimperten und rasselten die zahllosen Schlüssel an den Ketten.

»O je, o je, o je!« jammerte der arme Kleine, wenn er in Weinhäuser, Bordelle und Spielhöllen trippelte. »O je, o je, o je!« wimmerte er, wenn er wieder hinaushoppelte.

Ihn begleiteten ein Zug Soldaten und zwei Karren – der eine für die Ausbeute, der andere enthielt die riesigen Schriftrollen, auf denen jedes Gesetz und jede Verordnung stand, die im Reich des Herzogs galten. Die Richter fällten Urteile, aber nur der Steuereinnehmer konnte Geldstrafen verhängen. Man war sich darüber einig, wenn der Schlüsselhase das Gesetz auch nur in einem Punkt überging, wodurch der Herzog möglicherweise nur einen Pfennig einbüßte, würde der Schlüsselhase seinen Kopf einbüßen.

»O je, o je, o je!« winselte er, als er in die Grillenkampfarena zur Glücklichen Wette kam. Er suchte unter den vielen tausend Schlüsseln nach dem richtigen, öffnete die Eisentruhe, zählte die Münzen, überprüfte das Kassenbuch, um zu sehen, ob der Betrag verdächtig niedrig war, beriet sich mit Spitzeln, um sicher zu sein, daß kein Betrug vorlag, verschloß die Truhe wieder und klapperte und klimperte die Straße entlang zur nächsten Geldquelle. »O je, o je, o je!« jammerte er, und das war verständlich, denn wenn der Herzog um einen Pfennig zu kurz kam, würde er um einen Kopf kürzer gemacht.

Wenn die Sonne über dem Schloß des Labyrinths unterging, trippelte der Schlüsselhase den Weg hinauf zu den Schatzkammern des Herzogs, wo Schreiber die Münzen zählten. Meist war er gezwungen, die Nacht damit zu verbringen, die Einnahmen nachzuzählen, um sicher zu sein, daß die Schreiber auch nicht einen Pfennig in ihre Taschen hatten wandern lassen. Wer mußte den Herzog von Ch'in auf der jährlichen Steuerreise begleiten und bestimmen, wieviel jedes Dorf zu entrichten hatte? Der Schlüsselhase natürlich, und es war allgemein bekannt, wenn es ihm nicht gelang, das letzte Reiskorn aus

den Bauern herauszupressen, gelang es ihm auch nicht, seinen Kopf zu behalten.
Für jeden anderen Menschen wäre das schon Kummer genug gewesen, für den Schlüsselhasen jedoch nicht. In einem Anfall geistiger Umnachtung hatte er geheiratet.
»Versteht mich nicht falsch«, sagte die alte Frau, die uns mit dem Klatsch der Stadt die Ohren vollredete, »Lotuswolke ist ein liebes, nettes Mädchen vom Land und hat das beste Herz auf der Welt. Aber sie war auf die Verführungen des Stadtlebens nicht vorbereitet und ist ein Opfer unersättlicher Habgier geworden. Ihr Mann, der selbst keinen Pfennig besitzt, hat nicht einmal Ruhe, wenn seine Frau sich einen reichen Liebhaber nimmt, denn sie ruiniert ihn mit Sicherheit im Lauf einer Woche. Der Schlüsselhase glaubt, daß er in einer früheren Inkarnation ein schreckliches Verbrechen begangen haben muß, für das er bestraft wird, indem er mit der teuersten Frau der Welt verheiratet ist.«
Wenigstens dieses eine Mal hielt mein ungebildeter Verstand mit Li Kao Schritt.
»Der Schlüssel zum Labyrinth ist der Schlüsselhase. Und der Schlüssel zum Schlüsselhasen ist seine Frau«, erklärte Meister Li, während wir weiter schlenderten. »Wenn ich neunzig wäre, würde ich es selbst übernehmen, aber wie es aussieht, ist Lotuswolke deine Sache. Du kannst dich mit dem Gedanken trösten, daß die teuerste Frau der Welt wahrscheinlich auch die schönste ist.«
»Meister Li, ich werde meine Pflicht tun«, sagte ich tapfer.
»O ja, bestimmt«, seufzte er, »Ochse, mit dem, was von Geizhals Shens Goldmünzen übriggeblieben ist, wirst du auf einen lebenden Fall von unersättlicher Habgier kaum Eindruck machen. Wir müssen uns ein Vermögen beschaffen.«

13.
Die Kunst, ein Stachelschwein zu kochen

Li Kao schlug den Weg zum Zollhaus ein, und eine Stunde später hatte er gefunden, was er suchte. Alles, was den Hafen von Ch'in verließ oder dort ankam, wurde mit hohen Steuern belegt. Ein unglaublich dicker Kaufmann entrichtete eine Exportsteuer, die dem Lösegeld für einen Kaiser entsprach. Eine kleine Armee von Wächtern – ein seltener Anblick in Ch'in – hatte Aufstellung um vier längliche Holzkisten bezogen. Da das Schiff erst in einigen Stunden ablegen würde, watschelte der Kaufmann davon, um ein leichtes Mittagessen zu sich zu nehmen.

»Ochse, du folgst diesem Burschen, und dann kommst du zurück und sagst mir, was er ißt«, sagte Meister Li.

»Was er ißt?«

»Was er ißt.«

Völlig erschüttert kehrte ich zurück. »Meister Li, Ihr werdet es nicht glauben, aber dieser Mann hat sein Mittagessen mit vier großen Terrinen voll Nelkenpfeffersuppe mit Klößchen begonnen«, erzählte ich, »dann hat er drei Schüsseln gekochte Muscheln verschlungen, ein Pfund eingelegte Okras, zwei Pfund gedämpfte Schnecken, drei Portionen Krabben, zwei Teller Süßigkeiten, zehn Honigkuchen und eine Wassermelone. Der Wirt erkundigte sich, ob der geschätzte Gast sechs oder sieben Pfund Pfirsiche in Sirup als Abschluß wünsche, doch der Kaufmann erklärte, er müsse zur Zeit eine Diät einhalten und sich leider mit grünem Tee und Pinienkernen begnügen.«

»Wo ist er jetzt?«

»Im Dampfbad. Er läßt sich massieren, und zwei Kellner aus dem Restaurant stehen mit einer Magenpumpe daneben.«

»Großartig«, sagte Meister Li zufrieden, »komm mit, Ochse, wir müssen den skrupellosesten Alchemisten der Stadt finden und einen Krug mit dem Elixir Der Einundachtzig Ekelhaften Essenzen erwerben, und dann müssen wir einen Sarg kaufen.«
Als der Kaufmann nach seiner Massage zum Hafen zurück gewatschelt kam, bot sich ihm ein erschütternder Anblick. Ich lag über einem Sarg, schluchzte herzerweichend, während Li Kao sich klagend die Haare raufte.
»Huu, Huu!« heulte ich.
»Die Braut meines geliebten Urenkels ist tot«, jammerte Meister Li.
»Sag etwas, meine Geliebte!« schrie ich und hämmerte auf den Sargdeckel.
»Zehn Millionen Flüche auf den Koch, der mich dazu überredet hat, bei der Hochzeitsfeier meines Urenkels Stachelschwein zu servieren!« kreischte Meister Li.
Im Handumdrehen stand der Kaufmann neben ihm.
»Stachelschwein? Habt Ihr Stachelschwein gesagt?«
»Stachelschwein«, schluchzte Meister Li.
»Aber verehrter Herr, wußtet Ihr nicht, daß Stachelschwein tödlich sein kann, wenn es nicht richtig zubereitet ist?«
Li Kao richtete sich entrüstet auf. »Haltet Ihr mich für einen Dummkopf?« fauchte er, »ich habe die Zubereitung selbst überwacht. Und jeder Schritt wurde genau nach den Anweisungen von Li Tsening ausgeführt.«
»Bestimmt nicht«, erwiderte der Kaufmann betroffen, »von dem großen Li Tsening stammt das Buch *Die Kunst, ein Stachelschwein zu kochen!*«
»Weshalb sollte ich sonst seinen Anweisungen gefolgt sein, Dummkopf!« schrie Meister Li.
Der Kaufmann bekam einen starren Blick, und ihm lief das Wasser im Mund zusammen. »War es ein junges, frisches Stachelschwein?« flüsterte er sabbernd.
»Kaum ein Jahr alt und am Tag zuvor in der Falle gefangen«, schuchzte Meister Li.

Der dicke Bauch des Kaufmanns zuckte krampfhaft. »Aus Yushan?« flüsterte er.
»Direkt vom Fluß«, stieß Meister Li mühsam hervor.
Das war zuviel für den Kaufmann. Er watschelte zu seinen Wächtern hinüber, öffnete einen großen Sack, zog einen gepökelten Karpfen heraus, verschlang ihn geräuschvoll und watschelte zurück.
»Die Füllung!« keuchte er, »hat man die Füllung ein Jahr zuvor gemacht?«
»Genau vor einem Jahr«, antwortete Meister Li, »und es wurden nur die besten gelben Bohnen benutzt.«
»Seid Ihr sicher, daß alle schwarzen und braunen Bohnen herausgelesen wurden? Der allerkleinste Fehler kann tödlich sein!«
»Alle schwarzen und braunen Bohnen wurden ebenso wie die mit roten Flecken von Hand entfernt«, erwiderte Meister Li aufgebracht, »der Rest wurde fünfzehnmal gesiebt und sorgfältig überprüft. Ich war mir der Gefahr durchaus bewußt!«
»Verehrter Herr, ich will Euch nicht beschuldigen«, sagte der Kaufmann zerknirscht, »aber ich muß wohl kaum darauf hinweisen, daß ein Fehler begangen worden sein muß, da die bedauernswerte Braut Eures Urenkels... ah... hat man möglicherweise Reismehl benutzt?«
»Seid doch kein Esel, junger Mann!« fuhr Meister Li ihn wütend an. »Reismehl hätte jeden Gast beim Mahl das Leben gekostet! Es wurde nur reinstes Hua-Weizenmehl benutzt mit einer Spur Salz vermischt und dann genau sechs Stunden der Sonne ausgesetzt.«
»Unter einem Tuch, um es vor Staub zu schützen? Staub kann tödlich sein!«
»Unter einem Gazetuch, um den Staub abzuhalten. Dann wurden das Mehl und die Bohnen zu einer Paste verrührt, in einen Krug gefüllt, der mit einer Tonschale verschlossen und mit Kalk versiegelt wurde. Ich muß wohl nicht erwähnen, daß nur reines Flußwasser benutzt wurde, denn ein einziger Tropfen wäre tödlich gewesen.«
»Ich verstehe es nicht«, flüsterte der Kaufmann, »alles richtig gemacht und trotzdem... einen Moment! In welchem Monat war es?«

»Seid Ihr von allen guten Geistern verlassen? Stachelschweinfüllung in einem anderen Monat als Juni herzustellen, ist doch Selbstmord!« schrie Meister Li ihn an.
Der Kaufmann wurde leichenblaß. Ihm dämmerte allmählich, wenn sich kein Fehler finden ließ, konnte er selbst nie mehr die köstlichste aller Delikatessen unbeschwert genießen.
»Unglaublich«, flüsterte er, »alles genau nach den Anweisungen des großen Li Tsening ausgeführt, und trotzdem erwies sich das Stachelschwein als tödlich. Wir müssen den Fehler finden! Verehrter Herr, ich bitte Euch, beschreibt mir genau die Methode, nach der Euer Koch das Stachelschwein zubereitet hat.«
Mir fiel auf, daß mich das Stachelschweinrezept so sehr interessierte, daß ich meine Pflichten als trauernder Bräutigam vernachlässigte. »Hu! Hu!« schrie ich, »hu, hu, hu!«
Li Kao klopfte mir liebevoll auf die Schulter.
»Wenn man sich vorstellt, daß ein solches Unglück über den einzigen meiner Urenkel hereingebrochen ist, der weder geistesschwach noch moralisch degeneriert ist«, stammelte er mit belegter Stimme, »aber Ihr habt recht, wir müssen den Fehler finden. Als erstes entfernte mein Koch Augen, Magen, innere Organe und Embryos, falls vorhanden. Während er das Fleisch in Stücke schnitt, säuberte mein armer Urenkel mit seinen eigenen edlen Händen jedes Stück auch vom kleinsten Blutklümpchen. Dann garte der Koch das Fleisch im reinen Flußwasser...«
»Mit der Haut?«
»Mit der Haut. Dann nahm er das Fleisch aus dem Topf, legte es auf den Schneidetisch...«
»Mit einer Holzplatte?«
»Barmherziger Buddha, mir ist völlig klar, daß eine Platte aus Metall oder Stein tödlich sein kann!« fuhr Meister Li ihn an, »mein Koch entfernte mit einer spitzen Pinzette jeden Kiel und jeden Stachel, schnitt das Fleisch in kleinere Stücke, und ich versichere Euch, in quadratische Würfel... briet es in Schweineschmalz an. Dann... und erst dann fügte er die Bohnenpaste hinzu und schmorte das Ganze in heißem Öl. Er verwendete unendliche Sorgfalt darauf, jedes Staub-

körnchen vom Topf fernzuhalten, und als er glaubte, das Fleisch sei gar, tunkte er ein Papierröllchen in die Sauce und hielt es über eine Kerzenflamme. Er wiederholte das so oft, bis das Papier sofort Feuer fing, und erst dann nahm er das Stachelschwein aus dem Topf und ließ es servieren.«

Kein Fehler... nicht ein einziger. Die Schlemmerwelt des Kaufmanns brach zusammen, und er vergrub das Gesicht in den Händen. Seltsamerweise erinnerte er mich dabei an Leuchtender Stern, in dem Augenblick, als sie geglaubt hatte, der Schwerttanz sei entweiht. Seine Leidenschaft war nicht so edel, doch gleichermaßen aufrichtig. Li Kao nutzte die Gelegenheit, um mich auf die Beine zu stellen, und ich weinte an seiner Schulter, während er mir den Rücken tätschelte.

»Wieviel sind gestorben?« flüsterte der Kaufmann.

»Nur meine Braut!« heulte ich los, »hu, hu, huuuuu!«

»Sie als einzige von zweihundert«, schluchzte Meister Li, »und ich habe die Stachelschweine selbst ausgesucht! Ich hatte die Bohnenpaste selbst zubereitet! Ich habe die Zubereitung des Fleischs selbst überwacht! Mein geliebter Urenkel hatte jedes Blutklümpchen mit eigenen Händen entfernt! Er wählte die besten Stücke aus, um sie seiner Braut vorzulegen! Ich...«

»Einen Augenblick!« rief der Kaufmann. Er packte mich bei den Schultern. »Mein lieber unglücklicher junger Mann«, flüsterte er, »was für eine Nadel habt Ihr benutzt, um das Fleisch vom Blut zu säubern?«

Ich war tief gerührt. Li Kao hatte die Vorarbeit geleistet und den Wal angelockt, und ich durfte die Harpune werfen.

»Was für eine... ich weiß es nicht mehr!« sagte ich.

»Ihr müßt Euch erinnern!« beschwor mich der Kaufmann, »war es eine Silbernadel oder nicht?«

»Ja«, erwiderte ich nachdenklich, »jetzt erinnere ich mich deutlich. Es war eine Nadel aus reinstem Silber... allerdings ist sie vor dem letzten Stück zu Boden gefallen, und deshalb mußte ich eine andere benutzen.«

»Eine silberne?« fragte er mit angehaltenem Atem.

Ich ließ die Spannung wachsen und runzelte nachdenklich die Stirn.
»Eine goldene«, sagte ich schließlich.
Der Abt hat mich immer davor gewarnt, nach dem Schein zu urteilen, und der Kaufmann war dafür ein klassisches Beispiel. Bei seiner gefräßigen Erscheinung dachte man an ein Mastschwein, und man hätte bei ihm hemmungslose Genußsucht vermutet. Und doch freute er sich nicht darüber, daß seine Schlemmerwelt nicht zusammengebrochen war; Tränen strömten ihm über die Wangen, und sein Bauch hüpfte zuckend, als er schuchzte:
»O mein Junge! O armer, unglücklicher Junge. Die geringste Berührung von Stachelschweinfleisch mit Gold ist tödlich. Der Fluch eines bösen Geistes hat Euch dazu gebracht, bei diesem letzten Fleischstück eine Goldnadel zu benutzen, und dann habt Ihr es liebevoll auf den Teller ...«
»... der Frau gelegt, die ich liebte!« jammerte ich, »meine Dummheit hat meiner schönen Braut das Leben gekostet!«
Ohnmächtig sank ich über dem Sarg zusammen, und das gab mir Gelegenheit, das Fläschchen mit dem Elixir der Einundachtzig Ekelhaften Essenzen zu öffnen, das auf der anderen Seite versteckt war.
»Sich vorzustellen, daß mein geliebter Urenkel für einen so grauenvollen Tod verantwortlich ist!« schrie Meister Li entsetzt.
»Ich habe oft von Vergiftungen durch Stachelschwein gehört, doch ich muß gestehen, daß ich so etwas noch nie gesehen habe«, erklärte der Kaufmann kleinlaut, »ist es ... sehr schlimm?«
Die Zöllner und Wächter hatten sich neugierig um uns gedrängt und blickten jetzt unruhig auf den Sarg.
»Es begann damit, daß sie überall rote Flecken bekam, die schließlich den ganzen Körper bedeckten«, erzählte Meister Li flüsternd, »dann färbte sich das Rot grün.«
Das Elixier Der Einundachtzig Ekelhaften Essenzen wirkte wunderbar, und vom Sarg stieg ein bestialischer Gestank auf.
»Iiiiii!« Der Zollvorsteher würgte.
»Dann verwandelte sich das schreckliche giftige Grün in Schwarz«, flüsterte Meister Li.

»Schwarz?« fragte der Kaufmann und wedelte mit der Hand vor seinem Gesicht, um den Gestank zu vertreiben.
»Um ganz genau zu sein, es war ein grünlich-bläulich-gelbliches Schwarz, das an den Rändern etwas verblaßte«, sagte Meister Li nachdenklich, »dann setzte der Geruch ein.«
»Geruch?« würgte der Zollvorsteher und taumelte durch die verpestete Luft.
»Ich kann den schrecklichen Geruch nicht beschreiben!« Meister Li weinte. »Gäste liefen um ihr Leben, und mein geliebter Urenkel streckte die Hand nach seiner Braut aus... oh, wie soll ich diesen entsetzlichen Augenblick beschreiben? *Seine Finger versanken in ihrem Körper, denn ihre zarte, weiche Haut war zu einer wabbeligen Masse geworden, aus der grüne und gelbe Fäulnis quoll. Und der Geruch, der Geruch, der entsetzliche, giftige Gestank... Hunde brachen krampfhaft zuckend zusammen, Vögel fielen leblos von den Bäumen...«*

Aus irgendeinem Grund waren wir plötzlich allein...
Wenige Minuten später taumelten wir aus dem Zollhaus und hingen wie die anderen über dem Geländer am Wasser und mußten uns übergeben. Ich darf bemerken, daß das Elixier Der Einundachtzig Ekelhaften Essenzen einen Stein zum Kotzen bringen kann. Der Kaufmann, die Wächter und die Zöllner berieten und entschlossen sich, uns zusammen mit dem Sarg ins Meer zu werfen, ehe alle in dem Gestank erstickten. Doch Li Kao appellierte an ihren Patriotismus. Er wies darauf hin, daß meine Braut, falls sie im Meer landete, die chinesische Fischindustrie mindestens dreitausend Jahre lang zugrunde richten würde. Ein Kompromiß wurde gefunden. Sie beschafften uns eine Schubkarre für den Sarg, ein paar Schaufeln und einen vor Angst schlotternden Bonzen, der uns zum Aussätzigenfriedhof voranging, wobei er einen Gong schlug und schrie: »Unrein! Unrein!« Der Bonze rannte auf dem Friedhof davon, und wir sahen zu, wie die Segel des Schiffes im Dunst verschwanden, mit dem der Kaufmann und seine vier Holzkisten davonfuhren, unter denen ein Sarg war, von dem wir den Begräbnisschmuck entfernt hatten.
Wir rissen den Begräbnisschmuck von der Holzkiste des Kaufmanns,

und ich stemmte den Deckel auf. Auf einem Stück Leinwand lag ein kleines Säckchen. Ich schüttete den Inhalt in meine Hand und starrte ungläubig darauf.
»Nadeln? Meister Li, wieso hat dieser Kaufmann ein ganzes Heer von Wachen angeheuert, um billige Eisennadeln zu bewachen?«
»Großer Buddha, dieser Mann kann unmöglich allein arbeiten. Er muß der Vertreter eines Konsortiums sein, dem die reichsten Männer von China angehören!« Meister Li blieb der Mund offen stehen.
Ich wußte nicht, wovon er redete. Li Kao riß das Stück Leinwand beiseite und nahm einen merkwürdigen Gegenstand heraus – wie wir später entdeckten, enthielt die Kiste davon 270 –, und begann die Nadeln daran zu hängen. Das Eisen sprang praktisch auf die Oberfläche, und die nächste Nadel hängte sich an die erste.
»Zehn«, betete er, »wenn zehn Nadeln halten! Sieben... acht... neun... zehn... elf... zwölf... dreizehn... vierzehn... fünfzehn... sechzehn... siebzehn...«
Die achtzehnte Nadel fiel auf die Erde, und Li Kao drehte sich mit vor Staunen geweiteten Augen nach mir um.
»Nummer Zehn der Ochse, die Kaufleute und Seeleute der Barbaren werden ihre Seelen für magnetische Kompasse aus China verkaufen, die rein genug sind, um zehn aneinanderhängende Nadeln zu halten. Und wir haben hundert, die rein genug sind, um siebzehn zu halten! Mein Junge, ich habe zu meiner Zeit ein paar gute Fischzüge gemacht. Aber das ist geradezu lächerlich!« sagte er ernst, »wir zwei sind gerade die zwei reichsten Männer von ganz China geworden!«

14.
Lotuswolke

Die wichtigste Aufgabe bestand nun darin, uns den Ruf als unermeßlich reiche und großzügige Herren zu schaffen. Ich erinnere mich verschwommen an Blumen und Gongs, an Weihrauch und Silberglöckchen, an Bootsrennen, Würfelspiele und Grillenkämpfe, an Festlärm, Bankette und das Gewirr sinnlicher, nackter Leiber. Wir bestiegen bunt bemalte Bordellschiffe, fuhren über azurblaue Seen und ankerten an künstlichen Smaragdinseln, wo bleiche Priester mit gedunsenen Gesichtern und unruhig zuckenden Händen die seltsamsten Dinge in sonderbaren Pagoden verkauften, und wir ließen uns in einer Sänfte, die so groß war, daß sie sechzig seufzende Sklaven schleppen mußten, durch die Straßen tragen. Nackte Tanzmädchen leisteten uns anmutig Gesellschaft; wir griffen in eine messingbeschlagene Truhe und warfen mit beiden Händen Silbermünzen in die jubelnde Menge, die uns auf Schritt und Tritt begleitete.

»Kauft euch saubere Kleider!« riefen wir, »tut etwas gegen euren schlechten Atem und trinkt anständigen Wein! Befreit euch von den widerlichen Läusen! Badet!«

»Lang lebe Lord Li von Kao!« brüllte die Menge, *»lang lebe Lord Lu von Yu!«*

Möglicherweise erwecke ich den Eindruck, als hätte ich unsere eigentliche Aufgabe vergessen. Doch so war es nicht. Nacht für Nacht träumte ich von den Kindern meines Dorfes Ku-fu, und Schuldgefühle begannen, mich zu martern. Mit großer Erleichterung hörte ich Meister Li sagen, unser Ruf sei nun gefestigt, und wir könnten zu Werke gehen. Er kam zu dem Schluß, wir würden den

Schlüsselhasen am schnellsten kennenlernen, wenn wir unseren Palast niederbrannten, den wir für einen halsabschneiderischen Preis von dem Herzog von Ch'in gemietet hatten. Ich briet eine Gans über der Glut, als der kleine Bursche herbeitrippelte.
»O je, o je, o je!« jammerte er, »Bestimmung 226, Paragraph D, Absatz B: Paläste, gemietet, unfreiwillige Zerstörung...«
»Vorsätzliche... mich hat der Anblick gestört«, sagte Meister Li gähnend.
»Absatz C: Paläste, gemietet, vorsätzliche Zerstörung. Voller Wert plus fünfzig Prozent, plus Kosten für Brandbekämpfung, plus Trümmerbeseitigungskosten, plus dreimal die normale Strafe für Störung der öffentlichen Ruhe, plus fünfzig Prozent der Gesamtsumme wegen Schmähung eines vom Herzog geschaffenen Anblicks, plus...«
»Hört auf zu plappern, Ihr Dummkopf, und nennt mir die Gesamtsumme!« unterbrach ihn polternd Meister Li.
Ich glaubte, der Kleine würde sterben. Er verdrehte die rot geränderten Augen, richtete sie gen Himmel und kreischte: »Neunzehntausendsiebenhundertundzweiundsechzig Goldstücke!«
Li Kao wies achselzuckend auf eine lange Reihe von Truhen. »Nehmt eine von den blauen«, sagte er gleichgültig, »zwar enthalten die blauen je zwanzigtausend Goldstücke, aber Lord Li von Kao und Lord Lu von Yu werden sich bestimmt nichts herausgeben lassen.«
Der Schlüsselhase fiel rücklings zu Boden. Es dauerte eine Weile, ihn wiederzubeleben. Doch er erkannte die Möglichkeiten sofort.
»O je!« japste er, »Lord Li von Kao und Lord Lu von Yu haben für die Nacht kein Dach über dem Kopf. Meine bescheidene Behausung ist zwar kaum angemessen... Seht Ihr, vermutlich werde ich die ganze Nacht im Schloß verbringen müssen, um das Geld des Herzogs zu zählen. Meine liebe Frau ist dann allein und ungeschützt. Frauen fordern Schutz... neben anderen Dingen.«
Er fiel auf die Knie und begann, die Spitzen unserer Sandalen zu küssen. *»Wie Perlen!«* klagte er, *»und Jade!«* stöhnte er.
»Dürfen wir Euch von der gebratenen Gans etwas anbieten?« fragte Meister Li nicht unfreundlich, »das Rezept stammt von Lord Lu von

Yu persönlich: vierundzwanzig Stunden in bester Weinhefe mit Honig und zerstampften Aprikosen mariniert. Übrigens ist Lord Lu von Yu ein Schüler von Chang Chou, der sagte: ›Er bevorzuge zwar die eigene Küche, aber die Frauen anderer.‹«
»Welch eine Freude!« quiekte der Schlüsselhase.

An diesem Abend bereitete ich mich darauf vor, die teuerste Frau der Welt kennenzulernen. Der Mond spielte mit den Wolkenfingern Haschen. Der sanfte, warme Windhauch duftete nach Blüten, und die Grillen zirpten im dunklen Garten des Schlüsselhasen. Die breiten Bänder aus Perlen und Jade, die ich ins Gras gestreut hatte, glitzerten wie ein Spiegelbild des Großen Sternenflusses, und ich wagte kaum zu atmen, als ich sah, wie eine junge Frau auf mich zukam und unter staunenden und entzückten Ausrufen den glitzernden Tand aufhob. Schließlich war sie nahe genug, daß ich sie deutlich sehen konnte.
»Nummer Zehn der Ochse«, sagte ich zu mir, »man hat dich betrogen!«
Sie war nicht einmal hübsch. Lotuswolke war ein richtiges Bauernmädchen mit großen Füßen, kurzen, dicken Beinen, großen breiten Händen und einem reizlosen, flachen Gesicht. Sie blieb stehen, musterte mich mit schief gelegtem Kopf und sah ganz so aus wie ein Mädchen vom Land, das sich überlegt, ob es sich auf dem Jahrmarkt ein kleines Spieltier kaufen soll. Ich konnte beinahe hören, wie sie dachte: ›Ja, ich nehme das niedliche Ding mit nach Hause.‹ Und dann lachte sie.
Ich kann dieses Lachen nicht beschreiben. Alle Hoffnung, alle Freude, alle Liebe, alles Lachen der ganzen Welt schien sich in einer Faust zu sammeln, die mir ins Herz stieß, und ich weiß nur noch, daß ich auf den Knien lag, die Arme um ihre Beine geschlungen hatte und meinen Kopf gegen ihre Schenkel preßte.
»Ich heiße Lu, und mein Vorname ist Yu, aber man darf mich nicht mit dem bedeutenden Verfasser von *Das Buch vom Tee* verwechseln, und alle nennen mich Nummer Zehn der Ochse«, stöhnte ich.
Sie lachte leise, und ihre Finger spielten in meinen Haaren.
»Ich werde dich Bu-Fi nennen«, sagte sie.

Man kann das Ausmaß meiner Verzauberung daran erkennen, daß ich mich darüber freute, Bu-Fi genannt zu werden. Am liebsten hätte ich wie ein kleiner Schoßhund jedesmal mit dem Schwanz gewedelt, wenn Lotuswolke auftauchte.

»Schlüsselhase«, sagte ich ein paar Tage später, »Eure geliebte Frau ist nicht geistreich und sie ist nicht klug. Sie kann weder lesen noch schreiben, sie ist nicht attraktiv – noch nicht einmal hübsch, und ich bete die Erde an, über die sie geht.«

»Das«, seufzte der Schlüsselhase, »sagen alle ihre Beschützer.«

»Meister Li, habe ich den Verstand verloren?« fragte ich.

»Nun ja, Schönheit ist eine lächerlich überbewertete Sache«, antwortete er, »im Lauf der vergangenen achtzig oder neunzig Jahre habe ich sehr viele schöne Frauen kennengelernt, und sie waren alle gleich. Eine Schönheit ist gezwungen, morgens lange im Bett zu bleiben, um Kraft für den nächsten schweren Kampf mit der Natur zu sammeln. Nachdem ihre Zofen sie gebadet und abgetrocknet haben, löst sie ihr Haar im Stil der Kaskade Verspielter Weiden, malt sich die Augenbrauen im Stil Ferne Bergkette, betupft sich mit dem Parfüm Neun Biegungen des Unterirdischen Flusses, trägt Rouge, Maskara und Lidschatten auf, bedeckt das Werk mit einer fingerdikken Schicht Puder Marke Nonchalanter Flirt, zwängt sich in ein Oberteil mit Pflaumenblütenmuster und in den dazu passenden Rock mit den passenden Strümpfen, legt vier oder fünf Pfund Schmuck an, blickt auf Suche nach sichtbaren menschlichen Zeichen in den Spiegel und stellt erleichtert fest, daß sie keine findet, dann versichert sie sich, daß ihr Make-up zu einer harten, unbeweglichen Maske erstarrt ist, bestäubt sich mit dem Parfüm Hundert Ingredienzen Himmlischer Geister die Im Regenschauer Herabsinken und trippelt mit winzigen Schritten dem neuen Tag entgegen, der wie jeder andere Tag aus Klatsch und Kichern besteht.«

»Das ist es ja!« rief ich, »Lotuswolke hüpft aus dem Bett, steckt den Kopf in einen Eimer kalten Wasser, schreit: ›*Aaarrrgghh!*‹, fährt sich mit dem Kamm durch die Haare und sieht sich um, ob jemand in der Nähe ist, der sie lieben möchte. In diesem Fall hüpft sie wieder ins Bett. Andernfalls zieht sie sich irgendein Kleid über, das gerade zur

Hand ist, springt durch die Tür oder durch das Fenster hinaus, um zu sehen, welche Wunder der neue Tag bringt. Da sie die Welt mit den verklärten Augen eines Kindes betrachtet, muß jeder Tag wunderbar sein.«

»Das«, seufzte der Schlüsselhase, »sagen alle ihre Beschützer. Ich wünschte, ich könnte mir meine liebe Frau für mich allein leisten.«

»*Niemand* kann sich Eure liebe Frau leisten«, brummte Meister Li.

Er hatte nicht ganz unrecht, obwohl Lotuswolke in ihrer Habgier keineswegs wahllos war. Das liebe Mädchen hatte sich bereits im frühen Alter spezialisiert; Diamanten interessierten sie nicht, und Smaragde langweilten sie zu Tode. Ich gab ihr einmal ein mit Gold gefülltes Kästchen, und sie schenkte es umgehend einer Freundin.

»Warum hast du das getan?« fragte ich.

»Weil sie es wollte, Bu-Fi«, antwortete Lotuswolke. Es war unübersehbar, daß sie mich für einen Schwachkopf hielt, weil ich eine so dumme Frage stellte.

Ah, aber dieses Kästchen mit Perlen und Jade gefüllt! Nie zuvor oder danach habe ich etwas erlebt, das sich mit ihrer Reaktion auf ein Geschenk von Perlen und Jade vergleichen ließ. Ihre Augen wurden groß vor Staunen, und sie streckte ehrfürchtig die Hände danach aus. Ein herzbewegendes Verlangen erfaßte bebend ihren ganzen Körper, und unbeschreibliches Sehnen verklärte ihr Gesicht. Die Wucht ihrer nackten Gier warf einen praktisch um. Sie flog ihrem Anbeter in die Arme und schwor, ihn bis in alle Ewigkeit zu lieben.

Ein Mann tut praktisch alles, um eine solche Reaktion hervorzurufen. Und darin bestand das Problem. Nach zehn Minuten hatte Lotuswolke das wunderbare Geschenk vergessen. Und wenn einem an der Wiederholung dieser Reaktion lag, mußte man ein neues Kästchen voll Perlen und Jade herbeischaffen.

»Wie jeder klassische Schwindel ist das die einfachste Sache der Welt«, sagte Meister Li mit widerwilliger Hochachtung.

»Ich bewundere ihre Technik sehr, selbst wenn sie mich in den Ruin treibt«, sagte ich.

»Das«, seufzte Schlüsselhase, »sagen alle ihre Beschützer.«

Li Kao machte bei dem Schlüsselhasen großartige Fortschritte. Es war nur eine Frage der Zeit, wann es uns gelingen würde, den Steuereinnehmer des Herzogs zu überreden, uns in das Labyrinth zu schmuggeln und wieder herauszubringen, doch bis dahin mußte ich Lotuswolke mit Perlen und Jade versorgen. Das Gold in unseren Kisten schmolz wie Schnee im August dahin. Und eines schrecklichen Morgens starrte ich ungläubig auf die Handvoll Münzen, die von dem größten privaten Vermögen in China übriggeblieben waren.

»Mach kein so schuldbewußtes Gesicht, Ochse«, sagte Meister Li tröstend, »die Rupftechnik des reizenden Mädchens ist sehr bemerkenswert. Warum rupfen wir nicht selbst ein bißchen?«

Nicht lange danach schlug ein eindrucksvoller Bursche namens Leberlippe Loo, der als Haushofmeister eines vornehmen Hauses herausgeputzt war, mit einem goldbeschlagenen Stab an die Tür des knausrigsten Geizhalses der Stadt. Hinter Leberlippe Loo befand sich eine prachtvolle Sänfte mit zwei eleganten Aristokraten, ein mit Abfällen beladener Karren und eine Ziege.

»Öffnet die Tür!« brüllte Leberlippe Loo, »zehntausendfacher Segen ist über Euch gekommen, denn Lord Li von Kao und Lord Lu von Yu haben sich herabgelassen, in dieser elenden Hütte zu ruhen!«

Ich bin zu dem Schluß gekommen, das Problem mit der romantisch verklärten Gerechtigkeit ist, daß sie nicht weiß, wann sie damit aufhören soll.

Die Tür flog krachend auf, und wir starrten auf einen Mann, der sechs Häuser in sechs verschiedenen Städten besaß und gesegnet war mit zwei glitzernden Schweinsäuglein, einem kahlen, fleckigen Schädel, einer Nase, die so scharf gekrümmt war wie ein Papageienschnabel, den schlaffen, hängenden Lippen eines Kamels und zwei runzligen Elefantenohren, aus denen dicke Büschel borstiger, grauer Haare ragten.

»Was habt Ihr mit meinen fünfhundert Goldstücken gemacht?« schrie Geizhals Shen.

Leberlippe Loo konnte ohne Schwierigkeiten fliehen. Doch als Li Kao und ich aus der Sänfte sprangen, landeten wir geradewegs vor den Füßen des Schlüsselhasen und seinen Soldaten. Irgendwie verhedderten wir uns in einer Kette, die dem Schlüsselhasen um den Hals hing, und er zerrte heftig und verzweifelt an seinem Ende. »O je, o je, o je!« jammerte er, und ich nehme an, er glaubte, wir wollten versuchen, den Schlüssel zum Schloßtor des Herzogs zu stehlen. Am Ende der Kette hing nur ein Schlüssel in Form einer Blüte mit sechzehn winzigen Spitzen, die genau mit dem richtigen Druck in das Schloß gedrückt werden mußten, ehe es aufsprang. Und so ein Druckschloß kostete ein Vermögen! Die Soldaten fielen über uns her. Wir wurden vor Gericht geschleppt. Doch da Leberlippe Loo den Karren und die Ziege mit sich genommen hatte, gab es keine Beweise. Geizhals Shen konnte wenig mehr tun, als schreiend Anschuldigungen vorzubringen. Aber Geizhals Shen war nicht das Problem. Das Problem bestand darin, daß wir nicht mehr in der Lage waren, die obligatorische Strafe für Ruhestörung zu bezahlen. Und die Strafe für das Nichtbezahlen einer Strafe war in des Herzogs Stadt der Tod.

»Hu!« jammerte der Schlüsselhase, »Hu! Hu! Hu! Man denke nur, daß ich mitverantwortlich bin für die Enthauptung meines lieben Freundes und des großzügigsten Beschützers, den meine liebe Frau je hatte!«

Schließlich beruhigte er sich soweit, daß er an dem Fall auch eine gute Seite sah.

»Macht Euch keine Sorgen um Lotuswolke«, tröstete er mich, »ich habe entdeckt, daß Geizhals Shen der reichste Mann der Stadt ist. Ich werde ihn zum Tee einladen, und wenn meine liebe Frau nicht plötzlich ihre Gabe verloren hat, wird sie in Perlen und Jade baden.«

»Ausgezeichnet«, erwiderte ich.

In meinem Herzen war kein Platz für mehr Kummer. Wenn ich die Augen schloß, sah ich die Kinder von Ku-fu starr wie der Tod in den Betten liegen, den betenden Abt und die Eltern, die sich einander Mut zusprachen und sagten: »Meister Li und Nummer Zehn der Ochse werden ganz sicher mit der wunderbaren Wurzel zurückkehren, die eine *Ku*-Vergiftung heilen kann.«

15.
Das Labyrinth

Ich sollte Lotuswolke noch einmal sehen, ehe wir vor dem Beil des Henkers standen. Man kettete uns an die lange Reihe der Verurteilten und führte uns durch die Straßen der Stadt. Die Menge, die Loblieder auf Lord Li von Kao und Lord Lu von Yu gesungen hatte, drängte sich noch einmal johlend und grölend um uns und bewarf uns mit Abfall. Irgendwie gelang es Lotuswolke, sich durch die Menge zu drängen. Sie glitt an den Soldaten vorbei, rannte zu mir und warf mir etwas über den Kopf, das an meinem Hals hängenblieb. Was es war, konnte ich nicht sehen, und das Gejohle des Pöbels war so laut, daß ich nur bruchstückhaft verstand, was sie mir zu sagen versuchte.

»Als mein jämmerlicher Mann einmal betrunken war, erzählte er mir... Bu-Fi, ich habe das gestohlen, denn wenn der Herzog zum Spielen aufgelegt ist...« Die Soldaten zerrten sie davon. »Folge dem Drachen!« schrie Lotuswolke, »du mußt dem Drachen folgen!«

Dann war sie verschwunden, und ich hatte keine Ahnung, was ihre Worte bedeuten mochten. Die Soldaten trieben die Menge auseinander, und man führte uns den Hügel hinauf zum Schloß Des Labyrinths.

Ich hatte solche Angst, daß ich mich an den Weg nicht mehr erinnere. Allmählich nahm ich wahr, daß wir die große Zugbrücke überquerten, durch das gewaltige Eisentor marschierten und in einen Hof kamen, der groß genug war, um einigen tausend Soldaten Platz zu bieten. Durch Schlitze in den dicken Mauern zielten die mörderischen Eisenpfeile zahlloser Armbrüste auf uns, und hoch oben stiegen Rauch und Flammen von den Tonnen mit kochendem Öl auf.

Das ohrenbetäubende Gebrüll rauher Stimmen, das Klirren von Waffen und das Getrampel marschierender Füße erfüllte die Luft, und dann gelangten wir in ein Gewirr langer Steintunnel, wo mir unter dem Ansturm des endlosen hallenden Echos die Ohren schmerzten. Wir erreichten zehn Kontrollpunkte, und die Wachen verlangten geheime Zeichen und Passier-Worte. Dann öffneten sich kreischende Eisentore, und wir wurden mit Peitschenhieben hindurchgetrieben. Vor uns leuchtete ein mattes Licht, an den Wänden standen Reihen von Soldaten, und ich erkannte, daß wir uns einem Tor aus massivem Gold näherten.

Es öffnete sich geräuschlos. Die Soldaten stießen uns über eine halbe Quadratmeile glänzenden Lapislazuli auf einen gewaltigen goldenen Thron zu. Ich zitterte vor Angst, als ich mich dem Herzog von Ch'in näherte. Die schreckliche Maske des brüllenden Tigers wurde immer riesiger und bedrohlicher, und der Herzog war so groß, daß seine breiten Schultern im richtigen Verhältnis zu der riesigen Maske standen. Er trug goldene Kettenhandschuhe und einen langen Umhang aus Federn. Schaudernd bemerkte ich, daß die Federn am Saum dunkelrote Blutspuren aufwiesen. Der Richtblock und das Becken, in das die Köpfe fielen und das Blut floß, standen beinahe direkt vor seinen Füßen. Offensichtlich genoß er den Anblick.

An allen vier Wänden standen Soldaten, und zwei Reihen Würdenträger flankierten den Thron. Der Henker war ein riesiger, bis zur Hüfte nackter Mongole, und sein glänzendes Beil war beinahe so groß wie er selbst. Ein Bonze vollzog die letzten Riten, und die Zeremonie schien mir mit ungebührlicher Hast vonstatten zu gehen. Man nahm die Kette ab, an die die Verurteilten gekettet waren, allerdings blieben unsere Hände mit Handschellen auf dem Rücken gefesselt. Dann wurde das erste Opfer vorwärtsgeschoben. Ein Offizier verlas die Anklage und das Todesurteil, und die Soldaten traten dem armen Burschen so geschickt gegen die Beine, daß er vornüber fiel und sein Hals auf dem Richtblock lag. Der Bonze murmelte das kürzeste Gebet, das ich je gehört hatte, und der Offizier fragte das Opfer, ob es noch etwas zu sagen habe. Der Verurteilte versuchte

noch einmal verzweifelt, um Gnade zu flehen, doch der Bonze setzte dem mit einem Nicken zum Henker ein Ende.
Das riesige Beil hob sich, und im Saal wurde es still. Ein metallisches Blitzen, ein dumpfer Schlag, Blut spritzte, und der Kopf landete mit einem Übelkeit erregenden Klatschen im Becken. Die Würdenträger applaudierten höflich, und der Herzog von Ch'in wieherte leise vor Vergnügen.
Zu meinem Erstaunen fiel Li Kao in Ohnmacht – zumindest glaubte ich das, bis ich begriff, daß er die Gelegenheit nutzte, um nach seiner linken Sandale zu greifen. Er schob den Absatz beiseite und brachte ein paar Dietriche zum Vorschein, aber schon zerrten ihn die Soldaten wieder fluchend auf die Beine. Li Kao gelang es, mir einen der winzigen Dietriche in die Hände zu drücken.
»Ochse, wir können unmöglich von hier fliehen«, flüsterte er. »Ich fürchte, wir können für die Kinder in deinem Dorf nichts tun. Aber einer der Herzöge von Ch'in hat meine Eltern getötet, und wenn du keine Einwände hast, werden wir versuchen, diesem Hund den Hals durchzuschneiden.«
Ich hatte keine Einwände, aber der Dietrich war zu klein, und mit auf dem Rücken gefesselten Händen fiel es mir sehr schwer, ihn erfolgreich zu benutzen. Wieder und wieder flog das große Beil blitzend durch die Luft, die Würdenträger klatschten beinahe ununterbrochen Beifall, und die Verurteilten näherten sich immer weiter dem Thron. Der Herzog lachte, wenn die Köpfe klatschend im Becken landeten, und die Soldaten machten ihre Späße mit dem Offizier, wenn sie die Leichen wegschleppten. Manchmal zuckten die Beine noch, und das aus den Hälsen sprudelnde Blut bildete klebrige rote Pfützen, die sich mit den dunklen Rinnsalen aus dem überfließenden Becken vereinten. Von den Federn am Saum des herzoglichen Umhangs fielen scharlachrote Tropfen. Dann stand nur noch ein Gefangener zwischen mir und dem Beil. Es war ein schlanker, leicht vorgebeugter Mann im mittleren Alter; er hatte das Massaker mit ironischer Würde beobachtet.
»Chin Shengt'an. Er hat gewagt, gegen die Steuern zu protestieren, die der Herzog von Ch'in den Bauern auferlegt hat. Das Urteil lautet: Tod!« brüllte der Offizier.

Zu einem solchen Protest mußte ungeheurer Mut gehört haben. Später erfuhr ich, daß Chin Shengt'an einer der größten Schriftsteller und Kritiker im Reich gewesen war, und sein Name bedeutete: »Seufzer des Weisen«, denn als er geboren wurde, hörte man im Tempel des Konfuzius einen tiefen Seufzer. Man trat ihm gegen die Füße, sein Hals lag auf dem Richtblock, der Bonze murmelte ein Gebet, und der Offizier fragte, ob er noch etwas zu sagen habe. Chin Shengt'an blickte ironisch auf.

»Eßt eingelegte Rüben mit gelben Bohnen«, sagte er höflich, »sie schmecken nach Walnuß.«

Ich bedaure zutiefst, daß ich keine Gelegenheit hatte, ihn kennenzulernen. Das Beil sauste durch die Luft, und der Kopf des Mannes, der es gewagt hatte, gegen ungerechte Steuern zu protestieren, fiel zu den anderen in das Becken. Die Soldaten schoben mich vorwärts.

»Lord Lu von Yu. Er hat die Geldbuße für die Störung der öffentlichen Ordnung nicht bezahlt. Das Urteil lautet: Tod!« brüllte der Offizier.

Man trat mir gegen die Beine, und mein Hals landete ordentlich auf dem Richtblock. Aus dem Becken blickten die ironischen Augen von Shengt'an zu mir auf, und während der Bonze das Gebet murmelte, versuchte ich mir einen Satz auszudenken, der mir einen ebenso würdigen Abgang verschaffen würde wie ihm.

»Habt Ihr noch etwas zu sagen?« fragte der Offizier.

Ich war nur Nummer Zehn der Ochse, und so hob ich den Kopf und brüllte dem Herzog von Ch'in zu: *»Ich hoffe, mein Blut wird dich von oben bis unten besudeln, du Sohn einer Sau!«* Merkwürdigerweise fühlte ich mich danach sehr viel besser, und der süßliche Blutgeruch würgte mich nicht länger.

Zu meinem Erstaunen hob der Herzog die Hand, und der Henker ließ das Beil sinken. Er winkte, die Soldaten zerrten mich hoch und schleppten mich so dicht vor den Thron, daß mein Gesicht beinahe die Tigermaske berührte. Ganz sicher interessierte sich der große und mächtige Herzog von Ch'in nicht für Nummer Zehn der Ochse! Das tat er auch nicht. Er interessierte sich für das, was Lotuswolke mir über den Kopf geworfen hatte. Er streckte die Goldkettenfinger der rechten Hand aus und berührte es. Dann beugte er sich vor, und ich spürte, wie sich die Augen hinter den Sehschlitzen der Maske in die meinen bohrten. Mit einem Gefühl des Entsetzens wurde mir klar, daß er durch meine Augen hindurch und mir direkt ins Gehirn blickte! Eine metallische Stimme drang durch die Mundöffnung.

»So, die Frau meines Steuereinnehmers hat dir das gegeben«, flüsterte der Herzog. »Er wird seine unbedachten Worte büßen.« Ich spürte, wie sein Geist suchend, spähend und prüfend über meinen Geist hinwegkroch. »Du weißt nicht, was es bedeutet«, flüsterte er, »du weißt nichts von Bedeutung. Ich sehe einen dummen Abt und Kinder, deren Tod dazu dient, die Überbevölkerung zu verringern. Ich sehe einen Geist, der mit Schwertern tanzt, und ich sehe deinen uralten Begleiter tanzen und singen. Ich finde kein Bewußtsein von wichtigen Dingen, und obwohl du die richtige Ginsengwurzel suchst, tust du es aus dem falschen Grund.« Die schreckliche Tigermaske hob sich. »Soldaten, fahrt mit der Hinrichtung fort«, befahl der Herzog von Ch'in.

Meine Finger hatten unbewußt weiter mit dem Dietrich herumgefummelt, und plötzlich spürte ich, wie das Schloß an den Handschellen sich öffnete.

»Meister Li!« brüllte ich, riß die Hände auseinander und schlug den Soldaten mit den Handschellen ins Gesicht. Er hatte seine Hände bereits befreit und brachte den Henker, der auf mich zustürzte, mit der Kette seiner Handschellen zu Fall. »Gib's ihm, Ochse!« schrie Meister Li.

Ich packte das Beil, wirbelte herum und schlug mit aller Macht zu. Zu meinem Erstaunen prallte die riesige Klinge von dem leichten Federumhang des Herzogs ab, als habe sie gegen den härtesten Stahl geschlagen. Meine Hände wurden von dem Aufprall gefühllos. Ich fluchte und holte noch einmal aus. Diesmal hatte der Herzog nicht soviel Glück. Das Beil drang ihm in die Brust, bis ins Herz, und ich drehte mich um und erwartete meinen Tod durch die Soldaten wie ein Mann. Aber was ich sah, ließ mich an meiner Vernunft zweifeln.

Die Soldaten lachten. Die Würdenträger lachten. Der Bonze lachte. Der Henker stand auf und lachte ebenfalls. Völlig verwirrt drehte ich

mich um, und auf dem Thron saß der Herzog von Ch'in mit dem riesigen Beil im Herzen und lachte!
»Ihr zwei, der junge Narr und der alte Narr, taugt zu nichts anderem als zum Spielen und Ballwerfen! Also gut, spielen wir ein Spiel«, spottete er. Seine Finger schlossen sich um eine Verzierung an der Armlehne des Throns. Die Soldaten um uns herum suchten das Weite.
»Ihr sucht die Große Wurzel der Macht? Sie kann gefunden werden, also findet sie.«
Plötzlich verschwand der Boden unter unseren Füßen.

Wir fielen, fielen, fielen kopfüber in die Dunkelheit – und als ich schon glaubte, ich würde ewig weiterstürzen, landete ich plötzlich in eiskaltem Wasser. Ich tauchte wieder auf und spuckte Salzwasser aus.
»Meister Li!« rief ich.
»Direkt hinter dir«, keuchte er.
Li Kao griff nach meinem Gürtel. In der Ferne flackerte ein Licht. Wir waren in einem Teich von ungefähr fünfzig Fuß Durchmesser gelandet. Ich schwamm an den Rand und kletterte auf einen glatten flachen Felsvorsprung. Das Licht kam von einer Fackel. Li Kao nahm sie aus der Halterung und schwang sie durch die Luft.
Wir befanden uns in einer riesigen aus schwarzem Stein gehauenen Höhle. Die Luft war feucht und stickig, und es roch unangenehm. Vor uns befand sich ein Tunnel, und als Meister Li die Fackel hob, sahen wir, daß die berühmten Maxime des ersten Herzogs über dem Bogen in den Stein gemeißelt war:

> STRAFE SCHAFFT MACHT, MACHT SCHAFFT STÄRKE,
> STÄRKE SCHAFFT EHRFURCHT, EHRFURCHT SCHAFFT TUGEND;
> ALSO HAT TUGEND IHREN URSPRUNG IN STRAFE.

Wir betraten den Gang und entdeckten, daß zahllose enge Tunnel davon abzweigten. Wir gingen auf Menschenknochen, und der Gestank kam von verwesendem Fleisch, obwohl ich keine frischen Leichen bemerkte. Ich starrte auf zerschmetterte Schädel und Schenkelknochen, die wie Bambusrohr durchgebrochen waren.

»Meister Li«, flüsterte ich, »das Wesen, das dies getan hat, muß stärker sein als zwanzig Drachen.«
»Oh, noch sehr viel stärker.« Er fuhr mit den Fingern über den Stein, und als er sie mir unter die Nase hielt, roch ich Tang. Dann hob er die Fackel hoch über den Kopf, und als ich nach oben blickte, sah ich die Kadaver, die den schrecklichen Gestank verursachten. Sie hingen in den Nischen des Steinernen Gewölbes. Ein halbes Gesicht starrte mich an, und aus einem baumelnden Bein tropfte Blut.
»Das Ungeheuer, das in diesem Labyrinth haust, ist nichts anderes als die Flut«, erklärte Meister Li gelassen, »und wenn die Flut hinauskann, können wir das auch. Ochse, war das eine Art Trickbeil, so etwas wie die falschen Schwerter, die man beim Karneval benutzt?«
»Nein, Meister«, sagte ich entschieden. »Es war ein richtiges Beil, und es steckte wirklich im Herzen des Herzogs.«
Li Kao kratzte sich nachdenklich den Kopf. »Seltsam«, murmelte er. »Wenn wir hier lebend herauskommen, müssen wir aus rein wissenschaftlichem Interesse unbedingt noch einmal den Versuch machen, ihn umzubringen.«
»Meister Li, der Herzog kann Gedanken lesen«, flüsterte ich und zitterte dabei am ganzen Leib. »Er hat durch meine Augen hindurchgeblickt, und ich spürte, wie sein Geist über meinen hinwegkroch. Es fühlte sich feucht und klebrig an und war wie eine Schnauze mit kalten schleimigen Lippen.«
»Deine Fähigkeit, Dinge zu beschreiben, ist bemerkenswert«, sagte Meister Li, aber ich wußte, daß er mir kein Wort glaubte. »Wofür hat er sich denn so sehr interessiert?«
Ich hatte es beinahe vergessen, aber jetzt griff ich nach dem Ding, das Lotuswolke mir um den Hals geworfen hatte: eine Silberkette, an der ein großes Stück Koralle hing. Es war eine wunderschöne tiefrote Koralle, und ein eingelegter grüner Jadedrachen wand sich geschickt durch die Öffnungen. Ich fragte mich, wie der Schlüsselhase zu einem so wunderschönen Anhänger gekommen sein sollte, denn er mußte sehr teuer gewesen sein. Ich suchte nach einer Botschaft, die möglicherweise hineingeritzt war, doch ich entdeckte nichts.

Li Kao zuckte mit den Schultern. »Nun ja, jedenfalls sind wir im Labyrinth, und das war schließlich unsere Absicht. Den Ausgang zu finden, kann jedoch ein gewisses Problem sein, und ich schlage vor, wir machen uns sofort auf die Suche.«

Er ging entschlossen voran, ohne die Seitentunnel zu beachten. Der Hauptgang zog sich endlos durch den feuchten tropfenden Felsen, und schließlich sah ich vor uns etwas schimmern. Beim Näherkommen erkannte ich eine riesige Kopie der Tigermaske. Sie war vielleicht zehn Fuß hoch und war am Ende des Gangs in den Felsen eingelassen. Das Maul stand weit offen, und die glänzenden Zähne bestanden aus massivem Eisen. Dahinter befand sich ein schwarzes Loch. Li Kao bewegte die Fackel über eine merkwürdige Anordnung von Lamellen, die das Maul des Tigers umgaben.

»Toneffekte«, sagte er schließlich. »Die Flut oder ein Teil des Wassers strömt durch dieses Loch und durch die Lamellen. Wenn das Wasser steigt, wird das Geräusch lauter. Ich könnte mir denken, daß es wie das Brüllen eines wütenden Tigers klingt, und wir sollten besser einen anderen Ausgang finden, ehe wir es hören.«

Er ging zurück und suchte aufmerksam die Felswände nach glatten Stellen ab, die auf den Verlauf des Wassers schließen ließen. Dann bog er ab und eilte in einen Seitentunnel. Im zuckenden Fackellicht entdeckten wir noch mehr Knochen, und der Gang war so niedrig, daß ich mich bücken mußte, um mit dem Kopf nicht gegen ein Skelett zu stoßen, das über mir in einer Felsspalte hing. Der unbeschreibliche Gestank verwesenden Fleisches hing in der Luft. Li Kao bog in einen anderen niedrigen Tunnel ein, dann wieder in einen anderen, und wir bogen um Ecken und wanden uns um Kurven, bis ich völlig die Orientierung verloren hatte. Meister Li schritt jedoch zuversichtlich aus und folgte dabei unmerklichen Zeichen, die daraufhin deuteten, daß Wasser einem Ausgang zufloß. Schließlich brummte er zufrieden.

Der niedrige Tunnel weitete sich, wurde höher, und vor uns öffnete sich ein riesiger schwarzer Torbogen. Meister Li lief hindurch und blieb wie angewurzelt stehen. Ich starrte voll Entsetzen auf eine riesige Höhle und auf einen Teich mit einem Durchmesser von etwa fünfzig Fuß. Hoch oben im Deckengewölbe über dem Teich befand sich die Falltür, die zum Thronsaal des Herzogs von Ch'in führte. Wir waren wieder an unserem Ausgangspunkt angelangt! Mir standen die Haare zu Berge, als ich ein schwaches Knurren und Grollen im Dunkel hinter uns hörte. Dünne dunkle Schatten glitten wie Schlangen über den Felsboden. Es war Wasser, die Flut kam...

Li Kao stand mit nachdenklich gerunzelter Stirn regungslos da. »Ochse, was sagte Lotuswolke, als sie dir den Drachenanhänger gab?« fragte er ruhig.

Ich wiederholte die unzusammenhängenden Worte, die ich verstanden hatte, und sie ergaben für mich immer noch keinen Sinn. Das Wasser stieg mit erschreckender Geschwindigkeit, schwappte an meine Knöchel, und der Tiger am Ende des Tunnels begann zu brüllen.

»Der Herzog von Ch'in lebt nur für Geld«, sagte Meister Li langsam, laut denkend. »Er häuft das Zeug in seinen Schatzkammern auf, und wer außer dem Herzog muß Zugang dazu haben? Der Mann, der das Geld eintreibt und zählt, und zufällig ist Lotuswolke mit ihm verheiratet. Offenbar hat er eine leichtsinnige Bemerkung über den Anhänger gemacht, und das würde auch erklären, weshalb der Schlüsselhase etwas so Wertvolles besitzen durfte. Ochse, bück dich.«

Ich bückte mich, und er hüpfte mir auf den Rücken. In der einen Hand hielt er die Fackel und in der anderen den Drachenanhänger.

»Lotuswolke hat gesagt, wenn dem Herzog nach Spielen zumute ist, sollten wir dem Drachen folgen. Als der Herzog uns in das Labyrinth stürzte, sagte er, wir würden ein Spiel spielen. Da uns keine andere Hoffnung bleibt, wollen wir annehmen, daß der Schlüsselhase unvorsichtigerweise seiner Frau ein Geheimnis verriet. Dieses Medaillon ermöglichte ihm, in die Schatzkammer des Herzogs zu gelangen.«

Er hielt die Fackel dicht an den Anhänger.

»Der Drachen überspringt die beiden ersten Löcher in der Koralle und schlängelt sich durch das dritte Loch links«, sagte Meister Li grimmig. »Geh durch den Torbogen, bieg in den dritten Gang links ein und lauf so schnell wie der Wind.«

Ich lief so schnell ich konnte, doch das Wasser ging mir schon beinahe bis zu den Knien. Ich schoß in den dritten Tunnel links, und Li Kao hielt die flackernde Fackel dicht vor den Anhänger. »Zweiter Gang rechts!« schrie er. Die Flut schoß so schnell durch den Gang, daß das brodelnde Wasser die zerschmetterten Knochen mitriß. Der Tiger brüllte so laut, daß ich Meister Li kaum noch hörte: »Dritter links!... Erster rechts!... Zweiter rechts!... Vierter links!«
Der Tiger brüllte in rasender Wut. Das Wasser stieg bis über meine Brust, als ich mich wieder durch die enge Öffnung zwängte, und dann stand ich vor einer nackten Felswand. »Meister Li, wir müssen falsch abgebogen sein!« schrie ich. Ich versuchte, mich umzudrehen und mich zurückzukämpfen, aber es war hoffnungslos. Das Wasser reichte mir bis zum Hals, und die Flutwelle drückte mich wie die Hand eines Riesen gegen die Mauer. Knochen flochen mir krachend um den Kopf, und einer schlug Li Kao die Fackel aus der Hand. Wir standen in völliger Dunkelheit, und das kochende Wasser schlug mir über den Mund.
Li Kaos Finger entdeckten, was seinen Augen entgangen war. »Ochse, der Drache steigt senkrecht nach oben«, schrie er mir ins Ohr. »Hör auf, gegen die Flut anzukämpfen und laß dich von ihr an die Decke tragen!«
Die Flut preßte mich gegen den Felsen, als ich mich mit ihr hob. Li Kao tastete nach oben und suchte eine Öffnung. Er fand sie. Ein enger Kamin durchschnitt den Felsen über der Decke, und es gelang mir unter großen Mühen, mich hineinzuzwängen. Ich stemmte die Füße gegen die Seitenwände und begann zu klettern. Doch die Flut stieg schneller als ich und schlug zischend über meinem Kopf zusammen, während ich versuchte, mich mit den Schultern durch die enge Öffnung zu winden. Meine Lunge drohte zu bersten, und ich war dicht davor, das Bewußtsein zu verlieren, als die Flut ihren Höhepunkt erreichte und mein Kopf die Wasseroberfläche durchstieß. Keuchend rang ich nach Luft und kletterte weiter. Stunden schienen zu vergehen, ehe der erste schwache Lichtschein die pechschwarze Dunkelheit durchbrach. Hoch über uns erschien ein klei-

ner schimmernder Kreis. Ich erreichte ihn mit letzter Kraft, kletterte über den Rand, und wir befanden uns in einer kleinen Höhle.
Die Sonne war untergegangen, und das Licht kam vom aufgehenden Mond. Wir standen in einer Höhle hoch über dem Meer, und als der Mond höher stieg, drangen die blassen Strahlen immer tiefer in die dunkle Höhle, und dort begann etwas zu glitzern.
»Großer Buddha, Lotuswolke würde es hier gefallen!« stieß ich hervor.
Das Gold, die Diamanten, Smaragde und Rubine, die sich hier zu Bergen türmten, hätten sie nicht interessiert, doch das meiste waren Perlen und Jade. Tonnen davon, und ich meine Tonnen! Als der Mond noch höher stand und die ganze unvorstellbare Beute beschien, entschied ich, daß nicht nur ein Herzog solchen Reichtum zusammengetragen haben konnte. Es mußte das gemeinsame Werk aller Herzöge von Ch'in sein, angefangen beim ersten, und wenn es um Geld ging, waren sie alle nicht wählerisch gewesen.
Billige Kupfermünzen lagen neben Gold, und Halbedelsteine bedeckten die kostbarsten Gemmen. Eine zerbrochene Holzpuppe blickte mit winzigen Türkisaugen auf ein Zepter, das die meisten Königreiche ruiniert hätte. Und vor einer riesigen juwelengeschmückten Krone lag ein falsches Gebiß aus Elfenbein. Li Kao betrachtete das unglaubliche Monument der Habgier mit zusammengekniffenen Augen. Dann legte er mir die Hand auf die Schulter.
»Ich möchte nicht wissen, wie viele Menschen für dieses Zeug ihr Leben lassen mußten, und ich glaube, daß einer von ihnen etwas dazu sagen möchte«, flüsterte er.
Ich folgte der Richtung seiner Augen, und schließlich sah ich es. Ganz oben auf dem Schatz war ein Schatten, wo kein Schatten sein sollte, Li Kao ließ meine Schulter nicht los.
»Ochse, rühr dich nicht von der Stelle, bis wir sehen, was hinter dem Geisterschatten liegt. Vielleicht ist es eine wichtige Warnung«, flüsterte er.
Ich versuchte, mein klopfendes Herz zu beruhigen. Ich dachte an nichts als an eine angenehme warme Decke, dann griff ich in Gedanken danach und zog sie mir über den Kopf.

Es geschah etwas Merkwürdiges.
Ich blickte auf ein Mädchen, das ganz sicher ermordet worden sein mußte, denn ihr Kleid war blutbefleckt, wo die Klinge sie ins Herz getroffen hatte. Nach ihrer Kleidung zu urteilen, mußte sie vor tausend Jahren gelebt haben, und ich spürte mit allen Fasern meines Körpers, daß sie eine ungeheure Anstrengung unternahm, um vor uns zu erscheinen. Sie blickte uns flehend an, und als sich ihre Lippen öffneten, überflutete mich eine heiße Welle der Qual.
»Habt Erbarmen mit einer treulosen Zofe«, flüsterte sie. »Sind tausend Jahre nicht genug?« Zwei durchsichtige Geistertränen liefen ihr langsam über die Wangen. »Ich schwöre, ich wußte nicht, was ich tat. O habt Erbarmen und tauscht dies gegen die Feder aus«, schluchzte sie. »Die Vögel müssen fliegen.«
Dann war sie verschwunden. Li Kao lockerte den Griff um meine Schulter. Ich konnte unmöglich richtig gehört haben. Ich setzte mich auf, neigte den Kopf und schüttelte das Wasser aus meinem Ohr.
»Etwas gegen eine Feder austauschen?«
»Wie merkwürdig, das habe ich auch gehört«, erklärte Meister Li. »Auch etwas von Vögeln, die fliegen müssen, was keinen Sinn ergibt, es sei denn, sie bezog sich auf die Geschichten von Reisenden über Vögel, die nicht fliegen können, wie Pinguine, Strauße und andere sagenumwobene Geschöpfe.«
»Ich glaube, sie hielt etwas in ihren Händen«, sagte ich.
Ich kletterte auf den Berg von Edelsteinen und rutschte mit einem winzigen Jadekästchen in der Hand wieder hinunter. Li Kao nahm es entgegen, drehte und wendete es im Mondlicht nach allen Seiten, und als er den Deckel öffnete, jubelte ich vor Freude. Starker Ginsengduft stieg mir in die Nase, aber Li Kao äußerte sich zurückhaltender. Er kippte das Kästchen, und zwei winzige Würzelchen von vertrautem Aussehen fielen ihm in die geöffnete Hand.
»An den Knien abgewinkelte Beine«, seufzte er. »Nach Hahnrei Ho müssen dies die Beine der Macht sein, und wir können nur beten, daß sie stark genug sind, die Kinder in Sicherheit zu tragen. Ich nehme an, der Herzog hat die Große Wurzel zerteilt, und die Stücke in seinen Schatzkammern überall in China versteckt.«

Er drehte das Kästchen um, und ein weiterer Gegenstand fiel heraus. Es war eine winzige Blechflöte, nicht viel größer als ein Daumennagel.

»Was sollten wir gegen eine Feder austauschen, die Wurzel oder die Flöte?« fragte ich.

»Wie soll ich das wissen? Ochse, hat der Herzog von Ch'in wirklich deine Gedanken gelesen?«

»Ja, Meister«, erklärte ich entschieden.

»Das gefällt mir überhaupt nicht«, sagte Meister Li nachdenklich. Er starrte auf die Stelle, wo der Geist erschienen war. Beinahe eine Minute verging in Schweigen. »Vielleicht werden wir es in zwei- oder dreihundert Jahren herausfinden«, sagte er schließlich. »Laß uns hier verschwinden.«

Das war einfacher gesagt als getan. In das Labyrinth zurückzugehen, wäre reiner Selbstmord gewesen, aber der einzige Ausgang war die kleine Höhlenöffnung. Dort standen wir und blickten eine hundert Fuß hohe Steilklippe hinunter, die man unmöglich ohne Seile und Kletterhaken bezwingen konnte. Und tief unten schäumte das Meer, dessen Wellen sich zornig an gezackten Felsen brachen, die wie Zähne aus der Gischt aufragten. Beinahe direkt unter uns gab es eine kleine ruhige Stelle, aber das Wasser konnte an dieser Stelle sehr wohl nicht einmal einen halben Fuß tief sein. Der Mond spiegelte sich darin, und ich blickte vom Mond zu Meister Li und wieder zurück.

»Ich habe ein ziemlich hektisches Leben geführt, und ich könnte eine längere Ruhepause gut gebrauchen«, seufzte er. »Wenn ich in die Höhle komme, um gerichtet zu werden, will ich die Yamakönigin darum bitten, als Faultier wiedergeboren zu werden. Hast du Wünsche in dieser Richtung?«

Ich dachte nach. »Ich möchte eine Wolke sein«, sagte ich schüchtern.

Meister Li trug einen mit unechten Muscheln besetzten Schmugglergürtel. Er klappte eine davon auf und legte die Beine der Macht hinein. Nach kurzem Überlegen versteckte er auch die winzige Flöte darin, und ich füllte mir die Taschen mit Perlen und Jade im Hinblick auf die geringe Chance, daß ich lange genug leben würde, um sie

Lotuswolke schenken zu können. Li Kao hüpfte auf meinen Rücken und legte mir die Arme um den Hals. Ich entdeckte dabei, daß ich allmählich begann, mich nackt zu fühlen, wenn ich den uralten Weisen nicht wie einen Regenumhang trug. Ich stellte mich an den Felsrand und faßte mein Ziel ins Auge.

»Leb wohl, Faultier.«

»Leb wohl, Wolke.«

Ich hielt mir die Nase zu und sprang. Der Wind pfiff uns um die Ohren, während wir auf das stille Wasser und einen gezackten Felsen, den wir nicht gesehen hatten, zustürzten.

»Links! Links!« schrie Meister Li und zog an der Kette mit dem Anhänger wie an den Zügeln eines Zaums.

Ich ruderte heftig mit den Armen, wie ein großer komischer Vogel, und das Spiegelbild des Mondes wurde größer und größer und schließlich so riesig, daß ich beinahe erwartete, Chang'o und der Weiße Hase würden die Köpfe herausstrecken und uns mit den Fäusten drohen. Wir verfehlten den Felsen um Haaresbreite. Der Mond schien zu lächeln, und das warme Wasser des Gelben Meeres nahm uns in die Arme wie lange vermißte Freunde.

16.
Kinderspiele

Im Kloster herrschte Stille, und die Spannung war so groß, daß die warme Luft knisterte, als zuckten unsichtbare Blitze. Die Flüssigkeit in der Phiole hatte sich von Gelb in Schwarz verwandelt, und die Essenz war beinahe fertig.

Li Kao nahm die Phiole aus dem kochenden Wasser, zog den Stopfen heraus, und als er und der Abt schließlich aus der Dampfwolke auftauchten, schienen sie beide neu geboren zu sein. Sie hatten rosige Wangen, ihre Augen glänzten, und der Ginsengduft war so stark, daß mein Herz wie rasend zu klopfen begann. Ich wußte, selbst die skeptischsten Ärzte räumten ein, daß Ginseng eine erstaunliche Wirkung auf den Blutkreislauf haben konnte. Ich beobachtete mit großen, hoffnungsvollen Augen, wie der Abt und Meister Li die Reihe der Betten abschritten. Drei Tropfen auf jede Zunge, und das dreimal. Die Eltern hielten den Atem an.

Die Beine der Großen Wurzel der Macht hatten eie unglaubliche Wirkung. Die bleichen Gesichter der Kinder röteten sich, der Herzschlag wurde stärker, die Bettdecken hoben und senkten sich mit den tiefen, gleichmäßigen Atemzügen. Dann jubelten die Eltern vor Freude, als ein Kind nach dem anderen sich aufsetzte und die Augen öffnete. Die Kinder begannen zu lachen und zu kichern, dann zogen alle Jungen die Schultern hoch, ließen sie fallen und griffen immer wieder schnell in die Luft, als wollten sie etwas packen. Die Mädchen schienen mit weit ausholenden gleitenden Bewegungen etwas durch die Luft zu ziehen, und mir wurde plötzlich klar, daß ich ein Ritual beobachtete, an dem ich selbst mindestens hundertmal teilgenommen hatte.

Li Kao eilte auf Porzellankopf zu und bewegte die Hand vor ihrem Gesicht hin und her. Ihre weitgeöffneten, glänzenden Augen reagierten nicht. Er knurrte, riß eine Kerze aus einem Halter und zündete sie an. Doch selbst als er Porzellankopf die Kerze so dicht vor das Gesicht hielt, daß sie beinahe die Nase berührte, verengten sich ihre Pupillen nicht. Der Abt packte einen Jungen namens Affe und schüttelte ihn heftig. Doch der Junge reagierte nicht. Die Kinder von Ku-fu lachten und kicherten; sie hoben und senkten die Schultern, griffen ins Leere und schienen etwas durch die Luft zu ziehen, ohne ihre Umgebung überhaupt wahrzunehmen. Sie waren erwacht, befanden sich jedoch in einer anderen Welt.

Porzellankopf hörte plötzlich mit den ziehenden, kreisenden Bewegungen auf und saß glücklich lächelnd ruhig in ihrem Bett. Mädchen um Mädchen, und auch ein paar Jungen folgten ihrem Beispiel. Schließlich bewegte sich Fangs Reh noch als einziges Mädchen, und die Jungen verdoppelten ihre Anstrengungen. Aber schließlich saß auch Fangs Reh still im Bett. Die Kinder stießen einen gedämpften Laut aus. Es klang fast wie ein Hochruf, und dann schlossen alle außer Fangs Reh und Kleiner Hong fest die Augen. Kleiner Hongs Lippen bewegten sich langsam und rhythmisch, die anderen begannen zu kichern und tasteten mit geschlossenen Augen in die Luft. Nur Fangs Reh blieb regungslos und still sitzen.

Wie ich gesagt habe, kannte ich das Ritual, doch nun geschah etwas völlig Unerwartetes. Die Kinder hörten auf, in die Luft zu greifen und wandten die Köpfe ruckartig nach Osten. Sie waren still und aufmerksam, und ich ahnte, daß sie einem Ton lauschten, den nur sie hören konnten. Porzellankopf öffnete den Mund. Als ihre dünne, leise Stimme das Schweigen im Kloster durchbrach, richteten alle Anwesenden – auch Meister Li – eine Autorität auf dem Gebiet der Volksbräuche in allen Teilen Chinas – den Blick auf die Fenster, und wir starrten mit großen Augen hinaus zu den dunklen, fernen Umrissen des Drachenkissens.

»Jade... Pracht...« flüsterte Porzellankopf.

»Sechs... acht...«, flüsterte Kleiner Hong.

»Feuer, das heiß brennt...« flüsterte Affe.

»Nacht, die man nicht Nacht nennt...« flüsterte Wang Nummer Drei.
»Nacht, die man nicht Nacht nennt«, riefen alle Jungen gleichzeitig.
»Silber«, rief Porzellankopf.
»Gold«, rief Klein Hong.
»Doch wer es kennt, Sieht ein anderes Element«, riefen alle Mädchen gleichzeitig.
Kleiner Hong wandte sich ab und bewegte die Lippen wieder rhythmisch. Im Raum wurde es sehr lebhaft, als die anderen von neuem zu tasten begannen. Nur Fangs Reh blieb still sitzen. Das Kichern und Lachen wurde lauter, und sie sangen glücklich immer wieder im Chor: *»Jade-Pracht, Sechs, acht, Feuer, das heiß brennt. Nacht, die man nicht Nacht nennt. Feuer, das kalt brennt. Silber, Gold. Doch wer es kennt, Sieht ein anderes Element.«*
Affe hob den rechten Arm und schwang ihn vorwärts und rückwärts durch die Luft. Mit einem Finger berührte er Fangs Reh an der Stirn, und sofort hörten die Lippen von Kleiner Hong auf, sich zu bewegen. Die anderen öffneten die Augen und jubelten. Fangs Reh lächelte strahlend und glücklich. Sie gähnte schläfrig, sie schloß die Augen. Reh sank auf das Bett zurück, und Kind um Kind folgte ihrem Beispiel. Wieder erfüllte das Schluchzen der Eltern das Kloster von Ku-fu, als die Kinder von neuem totenstill in ihren Betten lagen.
Die Beine der Macht hatten es beinahe geschafft. Doch die beiden winzigen Würzelchen vermochten die Kinder nicht in Sicherheit zu tragen. Der Abt nahm Meister Li und mich am Arm, führte uns in sein Studierzimmer und schloß die Tür energisch vor dem Wehklagen. Wieder lagen Kummerfalten auf seinem Gesicht. Seine Hände zitterten. Er holte tief Luft und wandte sich an Meister Li.
»Werdet Ihr weitermachen?« fragte er ruhig.
»Nun ja, wie es aussieht, habe ich im Augenblick nichts anderes zu tun«, erwiderte Meister Li achselzuckend. Dann fügte er mit einem schiefen Lächeln hinzu: »Nein, um die Wahrheit zu sagen, dieser eigenartige Fall fasziniert mich inzwischen. Wenn jemand versuchen würde, ihn mir zu entreißen, würde ich schreien wie ein kleines

Kind, dem man ein glänzendes buntes Spielzeug weggenommen hat. Es würde mir helfen, wenn ich wüßte, was die Kinder eigentlich gemacht haben.«

»Sie haben das Hüpf-Versteck-Spiel gespielt«, sagte ich.

»Das was?«

»Das Hüpf-Versteck-Spiel«, sagte der Abt.

Das Kloster finanziert sich durch die Herstellung eines sehr guten Weins. Zwar war es dem Abt und den Mönchen verboten, davon zu trinken, doch er goß Li Kao und mir einen Becher ein.

»Es handelt sich um ein sexuelles Vererbungsspiel. Die Kinder von Ku-fu spielen es schon, solange man denken kann«, erklärte der Abt, »und es geht darum, die roten Haarbänder der Mädchen zu erobern. Die Kinder ziehen auf dem Boden einen großen Kreis. Es können allerdings auch natürliche Begrenzungen benutzt werden. Die Jungen versuchen, den Mädchen die Haarbänder zu entreißen, doch sie müssen dabei auf einem Bein hüpfen. Das taten sie, als sie die Schultern auf und ab bewegten. Die Mädchen versuchen, die Jungen mit den Bändern zum Stolpern zu bringen. Daher die weitausholenden, ziehenden Bewegungen. Ein Junge, der stolpert, wird zum Gefangenen der Mädchen und scheidet aus dem Spiel aus. Ein Mädchen, das sein rotes Haarband verliert, wird zur Gefangenen der Jungen und scheidet ebenfalls aus.«

Li Kao zeigte weit mehr Interesse, als ich erwartet hätte. »Da die Jungen nur auf einem Bein hüpfen dürfen, müßten die Mädchen eigentlich meist gewinnen«, sagte er nachdenklich.

»Eigentlich schon«, stimmte der Abt trocken zu, »doch sie wissen instinktiv, daß eine Niederlage der beste Beginn beim langen Feldzug im Kampf der Geschlechter ist. Im Grunde geht es bei dem Spiel um das Kichern, das Anfassen und Betasten der Körper. Deshalb ist es immer wieder so beliebt. Schließlich bleibt nur ein Mädchen übrig und wird, nachdem es gefangen ist, zur Königin. Der Junge, der ihr Haarband erobert, wird zum König. In diesem Fall waren es Fangs Reh und Klein Hong. Die anderen Kinder verbinden sich die Augen. Der König versteckt die Königin irgendwo innerhalb des Kreises, und die anderen müssen versuchen, sie durch Tasten zu finden. Das

führt zu noch mehr Kichern, Betasten und Befingern der Körper, doch jetzt ist es zeitlich begrenzt. Als Klein Hong die Lippen bewegte, zählte er langsam bis neunundvierzig.«
»Ändert sich die Zahl jemals?« fragte Meister Li.
»Nein, Meister«, antwortete ich.
»Tragen Sie formelle Titel wie Königin von X und König von Y?«
»Nein, Meister«, antwortete ich.
»Das Seltsame war«, sagte der Abt, »daß sie das Spiel plötzlich unterbrochen und gelauscht haben, und dann diesen uralten Reim gesungen haben, der angeblich vom Drachenkissen stammt. *Er* hat nichts mit dem Hüpf-Versteck-Spiel zu tun.«
Li Kao füllte seinen Becher, dann ging er zum Fenster und blickte hinaus auf diese merkwürdige Mauer, wo der Überlieferung nach der Geist von Wan Wache hielt.
»Doch als sie den Reim gesungen hatten, fanden sie plötzlich die Königin«, sagte er nachdenklich.
»Ja, Meister«, sagte ich, »Affe berührte Fangs Reh, ehe Klein Hong bis neunundvierzig gezählt hatte, und sie lächelte, weil sie das Spiel gewonnen hatte.«
Li Kao leerte den Becher mit einem Zug und drehte sich wieder zu uns um.
»Die Kinder waren völlig bewußtlos. Sie bekamen eine winzige Probe der Großen Wurzel..., und wie haben sie darauf reagiert? Jedes Kind fing sofort an, das Hüpf-Versteck-Spiel zu spielen, und jedes Kind sang einen Reim, den die Kinder dieses Dorfes vor vielen hundert Jahren zum ersten Mal am Drachenkissen gehört haben. Ich ahne langsam, daß die einfache Suche nach einer Ginsengwurzel mit mehr Rätseln verbunden ist als die Geheimnisvolle Höhle der Winde, wo die Weiße Schlange Helden in der kalten Umklammerung von Rätseln erdrückt. Vermutlich phantasiere ich, aber ich möchte wetten, daß der Geist einer ermordeten Zofe irgendwie da hineinpaßt.«
Er wendete sich an den Abt. »Ehrwürden, seid Ihr bei Euren Studien von Mythen und Volksbräuchen auf den Geist einer Zofe gestoßen, der flehentlich darum bittet, daß Vögel fliegen müssen?«
Der Abt schüttelte den Kopf.

»Oder Geister, die Menschen darum bitten, Dinge gegen Federn auszutauschen? Möglicherweise Dinge wie das hier?«
Er holte die winzige Flöte aus seinem Schmugglergürtel. Der Abt betrachtete sie interessiert, aber ohne etwas damit anfangen zu können. Li Kao seufzte, setzte sie an die Lippen und blies vorsichtig hinein. Plötzlich warf er die Flöte auf den Boden, wir sprangen alle drei zurück und starrten sie an, wie man vielleicht eine Kobra anstarren würde.
Aus diesem unglaublichen Ding drang kein Flötenton. Statt dessen hörten wir eine alte Frau mit einer so vollen und warmen Stimme, daß sie die Großmutter aller Menschen hätte sein können.

»Aiieee! Aiieeee! Kommt her, ihr Kinder! Spitzt die Ohren wie Elefanten, und ich will euch die Geschichte von einem Mädchen namens Schönheit erzählen, von seiner bösen Stiefmutter und seiner guten Patentante, der Fee, und von der verzauberten Fischgräte, von der Kutsche und dem kleinen Schuh, den Schönheit verlor, und durch den sie einen schönen Prinzen bekam!«

Li Kao sprang mit einem Satz vorwärts. Er packte die Flöte, hielt die ersten vier winzigen Fingerlöcher zu, und die Stimme verstummte augenblicklich. Er legte den Finger auf das zweite Fingerloch und blies vorsichtig in das Mundstück.

»Aieee! Aiieeee! Kommt her, ihr Kinder! Spitzt die Ohren wie Elefanten, und ich will euch die Geschichte von der alten Frau und ihrem kleinen Jungen erzählen und von der Kuh, dem Korn und dem Hausierer und von der Bohne, die bis in die Wolken wuchs, und was geschah, als der kleine Junge an ihr hinauf in eine Welt der Wunder kletterte!«

Li Kao versuchte es mit den anderen Fingerlöchern, und jedesmal hörten wir eine Geschichte, die chinesische Kinder seit mindestens tausend Jahren in Entzücken versetzt, Geschichten, die sogar bis zu den Barbaren gedrungen sind. Meister Li unterbrach die letzte Geschichte und betrachtete das Winderding finster.

»Meister Li, wir können diese Flöte gegen zehntausend Tonnen Federn eintauschen«, sagte ich.
»Und die Insel Taiwan als Zugabe«, sagte der Abt mit schwacher Stimme.
Meister Lis Blick wanderte von der Flöte zur Tür zum Krankenzimmer, wo die Kinder lagen, und wieder zur Flöte.
»Da haben wir es!« knurrte er, »Ochse, wir haben einen bösen Herzog, der Gedanken lesen kann und über ein Beil in seinem Körper lacht, wir haben Schätze in Labyrinthen, die angeblich von Ungeheuern bewacht werden, Flöten, die Märchen erzählen, einen rätselhaften Geist, der aus einem Märchen stammen könnte, ein uraltes Kinderspiel und eine gespenstische Botschaft vom Drachenkissen. Falls du dich fragst, wo die böse Stiefmutter bleibt, warte nur ab, sie wird noch bestimmt auftauchen.«
Er verstaute die Flöte wieder in seinem Gürtel und hob warnend den Zeigefinger vor meine Nase.
»Nichts auf der Welt... und ich meine nichts... ist auch nur halb so gefährlich wie eine Kindergeschichte, die sich als wahr erweist. Du und ich, wir irren beide mit einer Binde vor den Augen durch ein Märchen, das sich ein Verrückter ausgedacht hat. Denk an meine Worte!« rief er ärgerlich, »wenn der Schlüsselhase uns zu einem anderen Schatz des Königs führen kann, werden wir bestimmt einer zweihundert Fuß langen, geschuppten und geflügelten Wasserschlange begegnen, deren Giftstrahl das Auge einer Fliege auf zwanzig Meilen trifft, und die nur von einem Helden erschlagen werden kann, der am einunddreißigsten Februar während einer totalen Mondfinsternis im Innern einer Stricknadel geboren worden ist.«
Ich wurde rot und blickte betreten auf meine Füße.
»Wenn Ihr nichts dagegen habt, würde ich mir eher Sorgen machen über Köpfe, die in blutgefüllte Becken fallen, die kein Märchen sind«, erwiderte ich zaghaft.
»Daran ist etwas Wahres«, seufzte er.
Meister Li sah den Abt schief an und zuckte mit den Schultern.
»Das Übernatürliche kann sehr beunruhigend sein, bis man den Schlüssel findet, der es in eine Wissenschaft verwandelt«, bemerkte

er freundlich. »Vermutlich sehe ich Schwierigkeiten, wo es keine gibt. Komm, Ochse, machen wir uns auf den Weg und lassen uns umbringen.«

Der Herzog von Ch'in war in Begleitung von Schlüsselhase und Lotuswolke zu seiner jährlichen Steuerrundreise aufgebrochen, und wir holten die Gesellschaft in Chuyen ein. Leider befanden sich die Räume des Schlüsselhasen hoch oben in einem unersteigbaren Turm im Palast des Gouverneurs der Provinz. Es gab keine Ranken, an die man sich hätte klammern, keine Vorsprünge, an denen man sich beim Klettern hätte festhalten können, und vor jedem Eingang standen Wachen. Das alles schien Meister Li nicht sonderlich zu beunruhigen.
»Ochse, im Exil in Serendip habe ich eine wertvolle Lektion in Naturkunde gelernt«, sagte er. »Wenn eine Ameise auf Nahrungssuche etwas entdeckt, kehrt sie in Windeseile mit einer Probe zum Bau zurück und schreit: ›Aufwachen! Aufstehen! Schlagt Alarm! Alle Mann antreten! Ich habe unermeßliche Reichtümer entdeckt, die selbst die kühnsten Träume übersteigen!‹ Dann folgt der ganze Haufen der Ameise zurück zum Schatz. Aber sind sie etwa zufrieden mit dem, was sie sehen? Nicht, wenn von dort eine Spur weiterführt. Ameisen, die eine Spur entdecken, verfolgen diese Spur bis zur Quelle... selbst wenn sie dabei die halbe Welt durchqueren müssen. Begreifst du, wie wichtig das ist?«
»Nein, Meister«, antwortete ich.
»Du wirst es begreifen«, versprach Meister Li.
Auf dem Markt kaufte er einen großen Topf Honig und eine Schachtel mit einem Ameisenvolk. Dann bestach er ein Dienstmädchen. Sie brachte Lotuswolke eine Nachricht. Und in der ersten bewölkten Nacht kletterten wir über die äußeren Mauern des Gouverneurspalastes, schlichen uns an den Wachen vorbei und machten uns auf den Weg zum Turm. Ich stieß dreimal den Schrei einer Eule aus. Lotuswolke machte das Spiel großen Spaß. Sie öffnete das Fenster und schüttete den Honig, den das Dienstmädchen ihr gebracht hatte, die Mauer hinunter. Als das dicke süße Rinnsal uns erreicht hatte,

öffnete Li Kao die Schachtel mit den Ameisen und ließ sie frei. Voll Begeisterung und Entzücken stürzten sie sich auf den Honig, entdeckten, daß es sich um eine Spur handelte und begannen zu klettern.

Die letzte Ameise war die größte, und sie zog einen federleichten Gazefaden hinter sich her. Als die Ameise über den Fenstersims kletterte, löste Lotuswolke den Faden und zog dreimal leicht daran. Li Kao band eine dünne Schnur am unteren Ende fest, zog ebenfalls, und Lotuswolke begann, den Faden einzuholen. Dann wurde an der Schnur eine Kordel befestigt und an der Kordel ein Seil. Lotuswolke band den Seilanfang an ihrem Bett im Zimmer fest, Li Kao hüpfte mir auf den Rücken, wenige Minuten später hatte ich eine unersteigbare Mauer erklettert und schwang mich über die Fensterbrüstung.

»Bu-Fi!« jubelte Lotuswolke glücklich.

Ich schüttete meine Perlen und meine Jade vor ihre Füße. »Ich habe dir viel zu erzählen!« keuchte ich.

»Später«, sagte Li Kao warnend.

Schritte näherten sich der Tür. Ich nahm Meister Li auf den Rücken und schwang mich über die Fensterbrüstung wieder nach draußen. Dann hing ich am Seil und spähte ins Zimmer. Ein Kerl mit einem teigigen Gesicht stürmte durch die Tür, stolperte durch das Zimmer, warf einen Arm voll Perlen und Jade auf *meine* Perlen und *meine* Jade, fiel auf die Knie, schlang die Arme um die Beine von Lotuswolke und preßte das Gesicht an ihre Schenkel.

»Ich heiße Chia, mein Vorname ist Chen, und es ist mein beklagenswertes Los, in diesem elenden Rattenloch als Provinzgouverneur des Herzogs zu leben. Ich bete dich an, seit du mich heute morgen im Garten angelacht hast«, winselte er.

Lotuswolke lachte glücklich, und ihre Finger spielten in seinen Haaren.

»Ich werde dich Wu-Fi nennen«, sagte sie.

Ich seufzte und begann traurig den Abstieg.

»Wu-Fi?« sagte Meister Li, »Ochse, es liegt mir fern, mich in deine Angelegenheiten zu mischen, aber wie mir erscheint, stößt du auf gewisse Hindernisse bei deinem Versuch, Lotuswolke enger an dich zu binden.«

»Ich liebe sie wie eh und je«, seufzte ich.

Er klopfte mir tröstend auf die Schultern. »Zumindest wirst du nie einsam sein«, sagte er. »Du kannst zusammen mit ihren anderen Anbetern jährliche Treffen veranstalten. Die kaiserlichen Elefantenställe könnten für diesen Zweck vielleicht groß genug sein. Falls nicht, mietest du einfach eine verarmte Provinz. Wie ich gehört habe, war die Getreideernte in Hua in diesem Jahr sehr schlecht. Die Bauern müßten eigentlich entzückt sein, sechzig- oder siebzigtausend Gäste mit Geld in der Tasche zu beherbergen... was rede ich für einen Unsinn, ihr seid ja alle inzwischen arme Schlucker.«

»Gütiger Himmel!« schrie der Kerl über uns, »an deinem Bett ist ein Seil festgebunden!«

»Seil? Was für ein Seil?« fragte Lotuswolke.

Das Teiggesicht spähte über die Fensterbrüstung, und unter diesen Umständen konnten wir kaum mehr tun, als ihm freundlich lächelnd zuzuwinken. Der Provinzgouverneur wies mit dem Finger auf uns und kreischte:

»*Diebe!* Keine Angst, Geliebte, ich habe mein treues Schwert bei mir!«

Dann schnitt der Hund das Seil durch.

Uns blieb gerade genug Zeit, die Umgebung zu betrachten, während wir in den Hof hinunterstürzten. In einem anderen Teil des Palastes ging ein Bankett zu Ende, und die Gäste bestiegen ihre Kutschen und Tragesessel. Wir flogen auf einen Tragesessel zu und landeten auf dem gewaltigen Bauch eines unglaublich dicken Mannes. Ich prallte ab und fiel auf das Pflaster. Aber Li Kao war wesentlich leichter, und er hüpfte wie ein Ball auf dem Bauch auf und ab, während das Abendessen des Dicken wie eine Fontäne in die Luft schoß.

Auf Taubeneiersuppe mit Lotuswurzeln, Klößchen und gehackten Pinienkernen folgten Entenzungen, gedünstet in Sesamöl mit Pilzen und Bambussprossen, dann erschienen die Enten selbst – mindestens drei –, die mit Krabben gefüllt und einem Teig aus Bohnenpaste geschmort worden waren, gefolgt von Riesenkrabben in süßem

Weißwein gesotten, gefolgt von Lammnieren sautiert mit gemahlenen Walnüssen, gefolgt von Honigkuchen, gefolgt von kandierten Früchten, gefolgt von Konfekt, gefolgt von grünem Tee, gefolgt von Pflaumenwein, gefolgt von Narzissenverdauungstonikum, gefolgt von dem Sieben-Geister-Verdauungstonikum, gefolgt von Duftendem-Feuer-Vitalitätstonikum, gefolgt von Schluckauf, gefolgt von ein paar Händen, die sich Li Kao um den Hals legten.

»*Was hast du mit meiner Kiste und den Kompassen gemacht?*« schrie unser Stachelschweinkaufmann.

17.
Eine wundersame Wandlung

In gewisser Hinsicht hatten wir großes Glück. Der Herzog von Ch'in setzte seine Reise mit dem Schlüsselhasen fort. Lotuswolke sollte ihnen etwa eine Woche später nachfolgen. Und in seiner Abwesenheit fällte der Provinzgouverneur, der sich verständlicherweise darüber ärgerte, daß wir ihm den Zugang zum Bett von Lotuswolke erschwert hatten, ein sehr mildes Todesurteil.

»Wählt selbst, wie ihr aus dieser Welt scheiden wollt!« schrie er.

Man führte uns auf das Dach des größten Turms und vermauerte die Tür. Uns blieb die Wahl, entweder langsam zu verhungern oder uns hundert Fuß in die Tiefe auf die Pflastersteine zu stürzen. Ich setzte mich tief betrübt auf den Boden und vergrub das Gesicht in den Händen. Wie lange würden die Kinder noch durchhalten? Zwei Monate? Drei Monate? Die Bonzen mit den scharfen Augen, die der Abt auf dem Dach des Klosters Wache halten ließ, würden vergeblich nach uns Ausschau halten, denn Meister Li und Nummer Zehn der Ochse würden nicht mit dem Rest der Großen Wurzel der Macht zurückkehren... Ich weinte, bis mir auffiel, daß von unten Geräusche heraufdrangen. Überrascht und mit neuer Hoffnung sah ich, daß die Soldaten die Tür wieder aufbrachen.

Doch die Hoffnung schwand schnell, als ich begriff, daß sie die Tür nur öffneten, um einen anderen Todeskandidaten auf das Dach zu schieben. Und als sie die Tür wieder zumauerten, entdeckte Meister Li ein Paar Schweinsäuglein, einen kahlen, fleckigen Schädel, eine wie ein Papageienschnabel gebogene Nase, die schlaffen, hängenden Lippen eines Kamels und zwei runzlige Elefantenohren, aus denen büschelweise grobe, graue Haare wuchsen.

»Möchtet Ihr vielleicht eine Ziege kaufen?« fragte er mit einer höflichen Verbeugung.
Zu unserem Erstaunen rannte Geizhals Shen auf uns zu und umarmte uns voll Freude.
»Welch ein Glück!« rief er, »ich fürchtete schon, ich würde nie Gelegenheit finden, meinen Wohltätern zu danken!«
»Wohltätern?« fragte ich.
»Uns danken?« fragte Meister Li.
»Ihr habt mir das Leben gerettet!« rief Geizhals Shen, »ohne Euch hätte der Schlüsselhase nie herausgefunden, wie reich ich war. Und wenn er nicht herausgefunden hätte, wie reich ich war, hätte er mich nicht zum Tee eingeladen, und hätte er mich nicht zum Tee eingeladen, wäre ich immer noch der knickrigste und erbärmlichste Geizhals von ganz China. Lotuswolke«, sagte er stolz, »hat einen neuen Menschen aus mir gemacht.«
»Laßt mich raten«, sagte Li Kao, »sie hat Euch innerhalb einer Woche ruiniert.«
Geizhals Shen richtete sich stolz auf.
»Großer Buddha, nein! Ich war so reich, daß das liebe Mädchen beinahe einen Monat brauchte, um mich in tiefste Armut zu stürzen. Natürlich verdanke ich auch dem Glück sehr viel«, fügte er bescheiden hinzu. »Nachdem Lotuswolke meine zahllosen Kisten mit Gold verschwendet hatte, gelang es mir, meine acht Geschäftsunternehmen, meine sechs Häuser, meine Sänfte, meinen Tragsessel, mein Pferd, meine drei Kühe, meine zehn Schweine, meine zwanzig Hühner, meine acht scharfen Wachhunde, meine sieben halbverhungerten Diener zu sehr guten Preisen zu verkaufen, und meine... mein lieber Junge erinnerst du dich an meine junge und schöne Konkubine?«
»Lebhaft«, erwiderte ich.
»Mit ihr hatte ich sehr großes Glück, denn ich konnte mir Lotuswolke drei Tage länger leisten, weil ich Hübsche Ping an einen aufstrebenden Jungunternehmer im Bordellgewerbe verkaufen konnte. Auch Hübsche Ping hatte Glück, denn einer ihrer Kunden verliebte sich in sie, machte sie zu seiner dritten Frau und überschüttet sie jetzt mit

den Geschenken und der Zuneigung, die sie von mir nie bekommen hat. Das arme Mädchen, ich habe Hübsche Ping schrecklich behandelt«, seufzte Geizhals Shen, »aber damals war ich eigentlich kein Mensch, denn ich kannte Lotuswolke noch nicht.«
»Das finde ich wirklich faszinierend«, sagte Meister Li, »was habt Ihr getan, als Euch nichts mehr geblieben war, um es zu verkaufen?«
»Natürlich Verbrechen begangen«, antwortete Geizhals Shen. »Besonders stolz bin ich auf meine Leistung beim Drachenbootfest. Mir fiel ein, daß dieses Bootsrennen ursprünglich als Opfer für den Geist von Ch'u Yuan stattfand, der sich aus Protest gegen eine korrupte Regierung ertränkt hat. Aber das Fest ist inzwischen soweit heruntergekommen, daß es kaum mehr als ein gewöhnliches Bootsrennen ist, bei dem riesige Summen gewettet werden. Nun ja, da war das Boot mit den Buchmachern und anderen Würdenträgern an Bord, da waren die Drachenboote, die über das Wasser flogen, und da war ich. Ich schritt über das Wasser... auf Stelzen natürlich... in dem gleichen alten Ritualgewand wie Ch'u Yuan und mit einem dichten schwarzen Bart. In der Hand trug ich einen langen Stab.
›Elende Hunde!‹ brüllte ich, ›ihr wagt es, den Jahrestag meines ehrenvollen Todes zu einem Sportfest zu machen? Ich werde euch mit Pest, Taifunen und Erdbeben strafen!‹
Mein Auftritt war sehr wirkungsvoll, denn ich hatte meinen Kopf mit einem Schutzmittel eingerieben, den falschen Bart mit Pech getränkt und setzte bei diesen Worten meinen Bart in Brand«, erzählte Geizhals Shen. »Als Ch'u Yuan mit einem flammenden Heiligenschein um den Kopf über die Wogen schritt, sprangen die Buchmacher und Würdenträger ins Wasser und schwammen um ihr Leben. Ich durchschnitt das Ankerseil, kletterte an Bord und segelte mit dem ganzen Geld davon. Ich gab alles für Perlen und Jade aus, doch die Soldaten fingen mich, ehe ich Lotuswolke meine Geschenke überreichen konnte. Und deshalb bin ich hier.«
Li Kao drehte sich nach mir um und starrte mich an.
»Dieser glückliche, lebensfrohe Mensch mit einer geradezu bewundernswürdigen Begabung für Verbrechen ist Geizhals Shen?« rief er ungläubig, »Ochse, diese Wandlung ist wirklich wunderbar!«

Er drehte sich wieder um und verbeugte sich vor Geizhals Shen.
»Lassen wir die Titel beiseite«, sagte er. »Ich heiße Li, mein Vorname ist Kao, und ich habe einen kleinen Charakterfehler. Dies ist mein geschätzter Klient, Nummer Zehn der Ochse. Wir haben etwas Wichtiges zu tun, deshalb müssen wir so schnell wie möglich von diesem Turm fliehen und würden uns geehrt fühlen, wenn Ihr uns begleiten würdet.«
Geizhals Shen wischte sich die Tränen aus den Augen. »Es sind vierzig Jahre her, seit jemand zum letzten Mal meine Begleitung wünschte«, schluchzte er. »Aber leider kann man von diesem Turm nicht fliehen.«
»Irgend etwas wird sich schon ergeben«, erklärte Meister Li zuversichtlich.
Er sollte recht behalten, obwohl er selbst staunte, als sich die Gelegenheit bot. Vor den Palasttoren entstand großer Lärm. Dann drängte sich eine Menschenmenge in den Hof und verlangte, den Gouverneur zu sprechen. Der Gouverneur trat in Begleitung unseres Stachelschweinkaufmanns aus dem Palast, die Menge teilte sich und gab den Blick frei auf einen wütenden Bauern, eine Kuh und zwei zwielichtige Herren. Stimmengewirr drang zu uns herauf, und wir konnten uns folgende Geschichte zusammenreimen:
Der Bauer hatte etwas Ungewöhnliches auf seiner Weide bemerkt und war hinausgeeilt. Er entdeckte einen kahlköpfigen Mann, der auf den Knien lag und die Arme liebevoll um die Vorderbeine seiner besten Kuh geschlungen hatte. Ein dicker Mann, der eine Urne trug, weinte sich die Augen aus. Als er den Bauern entdeckte, lief er zu ihm und schluchzte noch eine Weile an seiner Schulter. Als er sich schließlich etwas beruhigt hatte, erzählte er eine wunderbare Geschichte.
Die geliebte Mutter des kahlköpfigen Mannes war vor einiger Zeit gestorben, und der Sohn hatte ihr die ungewöhnliche Bitte, verbrannt zu werden, erfüllt. Eines Nachts erschien ihm der Geist der Mutter im Traum und äußerte den Wunsch, die Urne mit der Asche bei den *lohans* in Lung-men beizusetzen. Also hatten der Kahlköpfige und sein guter Freund sich mit der Urne auf die fromme Pilgerfahrt

gemacht; sie mußten jedoch bald entdecken, daß der Geist etwas anderes im Sinn gehabt hatte. Die Straße nach Lung-men führte an der Weide des Bauern vorbei, und dort hatte die Kuh auf sie gewartet. Der Kahlköpfige hatte die sanften braunen Augen sofort wiedererkannt.

»Mutter!« schrie er außer sich, »meine geliebte Mutter ist als Kuh wiedergeboren worden!«

Die Wiederbegegnung war herzbewegend, und der Bauer mußte beim Zusehen selbst ein paar Tränen vergießen. Freudentränen quollen aus den Augen der Kuh, während sie liebevoll den kahlen Kopf des Mannes leckte. »Mutter! Welch eine Freude, dich wiederzusehen!« schluchzte er und küßte die haarigen Beine.

Welche Wahl blieb dem Bauern? Er empfand die herzerwärmende Freude über eine gute Tat, während er zusah, wie seine Kuh, der die beiden Herren die Arme um den Hals geschlungen hatten, in der Ferne verschwand. Er war ein reicher Mann, der den Bauern nur zum Zeitvertreib spielte, und es hatte ihn sehr überrascht zu erfahren, daß Kühe immer Tränen vergießen, wenn sie Salz lecken.

»Und dazu gehört auch Salz, das auf eine Glatze gestreut wurde!« schrie der naive Bauer.

»Ihr wagt es, uns als Betrüger hinzustellen?« tobte Pfandleiher Fang.

»Wir gehen vor Gericht!« schrie Ma die Made.

Als der Bauer die Verfolgung aufnahm, schlossen sich ihm Nachbarn an, die ebenfalls den Listen von Ma und Fang zum Opfer gefallen waren. Nun verlangten die aufgebrachten Leute vom Gouverneur, die Gauner am höchsten Baum aufzuknüpfen.

»Lügen, alles Lügen!« schrie Pfandleiher Fang.

»Wir fordern Schadenersatz wegen Verleumdung!« tobte Ma die Made.

»Ochse, du kennst diese Kreaturen gut. Was werden sie als nächstes tun?« fragte Meister Li.

»Zum Angriff übergehen«, erwiderte ich mit Überzeugung, »ich weiß zwar nicht wie, aber sie werden es schaffen.«

»Großartig. Gehen wir, meine Herren.«

An der Fahnenstange auf der Turmspitze flatterte das riesige Seidenbanner mit dem Tigerwappen des Herzogs. Die Soldaten interessierten sich zu sehr für Ma und Fang und die mordlüsterne Menge, um etwas zu merken, als ich das Banner abschnitt und einholte. Die Überreste eines alten Taubenschlags aus Bambus verwandelten wir in einen Korb, und mit Hilfe der Leine vom Fahnenmast befestigten wir das Banner am Korb.

»Es funktioniert nach dem Prinzip eines fallenden Blattes, das sanft vom Baum zur Erde schwebt, denn die Luft, die gegen die Unterseite drückt, gleicht beinahe sein Gewicht aus, das es zur Erde zieht«, erklärte Meister Li. »Die Fahne ist möglicherweise gerade groß genug, um genügend Luft zu halten, obwohl mir ein hundert Fuß höherer Turm lieber wäre.«

Vorsichtig schlichen wir zur anderen Seite des Turms, um nachzusehen, wie es Ma und Fang inzwischen erging. Bienen summten an der Mauer, und Ma die Made entdeckte überrascht eine Honigspur. Verstohlen fuhr er mit den Fingern über den Honig. Unser Stachelschweinkaufmann hatte einen Teller voll Süßigkeiten mit herausgebracht und steckte sie sich geistesabwesend in den offenen Mund, während er den Wortführern der Menge lauschte, die eine Anschuldigung nach der anderen hervorbrachten. Ma die Made ließ geschickt etwas Honig auf die Asche in der Urne tropfen und hielt die Urne unter die dicken Finger des Kaufmanns, dessen Hand sich immer wieder zu dem unersättlichen Schlund hob...

»Ungeheuer!« schrie Ma, von Grauen geschüttelt. »Fang, sieh dir an, was diese Teufel tun! Zuerst versuchen sie, die Inkarnation deiner geliebten Mutter zu stehlen, und jetzt verschlingen sie ihre Asche!«

»Kannibalen!« schrie Pfandleiher Fang. Er riß den Mund des Kaufmanns weit auf und spähte in die schwarze Öffnung. *»Mutter, sprich zu mir!«* jammerte er.

Ein völliges Durcheinander entstand, und die Soldaten im Hof umringten die tobende Menge. Wir schleppten die Fahne und den Korb auf die andere Seite des Dachs, kletterten in den Korb, und ich griff nach den Leinen.

»Ich habe beschlossen, die Yamakönige zu bitten, daß ich als Faultier wiedergeboren werde, und Ochse möchte eine Wolke werden. Habt Ihr einen besonderen Wunsch?« fragte Li Kao Geizhals Shen.

»Ich möchte ein Baum sein«, erwiderte Geizhals Shen ohne Zögern. »In diesem Leben habe ich nichts anderes getan, als mich an Hypotheken zu bereichern, und wenn ich wiedergeboren werde, möchte ich den Müden Schatten spenden, den Vögeln Schlafplätze bieten, den Hungrigen Früchte schenken, und wenn ich alt und nutzlos bin, den Holzfällern Feuerholz. Die Bauern geben ihren Lieblingsbäumen Namen, und der innigste Wunsch von Geizhals Shen ist es, ›Alte Großzügigkeit‹ genannt zu werden.«

»Ich werde mich mit meinem Schwanz an Eure Äste hängen«, sagte Meister Li.

»Ich werde über Euch hinwegziehen und Euren Wurzeln Regen bringen«, sagte ich.

»Ich bin überwältigt«, schluchzte Geizhals Shen.

»Lebe wohl, Baum.«

»Lebe wohl, Wolke.«

»Lebe wohl, Faultier.«

Ich stieß ab, und wir stürzten dem Pflaster entgegen wie drei Käfer, die sich an einen fallenden Stein klammern.

Ich befahl meine Seele dem Himmel, und dann blähte sich die Fahne. Wir blieben so plötzlich mitten in der Luft hängen, daß mir beinahe die Arme aus den Schultergelenken gerissen wurden.

»Wir müssen unbedingt irgendwo anhalten und ein paar Perlen für Lotuswolke besorgen«, sagte Geizhals Shen.

»Und Jade«, stimmte ich ihm zu.

»Unglaublich«, seufzte Meister Li.

Der Wind erfaßte die Fahne, und wir trieben gemächlich über die Baumwipfel hinweg auf ein grünes Tal zu, wo in der Ferne ein Fluß glitzerte. Der Turm entschwand unseren Blicken, und wir landeten sanft auf der Erde. Im ersten Dorf erstanden wir ein kleines Boot und sehr viel Wein.

Die Rundreise führte den Herzog von Ch'in wie alle seine Vorgänger auch durch die schreckliche Salzwüste. Wir trieben ohne Zwischenfälle sechs Tage flußabwärts, bis Li Kao die Stelle entdeckte, die er suchte. Ein schmaler Trampelpfad führte vom Ufer zu einem niedrigen Hügel, und das Boot war so leicht, daß ich es über dem Kopf tragen konnte, bis wir wieder Wasser erreichten. Diesmal fuhren wir auf einem kleinen, schnell dahinströmenden Fluß, der nach einigen Tagen immer schmaler und seichter wurde. Die Hitze nahm zu, und schließlich war es so heiß, daß uns der Schweiß in Strömen über den Körper rann. Am vierten Tag umfuhren wir eine Biegung, und ich stellte fest, daß der Fluß plötzlich verschwand. Das Wasser versickerte in den Spalten der hartgebackenen Erde. Bis zum Horizont war nichts zu sehen außer einem blendend weißen Glanz. Das Boot lief auf Grund, und wir kletterten das Ufer hinauf. Li Kao wies auf die blendende Weite vor uns.

»Die Salzwüste«, erklärte er. »Die Bauern schwören, daß der Herzog mit seinen Truppen tagelang verschwindet, wenn er auf seiner Rundreise diesen Punkt erreicht.«

Li Kao suchte nach einem anderen Anhaltspunkt und deutete schließlich auf eine dünne Linie, die unter dem weißen Salz kaum sichtbar war.

»Sie ist zu gerade, um ein Werk der Natur zu sein«, erklärte er. »Wirbelndes Salz deckt die Spuren von Hufen und Rädern zu, doch der darunterliegende Weg bleibt erkennbar, wenn er Jahr für Jahr benutzt wird.«

»Glaubt Ihr, er führt zu einem anderen Schatz?« fragte ich.

»Nun ja, das ist ein Gedanke, und selbst ein falscher Gedanke ist besser als keiner«, erwiderte Meister Li. »Irrtum kann den Weg zur Wahrheit weisen, wogegen Hohlköpfigkeit nur zu noch größerer Hohlköpfigkeit oder zu einer politischen Laufbahn führt. Geizhals Shen, der Zeitpunkt ist gekommen, an dem ein kluger Mann umkehren würde. Wenn wir dem Herzog auf den Fersen bleiben, werden wir irgendwann Lotuswolke treffen. Aber die Salzwüste hat ganze Karawanen verschluckt, und unser Sterben wird vermutlich alles andere als angenehm sein.«

»Was ist das Leben ohne Lotuswolke«, sagte Geizhals Shen, aus meiner Sicht sehr vernünftig. »Außerdem ist nach einem Leben der Schande das wenigste, was ich tun kann, mit Würde zu sterben.«

Voll Staunen erkannte ich, was für ein prachtvoller Mensch sich hinter der schäbigen Fassade verbarg; an diesem Abend sollte ich noch sehr viel mehr über Geizhals Shen erfahren. Wir leerten unsere Weinkrüge und füllten sie mit Wasser. Ich zerschnitt das Segel unseres Bootes und machte ein Zelt daraus. Dann folgten wir dem kaum erkennbaren Weg in die Wüste, und kurz ehe die Sonne aufging, verkrochen wir uns im Zelt, um uns vor ihren sengenden Strahlen zu schützen. Geizhals Shen fürchtete, wir könnten schlecht von Lotuswolke denken, weil sie einen so alten und häßlichen Mann nicht abgewiesen hatte, und er bat darum, uns seine Geschichte erzählen zu dürfen.

»Vor vielen vielen Jahren war ich ein glücklicher Mann«, begann er scheu und leise. »Ich war ein Bauer, und ich war arm, aber ich hatte ein kleines Stück Land, eine Frau, die mich liebte, und das entzükkendste Töchterchen der Welt. Meist gab es genug zu essen, und ich dachte nicht im Traum daran, mehr zu verlangen. Dann brachen schwere Zeiten über unser Dorf herein. Der Regen blieb aus, oder es regnete so heftig, daß unsere Dämme brachen, und die Ernte verdarb. Die Tiere wurden krank, Räuber drangsalierten uns und stahlen uns den Reis. Eines Tages erfuhren wir, daß der Herzog von Ch'in, der Vater des derzeitigen Herzogs, die Steuern verdoppelt hatte. Wir konnten unmöglich soviel Steuern zahlen. Unter den Männern des Dorfes traf mich Unglücklichen das Los, zum Herzog zu gehen und um Gnade zu flehen.

Im Palast warteten viele Bauern, die den Herzog um niedrigere Steuern bitten wollten, und so blieben mir lange Stunden, um meine Rede zu üben. Als die Reihe an mir war, fiel ich vor dem Thron auf die Knie und berichtete dem Herzog von all dem Elend und Leid, das mein Dorf erdulden mußte. Ich weiß, ich habe meine Geschichte gut erzählt. Als ich geendet hatte, hob ich die Augen zu der schrecklichen Tigermaske. Die metallische Stimme erschreckte mich, aber die Worte erfüllten mein Herz mit Freude.

›Shen Chunlieh‹, sagte der Herzog, ›ich habe heute viele Geschichten von Männern gehört, die mich betrügen möchten, aber deine Geschichte klingt wahr. Ich bin überzeugt, daß ihr meine Steuern nicht bezahlen könnt, und ich werde euch eine besondere Gunst gewähren. Geh zurück in dein Dorf, sage deiner Familie und deinen Freunden, daß das Dorf Shen Chunlie den Herzögen von Ch'in nie mehr Steuern zahlen muß, solange die Sterne am Himmel leuchten und die Fische im Meer schwimmen.‹

Ich küßte den Boden, verließ unter vielen Verbeugungen rückwärts den Thronsaal, und an meinen Füßen schienen Flügel zu wachsen, während ich über die Hügel in mein Dorf zurückrannte. Ich konnte jedoch nicht so schnell laufen, wie seine Soldaten reiten, und als ich den letzten Hügel erreichte, starrte ich auf rauchende Trümmer. Der Herzog hatte geschworen, wir würden nie wieder Steuern bezahlen und ließ dann das Dorf als warnendes Beispiel für die anderen zerstören. Am Leben geblieben waren nur die wenigen Bewohner, die an einem nahe gelegenen See gefischt hatten. Darunter befand sich auch meine Frau. Wir lagen uns weinend in den Armen, aber Ihr erinnert Euch sicher an meine kleine Tochter. Sie hieß Ah Chen, und ich liebte sie mehr als alles auf der Welt. Sie war im Dorf gewesen und mit den anderen umgebracht worden.

Ich war außer mir vor Trauer. Überall sah ich das Gesicht meines kleinen Mädchens, und nachts hörte ich sie im Wald weinen. Dann rannte ich hinaus und rief: ›Ah Chen, dein Vater ist hier!‹ Die Leute sagten, es würde mir besser gehen, wenn ich ihr ein Gebet schickte. Ich konnte nicht lesen und nicht schreiben, also ging ich zu einem Priester, der mein Gebet niederschrieb, es verbrannte und zur Hölle schickte, wohin mein kleines Mädchen gewandert war, um gerichtet zu werden. Aber es ging mir nicht besser. Ich konnte weder arbeiten noch schlafen; eines Tages erzählte mir ein Reisender von einem großen Zauberer, der hoch oben in den Omeibergen am Ende des Bärenpfades in einer Höhle lebte. ›Man nennt ihn den Alten Vom Berge‹, sagte mir der Reisende. ›Er ist der weiseste Mann der Welt, und ganz bestimmt kann er dein Töchterchen wieder ins Leben zurückrufen. Aber du mußt ihm Geld bringen, sehr viel Geld, denn der Alte Vom Berge verkauft seine Geheimnisse nicht billig.‹

Ich besaß kein Geld. Also machte ich mich daran, mir Geld zu beschaffen. Wie jeder, der darangeht, sich Geld zu beschaffen, log und betrog ich und stürzte meine Freunde ins Unglück. Aber ich

hatte nur einen Gedanken. Ich mußte mir Geld beschaffen, um die kleine Ah Chen ins Leben zurückholen zu können. ›Lieber Mann, du mußt unsere Tochter vergessen‹, beschwor mich meine Frau. ›Wenn du so weitermachst, wirst du bestimmt noch verrückt.‹ Dann wurde sie krank, doch ich hatte nur Geld im Sinn und nahm mir nicht die Zeit, sie zu pflegen. Meine Frau starb, und ich weinte, hörte aber nicht auf, meinen Reichtum zu vergrößern. Geld allein zählte, nur Geld, und ich durfte nichts davon ausgeben, denn ich würde alles für den Alten Vom Berge brauchen. Ich bemerkte nicht, daß ich den Verstand verloren hatte, doch im Laufe der Jahre vergaß ich, wozu ich das Geld brauchte. Hin und wieder fiel es mir ein, aber dann sagte ich mir vor, ich würde doppelt soviel Geld brauchen, um den weisesten Mann der Welt dafür zu bezahlen, daß er meine Tochter wieder zum Leben erweckte. Ich vergrub das Gold in Truhen und setzte alles daran, noch mehr zu scheffeln. Ich wurde Geizhals Shen, der habgierigste und erbärmlichste Mann der Welt, und das wäre ich geblieben, wenn Lotuswolke mich nicht um meinen Reichtum gebracht und mir die Augen geöffnet hätte.
Edle Herren, es gibt Frauen, die in das Herz eines Mannes sehen können, und Ihr sollt wissen, daß Lotuswolke niemals Geizhals Shen erhörte, sodern einen armen Bauern, der sein Töchterchen zu sehr liebte und darüber den Verstand verloren hatte.«

18.
Die Hand der Hölle

Wir wanderten nachts und verbrachten die Tage im Zelt, wo wir von der Hitze praktisch gebraten wurden. Wenn wir durch die Falten der Leinwand spähten, sahen wir die Spiegelungen unzähliger Sonnen im blendenden weißen Salz. Um sie herum tanzten orange und violette Strahlenkränze, und bei längerem Hinsehen wurde uns davon ganz schlecht im Magen. Wirbelwinde schrieben verrückte Zeichen auf den Boden, und der Wind heulte schaurig. Selbst nachts ließ uns die Hitze nicht aus ihren glühenden Fängen, und der Mond und die Sterne verschwanden immer wieder hinter dem tanzenden Salz. Die schwache Spur, von der wir hofften, sie sei ein Weg, führte scheinbar endlos weiter und weiter. Wir empfanden es als eine gewisse Erleichterung, als wir begannen, Luftspiegelungen zu sehen, denn endlich gab es etwas, womit wir uns beschäftigen konnten.

Ich sah vielleicht ein Schloß mit einer silbernen Kuppel in einem smaragdgrünen See. »Nein, nein!« widersprach Geizhals Shen. »Es ist ein hoher Felsen, der aus einem Fluß aufragt, und auf dem Felsen nisten unzählige Vögel. Ich glaube, es sind Möwen, obwohl ich mir nicht vorstellen kann, wie Möwen in die Wüste kommen sollen.«

Meister Li schnaubte verächtlich und sagte: »Unsinn. Ich sehe deutlich ein großes Lustschiff auf einem Teich, und Bäume mit leuchtend grünen Blättern säumen das Ufer.«

Dann löste sich die Luftspiegelung auf, und wir starrten wieder in die endlose Weite aus weißem Salz.

Wir sahen Städte, Friedhöfe, Armeen in Schlachtformation, aber immer Wasser und eine Art grüne Oase. Die Tage vergingen, und wir mußten unser Trinkwasser rationieren. Der Durst begann uns zu quälen. Eines Tages wies Geizhals Shen voraus.

»Seht euch diese schaurige Fata Morgana an!« rief er.

»Fata Morgana?« sagte ich, »Shen, es ist wirklich der Alptraum eines schwachsinnigen Affen.«

Li Kao betrachtete das schimmernde Bild lange und eingehend und forderte uns dann auf: »Beschreibt mir bitte, was ihr seht.«

»Also ich sehe die übliche grüne Oase, aber sie ist umgeben von Trümmerbergen«, erwiderte Geizhals Shen. »Aus dem Innern der Erde steigen zischende Dampffontänen auf, und der entsetzliche Gestank von Schwefel liegt in der Luft.«

»Um die ganze Fata Morgana zieht sich ein breiter Gürtel wie ein Graben, der mit einer eigenartigen feurigen Flüssigkeit gefüllt ist, die geradezu widerlich brodelt«, sagte ich.

»Meine Freunde, ich bedaure berichten zu müssen, daß ich genau dasselbe sehe«, erklärte Meister Li finster. »Es ist keine Fata Morgana, und der Weg, dem wir folgen, führt geradewegs dorthin.«

Beim Näherkommen entdeckten wir, daß vor uns die Ruinen einer großen Stadt lagen, über die eine verheerende Katastrophe hereingebrochen sein mußte. Die Mauern waren eingestürzt. Ein einziger schmaler Stützbogen der ehemals mächtigen steinernen Brücke überspannte einen Graben, in dem sich früher wahrscheinlich einmal weiße Schwäne und Goldfische im blauen Wasser tummelten, wo jetzt aber glühende rotschwarze Lava blubberte. Auf der anderen Seite erhob sich ein riesiges offenes Tor, dessen schwere Bronzeflügel von einer unvorstellbaren Kraft verbogen und verdreht worden waren. Als wir unruhig den Graben überquerten und das Tor durchschritten, bot sich uns ein schrecklicher Anblick: Dampf zischte wie der Atem zorniger Drachen aus großen klaffenden Löchern in der Erde, in vielen kleinen Teichen wogte und brodelte todbringende Lava, und der heiße rauhe Wind, der durch die Ruinen pfiff, schien »Tod, Tod, Tod« zu heulen. Ein verwirrendes Durcheinander von Gassen und Gäßchen zweigte auf beiden Seiten von der Hauptstraße ab – sofern man von Gassen sprechen konnte, denn es gab kein einziges unbeschädigtes Gebäude –, und in der Ferne entdeckten wir

einen großen Steinhaufen. Vermutlich war dies einmal der Königspalast gewesen, und wir beschlossen hinaufzuklettern, um die grüne Oase zu suchen, die wir von ferne gesehen hatten.
Es war ganz sicher einmal ein Palast gewesen. Wir kletterten über zerbrochene Statuen und schöne Steinfriese, blieben aber plötzlich wie angewurzelt stehen. Vor uns ragte eine ungefähr dreißig Fuß hohe und etwa hundertfünfzig Fuß lange Mauer auf. Uns allen schoß derselbe Gedanke durch den Kopf.
»Diese Mauer hätte die Katastrophe unmöglich überstanden«, rief ich. »Sie muß später aus den Trümmern gebaut worden sein.«
»Ich möchte dem Wesen nicht begegnen, das dieses Loch in die Mauer gebrochen hat«, sagte Meister Li nachdenklich.
Ich konnte ihm nur zustimmen. Eine unglaubliche Kraft hatte riesige Steinquader einfach herausgerissen und achtlos wie Kiesel beiseite geworfen. Wir standen vor einem großen klaffenden Loch wie vor einem brüllenden Maul, und als wir vorsichtig hindurchstiegen, entdeckten wir auf der anderen Seite große Berge von Menschenknochen. Geizhals Shen wurde leichenblaß.
»Ich möchte schwören, daß diese armen Leute zermalmt worden sind!« stieß er hervor.
Er hatte recht. Nur monströse Mahlzähne konnten Knochen so bearbeitet haben. Und nicht nur Knochen. Auch Rüstungen waren zu winzigen Stücken zerkaut worden; Geizhals Shen und ich atmeten erleichtert auf, als Li Kao sie kritisch untersucht hatte und erklärte:
»Die Rüstungen sind mindestens fünfhundert Jahre alt, vielleicht sogar älter. Tausend Jahre kommen der Wahrheit vermutlich näher. Worum es sich bei diesem Wesen auch gehandelt haben mag, es muß seit Jahrtausenden selbst zu Staub zerfallen sein.«
Er beugte sich hinunter und betrachtete noch einmal aufmerksam die zerstückelten Skelette.
»Wißt ihr, ich kann mich an ein Ungeheuer erinnern, das bewaffnete Krieger so hätte zurichten können«, sagte er nachdenklich. »Es wurde gefroren im Eis eines mongolischen Gletschers entdeckt. Es war halb Säugetier, halb Echse und maß vom Kopf bis zum Schwanz einhundert Fuß. Die Zähne in seinem Maul erinnerten an Gitterstäbe.

Die Gelehrten wollten das Ungeheuer für wissenschaftliche Zwecke konservieren, aber damals hatten wir einen ungewöhnlich dummen Kaiser, und bedauerlicherweise muß ich sagen, daß der kaiserliche Schwachkopf die Bestie gekocht und tranchiert bei einem Staatsbankett auftragen ließ. Der Sohn des Himmels nahm nicht den geringsten Anstoß daran, daß das Ungeheuer wie zweitausend alte ungelüftete Zimmer stank und wie ranziger Walfischtran schmeckte. Er verlieh sich zufrieden den Orden ›Heldenhafter Bezwinger ungenießbarer Monstrositäten‹ und trug ihn bei allen öffentlichen Anlässen.«

Ich starrte auf einen der herumliegenden großen Steinquader.

»Meister Li, ich glaube, ich sehe Schriftzeichen, aber sie sind so alt, daß sie für mich keinen Sinn ergeben«, sagte ich.

Li Kao untersuchte bedächtig den Stein und wischte die Salzkruste beiseite. Zeit und Wind hatten einen Großteil der Schrift unleserlich gemacht, aber das Verbliebene genügte, um mir die Haare zu Berge stehen zu lassen.

»Der Text beginnt mit einem Gebet an die Götter«, sagte Meister Li. »Danach fehlen ein paar Worte, aber dann heißt es: ›... für unsere Sünden bestraft. Die Erde öffnete sich unter donnerndem Gebrüll, und Flammen hüllten uns ein. Brennende schwarze Felsen wurden wie Wasser in die Luft geschleudert, die Erde zitterte und bebte acht Tage. Am neunten Tag spie die Erde Die Hand, Die Niemand Sieht aus den tiefsten Tiefen der Hölle.‹«

»Die was?« erkundigte sich Geizhals Shen.

»Die Hand, Die Niemand Sieht, aber fragt mich nicht, was das bedeutet«, erwiderte Meister Li. »Die folgenden Worte fehlen ebenfalls, doch dann heißt es, ›... sechster Tag des Unheils, und wir arbeiten an der Mauer, aber wir sind mutlos. Wir beten und opfern, doch die Götter bleiben unversöhnlich. Die Königin und ihre Hofdamen haben den gnädigeren Tod gewählt und sind in den See aus feurigem geschmolzenen Stein gesprungen. Niemand hat versucht, sie daran zu hindern. Die Hand kommt näher. Wir schleudern unsere Speere auf Nichts, und sie prallen von Nichts ab. Die Mauer beginnt zu schwanken. Die Hand ...‹«

Li Kao richtete sich auf. »Das ist alles«, sagte er ruhig.
»Uff!« stöhnte Geizhals Shen. »Mir ist egal, vor wie vielen Jahrhunderten das geschehen ist, ich möchte hier weg.«
Das wollte ich auch. Ich kletterte auf die Mauer und blickte mich um.
»Ich sehe die Oase!« rief ich. »Auf der Rückseite des Palastes ist ein Lavasee, also müssen wir versuchen, die Oase über die Seitenstraßen zu erreichen.«
Das war nicht so einfach, wie es sich anhörte. Immer wieder standen wir vor glühendheißen Dampffontänen oder brodelnder Lava, die uns den Weg versperrte, und nicht nur wir waren in Sackgassen gelandet. Beinahe in jeder Seitenstraße türmten sich die zerkauten und zermahlenen Skelette in ihren nutzlosen Rüstungen.
»Worum es sich bei diesem Wesen auch gehandelt haben mag, es besaß eindeutig großen Appetit«, murmelte Geizhals Shen sichtlich beunruhigt.
Wir versuchten erfolglos Straße um Straße, und schließlich waren wir beinahe wieder an dem Punkt angelangt, wo wir die Stadt betreten hatten. Li Kao blickte achselzuckend auf die großen Bronzetore und den schmalen Brückenbogen.
»Vielleicht gehen wir besser wieder über den Graben zurück und stellen fest, ob es auf der anderen Seite der Oase noch eine Brücke gibt«, sagte er.
Wir marschierten los, blieben aber plötzlich wie angewurzelt stehen. Uns fielen fast die Augen aus dem Kopf. Die Torflügel wogen Tonnen. Nichts berührte sie, doch sie schlossen sich quietschend! Mit einem ohrenbetäubenden metallischen Schlag fielen sie zu, und im Salz auf dem Boden davor erschien ein Abdruck. Es dauerte eine Weile, bis mein Verstand glaubte, was meine Augen sahen. Ich starrte auf den Abdruck eines riesigen Daumens, dem riesige Fingerabdrücke folgten, und dann sah ich eine breite Schleifspur. Eine riesengroße unsichtbare Hand kroch auf uns zu, die furchterregenden Finger krochen vorneweg, Ballen und Handteller schleiften hinterher!
Geizhals Shen und ich waren vor Angst wie erstarrt. Aber Meister Li

fuhr herum, warf einen Blick auf das Gewirr der Gassen und Gäßchen und schrie: »Ochse, du mußt uns tragen!«
Ich nahm Meister Li unter einen Arm und Geizhals Shen unter den anderen. Meister Li griff nach dem Drachenanhänger, der um meinen Hals hing. Seine Finger suchten die Stelle, wo der Drache verharrte, nachdem er uns zu dem ersten Schatz geführt hatte.
»Ich hätte sofort erkennen müssen, daß dies hier auch ein Labyrinth ist«, sagte er grimmig. »Nimm die zweite Gasse rechts, und ich rate dir, möglichst schnell.«
Ich bezweifle, daß mein Geschwindigkeitsrekord für die Strecke gebrochen wird, solange nicht ein tibetanischer Schneeleopard es versucht, obwohl ich die beiden Männer trug. Doch Die Hand, die Niemand sieht, war beinahe genauso schnell. Die großen unsichtbaren Finger überspannten zwanzig bis dreißig Fuß, und das Salz wirbelte hinter dem gleitenden Handteller durch die Luft. »Erste links!« brüllte Meister Li, »zweite links!... vierte rechts!... dritte links!... erste rechts!...« Ich rannte keuchend durch das Labyrinth, sprang über Lava, wich blitzschnell Dampffontänen aus und sah schließlich grüne Baumwipfel vor mir. Ich begriff, daß der Drache uns zur Oase führte. Dann kam ich schlitternd zum Stehen.
»Buddha sei unseren Seelen gnädig!« jammerte Geizhals Shen.
Vor uns lag die wunderschöne grüne Oase, allerdings umgeben von einem Graben mit brodelnder Lava. Eine schmale Steinbrücke führte sicher über den feurigen Strom, aber Die Hand, die Niemand Sieht, hatte eine Abkürzung genommen. Die Brücke war für das Ungeheuer viel zu schmal, doch das half uns wenig, solange wir uns nicht auf der anderen Seite befanden. Voller Entsetzen starrte ich auf das Salz am Boden vor der Brücke. Große unsichtbare Finger scharrten heftig, Salz wirbelte auf, dann kroch die Hand aus der Hölle auf uns zu und versperrte uns den Weg zur Oase.
Am Rande des Grabens erhob sich das einzige intakte Gebäude, das wir bisher gesehen hatten. Vermutlich war es ein Wachturm. Er war hoch und schmal und stand unsicher auf riesigen Steinfundamenten. Sehr unzeremoniell stellte ich Meister Li und Geizhals Shen auf die Erde, rannte dorthin und stemmte mich mit der Schulter gegen den

Turm. Ich drückte mit aller Kraft, und der Turm begann zu schwanken. Dann schob ich mit mehr Kraft, als ich besaß, und als es plötzlich krachte, glaubte ich, mein Rückgrat sei gebrochen. Statt dessen war einer der Stützpfeiler geborsten, der Turm stürzte ein und fiel als Steinregen in den Graben.

Die Lava war beinahe so fest wie die Steine, und sie sanken sehr langsam. Ich rannte zurück, riß Li Kao und Geizhals Shen hoch, stürmte zum Grabenrand und sprang. Meine Füße berührten den ersten Stein, und ich hüpfte zum zweiten. Meine Sandalen qualmten, und meine Lunge brannte vom brodelnden Schwefeldampf, während ich von Stein zu Stein sprang. Der letzte war beinahe in der Lava versunken. Mit einem Stoßgebet zum Himmlischen Jadekaiser machte ich einen gewaltigen Satz, meine Zehen berührten die glühende Oberfläche, ich sprang noch einmal. Vielleicht gab mir der Himmlische Jadekaiser einen Schubs, denn ich landete mit dem Gesicht im grünen Gras.

Undeutlich nahm ich wahr, daß Meister Li und Geizhals Shen mir etwas in die Ohren schrien und mir auf den Rücken schlugen, doch die Welt drehte sich vor meinen Augen, und ich hatte das Gefühl, in einen bodenlosen Abgrund zu fallen. Dann umgab mich ein kühles friedliches Schwarz.

19.
Die Bambuslibelle

Als ich die Augen aufschlug, lächelte Li Kao auf mich herab, und Geizhals Shen hielt mir einen Schluck mit köstlichem Quellwasser an die Lippen. Das Wasser belebte mich wie ein Zaubertrank. Bald konnte ich aufstehen und die kleine Oase in Augenschein nehmen.

Aus allen Gegenden des Reiches hatte man Bäume und Sträucher hierher gebracht, und die Vielfalt war höchst verblüffend. Einst hatten Silberglöckchen in den Zweigen geläutet, Laternen hatten abends wie Glühwürmchen geleuchet, und Verliebte waren durch das Labyrinth der Mondwinden gewandert. Dann ereignete sich die schreckliche Katastrophe, und Die Hand, die Niemand Sieht tauchte auf. Ich fragte mich, welch schreckliches Verbrechen die Stadt begangen haben mußte, um ein solches Schicksal zu verdienen. Aber dann dachte ich, es sei besser, nichts darüber zu wissen. Ich drehte mich um und sah schauernd die Spuren der unsichtbaren Finger, die am anderen Ende der schmalen Brücke zornig im Salz scharrten. Die Hand wartete!

Ein ausgetretener Pfad führte durch die wilden Blumen zum Bronzedach einer Pagode, das im Licht der untergehenden Sonne funkelte. Wir gingen darauf zu und entdeckten beim Näherkommen, daß die Pagode die Katastrophe überstanden hatte, weil sie aus Steinen erbaut war. Nur die Holztore waren verrottet. Die Sonne versank gerade am Horizont, doch der Mond stand bereits am Himmel. Seine blassen Strahlen fielen durch die Öffnung, in der früher einmal ein Tor gewesen war, und trafen etwas Funkelndes. Geizhals Shen rannen die Tränen über die Wangen, als er vor einem Schatz stand, der noch größer war als der Schatz im Schloß des Labyrinths.

»Geheilt!« rief er glücklich, »ich war mir bis jetzt nicht sicher, aber wenn ich diese Reichtümer ansehe, juckt es mir nur der Perlen und der Jade wegen in den Fingern... und auch nur deshalb, weil ich sie gerne Lotuswolke schenken würde.«
Li Kao und ich sahen uns an, und ich nickte. Wir hatten beide, ohne zu überlegen, auf dem Schatzberg nach einem Geisterschatten gesucht, und dort war er auch. Es gelang mir immer besser: Die Schattendecke senkte sich mühelos über meinen Kopf.
Vor mir stand derselbe Geist! Nein, nicht derselbe, aber nach derselben alten Mode gekleidet und mit der gleichen blutigen Stelle, wo ein Messer das Herz durchbohrt hatte. Ich spürte, daß es auch diesen Geist ungeheure Anstrengung kostete, vor uns zu erscheinen. Wieder überflutete mich eine Welle der Qual, als die Lippen sich bewegten.
»Habt Erbarmen mit einer treulosen Zofe«, flüsterte sie, »sind tausend Jahre nicht genug?« Geistertränen rollten ihr wie durchsichtige Perlen über die Wangen. »Ich schwöre, ich wußte nicht, was ich tat!« schluchzte sie. »Oh, habt Erbarmen und tauscht dies gegen die Feder aus. Die Vögel müssen fliegen.«
Damit verschwand sie.
Geizhals Shen hatte nichts gesehen, und er blickte verwundert auf unsere bestürzten Gesichter. Grimmig entschlossen, kletterte ich auf den Berg von Schätzen und glitt mit einem Jadekästchen in der Hand wieder hinunter, das aussah wie das andere. Ich riß den Deckel auf und stöhnte verzweifelt.
In dem Kästchen lag nicht das Herz der Macht, unsere größte Hoffnung; es lagen darin wieder zwei winzige Würzelchen: die Arme der Großen Wurzel. Aber was konnten wir von den Armen erhoffen, wenn die Beine versagt hatten? Der Ginsengduft trieb mir die Tränen in die Augen, und ich drehte das Kästchen um. Etwas fiel zu Boden.
Li Kao kniete nieder und betrachtete eingehend eine kleine Kristallkugel von der Größe der Miniaturflöte.
»Geizhals Shen, ich rate, setzt Euch und macht Euch auf etwas Ungewöhnliches gefaßt«, sagte er düster. Dann spuckte er in die

Hand, griff nach der Kristallkugel und rieb vorsichtig die Oberfläche.

Die Kugel erglühte in einem seltsamen inneren Licht. Dann wurde sie größer. Sie wuchs, bis sie einen Durchmesser von mehreren Fuß hatte. Das innere Licht wurde heller und heller; Ausrufe des Erstaunens entrangen sich uns, als ein Bild auftauchte, und wir Geräusche hörten.

Wir blickten in das Innere eines hübschen Häuschens, wo eine alte Frau auf einem Schemel eingenickt war. Wir hörten ihr friedliches Schnarchen; wir hörten die Geräusche von Hühnern und Schweinen und das sanfte Murmeln eines Baches. Vögel zwitscherten, Bienen summten einschläfernd, und vor dem Fenster raschelten die vom Sonnenlicht gesprenkelten Blätter eines Baums.

Eine Ameise eilte mit einer Brotkrume über den Fußboden. Sofort wurde eine Schabe aufmerksam und rannte hinter der Ameise her. Eine Ratte streckte den Kopf aus einem Loch und sprang hinter der Schabe her. Eine Katze verfolgte die Ratte. Dann erschien ein Hund in der Tür und schoß hinter der Katze her. Der Zug erreichte den Schemel der alten Frau und stürzte ihn um. Die Frau setzte sich auf und rieb sich verdutzt die Augen, begann schrecklich zu schimpfen, griff nach einem Besen und verfolgte wütend den Hund, der die Katze jagte, die die Ratte jagte, die die Schabe jagte, die die Ameise jagte, die die Brotkrume schleppte.

Es läßt sich nur schwer beschreiben, aber die Szene, die sich vor unseren Augen abspielte, war unglaublich komisch. Sie liefen herum und herum, stürmten durch die Tür, kletterten durch das Fenster wieder herein, brachen durch die dünnen Wände, tauchten durch ein Loch in der Decke wieder auf und zerschlugen die Einrichtung in tausend Stücke. Die Variationen schienen endlos zu sein und so einfallsreich, daß Geizhals Shen und ich uns vor Lachen bogen. Einmal traf der Besen der alten Frau die irdenen Töpfe und Schüsseln, die alle durch die Luft flogen und klirrend zusammenprallten. Die Scherben fielen auf den Boden, und ein Stück landete auf dem anderen. Es entstand eine prächtige Statue des Heiligen und Verehrungswürdigen Weisen der Heiteren Gelassenheit. Die wilde Jagd stürmte hinaus und durchquerte spritzend und platschend einen Teich. Als sie durch eine halbzerstörte Mauer zurückraste, hockte auf dem Kopf der alten Frau ein riesiger Ochsenfrosch und quakte empört.

Geizhals Shen und ich hätten uns totgelacht, wenn Li Kao nicht die Hand ausgestreckt und die Kristallkugel berührt hätte. Das Glühen wurde schwächer. Die Geräusche verstummten, und das Bild verschwand. Die Kugel schrumpfte zu ihrer vorigen Größe.

»Shen, habt Ihr jemals so etwas gesehen?« fragte Meister Li, als Geizhals Shen sich soweit erholt hatte, daß er wieder atmen konnte.

Geizhals Shen kratzte sich am Kopf und antwortete: »Ich bin nicht sicher. Bestimmt habe ich nie etwas Ähnliches wie diese unglaubliche Szene gesehen. Doch auf einem alten Gemälde ist mir einmal eine winzige Kristallkugel aufgefallen, die aussah wie diese hier. Das Bild hängt in der Höhle der Glocken. Ein alter lahmer Hausierer steht mit dem Rücken zum Betrachter vor drei jungen Damen, die nach einer längst vergangenen Mode gekleidet sind. In einer Hand hält er drei Federn...«

»Federn?« stieß Meister Li atemlos hervor, »im alten Stil gekleidete Mädchen?«

»Äh... ja«, sagte Geizhals Shen, »in der anderen Hand hält er eine Kugel, die der hier ähnelt, ein Glöckchen und eine winzige Flöte.«

Li Kao brummte zufrieden und klappte eine der künstlichen Muscheln an seinem Gürtel auf.

»Wie diese?«

»Genau wie diese«, erwiderte Geizhals Shen, als er die winzige Blechflöte genauer betrachtete, »viel mehr weiß ich über dieses Gemälde nicht, außer, daß man sagt, es sei sehr geheimnisvoll, und der alte lahme Hausierer sei göttlicher Herkunft. Die Höhle der Glocken ist ihm geweiht, und der Schrein wird von einem kleinen Mönchsorden betreut.«

Li Kao legte die Flöte wieder zurück in die Muschelschale und verstaute die Kristallkugel und die Arme der Großen Wurzel der Macht ebenfalls in seinem Schmugglergürtel.

»Schlafen wir. Morgen früh finden wir heraus, wie wir von hier wegkommen. Unser erstes Ziel wird die Höhle der Glocken sein«, sagte er.
Er hatte die Rechnung ohne den Wirt gemacht. Als wir am nächsten Morgen einen Rundgang um die Oase machten, stellten wir fest, daß sie tatsächlich eine Insel war – eine Insel inmitten tödlicher Lava. Die schmale Brücke bildete den einzigen Zugang. Unsichtbare Finger scharrten im Salz, und mir sank das Herz in die Fußzehen, als ich einsah, daß wir nie zu den Kindern von Ku-fu zurückkehren würden. Ich konnte die Tränen nicht unterdrücken, die mir über die Wangen liefen. Geizhals Shen sah mich an, wandte aber hastig den Blick ab.
»Ochse, das ist kein allzu schlechter Ort, um den Rest unserer Tage zu verbringen«, sagte er schüchtern, »wir werden von Früchten, Beeren und reinem Quellwasser wie Könige leben, während der Rest der Welt sich an Hungersnöten, Kriegen und Seuchen erfreut.«
Und stirbt... dachte ich. Ich hörte Weinen und trauriges Glockengeläut. Ich sah eine lange Reihe kleiner Särge in der Erde versinken.
»Natürlich wird der Rest der Welt sich auch an Lotuswolke erfreuen«, sagte Geizhals Shen nachdenklich.
»Da habt Ihr recht«, schluchzte ich.
Wir saßen mit dem Rücken an eine hohe Palme gelehnt im Gras. Li Kao kam eilig herbei. Er setzte sich zu uns, und ich sah, daß seine Augen leuchteten.
»Was wißt ihr über den großen Chang Hen?« fragte er.
Ich erinnerte mich dunkel an meine Schulzeit. »Hat er nicht vor etwa fünfhundert Jahren den Seismographen erfunden?«
»Und das Schießpulver?« fragte Geizhals Shen.
»Richtig, und das ist noch nicht alles«, sagte Meister Li. »Der große Chang Hen war ein hervorragender Poet, ein vorzüglicher Maler, ein unvergleichlicher Ingenieur und Astronom und der größte Forscher der Welt, der sich mit dem Phänomen des Fliegens beschäftigt hat. Er vervollkommnete die Wissenschaft von den Längen- und Breitengraden, bestimmte den Wert Pi, revolutionierte die Erkenntnisse über die Armillarsphäre und konstruierte Drachen, die Menschen über

große Entfernungen durch die Luft tragen konnten. Eines Tages saß er unter einem Baum... wie wir jetzt... lehnte mit dem Rücken an den Stamm, und etwas streifte sein Gesicht.«

Li Kao hob die rechte Hand, öffnete sie, und zum Vorschein kam etwas Winziges.

»Das Samenkorn eines Ahorns?« sagte Geizhals Shen.

»Richtig«, sagte Meister Li, »Chang Hen hatte Tausende davon gesehen, doch nie daran gedacht, sich eines genauer zu betrachten. Je gründlicher er es untersuchte, desto überzeugter war er, daß er ein Wunder der Natur in den Händen hielt.«

Geizhals Shen und ich starrten wie gebannt auf den Ahornsamen – nichts als ein winziger Stengel und fächerförmige Flügel.

»Paßt auf«, sagte Meister Li.

Er blies sanft in die Handfläche. Die fächerförmigen Flügel begannen sich zu drehen, erst langsam, dann schneller, und das Samenkorn stieg senkrecht in die Luft. Der Wind erfaßte die Flügel. Es flog davon, kreiste am Himmel, segelte über die Baumwipfel, wurde zu einem winzigen Fleck und verschwand.

»Chang Hen hielt eine der wirkungsvollsten Flugmaschinen in den Händen, und er machte sich sofort daran, ein Ahornsamenkorn zu bauen, das einen Menschen tragen konnte«, erzählte Meister Li. »Der Kaiser stellte gnädig Piloten aus den Reihen der zum Tode verurteilten Verbrecher zur Verfügung. Ein Unglücklicher nach dem andern wurde unter Jammern und Wehgeschrei in Chang Hens Flugmaschine festgebunden und von hohen Klippen gestürzt. Einer von ihnen geriet in einen starken Aufwind und flog tatsächlich mehrere hundert Fuß weit. Doch das Ende war immer dasselbe: Die Flügel kreisten nicht schnell genug, um das Gewicht auszugleichen, und die Piloten stürzten alle zu Tode. Wißt Ihr, was Chang Hen dann tat?«

»Wir wissen so wenig wie Äpfel«, seufzte Geizhals Shen und sprach damit für uns beide.

»Der große Chang Hen mischte Schwefel und Salpeter mit Holzkohle und erfand das Schießpulver«, erklärte Meister Li. »Wir benutzen es hauptsächlich für Feuerwerkskörper, doch er dachte dabei an etwas anderes. Durch das Hinzufügen von Harz gelang es ihm, eine Paste herzustellen, die allmählich verbrannte, anstatt zu explodieren. Er füllte sie in Bambusstäbe. Er flocht einen Korb und befestigte ihn an einer drehbaren Stange. Am oberen Ende der Stange befanden sich fächerförmige Flügel, und am unteren Ende ein Rad, an das er die mit dem Schießpulver gefüllten Bambusrohre band. Der Kaiser und alle hohen Würdenträger versammelten sich, um einer spektakulären Hinrichtung beizuwohnen. Der jammernde Todeskandidat wurde auf den Sitz im Korb gebunden, und Chang Hen setzte die Zündschnur in Brand. Eine Flamme schoß hervor, eine zweite, dann noch eine und plötzlich verschwand alles in einer dicken schwarzen Rauchwolke. Als der Rauch sich verzog, entdeckten die verblüfften Zuschauer, daß sich das Gefährt mit wild wirbelnden Flügeln geradewegs in die Luft erhoben hatte. Eine Rauchfahne und Flammen begleiteten seinen Weg. Man hörte undeutlich die Entsetzensschreie des Verurteilten, als das Gefährt auf einen der Palasttürme zuflog. Als es den Turm rammte und mit einem gewaltigen Krachen explodierte, brach der Kaiser in Hochrufe aus, und die Zuschauer applaudierten begeistert. Man erzählte, noch nach einer Woche seien Stücke des Piloten vom Himmel gefallen... obwohl das wahrscheinlich eine Übertreibung ist. Der große Chang Hen schloß sich in seine Werkstatt ein, und einen Monat später hatte seine spektakuläre Erfindung ihre endgültige Form gefunden: die wunderbare Bambuslibelle.«

Li Kao lächelte glücklich. »Die Pläne dazu habe ich in Hanlin in der Kulturwald-Akademie gesehen«, sagte er.

Es herrschte Schweigen.

»Ihr könnt doch unmöglich glauben...«, flüsterte Geizhals Shen.

»Direkt über uns sehe ich einen Kranz von Palmblättern, die leicht, stark und fächerförmig sind«, sagte Meister Li.

»Ihr habt doch sicher nicht die Absicht...« hauchte ich kläglich.

»Es gibt hier genug Bambus und auch Harz. In der Lava steckt Schwefel. Überall in China findet man natürliche Salpeterablagerungen, vermutlich auch auf dieser Insel. Es würde mich sehr überraschen, wenn ein ehemaliger Bauer wie Geizhals Shen nicht ein bißchen Holzkohle machen könnte.«

»Aber das wäre Selbstmord!« rief ich.
»Wahnsinn!« schrie Geizhals Shen.
»Es besteht überhaupt keine Hoffnung, daß wir es überleben«, stimmte Meister Li zu. »Ochse, du sorgst für die Palmblätter, das Harz und den Bambus. Die Holzkohle ist Sache von Geizhals Shen. Ich werde nach Salpeter suchen und aus der Lava Schwefel gewinnen. Ich schlage vor, daß wir uns beeilen, denn jeder Augenblick bringt mich dem Tod aus Altersschwäche näher.»
Eine Woche lang erschütterten Explosionen und die darauf folgenden wütenden Schreie Li Kaos die kleine Insel. Sein Bart war versengt und rauchgeschwärzt, und die Augenbrauen waren nahezu verbrannt. Seine Kleider hatten so oft Feuer gefangen, daß es aussah, als wären unzählige hungrige Motten über ihn hergefallen. Aber schließlich fand er die richtige Zusammensetzung, und die mit Schießpulver gefüllten Bambusrohre nahmen Vernunft an. Geizhals Shen und ich waren stolz auf unsere Arbeit. Den Korb hatten wir aus Schilf geflochten, und man saß sehr bequem darin. Die Palmblattflügel drehten sich munter um die Bambusstange. Das Bambusrad, an dem die Röhren befestigt wurden, befand sich gut ausbalanciert im Gleichgewicht. Obwohl uns keine Steuerung zur Verfügung stand, hofften wir, die Flugrichtung zu beeinflussen, indem wir das Gewicht verlagerten.
»Natürlich ist das Wahnsinn«, sagte ich, als ich in den Korb kletterte.
»Schwachsinn«, bestätigte Geizhals Shen, als er sich neben mich setzte.
»Wir sind völlig verrückt«, stimmte Li Kao zu, als er die Zündschnüre in Brand setzte.
Er hüpfte in den Korb, ich legte die Hand vor die Augen und wartete auf den Tod. Der Korb erzitterte, als die Röhren mit dem Schießpulver Flammen spien. Das Rad begann sich zu drehen; die Flügel kreisten und kreisten. Ich spähte durch meine Finger auf eine dicke schwarze Rauchwolke und sah, daß das Gras unter uns wie vom Wind gepeitscht wogte.
»Wir steigen!» schrie ich.

»Wir fallen!« brüllte Geizhals Shen.

Wir hatten beide recht. Wir schossen plötzlich in die Luft und fielen wieder. Leider waren wir auch fünfzig Fuß nach links geraten und stürzten geradewegs auf die brodelnde Lava zu.

»Zurücklehnen!« schrie Meister Li.

Wir verlagerten unser Gewicht. Die Bambuslibelle richtete sich unvermittelt gerade auf und trieb dicht über der kochendheißen Oberfläche auf die andere Seite des Grabens hinüber. Voller Entsetzen starrten wir auf die Spuren riesiger Finger, die erwartungsvoll im Salz scharrten.

Die Hand, die Niemand Sieht, erwischte uns beinahe. Ein unsichtbarer Finger riß blitzschnell einen der Palmblattflügel ab, was sich als Segen herausstellte, denn anscheinend hatten wir einen zuviel. Augenblicklich erhob sich unsere Flugmaschine in die Luft und benahm sich wirklich sehr ordentlich, wenn man davon absieht, daß sie im Kreis flog. Sie drehte langsam über den Ruinen der Stadt ihre Runden, während die wütenden Finger unter uns offenbar große Sätze vollführten und dabei Salzwolken aufwirbelten.

»Die entsetzliche Kreatur kriecht auf die Palastmauer!« schrie Geizhals Shen. »Wenn sie erst dort oben sitzt und wir immer noch im Kreis fliegen, landen wir geradewegs in ihrem Maul!«

Er hatte recht. Die Bambuslibelle ließ sich durch nichts von ihrem Kurs abbringen. Flammen und schwarzer Rauch markierten unseren Weg. Und auf der nächsten Runde würden wir der Hand aus der Hölle in die Fänge fallen.

»Zieht die Jacken aus!« brüllte Meister Li, »benutzt sie als Steuerruder!«

Wir rissen uns die Jacken vom Leib, hielten sie ausgebreitet in den Wind, und wie durch ein Wunder wirkte es. Gerade als wir die Mauer erreichten, schossen wir ruckartig nach links. Die Hand muß nach uns gegriffen haben, denn der obere Teil der Mauer begann gefährlich zu schwanken. Dann stürzte die Mauer ein. Die Steine polterten in den Lavasee. Es folgte ein gewaltiges Klatschen, und die kochende Lava schoß hundert Fuß hoch in die Luft.

Langsam trieb das Ungeheuer an die Oberfläche. Schwarze Lava überzog, was vorher unsichtbar gewesen war. Wir starrten voll Grauen auf eine riesige, vielleicht sechzig Fuß lange, haarige Hand. Die Handfläche war nach oben gewendet, die Finger hatten sich zusammengekrallt. Plötzlich begann die Hand krampfhaft zu zukken, und die Finger streckten sich. Es waren überhaupt keine Finger, sondern die Beine einer riesigen Spinne. Ballen und Handfläche waren ein ekelhafter, praller Sack! Viele böse Augen starrten zu uns hinauf, ein scheußliches rundes Maul öffnete sich und entblößte einen Kranz riesiger spitzer Zähne. Dann füllte Lava das Maul, und Die Hand, die Niemand Sieht, versank für immer in der kochenden Lava.

Die Bambuslibelle flog zielstrebig weiter, und die auf so tragische Weise zerstörte Stadt entschwand unseren Blicken. Wir schwiegen erschüttert. Schließlich räusperte sich Li Kao und sagte: »Ich vermute, es handelte sich einfach um eine zu groß geratene Verwandte der gewöhnlichen Minierspinne... sie war unsichtbar, weil sie vor der Katastrophe unter der Erde lebte. Die Natur ist erstaunlich anpassungsfähig. Es gibt im Meer sehr viele Lebewesen, die bis zur Unsichtbarkeit durchsichtig geworden sind... übrigens auch ein paar Insekten.«

Er blickte auf die Stadt zurück, die zu einem winzigen Punkt in einer endlosen weißen Salzfläche geworden war.

»Es ist wirklich schade, daß wir den Körper nicht zu Studienzwecken mitnehmen konnten. Ich hätte gern herausgefunden, wie es ihr gelungen ist, sich im Verlauf der vielen Jahrhunderte zu ernähren, nachdem sie die Bewohner der Stadt verschlungen hatte. Außerdem würde ich gern wissen, ob sie atavistische oder erworbene Augen besaß. Ein bemerkenswertes Exemplar! Trotzdem«, fügte Meister Li hinzu, »ich glaube, wir werden das Ableben dieser Spinne nicht bedauern.«

20.
Die Höhle der Glocken

Stunde um Stunde kreisten die Palmblattflügel über uns. Flammen und Rauch zogen hinter uns her, während die Wunderbare Bambuslibelle über die glühendheiße Salzwüste flog. Mit unseren Jacken manövrierten wir das Gefährt an Wirbelwinden vorbei. Die von der Wüste aufsteigende Hitze trug uns wie eine glühende Hand immer höher und höher in den Himmel hinauf. Im letzten Licht der untergehenden Sonne wies Geizhals Shen auf eine lange dunkle Linie am Horizont vor uns.

»Bäume!« rief er, »die Salzwüste endet dort!«

Der beste Beweis dafür waren die dunklen Wolken, die sich am Himmel ballten. Blitze zuckten in der Ferne, und ich bezweifelte, daß es in den letzten tausend Jahren in der Wüste einmal geregnet hatte.

»Wir müssen mit Schwierigkeiten rechnen, falls sich der Korb, in dem wir sitzen, mit Wasser füllen sollte«, erklärte Meister Li.

Wir lösten drei Stücke Bambusrohr vom Rahmen am Boden des Korbs. So entstanden nicht nur Abflußlöcher, sondern wir hatten auch drei Stöcke für Regenschirme. Dünne Streifen vom Korbrand dienten als Gestell und unsere Hosen als Bespannung. Wir wurden gerade rechtzeitig fertig. Blitze zuckten, der Donner grollte, und es regnete in Strömen. Wir kauerten unter unseren Regenschirmen und flogen gut geschützt durch das Gewitter.

»Ich wollte schon immer einmal durch ein Gewitter fliegen!« rief Meister Li glücklich.

»Herrlich!« jubelten Geizhals Shen und ich wie aus einem Munde.

Es war wirklich etwas Besonderes und ein großartiges Erlebnis. Wir waren eigentlich enttäuscht, als das Gewitter sich schließlich verzog und Mond und Sterne am Himmel erschienen. Der Wind pfiff uns um die Ohren. Tief unter uns schimmerte ein Fluß wie ein silbernes Band. Die Bambuslibelle flog unbeirrt weiter und zog eine leuchtende Rauchfahne hinter sich her, während wir sanft schaukelnd über den nachtblauen Himmel Chinas trieben: Ein winziger Funken, der unter dem Glanz einer Million Billionen Trillionen Sterne leuchtete.

Geizhals Shen schlief ein. Meister Li folgte seinem Beispiel, und ich flog durch die Nacht, blickte zu den Sternen empor und auf die mondhelle Erde tief unter mir. Das Gefühl zu fliegen unterschied sich sehr von dem, was ich aus meinen Träumen kannte. Um die Wahrheit zu sagen, ich zog das Fliegen im Traum bei weitem vor. Im Traum schwebte ich wie ein Vogel, glitt im Wind dahin wie in der Strömung eines Flusses und genoß die beinahe grenzenlose Freiheit. Jetzt saß ich einfach in einem Korb unter sausenden Flügeln, und insgeheim tadelte ich mich, weil ich zu undankbar war, um ein Erlebnis richtig zu würdigen, das eigentlich an ein Wunder grenzte. Meister Li tadelte sich ebenfalls, wie ich merkte, als er anfing, im Schlaf zu reden – allerdings aus einem anderen Grund.

»Dummkopf«, murmelte er, »blind wie eine Fledermaus. Denk doch nach.« Er bewegte sich unruhig hin und her und kratzte sich an der Nase. »Warum nicht *auf* der Insel... warum nicht auf der anderen Seite der Brücke?« murmelte er ärgerlich. »Albern! Unverständlich!«

Er schwieg, und ich dachte, wenn er von Der Hand, die Niemand Sieht, träumt, hat er guten Grund, es unverständlich zu finden. Wenn man annahm, daß die Hand den Schatz des Herzogs bewachte, wie die Gezeiten den anderen bewacht hatten, warum hatte das Ungeheuer dann nicht still und unsichtbar auf der Insel am anderen Ende der Brücke gelauert? Jeder, der sich dem Schatz näherte, hätte sich einer hungrigen Spinne als Frühstück im Bett serviert.

»Kinder«, murmelte Meister Li, der sich unruhig hin und her warf. »Spiele... dumm oder kindlich? Ein kleiner Junge?«

Er seufzte, sein Atem ging ruhiger, und dann hörte ich nur noch lautes Schnarchen. Auch Geizhals Shen träumte. Eine Träne rann

ihm über die krumme Nase. Er gab leise Laute von sich, und ich beugte mich über ihn.
»Ah Chen«, flüsterte er, »dein Vater ist da.«
Mehr sagte er nicht, und schließlich schlief ich ebenfalls ein. Beim Erwachen stellte ich fest, daß wir durch rosa und orange Wolken flogen, die blaß am türkisfarbenen Himmel hingen, und die Morgensonne beschien Berggipfel, die überall um uns herum aufragten. Li Kao und Geizhals Shen manövrierten die Bambuslibelle mit Hilfe ihrer Jacken durch einen engen Einschnitt zwischen den Bergen. Märchenhafte Bäume klammerten sich kühn an das Gestein und fingen mit ihren ausgestreckten Ästen Wolkenfetzen ein, um sie zu Traumgespinsten zu verweben wie die Landschaften von Mei Fei. Ich hielt gähnend meine Jacke ausgebreitet hinter mir in die Luft. Wir schwebten so dicht an einem hohen gezackten Gipfel vorüber, daß ich die Jacke mit einer Hand losließ und eine Handvoll Schnee in den Korb holte. Er schmeckte köstlich. Dann lag der Paß hinter uns, und wir flogen über ein wunderschönes grünes Tal, wo zarte Rauchfähnchen von den Feldern aufstiegen, auf denen die Bauern Unkraut verbrannten. Die Luft duftete nach feuchter Erde, nach Bäumen, Gras und Blumen.
Gegen Mittag begannen die Röhren mit dem Feuerpulver zu knattern und zu zischen. Die Palmblattflügel kreisten langsamer und langsamer, und wir sanken in der Nähe eines kleinen Dorfes auf die Erde, das sich an das Ufer eines breiten Flusses schmiegte. Ihr könnt sicher sein, daß die Bauern im Umkreis von mehreren Meilen zusammenliefen, um einen langsam vom Himmel herabschwebenden feuerspeienden Vogel zu beobachten. Wir schaukelten über dem Dorfplatz; das Schießpulver sorgte für einen letzten Flammenstoß und eine schwarze Rauchwolke, und wir landeten sanft auf der Erde. Die Menschenmenge bestaunte mit offenem Mund drei chinesische Herren, geschmackvoll mit Lendentüchern und Geldgürteln bekleidet, die würdevoll dem Korb entstiegen und dabei Regenschirme über sich hielten.
»Ich heiße Li, mein Vorname ist Kao, und ich habe einen kleinen Charakterfehler«, stellte Meister Li sich mit einer höfliche Verbeu-

gung vor. »Dies ist mein geschätzer Klient, Nummer Zehn der Ochse, und dies ist Alte Großzügigkeit, früher bekannt als Geizhals Shen. Hiermit machen wir diesem reizenden Dorf die Wunderbare Bambuslibelle zum Geschenk. Baut einen Zaun darum! Verlangt Eintritt, und euer Glück ist gemacht. Nun dürft ihr uns zum nächsten Weinlokal führen, denn wir haben die Absicht, eine Woche betrunken zu bleiben.«

Geizhals Shen hätte genau das am liebsten getan, aber durch einen unvorstellbar glücklichen Zufall hatte uns die Bambuslibelle in die Nähe der Höhle Der Glocken gebracht. Die Höhle lag nur eine kurze Strecke flußabwärts. Deshalb kauften wir ein Boot, schoben es in die Strömung, und zwei Tage später deutete Geizhals Shen nach vorne.

»Der Steinglockenberg«, sagte er. »Der Eingang zur Höhle der Glokken befindet sich direkt am Wasser, und wir müßten eigentlich geradewegs hineinfahren können.«

Li Kao stieß mich an.

»Ochse, ich habe gehört, die Rundreise führt den Herzog am Steinglockenberg vorbei«, flüsterte er. »Wenn das Gemälde in der Höhle der Glocken so aussieht, wie Geizhals Shen es beschrieben hat, ist das Interesse des Herzogs für diesen Ort vielleicht nicht rein zufällig.«

Ich erinnerte mich an seine düstere Prophezeiung und hielt ängstlich nach zweihundert Fuß langen, gepanzerten und geflügelten Wasserschlangen Ausschau, als unser kleines Boot durch den dunklen Höhleneingang glitt. Aber dann jubelte ich vor Staunen und Entzükken! Wir schienen in einen dieser wunderschönen Unterwasserpaläste aus buddhistischen Märchen gekommen zu sein. Die Sonnenstrahlen fielen durch den Höhleneingang auf samaragdenes Wasser, das wie grünes Feuer aufflammte und sein Licht auf die Felswände warf, wo Kristalle in allen Farben des Spektrums funkelten. Es war eine Regenbogenwelt. Die merkwürdigsten Felsen, die ich je gesehen hatte, tauchten aus dem Wasser auf und hingen von der Decke herunter. Sie erinnerten an Speere, jedoch auf den Kopf gestellt, so daß die dicken Schäfte in die Luft ragten. Li Kao hatte die Höhle noch nie besucht, jedoch sehr viel darüber gelesen.

»Es sind Glockensteine«, erklärte er. »Wenn das Wasser steigt, schlägt es gegen die unteren Steine, die dann wie Glocken läuten. Die Schwingungen führen dazu, daß die Steine an der Decke ebenfalls läuten. Dieses Phänomen nennt man sympathetische Resonanz. Noch tiefer im Höhleninnern gibt es andere, weichere Steine, die von winzigen Löchern durchzogen sind. Wenn das Wasser durch die Löcher fließt, ertönt eine musikalische Begleitmusik zum Klang der Glocken. Su Tung-po hat über dieses Thema eine interessante Abhandlung geschrieben.«

Wir erreichten einen Anlegesteg und banden das Boot an einem der Holzpfosten fest. Eine Steintreppe führte hinauf in die große Halle, wo ein Schrein errichtet worden war. Wir schienen die einzigen Besucher zu sein. Vier Mönche hielten sich in der Nähe des Schreins auf. Drei trugen schwarze Gewänder, der vierte ein leuchtend rotes. Der Rotgekleidete kam uns entgegen. Er war ein winziges Kerlchen mit einer hohen quäkenden Stimme.

»Buddha sei mit Euch«, begrüßte er uns mit einer tiefen Verbeugung. »Ich bin der Hüter im Tempel des Hausierers, und meine drei Mönchsbrüder gehören einem anderen Orden in der Nachbarschaft an. Im Gang zur Linken findet Ihr das heilige Gemälde der Gottheit dieser Höhle... der Höhle der Glocken. Es ist ein sehr altes und geheimnisvolles Bild. Weder meine Vorgänger noch ich konnten es deuten. Unbestreitbar ist es heilig, und ich hoffe, daß eines Tages ein Besucher kommt, der es mir erklären kann. Möget Ihr die weisen Besucher sein, auf die ich warte«, sagte er mit einer weiteren Verbeugung. »Ich hoffe, Ihr werdet mir vergeben, wenn ich Euch nicht begleite. Meine Brüder und ich verlieren über der Buchführung der Spenden allmählich den Verstand.«

Der kleine Mönch trippelte zu den anderen zurück, und wir bogen in den Gang, den er uns gezeigt hatte. An seinem Ende flackerten Fackeln, die etwas beleuchteten. Geizhals Shen wies darauf.

»Das Bild, von dem ich gesprochen habe«, sagte er, während Li Kao und ich Gespenster sahen.

Keine Frage! Das Gemälde stellte einen alten Hausierer dar, der dem Betrachter den Rücken zuwendete. Er stand vor der ermordeten Zofe, deren Geist wir im Schloß des Labyrinths gesehen hatten.

Links neben ihr befand sich die ermordete Zofe, deren Geist uns auf der Insel erschienen war, und rechts stand ein drittes Mädchen, das die Schwester der beiden hätte sein können.
Li Kao riß eine Fackel aus ihrer Halterung und beleuchtete damit das Gemälde Stück für Stück. Das Gewand des Hausierers war mit farbigen Perlen und Lotusblüten geschmückt. Er stützte sich mit der linken Schulter auf eine Krücke und streckte den Mädchen die Hände entgegen. In der linken lagen drei winzige weiße Federn und in der rechten eine kleine Flöte und eine Kristallkugel, die beide aufs Haar denen glichen, die Li Kao am Gürtel trug, aber außerdem noch eine winzige Bronzeglocke. Es handelte sich um ein uraltes Gemälde. Aber was bedeutete es?
»Die Symbole auf dem Gewand des lahmen Hausierers stehen üblicherweise für Himmel, und in diesem Fall könnte es sich um eine Darstellung von T'ieh-kai Li, dem Vierten Unsterblichen handeln«, sagte Meister Li nachdenklich. »Aber zwei Dinge sind falsch, und eins davon schließt diese Interpretation aus. Er müßte eine große Kalebasse auf dem Rücken tragen, und er dürfte sich keinesfalls auf eine Holzkrücke stützen. Schließlich bedeutet sein Name: Li mit der Eisenkrücke.«
Meister Li studierte das Gemälde noch einmal und ließ dabei die Augen ganz dicht über die Oberfläche wandern.
»Andererseits könnten die Symbole auf dem Gewand für das Übernatürliche stehen... und das schließt das übernatürliche Böse ein«, murmelte er. »Wir wissen, daß zwei von den Mädchen ermordet wurden, und ich wette ein Vermögen, daß auch das dritte Mädchen nicht friedlich im Bett gestorben ist. Es macht mich ganz verrückt, daß ich nicht die leiseste Spur von dem finde, was dazugehören sollte.«
Ich sah ihn fragend an.
»Ginseng«, erklärte er, »Ochse, aus einem rätselhaften Grund besteht eine Verbindung zwischen unserer Suche nach der Großen Wurzel und den Geistern der Zofe... ebenso zu den Kinderspielen, dem Dorf Ku-fu, dem Drachenkissen, Kinderreimen, Federn, Vögeln, die fliegen müssen, dem Herzog von Ch'in... allen Herzögen, wenn ich es mir recht überlege... und Buddha weiß, wozu noch.«

Meister Li richtete sich auf und zuckte mit den Schultern. »Falls wir es je herausfinden, wird das eine phantastische Geschichte ergeben«, seufzte er. »Wir wollen sehen, ob die Mönche uns etwas Nützliches sagen können.« Die drei Mönche in Schwarz waren verschwunden, doch der kleine rotgewandete Mönch war mehr als hilfsbereit.
»Nein, es ist uns nie gelungen, die Bedeutung der Gegenstände und der Federn zu ergründen« sagte er. »Die Federn sind besonders verwirrend, denn tiefer im Höhleninnern gibt es ein anderes Wandbild, auf dem Federn abgebildet sind. Es ist so alt, daß die Farbe zum größten Teil abgeblättert ist. Aber man kann deutlich Federn und das Symbol des Sternbildes Orion erkennen. Ich habe auch keine Vorstellung davon, was das bedeuten könnte.«
Li Kaos Augen leuchteten. »Ochse, in alten Zeiten bestand das Schriftzeichen für Orion aus einem Dach, drei Balken und der Zahl drei. Es bedeutete auch Ginseng, besonders wenn das Symbol für Herz sich auf den Spitzen der Balken befand. Das würde das Herz der Großen Wurzel der Macht bedeuten«, flüsterte er.
Allmählich ließ ich mich von seiner Aufregung anstecken, und wir folgten eilig dem kleinen Mönch zu einer Öffnung im Felsen, wo ein anderer Gang begann. Der Mönch nahm Fackeln aus den Haltern an der Wand und gab sie uns.
»Ihr findet das Gemälde am Ende, und dann werdet Ihr sehen, weshalb wir sicher sind, daß der Hausierer eine Gottheit ist«, sagte er. »Glücklicherweise seid Ihr in der Regenzeit gekommen, und das Wasser in der Höhle des Hausierers steigt. Bald wird es die Glockensteine erreichen. Nur der Himmel kann solche Musik hervorbringen. Die Steine befinden sich tief unter dem Gang, aber es gibt Seitenwege, durch die Ihr die Musik deutlich hören werdet.«
Geizhals Shen war bei seinem ersten Besuch zur falschen Jahreszeit hier gewesen, und er äußerte sich skeptisch in Hinblick auf die Musik. Während wir den niedrigen dunklen Gang entlanggingen, gesellte sich zum Klappern unserer Sandalen das Klatschen von Wasser gegen Felsen. Es mußte tief unter uns und links von uns fließen. Dann stieg das Wasser weit genug, und wir wußten, der Mönch hatte nicht gelogen. Es war die Musik des Himmels!

Eine Steinglocke läutete. Gerade als das Echo verhallte, antwortete ihr eine zweite Glocke weich, sanft, lieblich und leicht verweht, als dringe der Klang durch Honig. Noch eine Glocke ertönte, diesmal höher, klarer und in völligem Einklang; und dann stimmte Glocke um Glocke ein: große Glocken, kleine Glocken, laute Glocken, sanfte Glocken, klare Glocken, verschwommene Glocken. Verzaubert gingen wir weiter, und unsere Fackeln warfen riesige Schatten an die Felswände. Ich kann die Schönheit der Musik dieser Steinglocken nicht beschreiben. Das Wasser erreichte die weichen Felsen, strömte durch die winzigen Löcher, und die Melodien von tausend silbernen Lauten, die von einer Million summender Bienen gespielt wurden, begleiteten das Läuten der Glocken. Die Harmonie der Töne verzauberte unsere Seelen. Vor uns öffnete sich ein Seitengang, der groß genug war, um hineinzugehen. Musik entströmte ihm. Wir drehten uns alle drei wie ein Mann um und gingen den Gang hinunter auf die betörende Musik zu. Tränen strömten Geizhals Shen über die Wangen. Er begann zu rennen und öffnete die Arme weit, um die Musik zu umarmen. Wir waren ihm dicht auf den Fersen. Unsere Schatten hüpften und sprangen um uns herum. Ein Stein unter dem Fuß von Geizhals Shen bewegte sich, und ich hörte ein hartes metallisches *Whang*...

Geizhals Shen erhob sich in die Luft und flog rückwärts in meine Arme. Ich starrte verständnislos auf den Eisenschaft eines Pfeils, der aus seiner Brust ragte.

21.
Ein Gebet für Ah Chen

Wir warfen uns auf den Boden, aber es folgten keine weiteren Pfeile. Ich hielt mein Ohr an die Brust von Geizhals Shen. Sein Herz schlug noch, aber nur schwach. »Das Gemälde ist eine Falle«, flüsterte mir Meister Li ins Ohr. »Die Akustik im Tunnel ermöglicht den Mönchen zu hören, was gesprochen wird, und als sie hörten, daß wir die Zofen erkannten und sie mit dem Herzog von Ch'in in Zusammenhang brachten, schlichen sich die drei Mönche in Schwarz davon, spannten die Armbrust und stellten die Falle.«

Vorsichtig hob er die Fackel, leuchtete die Umgebung ab, und schließlich entdeckten wir sie: In einer Halterung an der Felswand hing eine Armbrust, und sie war auf die Mitte des Gangs gerichtet.

»Warum nur eine?« murmelte Meister Li. Vorsichtig griff er unter den Stein, den Geizhals Shen mit dem Fuß berührt hatte. Unter dem Boden lief eine Metallstange durch den Gang. »Ochse, siehst du diesen großen, flachen weißen Stein?« flüsterte Meister Li. »Er ragt leicht hervor, und ich vermute, wir sollen darauftreten, wenn wir um unser Leben rennen.«

Ich hob Geizhals Shen vom Boden auf und wir gingen langsam und vorsichtig um den Stein herum zurück in Richtung Hauptgang. Li Kao sammelte ein paar Steinbrocken auf und warf sie auf die weiße Platte. Beim dritten Versuch traf er sie, und mit einem ohrenbetäubenden Krachen stürzten gut fünfzig Fuß der Decke ein. Eine dicke Staubwolke und sirrende Steinsplitter flogen durch den Gang. Jeder, der sich dort aufgehalten hätte, wäre wie eine Ameise unter dem Fuß eines Elefanten zermalmt worden.

»Wir können der Akustik hier nicht trauen«, flüsterte Li Kao mir ins

Ohr. »Wenn wir zurückkommen, werden sie vermutlich schon auf uns warten. Wir müssen dem Tunnel folgen und uns auf unser Glück verlassen.«

Mit der Fackel in der einen und dem Messer in der anderen Hand ging er voran. Der Gang stieg wieder an, und die wunderschöne Melodie der Glocken wurde leiser. Bald hörte man nur noch das Knistern der Fackeln und das Klappern unserer Sandalen. Geizhals Shen stöhnte. Er öffnete die Augen, doch sie glänzten fiebrig, und er schien uns nicht zu erkennen. Wir hielten an, ich setzte ihn mit dem Rücken an die Tunnelwand auf den Boden, und seine Lippen begannen sich zu bewegen.

»Seid Ihr der Priester?« fragte er Li Kao heiser. »Der Herzog von Ch'in hat mein kleines Mädchen ermordet, und die Leute sagen, es wird mir besser gehen, wenn ich ein Gebet verbrenne, und es ihr schicke. Aber ich kann nicht schreiben.«

Für Geizhals Shen hatte sich die Zeit vierzig Jahre zurückgedreht; damals hatte der Tod seiner Tochter ihn allmählich in den Wahnsinn getrieben.

»Ich bin der Priester«, erwiderte Meister Li leise. »Ich werde dein Gebet aufschreiben.«

Geizhals Shens Lippen bewegten sich lautlos, und ich ahnte, daß er sich das Gebet im stillen vorsagte. Schließlich war er soweit, und mit großer Anstrengung konzentrierte er sich auf das, was er seiner Tochter sagen wollte. Es folgt das Gebet von Geizhals Shen:

»O weh, groß ist mein Leid. Du bist Ah Chen, und als du geboren wurdest, war ich nicht wirklich glücklich. Ich bin ein Bauer, und ein Bauer braucht starke Söhne, die ihm bei der Arbeit helfen. Aber noch ehe ein Jahr vergangen war, hattest du mein Herz erobert. Du bekamst Zähne, und du wurdest von Tag zu Tag klüger. Du sagtest ›Mama‹ und ›Papa‹, und du sagtest es richtig. Mit drei hast du an die Tür geklopft, bist zurückgelaufen und hast gefragt: ›Wer ist da?‹ Als du vier warst, besuchte uns dein Onkel, und du hast die Gastgeberin gespielt. Du hast deinen Becher gehoben und gesagt ›Ching!‹, und wir lachten. Du bist rot geworden und hast dein Gesicht mit den Händen bedeckt, aber ich weiß, du hieltest dich für sehr klug. Jetzt sagen sie mir, daß ich versuchen muß, dich zu vergessen. Aber es fällt mir schwer, dich zu vergessen.

Du hast immer ein Spielzeugkörbchen mit dir herumgetragen und hast auf einem niedrigen Hocker gesessen, um deinen Brei zu essen. Du hast das große Gebet aufgesagt und dich vor Buddha verneigt. Du hast Ratespiele gespielt und bist durch das Haus getollt. Du warst sehr tapfer. Einmal bist du gefallen und hast dir das Knie geschürft, doch du hast nicht geweint, weil du es nicht für richtig hieltest. Wenn du dir Reis oder Früchte nahmst, hast du immer in die Gesichter der anderen gesehen, um dich davon zu überzeugen, daß es richtig war, sie zu essen. Und du bist immer vorsichtig gewesen, um dir nicht die Kleider zu zerreißen.

Ah Chen, weißt du noch, welche Sorgen wir uns machten, als unsere Deiche unter der Flutwelle brachen und die Schweine an der Krankheit starben? Dann erhöhte der Herzog von Ch'in die Steuern, und man schickte mich, um Gnade von ihm zu erbitten. Es gelang mir, ihn davon zu überzeugen, daß wir die Steuern nicht bezahlen konnten. Bauern, die keine Steuern zahlen, sind für Herzöge nutzlos. Deshalb schickte er seine Soldaten, um unser Dorf zu zerstören, und so führte die Torheit deines Vaters zu deinem Tod. Jetzt bist du in die Hölle gewandert, um gerichtet zu werden, und ich weiß, das muß dich sehr änstigen. Aber du mußt tapfer sein. Versuche, nicht zu weinen oder Lärm zu machen, denn dort ist es nicht so wie zu Hause bei deiner Familie.

Ah Chen, erinnerst du dich an Tante Yang, die Hebamme? Auch sie wurde ermordet, und sie liebte dich sehr. Sie hatte selbst keine kleine Tochter, deshalb versuche, sie zu finden. Reiche ihr die Hand und bitte sie, sich um dich zu kümmern. Wenn du vor den Yamakönigen stehst, solltest du die Händchen falten und sie bitten: ›Ich bin jung, und ich bin unschuldig. Ich wurde in eine arme Familie geboren, und ich war mit kärglichen Mahlzeiten zufrieden. Ich war niemals bewußt unachtsam mit meinen Schuhen und meinen Kleidchen, und ich habe nie ein Reiskorn verschwendet. Bitte beschützt mich, wenn die bösen Geister mich bedrängen.‹ Genau das solltest du sagen, und ich bin sicher, die Yamakönige werden dich beschützen.

Ah Che, ich habe hier Suppe für dich, und ich werde Papiergeld für dich verbrennen, und der Priester schreibt dieses Gebet, das ich dir schicke. Wirst du im Traum zu mir kommen, wenn du mein Gebet hörst? Wenn dir das Schicksal ein weiteres Erdenleben bestimmt, werde ich darum beten, daß du wieder in den Leib deiner Mutter kommst. Inzwischen werde ich rufen ›Ah Chen, dein Vater ist hier! Ich kann nur um dich weinen und deinen Namen rufen.‹«*

Geizhals Shen verstummte. Ich glaubte, er sei gestorben, doch dann schlug er noch einmal die Augen auf.

»Habe ich es richtig gesagt?« flüsterte er. »Ich habe es lange geübt, und ich wollte es richtig sagen. Aber ich bin so verwirrt, und irgend etwas scheint mir falsch zu sein.«

»Ihr habt es richtig gesagt«, beruhigte ihn Meister Li leise.

Geizhals Shen schien sehr erleichtert zu sein. Er schloß die Augen, und sein Atem wurde schwächer. Dann hustete er, Blut quoll aus seinem Mund, und die Seele von Geizhals Shen löste sich vom roten Staub der Erde.

Wir knieten neben Geizhals Shen nieder und falteten die Hände. In meiner Vorstellung vermischte sich das Bild von Ah Chen mit dem Bild der Kinder von Ku-fu, und ich konnte nicht sprechen, denn die Tränen strömten mir über das Gesicht. Doch Li Kaos Stimme klang fest und klar.

»Geizhals Shen, Eure Freude ist groß«, sagte er. »Ihr seid aus dem Gefängnis Eures Körpers befreit, und Eure Seele ist mit der kleinen Ah Chen wiedervereint. Bestimmt werden die Yamakönige Euch erlauben, als Baum wiedergeboren zu werden, und im Umkreis von vielen Meilen werden die armen Bauern Euch als Alte Großzügigkeit kennen.«

Schließlich fand ich auch meine Stimme wieder.

»Geizhals Shen, wenn das Schicksal es will, daß ich Lotuswolke wiedersehe, werde ich ihr Eure Geschichte erzählen. Sie wird um Euch weinen, und sie wird Euch nicht vergessen, und solange ich

* Lin Yutang hat das Gebet von Geizhals Shen für Ah Chen in ihrer Übersetzung etwas anders formuliert. Siehe *The Importance of Understanding* (World Publishing Co. New York, 1960)

lebe, werdet Ihr im Herzen von Nummer Zehn der Ochse lebendig sein.«

Wir beteten gemeinsam und vollzogen das symbolische Opfer, doch wir konnten die Leiche im harten Felsen nicht begraben. Deshalb baten wir den Geist um Vergebung dafür, daß wir der Sitte nicht Genüge tun konnten. Dann erhoben wir uns, verbeugten uns, und Li Kao griff nach der Fackel.

»Meister Li, setzt Euch auf meinen Rücken, dann kommen wir schneller voran, wenn wir um unser Leben rennen müssen«, schlug ich vor.

Er tat es, und ich lief den Gang entlang, der immer weiter anstieg. Nach etwa einer Stunde war das Läuten der Glocken überhaupt nicht mehr zu hören. (Falls einer meiner Leser zufällig in diese Gegend kommen sollte, rate ich ihm dringend, die Höhle der Glocken zu besuchen, denn dort erklingt wirklich himmlische Musik. Sie wurde lediglich von bösen Menschen zu einem bösen Zweck benutzt, aber das liegt schon lange zurück.) Das schöne Lied der Glocken war gerade verstummt, als ich um eine Ecke bog, und der Schein der Fackel, die Li Kao in der Hand trug, eine vertraute Gestalt traf. Der kleine Mönch im roten Gewand stand höhnisch grinsend vor uns.

»Halt, du Dummkopf! Hast du aus dem Tod von Geizhals Shen nichts gelernt?« schrie Meister Li, als ich vorwärts stürmte.

Ich versuchte anzuhalten, aber es war zu spät. Ich hatte die Hände ausgestreckt, um den Mönch zu erwürgen, und mein Gewicht riß mich nach vorne. Mit dem nächsten Schritt trat ich auf eine Schilfmatte, die geschickt als Stein getarnt war. Ich versank wie im Wasser, stürzte kopfüber in die Tiefe und schlug so schwer auf dem Boden auf, daß mir schwarz vor Augen wurde. Die Fackel war mit uns gefallen, und als ich mich weit genug erholt hatte, um mich umzublicken, entdeckte ich, daß wir in einer etwa acht Fuß breiten und fünfzehn Fuß tiefen Grube saßen. Die Wände bestanden aus sorgfältig zusammengefügten Steinquadern. Ich hörte ein metallisches Knirschen und blickte nach oben. Mir blieb beinahe das Herz stehen.

Der kleine Mönch zog mit aller Kraft an einer schweren Kette, und ein Eisendeckel glitt langsam über die Grubenöffnung.

Li Kao hob die Hand hinter das rechte Ohr. »Ein Geschenk von Geizhals Shen!« schrie er, und im Schein der Fackel sah ich ein blitzendes Messer durch die Luft sausen. Der Mönch ließ die Kette los, griff sich an den Hals und zerrte an dem Griff, der dort steckte. Er verdrehte die Augen, Blut spritzte hervor, er röchelte schrecklich und stürzte über den Rand der Grube.

Ich hob die Hände, um ihn aufzufangen, doch er kam nicht unten an. Seine Beine verfingen sich in der Kette, und er blieb mit einem gewaltigen Ruck in der Luft hängen. Voll Entsetzen bemerkte ich, daß er durch sein Gewicht den Eisendeckel weiter und weiter über die Öffnung zog, bis er schließlich mit einem dröhnenden metallischen Schlag die Grube völlig verschloß. Ich griff nach der Kette, kletterte über den baumelnden Mönch nach oben und drückte mit ganzer Kraft gegen den Deckel. Doch alle Mühe war vergebens. Die Eisenplatte hatte sich in die dafür bestimmten Steinrillen gelegt, und ich konnte sie nicht hochstemmen.

»Meister Li, sie rührt sich nicht vom Fleck«, keuchte ich.

Ich sprang auf den Steinboden zurück. Unsere Fackel brannte gelb. Bald würde sie orange, dann blau und schließlich überhaupt nicht mehr brennen. Bevor wir erstickten, würden wir nur noch die Schwärze unseres Grabes sehen.

Ich habe panische Angst vor kleinen geschlossenen Räumen. »*Saparah, tarata, mita, prajna, para*...« murmelte ich.

»Ach, hör mit dem Unsinn auf und mach dich an die Arbeit«, knurrte Meister Li gereizt. »Ich habe nichs gegen Buddhismus, aber du könntest wenigstens in einer zivilisierten Sprache quasseln... entweder das, oder wenigstens die besser lernen, die du massakrierst. Er hob ein paar Steine auf und drückte mir einen in die Hand. Li Kao prüfte sorgfältig die Wände der runden Grube, indem er gegen die Quadern klopfte. Ich kletterte an der Kette hinauf und klopfte die Steine weiter oben ab. Beim zweiten Durchgang hörte Li Kao ein schwaches hohles Echo. Er untersuchte die Stelle genauer und entdeckte, daß ein Quader nicht ganz so exakt geschnitten und eingepaßt, sondern mit Mörtel verfugt war.

Ich sprang hinunter. Meister Li drehte sich um und verbeugte sich höflich vor der schaukelnden Leiche. »Vielen Dank für die Rückgabe des Messers«, sagte er und zog das Messer aus dem Hals des Mönchs, wodurch sich auf dem Boden eine häßliche Lache bildete. Eine halbe Stunde später war der Mörtel verschwunden, und der Quader hatte sich gelockert. Aber wie sollten wir ihn herausziehen? Meine großen, derben Finger paßten unmöglich in die schmale Fuge, und selbst Li Kaos Finger erwiesen sich als zu dick. Als er es mit dem Messer versuchte, brach die Klinge ab. Wir waren nicht weiter als zuvor, und der verdammte baumelnde Mönch grinste uns an. Ich brummte und schlug ihm in das dumm lächelnde Gesicht. Die Leiche schwang hin und her, und das Quietschen der Kette klang wie spöttisches Lachen. Li Kao betrachtete den Mönch mit zusammengekniffenen Augen.

»Ochse, schlag ihn noch einmal«, befahl er.

Ich tat es, und die Kette lachte noch lauter, während sie quietschend hin und her pendelte.

»Ich weiß es«, sagte Meister Li. »Etwas an unserem lieben Freund versuchte, mit mir zu sprechen, als ich zusah, wie er durch die Luft pendelte. Wenn ich mich nicht sehr irre, ist er wie dazu geboren, Steine aus Mauern zu ziehen.«

Ich schob den kleinen Mönch zu dem Quader hinüber, und seine Finger paßten mühelos in die Fuge. Ich drückte sie so weit wie möglich hinein, legte seine Daumen um die Kante und hielt sie fest. Wie lange ich die kalten Hände der Leiche preßte, kann ich nicht sagen, aber es schien eine Ewigkeit zu dauern, bis sie erstarrten. Es war unsere letzte Chance. Die zuckende Fackel wurde bereits blau, als ich vorsichtig an dem Mönch zog. Seine Finger umklammerten den Stein mit der Starre des Todes. Der Quader glitt mühelos heraus und fiel mit einem dumpfen Schlag auf den Boden.

Wir konnten uns nicht freuen. Durch die Öffnung kam keine frische Luft, und als Meister Li mit der Fackel hineinleuchtete, entdeckten wir einen langen niedrigen Tunnel, von dem nach beiden Seiten zahllose Gänge abzweigten.

»Noch ein Labyrinth, aber meine alte Lunge macht nicht mehr mit«, keuchte Li Kao, und ich mußte ihm glauben, denn sein Gesicht war beinahe so blau wie die Flamme der Fackel. »Ochse, binde mich mit der Kordel der Mönchskutte an deinem Rücken fest. Wir müssen die Fackel löschen, und du mußt den Drachen abtasten, um den Weg zu finden.«

Ich band ihn mir auf den Rücken; wir paßten gerade durch die Öffnung in der Wand. Als Li Kao die Fackel löschte, schnürte es mir die Kehle zu, und ich wäre beinahe auf der Stelle erstickt. Die völlige Finsternis legte sich wie eine schwere Decke über mich, während ich vorwärtskroch, und die wenige noch vorhandene Luft stank entsetzlich. Meine Finger folgten dem Weg des grünen Jadedrachens, der sich durch die Löcher in dem Korallenanhänger wand, während ich mit der anderen Hand nach Öffnungen in der Wand tastete. Dritte links... erste links... vierte rechts... Li Kao war beinahe bewußtlos und murmelte mir unverständliche Worte ins Ohr.

»Ochse... kein Tiger, sondern ein kleiner Junge... Spiele... Spielregeln...«

Dann seufzte er, und sein Körper hing schlaff auf meinem Rücken. Ich konnte seinen Herzschlag kaum noch spüren. Mir blieb nichts anderes übrig als weiterzukriechen, und mit jedem schmerzhaften Atemzug schwand mein Bewußtsein mehr. Der Tod lockte mich, meinen Eltern zu den Gelben Quellen Unter der Erde zu folgen. Zweite rechts... zweite links...

»Meister Li, der Drachen kann uns nicht weiterführen«, keuchte ich.

Keine Antwort. Der alte weise Mann hörte mich nicht mehr, war vielleicht sogar tot. Nun hing alles von dem bißchen Verstand ab, das Nummer Zehn der Ochse besaß. Aber was sollte ich tun? Die letzte Weisung des Drachen hatte mich in eine Sackgasse, vor eine Felswand geführt, und der Drache hatte sich bis zum unteren Rand des Anhängers durchgeschlängelt. Er kroch nicht weiter, wie sollte ich es also schaffen? Umkehren wäre Selbstmord gewesen, und ich tastete verzweifelt im Dunkeln meine Umgebung ab. Ich fühlte nichts als glatten massiven Felsen. Zwar entdeckten meine Finger eine kleine Öffnung im Boden, die vielleicht groß genug für eine Maus gewesen wäre, aber sonst nichts. Keinen behauenen Stein mit einer Mörtel-

fuge, keinen Hebel, den man hätte drücken können, kein Schlüsselloch. Ich senkte den Kopf und weinte.
Es dauerte eine Weile, bis es mir gelang, über die merkwürdigen Worte nachzudenken, die Meister Li mir ins Ohr gemurmelt hatte, und es dauerte noch länger, bis mir einfiel, was er im Schlaf in der Bambuslibelle gemurmelt hatte. »Warum lauert sie nicht auf der Insel, hinter der Brücke?... Spiele. Ein kleiner Junge?« Wollte er damit sagen, der Herzog war nicht der Tiger von Ch'in, sondern nur ein Kind, und Die Hand, die Niemand Sieht hatte ihre Opfer nicht hinter der schmalen Brücke, in der Oase erwartet, weil dann die Opfer keine Chance mehr gehabt hätten, und damit ein Spiel verdorben gewesen wäre?
Mein Kopf schien voll Stroh zu sein, und mir dröhnte es in den Ohren. Ich sah den Geist des sterbenden Geizhals Shen vor mir, der für sein kleines Töchtechen betete: »Du hast Ratespiele gespielt... Du hast Ratespiele gespielt... Ratespiele... Ratespiele...«
Wie hieß das Spiel, das wir mit dem Herzog von Ch'in spielten? Folge dem Drachen, so hieß es. Und welche Regeln mußte ein Kind lernen, wenn es ein Suchspiel spielte? Suche weiter! Sei auf alles gefaßt und gib nie auf. Du kannst weiter suchen, wenn du dir nur genug Mühe gibst. Der Drachen kroch nicht weiter, aber konnte er vielleicht trotzdem irgendwohin verschwinden und würde es mir gelingen, ihm zu folgen?
Meine Finger tasteten über den Boden, bis sie die winzige Öffnung im Stein gefunden hatten. Sie war etwa so groß wie mein Daumen und beinahe oval. Durch den Mangel an Luft hatte ich mich wieder in ein kleines Kind verwandelt, und ich kicherte, als ich den roten Korallenanhänger von der Kette um meinen Hals löste. Er war beinahe so groß wie mein Daumen, beinahe oval und paßte genau in die Öffnung.
»Folge dem Drachen«, kicherte ich und ließ den Anhänger los. Der Drachen fiel. Ich wartete auf seinen Aufprall. Ich wartete, wartete und hörte schließlich tief unter mir ein Klicken, als würde ein Schlüssel ins Schlüsselloch gesteckt, und dann ein zweites Klicken, als würde der Schlüssel umgedreht.

Der Boden unter mir gab nach. Ich rutschte gegen eine Wand, der Boden öffnete sich, und ich folgte mit Meister Li auf dem Rücken dem Drachen. Ich flog hinaus und hinunter ins Mondlicht, ins Sternenlicht und in die Luft. Meine Lungen brannten wie Feuer. Ich keuchte und japste, und Meister Li seufzte leise. Dann spürte ich, wie sein Brustkorb sich langsam hob und senkte. Wir rollten einen steilen Abhang hinunter und landeten auf etwas Glitzerndem.

Der Mond beschien eine kleine tiefe Senke mittem im Steinglockenberg und einen gewaltigen Berg von Schätzen. Meine Augen suchten instinktiv auf all dem Gold und den Edelsteinen nach einem Schatten, wo kein Schatten sein sollte. Das dritte Mädchen auf dem Gemälde sah mich flehend an, und ihr Kleid war blutbefleckt, wo eine Klinge ihr Herz durchbohrt hatte.

»Habt Erbarmen mit einer treulosen Zofe«, flüsterte sie. Geistertränen rollten ihr langsam über die Wangen. »Sind tausend Jahre nicht genug?« schluchzte sie. »Ich schwöre, ich wußte nicht, was ich tat. Habt Erbarmen und tauscht dies gegen die Feder aus. Die Vögel müssen fliegen.«

Dann war sie verschwunden.

Ich kroch über Diamanten und Edelsteine und riß den Deckel von dem kleinen Jadekästchen, das der Geist in den Händen gehalten hatte. Der Ginsengduft stieg mir in die Nase, aber vor mir lag nicht das Herz der Großen Wurzel Der Macht, sondern der Kopf. Und daneben lag ein winziges Bronzeglöckchen.

Mein Kopf sank müde auf die Brust, ich schloß die Augen, und der Schlaf wiegte mich wie ein kleines Kind. Ich träumte nichts.

DRITTER TEIL

Die Prinzessin der Vögel

22.
Der Traum der weißen Kammer

Es ist Nacht. Regen fällt auf das Dorf Ku-fu, glänzt in den Mondstrahlen, die die dünnen Wolken durchbohren, und das leise Klatschen vor meinem Fenster klingt wie das Geräusch von Tintentropfen, die von den Mäuseschnurrbarthaaren meines Schreibpinsels fallen. Ich habe mich nach besten Kräften bemüht, aber es gelingt mir nicht auszudrücken, was ich empfand, als die Arme und der Kopf der Macht die Kinder von der Schwelle des Todes zurückholten, es ihnen aber nicht gelang, sie endgültig zu heilen.

Sie erwachten noch einmal, aber wieder in die fremde Welt des Hüpf-Versteck-Spiels. Sie lächelten noch einmal, lachten und sangen den Kinderreim vom Drachenkissen, dann gähnten sie, schlossen die Augen und sanken auf die Betten zurück. Und wieder fielen sie in die Tiefen ihrer Bewußtlosigkeit.

Menschen, denen kein Ausweg mehr bleibt, müssen sich wieder dem Aberglauben ihrer Vorfahren zuwenden. Und so banden Großeltern den Kindern Spiegel auf die Stirn, damit die Dämonen der Krankheit das Spiegelbild ihrer eigenen häßlichen Gesichter sehen und vor Entsetzen fliehen sollten. Väter riefen die Namen ihrer Kinder und schwenkten ihre Lieblingsspielzeuge an langen Stangen über den Betten hin und her, weil sie hofften, damit ihre Seelen herbeizulocken, während Mütter mit Kordeln in der Hand daneben standen, um die Seelen an den Körper zu binden, wenn sie zurückkehrten. Ich drehte mich um, rannte in das Studierzimmer des Abts und schlug die Tür hinter mir zu.

Nur das Herz der Großen Wurzel der Macht konnte die Kinder meines Dorfes retten. Mir wurde übel vor Angst, und mein Blick fiel auf einen gerahmten Spruch aus Die Weisheit der Alten.

Alle Dinge haben eine Wurzel und eine Spitze,
alle Ereignisse ein Ende und einen Anfang;
wer richtig versteht,
was zuerst kommt, und was folgt,
kommt dem Tao näher.

Ich war weit davon entfernt, dem Tao näherzukommen. Kinderspiele, Kinderreime, Ginsengwurzeln, Vögel, Federn, Flöten, Kugeln, Glocken, leidende Geister und schreckliche Ungeheuer wirbelten unaufhörlich in meinem armen Kopf herum, ohne einen Sinn zu ergeben.
Die Tür wurde geöffnet, und Meister Li betrat das Studierzimmer. Er trank nacheinander drei Becher Wein, dann setzte er sich mir gegenüber, holte das Bronzeglöckchen aus seinem Gürtel und brachte es leise zum Klingen.
Wir hörten den Schlag einer Trommel, und dann sang die wunderbare, geschulte Stimme einer jungen Frau das Lied der großen Kurtisane, die alt wurde und das unwürdige Los auf sich nehmen mußte, einen Geschäftsmann zu heiraten. Ein zweites Läuten des Glöckchens ließ eine muntere Melodie erklingen, und wir hörten die unglaublich komische pornographische Geschichte von Goldener Lotus. Ein drittes Läuten führte zu der von Sarkasmus und unterdrücktem Zorn geprägten Geschichte von Pi Kan, den man hinrichtete, weil ein schwachköpfiger Kaiser feststellen wollte, ob es stimmte, daß das Herz eines Weisen sieben Öffnungen hat.
Wir besaßen eine Flöte, die Märchen erzählte, eine Kugel, in der man lustige Bilder sah und ein Glöckchen, das Blütentrommellieder sang. Und wir sollten diese Dinge gegen Federn austauschen.
Li Kao seufzte. Er steckte das Glöckchen wieder in den Gürtel und goß sich einen weiteren Becher Wein ein.
»Ich werde diese Aufgabe zu Ende bringen, und wenn ich die Wurzeln der Heiligen Berge herausreißen, ein Segel auf dem Taishan hissen und mit der ganzen Welt über den Großen Fluß der Sterne bis vor die Tore der Großen Leere segeln muß«, sagte er grimmig. »Ochse, mein kleiner Charakterfehler hat sich als ein Geschenk des

Himmels erwiesen. Wenn ich auf etwas stoße, das wirklich schlecht ist, kann ich ihm mit dem Potential an Schlechtigkeit begegnen, das in den Tiefen meiner Seele sitzt. Deshalb kann ich an einen Platz wie die Höhle der Glocken gehen und mit einem Lied auf den Lippen wieder herauskommen. Du dagegen bist der unheilbare Fall eines Menschen mit einem reinen Herzen.«

Er dachte über seine Worte nach, doch ich war schneller.

»Meister Li, es wären zwanzig Tonnen Schießpulver nötig, um mich von meiner Aufgabe loszureißen«, sagte ich so standhaft wie möglich, und das war nicht gerade sehr standhaft. »Außerdem müssen wir versuchen, den Schlüsselhasen zu erreichen, was bedeutet Lotuswolke, und ich werde freiwillig gegen einen Tiger kämpfen für die Gunst, in ihr Bett zu dürfen.«

Zu meinem Erstaunen erkannte ich, daß ich die Wahrheit gesagt hatte. Der Gedanke an Lotuswolke erwies sich als wunderbarer Balsam. Ich blickte auf meine Hände und zu meiner Verwunderung zitterten sie nicht mehr.

»Ich werde gegen ein ganzes Regiment Tiger kämpfen«, sagte ich voll Überzeugung.

Li Kao sah mich neugierig an. Wir saßen uns schweigend gegenüber, während das Kreischen von zwei kämpfenden Katzen ins Zimmer drang, und dann hörte man Tante Hua, die sie mit dem Besen vertrieb. Li Kao zuckte mit den Schultern, streckte die Hand aus, berührte mich mit einem Finger an der Stirn und zitierte Laotse.

»Gesegnet sind die Verrückten, denn sie sind die glücklichsten Menschen auf der Welt. Also gut, begehen wir beide Selbstmord. Aber heute ist Ching Ming, und du mußt deine Toten ehren. Wir machen uns morgen früh auf den Weg«, sagte er.

Ich verbeugte mich und überließ ihn seinen Gedanken. Aus der Vorratskammer der Mönche nahm ich mir Brot und Wein und ging in den strahlenden Sonnenschein hinaus. Ich lieh mir im Geräteschuppen eine Hacke, einen Rechen und einen Besen. Es war der schönste Frühlingstag den man sich denken kann, und am Fest der Gräber hätte es kein besseres Wetter geben können. Ich ging zu den Gräbern meiner Eltern und jätete, rechte und fegte, bis ihre Ruhestätte makellos war. Dann opferte ich Brot und Wein. Ich besaß immer noch die Quasten und Verzierungen des eleganten Hutes, den ich bei unserem Besuch bei der Ahne getragen hatte, den Silbergürtel mit der Jadefassung und den goldgesprenkelten Fächer. Ich legte die Quasten, die Verzierungen und den Gürtel in die Schale für besondere Opfergaben. Dann kniete ich nieder, um zu beten. Ich flehte meinen Vater und meine Mutter an, mir Mut zu verleihen, damit ich meinen Vorfahren keine Schande bereiten würde. Danach fühlte ich mich sehr viel besser. Ich stand auf und lief nach Osten, in Richtung der Hügel.

Vor Jahrhunderten hatte die große Familie der Lius über unser Tal geherrscht. Das Herrenhaus stand immer noch auf dem Kamm des höchsten Hügels, obwohl die jetzigen Besitzer sich nur selten dort aufhielten. Noch immer pflegten Gärtner den berühmten Park, den Schriftsteller wie Tsao Hsueh Chin und Kao Ngoh liebevoll beschrieben haben. Ich kannte ihn wie meine Jackentasche, und ich kroch durch eine geheime Öffnung in der hohen Mauer in das Paradies eines Gärtners. Gelbe Chrysanthemen leuchteten im Tal, und auf den Hügeln wiegten sich Silberpappeln und Espen im Wind. Ein Bach schoß in hohem Bogen über eine Felswand und stürzte als schäumender Wasserfall in einen leuchtend blauen See. Das Ufer säumten blühende Pfirsichbäume und Chichingbäume, deren violette Blüten direkt am Stamm und an den Ästen hingen. Dahinter lag ein schattiger Bambushain, dann folgten Birnbäume und Tausende von Aprikosenbäumen, an denen Millionen rosa Blüten leuchteten.

Ich folgte dem Weg, der um die Mondterrassen führte und bog auf einen steinigen Pfad ab, der sich durch tiefe Schluchten mit moosbedeckten und von Ranken überwucherten grauen Felsen nach unten wand. Dann fiel der Pfad steil ab und führte in das Dunkel eines Zypressenhains, wo ein ruhiger Bach an der Sandbank Hafen Blühender Reinheit vorüberplätscherte. Ich kroch unter ein paar überhängende Büsche und band ein kleines Boot los. Ich stieg hinein, stieß ab und trieb durch eine lange gewundene Schlucht, wo die herabhängenden Weidenzweige das Wasser streiften, Kletterpflan-

zen sich an Steine klammerten und unter frostblauen Blättern dicke Büschel korallenroter Früchte leuchteten.
Ich band das Boot an einem Baumstamm fest und folgte dem Pfad, der zu Lichtungen hinaufführte, die im hellen Sonnenschein lagen, wo glitzernde Bäche sich durch leuchtend grüne Wiesen wanden. Immer wieder erreichte ich Felsen oder Hügel, die den Ausblick versperrten, hinter denen sich aber stets ein noch schöneres Panorama entfaltete. Der Weg führte steil nach oben, zwischen unzähligen mächtigen Felsbrocken hindurch zu einer majestätischen Felsspitze, die bis in die Wolken reichte. Dahinter befand sich eine Schlucht, über die sich eine schmale Holzbrücke spannte. Dann wand der Pfad sich wieder nach oben, und ich befand mich plötzlich auf einem schmalen Bergkamm, wo Orchideen wuchsen, Amseln flöteten und Grashüpfer im strahlenden Sonnenschein zirpten. Tief unten sah ich mein Dorf. Es lag ausgebreitet vor mir wie ein Bild aus einem Buch.
Am Ende des Weges befand sich ein Weidenwäldchen. Schließlich erreichte ich eine kleine grüne Lichtung, wo sich inmitten der wilden Blumen ein einsames Grab befand.
Hier war die Tochter des Obergärtners begraben. Sie hieß Duftende Haarnadel. Doch sie war ein schüchternes ruhiges Mädchen gewesen, das sich vor Fremden fürchtete, und deshalb hatten sie alle Maus genannt. Ich hatte nie schönere Augen als die ihren gesehen, und sie war auch nicht ängstlich gewesen, wenn wir das Hüpf-Versteck-Spiel gespielt hatten. Maus gelang es dabei beinahe immer, am längsten ihr rotes Band zu behalten und Königin zu werden. Sie war auch nicht schüchtern gewesen, als sie eines Tages entschied, wir würden später einmal Mann und Frau sein. Mit dreizehn war sie krank geworden. Ihre Eltern hatten mir erlaubt, ihr auf dem Totenbett die Hand zu halten, und sie flüsterte die letzten Worte von Mei Fei: »Ich kam aus dem Land der Düfte, und in das Land der Düfte kehre ich nun zurück.«
Ich kniete an ihrem Grab nieder. »Maus, hier ist Nummer Zehn der Ochse, und ich habe etwas für dich«, sagte ich.
Ich legte den goldgesprenkelten Sezuanfächer in ihre Opferschale

und betete. Goldenes Sonnenlicht drang durch die Blätter. Ich setzte mich ins Gras und erzählte ihr meine Geschichte. Ich kann es nicht erklären, doch irgendwie wußte ich, Maus hatte nichts dagegen, daß ich Lotuswolke liebte. Ich schüttete ihr mein Herz aus und fühlte mich sehr erleichtert. Als ich geendet hatte, ging die Sonne unter. Gegen Abend kommt immer ein leichter Wind auf, und ich blieb, um die wehenden Weiden zu betrachten.

Der untröstliche Vater von Maus hatte all seine Kunst und sein ganzes Können darauf verwendet, seine Tochter zu ehren. Der Wind seufzte in den Bäumen, die Weiden neigten sich, und dann strich ein Zweig nach dem anderen sanft über das Grab des jungen Mädchens.

In dieser Nacht hatte ich einen sehr eigenartigen Traum. Zuerst sah ich ein Gewirr von Bildern: Hahnrei Ho hielt weinend einen silbernen Kamm in den Händen, Leuchtender Stern tanzte auf eine Tür zu, die sich immer schloß, und Geizhals Shen betete für seine Tochter. Ich sah die Hand der Hölle und die Höhle der Glocken. Wieder und wieder floh ich vor der großen goldenen Tigermaske. Dann rannte ich durch eine Tür in eine weiße Welt, in milchiges, sanftes leuchtendes Weiß, und dort fühlte ich mich sicher und geborgen. Im Weiß nahm etwas Gestalt an. Ich lächelte glücklich, denn Maus war gekommen, um mich zu besuchen. Sie hatte den Sezuanfächer bei sich und sah mich mit ihren schönen jungen Augen liebevoll an.

»Ich bin sehr glücklich«, sagte sie leise. »Seit wir uns an den Händen hielten und das Lied der Weisen sangen, wußte ich, daß du dich in Lotuswolke verlieben würdest.«

»Maus, dich liebe ich auch«, sagte ich.

»Du mußt auf dein Herz hören«, erwiderte sie ernst. »Ochse, du bist sehr stark geworden. Jetzt mußt du mit aller Kraft versuchen, die Königin zu berühren, ehe er bis neunundvierzig gezählt hat. Er darf nicht bis neunundvierzig zählen, denn das könnte für immer und ewig bedeuten.« Maus verschwamm wieder im milchigen Weiß. »Sind tausend Jahre nicht genug?« fragte sie leise, als sei sie sehr weit weg. »Die Vögel müssen fliegen... Die Vögel müssen fliegen... Die Vögel müssen fliegen...«

Maus war verschwunden, und aus irgendeinem Grund wußte ich, daß es für mich sehr wichtig war, das schimmernde Weiß zu verstehen, das mich umgab. Plötzlich begriff ich: Die Welt war weiß, weil ich mich in einer riesigen Perle befand. Mit diesem Wissen erwachte ich. Ich setzte mich auf und blinzelte in die Morgensonne.

23.
Doktor Tod

»Die außerordentliche Wirkung der Würzelchen der Großen Wurzel führt zur Schlußfolgerung, daß das Herz der Macht tatsächlich das stärkste Heilmittel der Welt ist«, sagte Meister Li, »der Herzog von Ch'in wird es nicht in einer Schatzkammer aufbewahren, so daß er vielleicht durch ganz China reisen müßte, um es sich zu beschaffen. Er würde es natürlich bei sich tragen, und zwar direkt auf seiner widerlichen Haut. Du und ich werden den Hund ermorden müssen, und seiner Leiche die Wurzel abnehmen.«

Wir wanderten wieder einmal durch die Schatten des Drachenkissens, wo sich die Krähen sammelten, um uns zu beobachten und freche Bemerkungen zu machen.

»Meister Li, wie sollen wir jemanden ermorden, der über ein Beil in der Brust nur lacht?« fragte ich.

»Wir werden *experimentieren*, mein lieber Junge. Als erstes müssen wir einen verrückten Alchemisten finden, und das sollte nicht schwierig sein. China«, sagte Meister Li, »ist mehr als voll von verrückten Alchemisten.«

In der Stadt Pingtu musterte Li Kao eingehend die Straßenhändler und fand schließlich eine alte Frau, der im Gesicht geschrieben stand, daß sie gern klatschte.

»Ich bitte tausendmal um Vergebung, Adoptiv-Tochter, aber dieser Unbedeutende hier sucht einen bedeutenden Wissenschaftler, der vielleicht hier in der Nähe lebt«, sagte er höflich, »er ist ein überzeugter Taoist, sieht etwas heruntergekommen aus, hat einen wilden Blick, und es besteht sehr wohl die Möglichkeit, daß sein Haus zwischen einem Friedhof und einem Schlachthaus steht.«

»Ihr sucht Doktor Tod!« Die alte Frau hielt sich erschrocken die Hand vor den Mund und blickte angstvoll auf ein halb zerfallenes Haus, das windschief auf einem Hügel stand. »Nur völlig Verrückte wagen es, den Weg zu seinem Haus der Schrecken hinaufzugehen, und nur wenige kehren zurück!«

Er bedankte sich für die Warnung und eilte den Weg hinauf.

»Mit größter Wahrscheinlichkeit ist das üble Nachrede«, bemerkte Meister Li gelassen, »Ochse, Taoisten lassen sich von einer merkwürdigen Mischung Mystizismus leiten. Einerseits verehren sie Weise wie Chunang Tzu, der lehrte, daß Tod und Leben, Ende und Anfang nichts Beunruhigenderes sind als der Übergang von der Nacht zum Tag, andererseits suchen sie fieberhaft den Weg zur persönlichen Unsterblichkeit. Wenn sich ein wissenschaftliches Genie mit dem mystischen Unsinn beschäftigt, ist das Ergebnis mit größter Wahrscheinlichkeit ein Irrer, der auf der Suche nach dem ewigen Leben alles umbringt, was ihm über den Weg läuft. Aber solche bedauernswerten Leute würden bewußt keiner Fliege was zuleide tun. Außerdem«, fügte er hinzu, »ist es ein idealer Tag für einen Besuch im Haus der Schrecken.«

Darin konnte ich ihm nur zustimmen. Auf dem Friedhof ächzten die Bäume im Wind, und es klang wie die Wehklagen von Trauernden. Hinter dem Schlachthaus heulte schauerlich ein Hund. Dunkle Wolken murmelten schwarze Bannsprüche über die Berge; schweflige Blitze zuckten über den Himmel, und das baufällige Haus auf dem Hügel knarrte und stöhnte im aufziehenden Sturm, der einen leichten, weinenden Regen vor sich hertrieb. Wir traten durch die offene Tür in ein Zimmer, in dem überall Leichen lagen. Ein kleiner alter Mann mit einem blutigen Bart versuchte, einem Toten ein Schweineherz einzusetzen. Kessel brodelten, Töpfe kochten und aus Phiolen stiegen grüne und gelbe Dämpfe auf. Doktor Tod bestreute das Herz mit rotem Puder und vollführte mit den Händen beschwörende Gesten. »Schlag!« befahl er. Nichts geschah. Er nahm gelben Puder. »Schlag, schlag, schlag!« Er griff zu blauem Puder. »Zehntausend Flüche über dich! Warum schlägst du nicht?!« schrie er und drehte sich dann nach uns um. »Wer seid Ihr?« fragte Doktor Tod.

»Ich heiße Li, mein Vorname ist Kao, und ich habe einen kleinen Charakterfehler. Das ist mein geschätzter Klient, Nummer Zehn der Ochse«, sagte Meister Li mit einer höflichen Verbeugung.
»Ich heiße Lo, mein Vorname ist Chan, und ich verliere zunehmend die Geduld mit einer Leiche, die sich hartnäckig weigert, wieder zum Leben erweckt zu werden!« schrie Doktor Tod außer sich. Dann wurde sein Gesicht weicher, seine Stimme leiser, bis er schließlich so sanft aussah wie eine Schneeflocke und so unschuldig wie eine Banane. »Wenn ich keine eigensinnige Leiche zum Leben erwecken kann, wie kann ich da hoffen, meine geliebte Frau wieder zum Leben zu erwecken?« klagte er leise.
Er ging zu einem Sarg, der als Schrein in einer Ecke stand. Die Tränen rannen ihm über die Wangen.
»Sie war nicht hübsch, aber sie war die beste Frau der Welt«, flüsterte er, »sie hieß Chiang-chao, und wir waren sehr arm. Aber aus einer Handvoll Reis und Kräutern, die sie im Wald sammelte, konnte sie die köstlichsten Gerichte zubereiten. Sie sang schöne Lieder, um mich aufzumuntern, wenn ich niedergeschlagen war, und sie nähte Kleider für reiche Damen, um mir zu helfen, meine Studien zu bezahlen. Wir waren sehr glücklich zusammen, und ich weiß, daß wir auch wieder glücklich zusammen sein werden. *Keine Sorge, meine liebe Frau, ich hole dich im Handumdrehen aus diesem Sarg heraus!*« schrie er.
Er drehte sich wieder nach uns um.
»Ich muß nur noch die wirklich reinen Zutaten finden«, erklärte er, »denn ein unfehlbares Rezept besitze ich bereits. Man nimmt zehn Pfund Pfirsichflaum…«
»Zehn Pfund Schildkrötenhaare«, sagte Meister Li.
»Zehn Pfund Pflaumenhäute…«
»Zehn Pfund Hasenkrallen…«
»Zehn Pfund Stimmbänder von lebenden Hühnern…«
»Einen großen Löffel Quecksilber…«
»Einen großen Löffel Oleandersaft…«
»Zwei große Löffel voll Arsenpulver…«
»Denn das Gift produziert das Gegengift…«

»Und im Tod ist Leben, so wie im Leben Tod ist.«
»Ein Kollege!« rief Doktor Tod glücklich, und er schloß Li Kao in die blutigen Arme. »Sagt mir, Verehrungswürdiger, kennt Ihr eine bessere Methode? Diese hier muß früher oder später zum Erfolg führen. Aber es ist schon so viel Zeit vergangen, und ich fürchte, meine liebe Frau wird in dem Sarg langsam ungeduldig.«
»Leider kenne ich nur das klassische Rezept«, seufzte Meister Li, »mein Spezialgebiet ist das Elixier des Lebens. Aber dummerweise habe ich keinen ausreichend großen Vorrat von zu Hause mitgenommen. Deshalb komme ich zu Euch.«
»Das trifft sich gut! Ich habe gerade Frisches im Schrank.« Doktor Tod suchte in einer Schublade, holte eine schmierige Phiole zum Vorschein, die mit einer dicklichen Flüssigkeit gefüllt war. »Einen Löffel nach jeder Mahlzeit, zwei vor dem Zubettgehen, und Ihr werdet mit Sicherheit ewig leben«, beteuerte er. »Einem Kollegen brauche ich wohl kaum zu sagen, daß das Elixier des Lebens gelegentlich unerfreuliche Nebenwirkungen haben kann. Am besten probiert man es zuerst an einer Ratte aus.«
»Oder an einer Katze«, sagte Meister Li.
»Oder an einer Krähe.«
»Oder an einer Kuh.«
»Und falls zufälligerweise ein überflüssiges Flußpferd zur Hand ist...«
»Eigentlich hatte ich vor, es an einem Elefanten auszuprobieren«, sagte Meister Li.
»Ein weiser Entschluß«, stimmte Doktor Tod zu.
»Eine kleine Spende«, sagte Meister Li und häufte Goldstücke zwischen Lymphdrüsen und Lungen auf den Tisch. »Darf ich Euch raten, einen professionellen Grabräuber zu beschäftigen? Mitunter ist es schrecklich anstrengend, Leichen auszugraben.«
Doktor Tod betrachtete die Goldmünzen mit einem merkwürdigen Ausdruck im Gesicht. Er sprach so leise, daß ich ihn kaum verstand.
»Es war einmal ein armer Gelehrter, der Bücher kaufen mußte. Aber er hatte kein Geld«, flüsterte er, »er verkaufte alles, was er besaß, um

ein winziges Goldstück zu erwerben, das er im hohlen Griff eines Alchemistenlöffels verbarg. Dann ging er zum Haus eines reichen Mannes und behauptete, Blei in Gold verwandeln zu können. Der reiche Mann gab ihm Geld, damit er lernen könne, wie man große Bleiklumpen in Gold verwandelte. Der Gelehrte eilte glücklich in die Stadt, um die Bücher zu kaufen, die er brauchte. Bei seiner Rückkehr entdeckte er, daß Diebe bei ihm eingebrochen hatten. Ihnen war zu Ohren gekommen, er könne Gold machen. Deshalb hatten sie seine Frau gefoltert, damit sie ihnen verriet, wo er es versteckt habe. Die Frau lag in den letzten Zügen. Er hielt sie in den Armen und weinte. Sie sah ihn an und erkannte ihn nicht. ›Aber Ihr Herren‹, flüsterte sie, ›Ihr wollt mich doch sicher nicht umbringen? Mein Mann ist ein großer Gelehrter und ein lieber, herzensguter, freundlicher Mann. Aber er braucht jemanden, der sich um ihn kümmert. Was soll er tun, wenn ich nicht mehr da bin?‹ Dann starb sie.«

Doktor Tod drehte sich nach dem Sarg um und schrie: *»Keine Sorge, meine liebe Frau! Jetzt kann ich es mir leisten, Leichen von besserer Qualität zu kaufen und ...«* Er schlug die Hand vor den Mund. »O je!« seufzte er und eilte zu der Leiche auf dem Tisch.

»Ich wollte Euch nicht beleidigen«, sagte er zerknirscht, »ich bin sicher, daß Ihr Euch hervorragend eignet. Vielleicht wäre es hilfreich, wenn Ihr wüßtet, wie wichtig es ist. Versteht Ihr, meine Frau war nicht hübsch, aber sie war die beste Frau der Welt. Sie hieß Chiang-chao, und wir waren sehr arm, aber aus einer Handvoll Reis und Kräutern aus dem Wald ...«

Er hatte uns vergessen. Wir schlichen uns auf Zehenspitzen hinaus und gingen im strömenden Regen den Hügel hinunter. Li Kao hatte es ernst gemeint, als er sagte, er beabsichtige das Elixier des Lebens an einem Elefanten zu erproben. Am Fuß des Hügels stand ein bedauernswertes altes Tier, das Baumstämme zum Sägewerk schleppen mußte. Sein Herr behandelte den Elefanten nicht sehr gut. An den Schultern verrieten offene Wunden, wie grausam man ihn mit dem Stachel antrieb. Und er war völlig abgezehrt. Wir stiegen über den Zaun, und Li Kao träufelte einen einzigen Tropfen des Elixiers auf die Klinge seines Messers.

»Bist du einverstanden?« fragte er freundlich.
Die leidenden Augen des Elefanten waren beredter als Worte – um der Liebe Buddhas willen befreie mich aus diesem Elend, damit ich wieder auf das Große Rad der Wandlungen steigen kann.
»So sei es«, sagte Meister Li.
Er preßte die Klinge sanft gegen eine offene Wunde. Der Elefant schien einen Augenblick überrascht zu sein. Dann bekam er einen Schluckauf, sprang hoch in die Luft und landete mit einem dumpfen Aufprall auf dem Rücken, wurde blau und gab friedlich den Geist auf.
Wir hoben voll Verehrung die Augen zum Haus der Schrecken.
»Ein Genie!« riefen wir, und dann weinte der leise Regen. Der kalte Wind trug den Gesang einer alten, krächzenden, verrückten Stimme zu uns herunter:

Vor unserem Fenster
Stehen die Bananenstauden, die wir pflanzten.
Ihre grünen Schatten füllen den Hof.
Ihre grünen Schatten füllen den Hof.
Ihre Blätter entrollen und rollen sich als wollten
Sie ihre Gefühle enthüllen.

Traurig liege ich auf meinem Kissen.
Tief in der Nacht lausche ich dem Regen.
Regentropfen auf den Blättern.
Regentropfen auf den Blättern.
Daß sie dieses Geräusch nie mehr hören wird
Bricht mir das Herz.

Ich kam zu dem Schluß, daß die Meere aus Tränen entstanden sein mußten. Als ich an die Tränen dachte, die vergossen, und an die Herzen, die gebrochen worden waren, um die Habgier des Herzogs von Ch'in zu befriedigen, freute ich mich darüber, daß wir mit selbstmörderischer Entschlossenheit ihm auf den Fersen waren.

Wir erreichten den Herzog in Tsingtao, wo er sich im Palast einer sehr reichen Frau aufhielt, deren ältester Sohn dem Herzog als Provinzgouverneur diente. Li Kao bestach eines Nachts die Wachen, und wir schlichen uns in den Palast. Mir klopfte das Herz bis zum Hals, als ich die Ranken packte und zu klettern begann. Doch dann drehte sich der Wind, und ein unverkennbarer Duft stieg mir in die Nase. Ich bebte am ganzen Körper.

»Lotuswolke!« stöhnte ich, »Meister Li, das Herz würde mir brechen, wenn ich sie nicht sehe!«

Unter diesen Umständen konnte er wenig mehr tun, als zu fluchen und mir Kopfnüsse zu verpassen, während ich wie der Wind die Wand erkletterte. Ich hob den Kopf über den Fenstersims und sah, daß Lotuswolke allein war. Doch dann erlosch mein Freudenfeuer.

»Was ist los?« flüsterte Meister Li.

»Ich habe vergessen, Perlen und Jade mitzubringen«, erwiderte ich unglücklich.

Li Kao wühlte seufzend in seinen Taschen. Zuerst fand er nur Diamanten und Smaragde, die Lotuswolke nicht im geringsten interessierten, doch schließlich brachte er eine Perle zum Vorschein, die er wegen ihrer seltenen Schönheit behalten hatte. Sie war pechschwarz und hatte eine kleine weiße Wolke in der Form eines Sterns. Eine Tonne davon wäre mir lieber gewesen. Doch das Symbol zählte. Ich beugte mich vor und ließ die Perle über den Fußboden vor die Füße meiner Geliebten rollen. Lotuswolke wird sie bald entdecken, dachte ich. Sie wird aufblicken, lachen und »Bupsie!« rufen... dann sind alle meine Sorgen verschwunden.

Sie blickte auf. O ja, aber nicht in meine Richtung.

»Keine Angst, mein Täubchen!« brüllte irgendein Kerl, »dein geliebter Pu-Pu kommt schon wieder mit hundert Pfund Perlen und Jade!«

Die Tür flog krachend auf, und der Provinzgouverneur stolperte mit einem Arm voll von dem Zeug herein und ließ es auf meine schwarze Perle fallen. Ich seufzte und begann traurig an den Ranken nach unten zu klettern.

»Pu-Pu?« fragte Meister Li, »Pu-Pu? Ochse, es geht mich ja vielleicht

nichts an, aber ich muß dir dringend raten, dich nicht mit Frauen einzulassen, die ihre Liebhaber Bup-Si, Wu-Fi und Pu-Pu nennen!«
»Sie hat nun einmal gerne Schoßhündchen«, erklärte ich.
»Das habe ich auch bemerkt«, erwiderte er, »dem Himmel sei Dank, daß sie euch nicht alle in einem Zwinger hält. Der Lärm beim Füttern wäre ohrenbetäubend. Wenn du keine Einwände hast, schlage ich vor, daß wir uns der Aufgabe zuwenden, den Herzog aus dem Weg zu räumen und die Ginsengwurzel zu besorgen.«
Ich kletterte rasch zum Fenster des Herzogs und spähte vorsichtig über den Fenstersims. Der Herzog von Ch'in saß ganz allein auf einem Hocker vor einem Tisch. Das Kerzenlicht glänzte auf seiner großen goldenen Tigermaske, und die Federn seines Umhangs schimmerten wie Silber. Aber seine goldenen Kettenhandschuhe lagen auf dem Tisch. Und seine bloßen, überraschend kleinen Hände schoben die Kugeln eines Abakus hin und her, während er ausrechnete, wieviel seine Rundreise bis jetzt an Schätzen eingebracht hatte. Li Kaos Augen funkelten, als er die Hände des Herzogs betrachtete.
»Er lebt für Geld, also kann er auch für Geld sterben«, flüsterte er.
Er griff in die Tasche und zog seinen wertvollsten Diamanten heraus. Der Mond schien sehr hell. Unter den Kletterpflanzen gab es auch wilde Rosen, denen ich wegen der Dornen ausweichen mußte. Li Kao entdeckte direkt unter dem Fenstersims einen Zweig mit besonders großen und spitzen Dornen. Li Kao legte den Diamanten zwischen die Dornen, drehte ihn hierhin und dorthin, bis er im Mondschein in blauweißem Funkeln aufstrahlte. Dann goß er das Elixier des Lebens über die Dornen.
Ich kroch rückwärts, bis wir hinter den Kletterpflanzen verborgen waren. Li Kao begann mit dem Messer am Stein zu kratzen... ein unangenehmes Geräusch. Eine Weile hörten wir nur das Klicken der Kugeln, die schnell über die Stäbe des Abakus glitten, doch dann wurde der Tisch zurückgeschoben, und schwere Schritte näherten sich dem Fenster. Ich hielt den Atem an.
Die schreckliche Tigermaske beugte sich aus dem Fenster und spähte nach unten. Der Diamant leuchtete wie kaltes Feuer. Die Finger

kreisten darüber wie ein Falke und stießen dann zu. Ich konnte die Einstiche der Dornen sehen. Vorsichtig geschätzt, hatte der Herzog von Ch'in genug Elixier des Lebens im Blut, um ganz China, halb Korea und Japan dazu zu vergiften. Ich erwartete, er würde auf den Rücken fallen und blau werden. Statt dessen hob er den Diamanten an die Augenschlitze der Maske, drehte ihn bewundernd hin und her. Die metallene Stimme, die durch das Mundstück drang, klang eindeutig vergnügt:

»Kalt!« flüsterte der Herzog von Ch'in, »kalt... kalt... kalt...«

Ich war so verdutzt, daß ich vergaß, mich an den Ranken festzuhalten, und wir stürzten vierzig Fuß in die Tiefe, ehe es mir gelang, sie wieder zu packen und unseren Fall aufzuhalten. Unglücklicherweise baumelten wir jedoch zehn Fuß über den Köpfen von Soldaten, die an der Mauer lehnten und sich gegenseitig Lügengeschichten über den Krieg auftischten.

»Warte auf eine Wolke«, flüsterte Meister Li.

Es schien Ewigkeiten zu dauern, doch endlich schob sich eine schwarze Wolke vor den Mond. Ich schwang mich an den Ranken zum nächsten Fenster und kletterte in ein pechschwarzes Zimmer. Die Dunkelheit erzitterte unter dröhnendem Schnarchen. Li Kao glitt von meinem Rücken, ging auf Zehenspitzen zur Tür und öffnete sie einen Spalt. Hastig schloß er sie wieder.

»In den Gängen stehen Wachen«, flüsterte er.

Wir wollten uns wieder zum Fenster zurückziehen, blieben jedoch wie angewurzelt stehen. Die verwünschte Wolke hatte gerade beschlossen, weiterzuziehen. Der Mond nagelte uns mit leuchtend gelben Strahlen fest. Das Schnarchen verstummte plötzlich. Eine unförmige Gestalt setzte sich im Bett auf, und ein wulstiger, brandiger Finger richtete sich auf uns.

»Was habt ihr mit der Ginsengwurzel gemacht?« brüllte die Ahne.

24.
Es gibt keine Zufälle auf dem Großen Weg des Tao

Soldaten schleppten mich über den Boden zum Thron, auf dem der Herzog von Ch'in saß. Dann richteten sie mich auf, daß mein Gesicht die entsetzliche Maske beinahe berührte. Ein Zischen drang aus dem Mundstück, während sein klebriger Geist sich über meinen legte. Plötzlich fuhr der goldene Tiger heftig zurück.

Der große und mächtige Herzog von Ch'in fürchtete sich entsetzlich. Aus dem Mundstück tropfte der Speichel, die goldenen Kettenhandschuhe auf den Armlehnen zitterten, und der durchdringende Geruch der Angst stieg mir in die Nase.

»Ich sehe die drei Zofen«, flüsterte die metallische Stimme, »ich sehe den Ball, die Kugel und die Flöte! Ich sehe die Beine, die Arme und den Kopf der Macht!«

Der Herzog zitterte so heftig, daß der Federumhang flatterte, als wolle er fliegen. Schließlich zwang er sich dazu, sich noch einmal vorzubeugen. Die schleimigen Gehirnwindungen legten sich furchtsam um die meinen. Ich spürte Erleichterung und wachsende Freude.

»Aber ich sehe weder die Vögel noch die Federn noch irgend etwas anderes von Bedeutung«, sagte er verwundert, »ich sehe nur diese nutzlosen Kinder und die richtige Suche aus dem falschen Grund. Du und dein verknöcherter Begleiter, ihr seid Wege gegangen, die man nicht gehen kann, habt Wächter besiegt, die man nicht besiegen kann, seid von Orten geflohen, von denen die Flucht unmöglich war, und ihr hattet nicht die leiseste Ahnung, was ihr eigentlich getan habt, oder wohin ihr eigentlich gegangen seid und weshalb!«

Jetzt verriet die metallische Stimme ein grausam hämisches Vergnügen.

»Es ist euch gelungen, mich zu ärgern. Und ihr sollt entdecken, was es heißt, den Herzog von Ch'in zu ärgern.« Die Maske wandte sich den Soldaten zu. »Bringt den Alten und den Jungen in die Folterkammer. Sie sollen langsam in den Eisenhemden sterben«, befahl er.
Nur der Herzog konnte eine solche Hinrichtung anordnen, und ich beeile mich darauf hinzuweisen, daß die Eisenhemden in allen anderen Teilen Chinas seit langem in die Museen verbannt waren, in denen man die abscheulichen Entgleisungen des Mittelalters zur Schau stellt. Diese Hemden bestehen überhaupt nicht aus Eisen, sondern aus einem Stahlgewebe, das mit Hilfe einer Schlinge im Genick oder einer Schraube am Rücken gleichmäßig zusammengezogen werden kann. Das netzartige Hemd wird ganz eng um den nackten Oberkörper des Opfers gespannt, bis das Fleisch durch die Maschen quillt. Dann schabt der Henker mit etwas Rauhem und Hartem – vielleicht einem Stein – langsam über das Hemd, bis nichts mehr vorsteht. Das Blut wird sorgfältig gestillt, und am nächsten Tag wird das Gewebe leicht verschoben und die Prozedur wiederholt – und dann auch am nächsten Tag und am übernächsten Tag. Ein Henker, der sein Handwerk versteht, kann sein Opfer monatelang am Leben erhalten. Die einzige Hoffnung des Verurteilten besteht darin, daß er gleich zu Anfang des Spiels wahnsinnig wird.
Man hatte Li Kao und mich in so viele Ketten gewickelt, daß wir keinen Finger rühren konnten. Die Soldaten stöhnten und ächzten unter dem Gewicht, als sie uns eine scheinbar endlos lange Steintreppe hinuntertrugen. Ich zählte elf Treppenabsätze, auf denen immer mehr Wachen standen. Die Luft wurde stickiger und stank. Von den schwarzen Steinwänden tropfte schleimig-grünes Wasser. Schließlich erreichten wir die am tiefsten gelegenen Kerker. Messingbeschlagene Tore flogen krachen auf, und die keuchenden Soldaten trugen uns in eine Folterkammer, deren einziger Schmuck Blut und Eingeweide waren. Der Henker nahm unsere Ankunft keineswegs freundlich auf. Er war ein dicker Bursche mit einem kahlen, grauen Kopf, einer leuchtend roten Nase, vier gelben Zähnen, und er hatte Grund zur Klage.
»Arbeit... Arbeit... Arbeit!« schimpfte er, während er sich mit

einem Meßband an uns zu schaffen machte. »Wißt ihr, daß jedes Eisenhemd eigens für das Opfer angefertigt werden muß? Wißt ihr, daß es zwei Tage dauert, um ein ordentliches Eisenhemd herzustellen? Wißt ihr, daß der Herzog mir befohlen hat, eure Hemden in zwei *Stunden* fertig zu haben? Und dann soll ich euch gleich zum ersten Mal schaben. Und wißt ihr, daß das noch einmal zwei Stunden dauert, wenn man das ordentlich macht?«

Er trat zurück und wies aufgebracht mit dem Finger auf uns.

»Seht euch diese Ketten an!« schimpfte er, »wißt ihr, daß es zwei Stunden dauert, diese Dinger aufzuschließen, abzuwickeln, aufzuwickeln und wieder zu verschließen? Und wißt ihr, daß die Ahne mir befohlen hat, einen anderen Gefangenen zu strecken und zu vierteilen? Und wißt ihr, daß Strecken und Vierteilen wiederum zwei Stunden beansprucht, wenn man es ordentlich macht? Wann soll ich mich denn einmal ausruhen, frage ich euch? Hat denn kein Mensch mehr Erbarmen? Sorgt sich denn niemand um mein Wohlergehen?«

Er war nicht der einzige mit einem Grund zur Klage.

»Und was ist mit uns?« schrien die Soldaten, »wir müssen in diesem ekelhaften Loch Wache stehen, bis die Gefangenen tot sind. Und wenn du deine Arbeit auch nur halbwegs gut machst, wird das Monate dauern! Und dieses Schwein von einem Feldwebel hat sich geweigert, uns Ohrenpfropfen zu bewilligen. Innerhalb einer Woche sind wir von dem Geschrei stocktaub! Seht euch diese Schaben an! Seht euch diese Blutegel an! Seht euch dieses schleimige Wasser an, das von den Wänden tropft! Wir holen uns todsicher das Fieber hier unten! Und selbst wenn wir lebend zu unseren Frauen zurückkehren, was nützt uns das noch? Der Herzog hat befohlen, diese armen Hunde in so viel Ketten zu wickeln, daß sie sich nicht rühren können. Wir haben sie elf Treppen heruntergetragen und uns dabei vierfache Brüche gehoben, die Eunuchen aus uns allen machen!«

Es schien ein Tag der Klagen zu sein!

»Hu!« jammerte es, während jemand die Treppe heruntertrippelte. »Hu! Hu! Huuuu!« jammerte der Schlüsselhase, als er in die Folterkammer eilte. »Der Herzog hat mir befohlen, bei der Folterung meines besten Freundes und des großzügigsten Beschützers, den meine Frau jemals hatte, teilzunehmen und einen genauen Bericht ihrer Leiden zu erstellen. Guten Abend, Lord Li von Kao! Guten Abend, Lord Lu von Yu. Es freut mich, Euch wiederzusehen. Aber wie kann der Herzog mir das antun?«

Der Kleine warf sich in eine dramatische Pose. Er legte einen Arm über die Stirn und streckte den anderen aus.

»In Metzgereien wird mir speiübel!« jammerte er, »ich werde ohnmächtig, wenn ich mir in den Finger schneide. Blutrote Sonnenuntergänge bringen mich dazu, unter das Bett zu kriechen! Bluthunde lösen Schreikrämpfe bei mir aus! Einmal habe ich mich über einen hohen Würdenträger erbrochen, der mich mit seinem Blutsbruder bekannt machte! Bei einem Staatsbankett habe ich mich peinlicherweise übergeben, als ich erfuhr, daß ich Blutpudding aß! Und jetzt muß ich Zeuge der blutigsten Hinrichtung sein, die ein Mensch erfunden hat! Hu!« jammerte der Schlüsselhase. »Hu! Hu! Huuuu!«

»Verdammt noch mal, geh aus dem Weg und stör mich nicht bei der Arbeit«, schimpfte der Henker.

Er begann wütend und wie rasend auf schmale Streifen von Stahlgewebe einzuhämmern. Die Soldaten trugen uns ächzend und keuchend in den daneben liegenden Kerker und warfen uns dort auf den Boden. Sie stolperten, ihre Brüche haltend, hinaus, schlugen die Tür zu, und wir starrten verblüfft den Mann an, der gestreckt und gevierteilt werden sollte. Er war mit einer Kette um den Fuß an die Wand gefesselt und aß eine Schüssel Reis.

»Was macht Ihr denn hier?« fragte Meister Li.

»Im Augenblick esse ich meine Henkersmahlzeit«, erwiderte Hahnrei Ho, »guten Abend, Li Kao! Guten Abend, Nummer Zehn der Ochse! Es ist mir ein großes Vergnügen, Euch wiederzusehen, obwohl man die Umstände eher bedauern muß. Darf ich Euch etwas von dem Reis anbieten? Sie haben mir sogar einen Krug Wein gegeben. Das ist doch sehr anständig von ihnen, findet Ihr nicht auch?«

»Wein ... immer«, erwiderte Li Kao.

Hahnrei Hos Kette war gerade lang genug, daß er uns erreichen und

Wein in die Kehlen gießen konnte. Man behandelte ihn wirklich zuvorkommend, denn es handelte sich um sehr teuren Wein – um Wu-Fan. Dieser Wein ist pechschwarz und so süß, daß er wie Sirup, gemischt mit Gravursäure, schmeckte.
»Hat man Euch wirklich zum Tod durch Strecken und Vierteilen verurteilt?« erkundigte ich mich.
»Es ist eine sehr traurige Geschichte.« Er seufzte. »Erinnert Ihr Euch, daß ich sechzehn Jahre lang versucht habe, Textfragmente auf Tontäfelchen zu entziffern?«
»Ein uraltes Ginsengmärchen«, bestätigte Meister Li.
»Richtig! Und erinnert Ihr Euch, daß die Grabräuber eine große Tontafel ausgegraben hatten? Es stellte sich heraus, daß sie der Schlüssel zu dem Ganzen war. Ich konnte kaum glauben, wie schnell plötzlich alles zusammenpaßte. Die Geschichte, die sich ergab, war so interessant, daß ich kaum erwarten konnte herauszufinden, was als Nächstes kam. Eines Tages betrat ich meinen Arbeitsraum und entdeckte, daß alle Tonscherben verschwunden waren. Ich rannte klagend und weinend durch das Haus und raufte mir die Haare, bis meine geliebte Frau mir sagte, ich möge aufhören, einen Narren aus mir zu machen. Die Ahne hatte erklärt, es sei für einen erwachsenen Mann ein albernes Hobby, mit Tontäfelchen herumzuspielen. Deshalb hatte meine geliebte Frau den Dienstboten befohlen, die Scherben alle in den Fluß zu werfen, wo sie natürlich auf der Stelle zerfielen.«
»Ich hätte dem elenden Weib die Kehle durchgeschnitten«, knurrte Meister Li.
»Das hättet Ihr wirklich getan«, sagte Hahnrei Ho, »und ich habe viel an Euch gedacht«, sagte Hahnrei Ho, »Ihr hattet mir geraten, zum Beil zu greifen. Also stahl ich ein Beil und jagte damit hinter meiner lieben Frau her.«
»Habt Ihr sie erreicht?« fragte ich.
»Ich habe sie in Stücke gehackt und danach ihre sieben dicken Schwestern. Es war ein Genuß«, erzählte Hahnrei Ho, »dann kam ich hierher, weil ich versuchen wollte, die Ahne in Stücke zu hacken. Aber ihre Soldaten haben mich abgefangen. Nun ja, ich vermute, man kann nicht alles haben.«

»Ho, das habt Ihr großartig gemacht«, lobte Meister Li.
»Findet Ihr wirklich? Manche Leute würden mich vielleicht für grobschlächtig halten«, sagte Hahnrei Ho zweifelnd, »ich war völlig außer mir, denn jetzt werde ich nie erfahren, wie die Geschichte endet. Sie handelte von zwei bezaubernden Gottheiten, von denen ich noch nie gehört hatte, obwohl ich den ganzen Götterhimmel kenne.«
Li Kao kaute nachdenklich an ein paar seiner struppigen Barthaare, denn mehr Bewegungsfreiheit besaß er nicht.
»Ho, aus rein akademischer Neugier würde es mich interessieren, ob Euch je eine Gottheit begegnet ist, der Hausierer heißt. Er trägt ein Gewand mit himmlischen oder übernatürlichen Symbolen. Er stützt sich auf eine Krücke und hält eine Flöte, eine Kugel und eine Glocke in der Hand.«
»Der Hausierer ist keiner der sechshundert namentlich bekannten Götter. Aber unsere Kenntnis des Himmels ist lückenhaft«, sagte Ho nachdenklich, »man darf nicht vergessen, daß der erste Herzog von Ch'in die Tempel, Priester und Anhänger jedes Kults vernichtet hat, der ihm mißfiel, und so verschwand das Wissen um viele kleinere Gottheiten von der Erde. Der Hausierer mag darunter gewesen sein, und ich bin eigentlich sicher, daß die beiden bezaubernden Gottheiten ebenfalls das Mißfallen des Herzogs erregten. Schließlich lieben Bauern Ginsengmärchen und würden nie freiwillig eine Geschichte über den hübschen Gott des Himmels und das schönste Mädchen der Welt vergessen, eine Geschichte mit einer Krone, drei Federn und ...«
»Wie bitte?!« rief Meister Li.
»Eh ... eine Krone und drei Federn.«
»Und drei treulose Zofen?«
»Nun, daß sie treulos waren, weiß ich nicht, aber drei Zofen wurden tatsächlich kurz erwähnt, Sie hießen ...«
»Ho, wir wollen das Märchen von Anfang an hören«, bat Meister Li, »Euer unvergleichliches Gedächtnis hat sicher jedes Wort bewahrt, und ich kann mir keine bessere Unterhaltung vorstellen, um uns die Zeit vor der Folter zu vertreiben, als ein Märchen zu hören.«
»Würdet Ihr es wirklich gerne hören?« fragte Hahnrei Ho eifrig, »ich

hatte so sehr gehofft, es jemandem erzählen zu können. Vielleicht ist meine jahrelange Arbeit doch nicht umsonst gewesen. Selbst in seiner unvollständigen Form ist es eine sehr gute Geschichte.«

Wenn ich an diese ganze verwirrende Angelegenheit denke, erinnere ich mich am deutlichsten daran, vom Hals bis zu den Zehen in Ketten gewickelt auf dem Boden des Kerkers zu liegen und der sanften Stimme von Hahnrei Ho zu lauschen, während nebenan der Henker laut hämmernd unsere Eisenhemden fertigte.

Wie Hahnrei Ho versprochen hatte, war es eine gute Geschichte.

»Vor langer Zeit lebte ein kleines Mädchen mit seinen liebevollen Eltern in einem kleinen Dorf. Das Mädchen hieß Jadeperle. Eines Tages überfielen Räuber das Dorf, und einer von ihnen nahm Jadeperle mit sich, weil er hoffte, sie verkaufen zu können. Einige Tage später erreichten sie eine schöne Stadt. Aber die Banditen wurden erkannt, und sie mußten Hals über Kopf fliehen. In dem allgemeinen Durcheinander gelang es Jadeperle, sich zu verstecken.

Das kleine Mädchen gelangte in einen Park, wo wunderschöne Blumen wachsen, und Jadeperle setzte sich neben die schönste Blume und begann zu weinen. Das war vor sehr langer Zeit, als die Menschen noch nicht wußten, was es mit dem Ginseng auf sich hat. Die schöne Pflanze neben Jadeperle war niemand anders als die Ginsengkönigin. Die Königin hörte das Schluchzen des verängstigten Kindes und war gerührt. Als Jadeperle die Hände von den Augen nahm und aufblickte, sah sie zu ihrem Erstaunen eine große Frau mit einem fröhlichen braunen Gesicht und lachenden Augen, die sie freundlich anlächelte.

›Hast du dich verirrt, kleines Mädchen?‹ fragte die Königin.

Jadeperle erzählte der freundlichen Frau, was geschehen war, soweit es verstand. Die Ginsengkönigin nahm sie bei der Hand und sagte ihr: ›Sei ohne Sorge, ich bringe dich nach Hause zurück.‹ Viele Tage später erreichten sie das kleine Dorf, und die Eltern des kleinen Mädchens kamen glücklich herbeigelaufen, um sie zu begrüßen. Aber als Jadeperle sich nach der freundliche Dame umdrehte, die sie zurückbrachte, hatte die Königin sich in Luft aufgelöst. Die Königin

eilte wieder zu den anderen Pflanzen in der schönen Stadt. Doch nach einiger Zeit bemerkte sie, daß sie das kleine Mädchen liebgewonnen hatte und es wiedersehen wollte.
Eines Tages hörte Jadeperle, wie jemand sie beim Namen rief und rannte in einen Bambushain, wo sie die freundliche Dame mit den lachenden Augen fand. Die Königin wurde die Patin des kleinen Mädchens und besuchte es oft. Durch den Umgang mit Ginseng wuchs Jadeperle zu einem gesunden und anmutigen Mädchen heran. Mit achtzehn war sie das schönste Mädchen auf der ganzen Welt, obwohl sie das nicht wußte. Und dann hatte sie einen anderen wunderbaren Besucher.
Während der Regenzeit im Himmel rauscht durch den Großen Fluß der Sterne tosendes, reißendes Wasser. Der junge Gott, der Sternenhirte genannt wird, muß Tag und Nacht durch die Wogen schreiten und die Sterne mit seinem langen Hirtenstab sicher geleiten. Aber in der Trockenzeit darf er reisen, wohin es ihm gefällt. Eines Tages in der Trockenzeit beschloß der Sternenhirte, die Erde zu besuchen. Also schwebte er vom Himmel herab und landete in der Nähe eines kleinen Dorfes. Er wandelte herum, bewunderte die Sehenswürdigkeiten und kam schließlich an einen lauschigen Bambushain. Er fand einen Pfad und folgte ihm. In der Mitte des Hains erreichte er eine Lichtung, auf der wilde Blumen blühten. Und in der Mitte der Lichtung war ein Teich, in dem Fische in vielen Farben schwammen. Und in der Mitte des Teichs badete ein Bauernmädchen. Ihre Haut schimmerte wie in Honig getauchtes Elfenbein, und ihre Augen waren wie schwarze Mandeln mit goldenen Flecken. Ihr Haar war wie eine Wolke aus wirbelndem Rauch, und ihre Lippen waren voll und reif und prall vor Süße wie Pflaumen. Es gab viele andere interessante Dinge an dem Bauernmädchen, und Ihr könnt sicher sein, daß dem Sternenhirten nichts davon entging. ›Oh!‹ rief Jadeperle, als sie die Spiegelung eines Gesichts im Wasser entdeckte. Sie hob die Augen, und das schönste Mädchen der Welt sah den hübschesten Gott des Himmels vor sich.
Wie es so üblich ist, führte das eine zum anderen, und eines Tages kam ein alter Diener, dem man das Recht gewährt hatte, im Großen

Fluß der Sterne zu angeln, keuchend in den Palast des Himmelskaisers gerannt und verlangte eine Audienz beim Jadekaiser. ›Eure Himmlische Majestät, die Regenzeit ist angebrochen, aber der Sternenhirte ist nicht von der Erde zurückgekehrt!‹ klagte er. ›Wilde Wogen rauschen durch den Großen Fluß, und die verängstigten Sterne werden gegen die großen schwarzen Felsen geschleudert. Viele sind beschädigt, und manche sogar gesunken!‹

Der Jadekaiser konnte nicht glauben, daß sein Lieblingsneffe seine Pflichten so völlig vernachlässigte. Er eilte hinaus, um sich selbst davon zu überzeugen. Als er sah, daß der alte Diener die Wahrheit gesprochen hatte, stieß er einen wilden Zornesschrei aus, flog zur Erde und landete mit einem schrecklichen Donnerschlag mitten in dem Bambushain. Der Kaiser packte den Sternenhirten beim Haar und schüttelte ihn hin und her wie ein Spielzeug an einer Schnur. Dann warf er ihn geradewegs in das Sternbild Aquila.

›Zurück an deine Arbeit, du unverschämter Grünschnabel!‹ brüllte er, ›ich schwöre bei meinem Vorgänger, dem Himmlischen Meister des Ersten Ursprungs, daß Du nie mehr die Erde besuchen darfst!‹ Dann fuhr er Jadeperle an: ›Auf die Knie, du Dirne!‹ brüllte er, ›bereite dich auf den Zorn des Himmels vor!‹

Jadeperle fiel auf die Knie und faltete die Hände. ›Eure Himmlische Majestät, Ihr müßt arme Jadeperle nicht bestrafen‹, schluchzte sie, ›ich habe dem Sternenhirten mein Herz geschenkt, und wenn ich ihn nie mehr sehen darf, werde ich sterben.‹

Der Jadekaiser betrachtete Jadeperle etwas genauer und erinnerte sich daran, daß er auch einmal jung gewesen war. Er betrachtete sie noch einmal und erinnerte sich daran, wie er vor kurzem geschworen hatte, daß der Sternenhirte in seinem kleinen Finger mehr Verstand besaß als seine anderen Neffen im ganzen Körper. Er betrachtete sie zum dritten Mal, und er versank in tiefe Gedanken über seine geliebte Frau, Königinmutter Wang, die mehr Puder und Schminke mit weniger Wirkung benutzte als irgendeine andere Frau, die er gesehen hatte. Er betrachtete Jadeperle zum vierten Mal und sagte: ›Zehntausend Flüche!‹

Der Jadekaiser seufzte und setzte sich an das Ufer. Dann klopfte er

auf das Gras neben sich und sagte: ›Komm, setz dich zu mir, mein Kind.‹
Also setzte sich das Bauernmädchen neben den Himmelskaiser, er zog seine Sandalen aus, und gemeinsam ließen sie die Füße im Wasser baumeln. Der Kaiser beobachtete die winzigen goldenen und roten Fische, die wie buntbemalte Schneeflocken um seine Zehen glitten, und sagte dann: ›Jadeperle, ich habe beim heiligen Namen des Himmlischen Meisters des Ersten Ursprungs geschworen, daß Sternenhirte nie mehr die Erde besuchen darf. Dieser Eid kann nicht gebrochen werden.‹
Jadeperle begann, bitterlich zu weinen.
›Nun ja, du solltest sehen, was der unvernünftige Junge aus dem Großen Fluß der Sterne gemacht hat!‹ schimpfte der Jadekaiser, ›jedes Krankenhaus im Himmel wird mindestens acht Monate lang mit gebrochenen Sternen überfüllt sein. Und du weißt nicht, was ein Unglück ist, solange du noch nicht versucht hast, einen gebrochenen Stern zu verbinden!‹
Jadeperle weinte immer noch, und der Blick des Kaisers wurde weich, als er sie ansah. Schließlich murmelte er achselzuckend: ›Ich werde es bedauern. Ich spüre es.‹ Dann griff er in den linken Ärmel seines Gewandes und zog eine kleine goldene Krone hervor. ›Bauernmädchen, da der Sternenhirte dich auf Erden nicht besuchen kann, erlaube ich dir, ihn im Himmel zu besuchen‹, sagte er.
›Majestät, das ist zu viel Ehre für mich Unwürdige!‹ rief Jadeperle.
›Das stimmt genau. Ich will gar nicht daran denken, was geschieht, wenn meine geliebte Frau, die Königinmutter Wang, es herausfindet‹, murmelte er grimmig, ›na ja, der Himmel könnte ein bißchen Glanz und Leben vertragen. Zumindest hast du meinen Verdacht bestätigt, daß der Sternenhirte der vernünftigste meiner Neffen ist.‹ Ein neuer Gedanke stimmte den Kaiser fröhlich. ›Außerdem ist mir meine Frau etwas schuldig nach dieser schmachvollen Geschichte mit ihren verdammten Pfirsichen der Unsterblichkeit und Chang-o und diesem widerlichen Weißen Hasen, der immer die Nase rümpft, wenn ich am Mond vorbeifliege. Folge meinem Rat, junge Dame, und halte dich vom Hasen fern!‹

Der Jadekaiser griff in den rechten Ärmel seines Gewandes und holte drei winzige weiße Federn hervor, die er behutsam an den Rand der Krone steckte. ›Welcher Tag ist heute?‹ fragte er.
›Eure Majestät, es ist der siebte Tag des siebten Monats‹, erwiderte Jadeperle.
›Sehr gut‹, sagte der Kaiser, ›Jadeperle, das hier sind drei Federn vom König der Vögel. Solange du sie an deiner Krone trägst, wirst du die Prinzessin der Vögel sein. Und alle Vögel Chinas sind deine treuen Untertanen. Hiermit ordne ich an, daß dir am siebten Tag des siebten Monats erlaubt ist, die Vögel zu rufen. Sie werden eine Brücke für dich bauen, damit du hinauf in den Himmel steigen kannst, um dort mit dem Sternenhirten wiedervereint zu sein. Doch es ist nicht erlaubt, daß jemand, der den vollen Kreis auf dem Großen Rad der Wandlungen noch nicht vollendet hat, ein ganzes Jahr im Himmel verbringt. Am ersten Tag des ersten Mondes mußt du die Vögel wieder rufen. Sie werden die Brücke bauen, auf der du zur Erde zurückkehrst. Am siebten Tag des siebten Mondes darfst du wieder in den Himmel hinaufsteigen, und das wird so bis in alle Ewigkeiten sein. Denn wenn der Sternenhirte dir nicht den Pfirsich der Unsterblichkeit gibt, ist er ein größerer Dummkopf, als ich das für möglich halte.‹
Der Jadekaiser bewegte den Finger vor der Nase des Bauernmädchens hin und her, um die Bedeutung seiner Worte zu betonen.
›Jadeperle, vergiß nicht den siebten Tag des siebten Mondes! Die Bedingungen werden in das Kaiserliche Buch der Etikette eingetragen, die selbst ich befolgen muß. Wenn du nicht am festgesetzten Tag zum Sternenhirten zurückkehrst, unterstehst du nicht mehr dem Schutz des Himmels. Das Kaiserliche Buch der Etikette läßt keine Entschuldigungen zu‹, sagte der Kaiser eindringlich, ›es wird den Göttern verboten sein, dir zu helfen. Und nur ein Sterblicher kann dich in den Himmel zurückbringen. Nach einer vorsichtigen Schätzung stehen die Chancen, daß jemand ein solches Kunststück fertigbringt, eins zu zehntausend Billionen Trillionen. Hast du mich verstanden?‹
›Ich höre und gehorche‹, flüsterte Jadeperle.

Das Bauernmädchen kniete vor dem Himmelskaiser nieder, und er setzte ihr die kleine goldene Krone auf den Kopf. ›Erhebe dich, Prinzessin der Vögel!‹ befahl er, und als Jadeperle aufstand, sah sie erstaunt, daß sie im göttlichen Licht erstrahlte. ›Rufe deine Untertanen!‹ befahl der Kaiser. Und als sie die Vögel herbeirief, erhob sich ein großer Freudengesang. Alle Vögel Chinas flogen zu ihrer Prinzessin. Sie trugen grüne Zweige und Äste und bauten damit eine Brücke, die bis zu den Sternen reichte. Jadeperle stieg auf der Brücke zum Himmel, und der Strnenhirte heiratete die Prinzessin der Vögel. Er gab ihr den Pfirsich der Unsterblichkeit. Und am ersten Tag des ersten Mondes trennten sie sich unter vielen Tränen. Und auf der wunderschönen Brücke der Vögel kehrte Jadeperle wieder zur Erde zurück.
Der Himmel sorgte dafür, daß es ihrem kleinen Dorf an nichts fehlte, so daß die Prinzessin ihre Zeit auf der Erde damit verbringen konnte, Lieder zu singen und Ketten aus Gänseblümchen zu flechten. Drei Mädchen aus ihrem Dorf dienten ihr als Zofen: Schneegans, Kleine Ping und Herbstmond, und sie hatte eine Ziege, eine Katze und einen kleinen Hund, die ihr halfen, die Zeit zu vertreiben. Trotzdem schien es eine Ewigkeit zu dauern, bis der siebte Tag des siebten Monats anbrach. Jadeperle küßte ihre Zofen und verbeugte sich vor ihren Eltern. Dann rief sie die Vögel, und die Bauern von China blickten voll Staunen in den Himmel, als die Brücke der Vögel sich bis zu den Sternen spannte, die Prinzessin der Vögel hinaufeilte und in die Arme des Sternenhirten flog. Und sie lebten ...«

Hahnrei Ho seufzte und zuckte mit den Schultern.
»Fortan glücklich und zufrieden?« sagte er, »seht Ihr, soweit war ich gekommen, als meine liebe Frau die Täfelchen vernichten ließ. Wenn sie fortan glücklich lebten, kann ich mir nicht denken, weshalb die Hälfte des Märchens noch zu entziffern war. Obwohl es an einem bestimmten Punkt mit Sicherheit auf Ginseng zurückgekommen wäre. Was meint Ihr, Li Kao?«
»Ho, sie lebten fortan nicht glücklich miteinander. Ich habe den starken Verdacht, daß auf Euren Tontafeln kein altes Märchen über-

liefert wurde«, sagte Meister Li finster, »wenn die Geschichte zu Staub zerfällt, überleben die Ereignisse der Geschichte manchmal in Form von Mythen und Märchen, und ich bin so kühn zu glauben, daß wenn Ochse und ich ein oder zwei fehlende Stücke in die Hände bekommen, die Lösung zu einem sehr verwirrenden Rätsel gefunden ist.«

Li Kao kaute nachdenklich an seinem Bart und sagte dann:

»Ho, Ochse und ich sind in so viele Ketten gewickelt, daß wir uns nicht rühren können. Ihr seid mit einer Kette an die Wand gefesselt. Dieser Kerker ist in den Felsen gehauen. In der Folterkammer wimmelt es von Soldaten. Wir befinden uns elf Stockwerke unter der Erde. In jedem Stockwerk sind Wachen postiert. Durch den Palast schwärmt das Heer der Ahne. Das Heer des Herzogs liegt vor den Mauern, und Ochse und ich müssen auf der Stelle von hier fliehen. Falls Ihr Euch nicht darauf freut, gestreckt und gevierteilt zu werden, schlage ich vor, daß Ihr uns begleitet.«

»Ich finde, das ist eine großartige Idee«, sagte Hahnrei Ho.

25.
Der Triumph von Hahnrei Ho

Verehrte Leser, ihr wißt sehr viel mehr über die Welt als Nummer Zehn der Ochse, und werdet sicher schon sechs oder sieben Fluchtmöglichkeiten ausgedacht haben. Und wenn ihr vorübergehend die Demütigung auf euch nehmen wollt, euch als Soldaten des Herzogs von Ch'in zu betrachten, wollen wir sehen, ob eine eurer Methoden der von Li Kao ähnelt.

Also gut, ihr seid Soldaten, die man gezwungen hat, in einer ekelerregenden Folterkammer tief unter der Erde Wache zu stehen. Schleimiggrünes Wasser tropft von den schwärzlichen Felswänden, widerlich weiße Kakerlaken krabbeln durch Blutlachen, und süßliche Übelkeit erregende Gerüche vermischen sich mit dem Gestank achtlos beiseite geworfener Eingeweide und Augäpfel. Ein grauenvoller spitzer Schrei gellt durch den Raum! Der Schlüsselhase fällt in eine tiefe Ohnmacht, und ihr folgt dem Henker in einen angrenzenden Kerker, wo sich euren Augen ein grauenhaftes Schauspiel bietet.

Ein älterer Herr mit dem Aussehen eines Gelehrten torkelt wie ein Verrückter an einer Fußkette hin und her und umklammert dabei krampfhaft seine Kehle. Gesicht und Hände sind mit gräßlichen schwarzen Flecken bedeckt, und die geschwollene schwarze Zunge hängt ihm höchst unappetitlich aus dem Mund. Schwarzer Speichel tropft ihm von den blutigen fleckigen Lippen. Er verdreht die Augen, bis man nur noch das Weiße sieht, schlägt einen akrobatischen Purzelbaum und landet auf dem Rücken. Seine Hände schlagen wie im Krampf auf den Boden. Sein Körper zuckt heftig, bäumt sich auf, verdreht sich, Schaum tritt ihm vor den Mund, und schließlich bleibt er steif wie ein Brett liegen.

Ein noch älterer Herr ist in so viele Ketten gewickelt, daß er sich nicht rühren kann, und er schreit mit vor Entsetzen geweiteten Augen: »Die Kakerlaken! Bei Buddha, seht euch die Kakerlaken an!«
Der schwarze Wein Wu-fan ist auf schwarzem Steinboden unsichtbar, und ihr könnt unmöglich sehen, daß die krampfhaft schlagenden Hände des verstorbenen Gelehrten eine Weinspur gezogen haben. Die Spur führt zu großen unsichtbaren Schriftzeichen auf der schwarzen Felswand. Ihr seht jedoch, daß zehntausend widerliche weiße Kakerlaken hastig über den Boden rennen, die Wand hinauflaufen und sich in kunstvollen Mustern auf dicken, süßen unsichtbaren Linien winden, die folgende Warnung des Gesundheitsamtes ergeben:

LAUFT UM EUER LEBEN –
ES IST DIE PEST DER
ZEHNTAUSEND
ANSTECKENDEN FÄULNISSE!

Ich zweifle ernsthaft, daß ihr dort stehenbleiben und kluge Bemerkungen über die Schreibkünste der Insekten machen werdet.
Alles hing jetzt von Hahnrei Ho ab, und sein Gespür für den richtigen Augenblick hätte nicht besser sein können. Der Henker drehte sich auf dem Absatz um und floh. Ho spannte mit einem Ruck seine Kette, der Henker strauchelte und fiel auf den Boden, wo er von den Stiefeln der flüchtenden Soldaten zu Brei gestampft wurde, die in die Folterkammer stürmten, den Schlüsselhasen packten, der gerade wieder zu sich gekommen war; sie trugen ihn die Treppen hinauf wie einen kleinen Fisch auf dem Kamm einer Woge. »Lauft um euer Leben!« schrien sie. »Es ist die Pest der Zehntausend Ansteckenden Fäulnisse!« Getrampel und Geschrei wurden leiser, und Hahnrei Ho suchte in der plattgewalzten Gestalt des Henkers nach den Schlüsseln. Er sah uns besorgt an, während er seine Fußkette aufschloß und dann daranging, uns zu befreien.
»Glaubt Ihr, das mit dem Schaum vor dem Mund war zuviel?« fragte er kleinlaut.

»Es war genau richtig«, sagte ich.
»Glaubt Ihr das wirklich? Ich fürchte, den Speichel und den Schaum am Schluß könnte man für geschmacklos halten.«
»Wenn Ihr das Ganze noch einmal wiederholt, dürft Ihr nicht das geringste am Speichel oder am Schaum ändern«, erklärte Meister Li energisch.
Die letzte Kette fiel klirrend ab, und es war ein herrliches Gefühl, aufzustehen und die Glieder zu strecken. Wir marschierten in die Folterkammer und versorgten uns mit Waffen. Li Kao steckte so viele Dolche wie möglich in seinen Gürtel, und ich nahm ein Schwert und eine Lanze. Hahnrei Ho liebäugelte mit einem riesigen Beil, das zu Enthauptungen benutzt wurde, aber da es ihm nicht einmal gelang, es hochzuheben, sah er sich gezwungen, sich mit einer kleinen Doppelaxt zu begnügen. Li Kao machte sich in aller Ruhe an den Aufstieg.
»Es besteht kein Grund zur Eile«, erklärte er. »Die Soldaten aus der Folterkammer haben die Soldaten auf den einzelnen Stockwerken mitgerissen, und wenn sie in den Palast stürmen, werden sie bereits ein großer schreiender Haufen sein. Jeder, der nicht zertrampelt worden ist, wird in den Hof hinausstürmen, wo sie ein paar Divisionen aus dem Heer der Ahne mit ihrer Panik anstecken, und wenn sie die Mauern stürmen, wird vermutlich kein Stein auf dem anderen bleiben. Sie werden das Heer des Herzogs Ch'in mitreißen, hysterisch schreiend durch die Stadt jagen und nur noch Ruinen zurücklassen. Die Bewohner, die das überleben, werden ihnen auf dem Fuß folgen. Es ist durchaus möglich, daß wir bis Hangchow laufen müssen, ehe wir einer Menschenseele begegnen.«
Bei seinen Überlegungen hatte er einen Irrtum begangen. Wir stiegen die Treppe nach oben und sahen nichts außer ein paar zertrampelten Leichen, aber als wir den Thronsaal erreichten, liefen wir geradewegs einem Wesen in die Arme, das nicht einmal mit der Wimper gezuckt hätte, wenn sich das Wasser im Chinesischen Meer in Sojasauce verwandelt hätte. Eine gedunsene Gestalt mit einer Krone auf dem Kopf wies mit einem Wurstfinger auf uns.
»So etwas wie die Pest der Zehntausend Ansteckenden Fäulnisse gibt

es nicht«, fauchte die Ahne. »Soldaten, haut diese Hunde in Stücke!«
Ihre Leibwächter umringten uns, und ohne Hahnrei Ho wären wir auf der Stelle umgebracht worden. Er stieß ein durchdringendes Freudengeheul aus und stürmte auf den Thron zu. Dabei wirbelte er die Axt so schnell über dem Kopf, daß nur noch der Rauch und die Flammen fehlten, um ihn für die Bambuslibelle zu halten.
»Hack-hack!« jubelte er überglücklich. »Hack-hack-hack-hack-hack!«
Natürlich rannte er geradewegs in die Lanzen der Soldaten. Wir hielten ihn für tot, aber in der Verwirrung gelang es, einen Weg zu bahnen. Li Kao wirbelte vier Dolche durch die Luft, und vier Soldaten stürzten zu Boden. »Schnell, Meister Li, hüpft auf meinen Rükken!« schrie ich. Er tat es, ich stürmte auf den Thron zu, mein Speer fand sein Ziel, ich sprang geradewegs über den Kopf der Ahne hinweg und nahm Reißaus.
Bei dem Spiel mußten wir verlieren. Die Soldaten kannten den Palast, wir nicht, und früher oder später mußten wir in einer Sackgasse landen. Ich raste eine Treppe hinauf, während Li Kao die Vasen von ihren Sockeln riß und sie auf die Köpfe unserer Verfolger warf, aber es gab einfach zu viele Soldaten. Ich rannte durch einen langen Gang und zerrte an einer massiven doppelflügeligen Bronzetür, aber sie war verschlossen. Ich drehte mich um, spurtete zurück und kam schliddernd zum Stehen, als der Gang sich mit Soldaten füllte. Zwei Reihen Männer marschierten uns an den Wänden entgegen; der Hauptmann der Wache führte einen Trupp in der Mitte an. Wir starrten auf eine massive Front blitzender Lanzen, und ich befahl meine bescheidene Seele dem Jadekaiser.
Plötzlich stürmte ein Elefant herein und zermalmte den Hauptmann. Ich dachte zumindest, es sei ein Elefant, bis ich erkannte, daß es sich um die Ahne handelte. Bei diesem unglaublichen Anblick fiel mir der Unterkiefer herunter.
»Hack-hack!« schrie Hahnrei Ho. »Hack-hack-hack-hack-hack!«
Er hatte kein Recht, noch am Leben zu sein. Bei jedem Schritt schoß ihm das Blut aus zwanzig Wunden, aber er kümmerte sich nicht

darum. »Rettet mich!« schrie die Ahne und zermalmte mit ihren fünfhundert Pfund drei weitere Soldaten, die sie vielleicht gerettet hätten. In wenigen Minuten war alles vorbei.
Die Ahne rannte im Kreis und zertrampelte alles, was ihr vor die Füße kam, und Hahnrei Ho schwang die Axt und zerhackte alles, was er sah. Li Kao wirbelte wie der Wind durch das Blutbad und schlitzte Kehlen auf, und ich schlug mit meinem Schwert wie mit einem Dreschflegel um mich. Gegen Ende wurde es ziemlich unerfreulich, denn wir stolperten und rutschten dauernd über Stücke der Ahne. Schließlich ließen wir den letzten erschlagenen Soldaten liegen, taumelten zu Hahnrei Ho und knieten neben ihm nieder.
Er lag auf dem Rücken und umklammerte immer noch die Doppelaxt mit beiden Händen. Das Leben entströmte ihm mit dem roten Blut. Sein Gesicht war aschgrau, und seine Augen bemühten sich, uns wahrzunehmen.
»Hab ich sie erwischt?« flüsterte er.
»Ho, Ihr habt das Ungeheuer in tausend Stücke zerhackt«, erklärte Meister Li stolz.
»Ich bin so glücklich«, flüsterte der sanfte Gelehrte. »Jetzt müssen meine Ahnen sich nicht schämen, mich zu begrüßen, wenn ich in die Hölle komme, um gerichtet zu werden.«
»Leuchtender Stern wird Euch erwarten«, sagte ich
»O nein, das wäre viel zuviel verlangt«, erwiderte er ernst. »Ich wage die Yamakönigin höchstens darum zu bitten, als eine schöne Blume wiedergeboren zu werden, damit irgendwann und irgendwo ein Tanzmädchen mich vielleicht pflückt und in ihrem Haar trägt.«
Die Tränen traten mir in die Augen, und er strich mir sanft über die Hand.
»Weine nicht um mich, Nummer Zehn der Ochse. Ich bin dieses Lebens so müde, und ich sehne mich schon lange danach, auf das große Rad der Wandlungen zurückzukehren.« Seine Stimme wurde schwächer, und ich beugte mich über ihn, um seine letzten Worte zu hören. »Unsterblichkeit ist nur etwas für die Götter«, flüsterte er, »und ich frage mich, wie sie das ertragen können.«

Er schloß die Augen, die Axt fiel zu Boden, und die Seele Hahnrei Hos löste sich von seinem Körper.
Wir trugen ihn hinaus in den Garten. Es war kalt und wolkig, und als ich das Grab aushob, fiel ein feiner, silberner Regen. Vorsichtig legten wir den Körper in die Grube, und ich bedeckte ihn mit Erde. Dann knieten wir nieder und falteten die Hände.
»Hahnrei Ho, groß ist Eure Freude«, sagte Meister Li. »Nun ist Eure Seele aus dem Kerker Eures Körpers befreit, und man begrüßt Euch mit großen Ehren in der Hölle. Ihr habt die Welt von einer Frau befreit, die Menschen und Göttern ein Greuel war. Ganz sicher werden die Yamakönige Euch erlauben, Leuchtender Stern wiederzusehen. Wenn die Zeit Eurer Wiedergeburt gekommen ist, wird Euer Wunsch in Erfüllung gehen, und Ihr werdet eine schöne Blume sein, die ein Tanzmädchen im Haar trägt.«
»Hahnrei Ho«, schluchzte ich unter Tränen, »ich werde Euch vermissen. Aber ich weiß, daß wir uns wieder begegnen. Meister Li wird dann ein Faultier sein, Geizhals Shen ein Baum und Ihr eine Blume. Ich werde eine Wolke sein, und eines Tages begegnen wir uns in einem schönen Garten. Vielleicht sogar sehr bald«, fügte ich hinzu.
Wir sprachen die Gebete und opferten. Dann erhob sich Li Kao und streckte sich erschöpft.
»Unsterblichkeit ist nur etwas für die Götter. Ich frage mich, wie sie das ertragen können«, murmelte er nachdenklich vor sich hin. »Ochse, die letzten Worte von Hahnrei Ho können vielleicht in mehr als einer Hinsicht bedeutungsvoll sein.«
Meister Li blieb in Gedanken versunken stehen. Dann sagte er:
»Wenn ich versuchen wollte, die unglaublichen Zufälle im Laufe unserer Suche an den Fingern abzuzählen, würde ich mir alle zehn verrenken. Außerdem bin ich viel zu alt, um noch an Zufälle zu glauben. Wir werden zu etwas hingeführt, und ich habe den starken Verdacht, daß Hahnrei Ho auch die Frage geliefert hat, die wir stellen müssen, ehe wir weiter suchen können. Nur der klügste Mann der Welt kann sie beantworten. Kann es ein Zufall sein, daß wir wissen, wo wir den klügsten Mann der Welt finden?«
Ich starrte ihn an, ohne etwas zu begreifen.

»Geizhals Shen«, erklärte er. »Ochse, es war kein Zufall, daß Geizhals Shen uns erzählte, er habe erfahren, der klügste Mann der Welt lebe in einer Höhle am Ende des Bärenpfades hoch in den Omeibergen, als er versuchte, sein Töchterchen ins Leben zurückzuholen.«

»Gehen wir in die Omeiberge?« fragte ich.

»In der Tat«, erwiderte Meister Li, »und als erstes werden wir diesen Palast plündern. Der Alte vom Berg verkauft seine Geheimnisse nicht billig.«

Es regnete immer noch, aber ein Zipfel des Himmels wurde blau, und als einen letzten Tribut an Hahnrei Ho schaufelte ich die größten Stücke der Ahne in einen Schubkarren, schob sie zu den Zwingern und fütterte damit die Hunde. In der Ferne leuchtete ein Regenbogen am Himmel.

26.
Drei Arten der Weisheit

Geehrte Leser. Solltet Ihr beschließen, an das Ende des Bärenpfades hoch oben in den Omeibergen zu reisen, werdet Ihr schließlich eine kleine flache Lichtung vor einer Steilwand erreichen. Vor der schweren gähnenden Öffnung einer Höhle steht eine Steinsäule, an der ein Kupfergong und ein Eisenhammer hängen. Folgende Nachricht ist in den Stein gemeißelt:

HIER LEBT DER ALTE MANN VOM BERG
GONGE UND BRINGE DEIN ANLIEGEN VOR.
SEINE GEHEIMNISSE WERDEN NICHT BILLIG VERKAUFT.
ES IST GEFÄHRLICH, IHM DIE ZEIT ZU STEHLEN.

Ich hoffe, Ihr werdet den letzten Satz nicht vergessen. Mit dem weisesten Mann der Welt darf niemand spaßen, selbst so bedeutende Leute wie meine Leser nicht. Und ich habe nicht die Absicht, noch einmal zum Ende des Bärenpfades zu wandern. Ich bin nur Nummer Zehn der Ochse, der auch beim ersten Mal dort nichts zu suchen hatte. Aber man erzählt, daß die großen Führer der Menschheit diese Reise seit dreitausend Jahren machen und sie auch weitere dreitausend Jahre machen werden, und man sagt auch, man muß nur einen Blick auf den Zustand der Welt werfen, um es zu glauben.

Die schnaufenden Maultiere, die unseren Karren voll Gold und Edelsteine heraufzogen, brachen vor Erschöpfung beinahe zusammen, als sie um die letzte Wegbiegung trotteten und wir die Lichtung vor der Höhle erreichten. Meister Li las die Botschaft auf der Säule, hob einen Weinschlauch an die Lippen und trank.

»Welche bewundernswerte Prägnanz«, bemerkte er und wies dabei mit dem Kinn auf die Inschrift. »Kein überflüssiges Wort.« Dann griff er nach dem Eisenhammer und schlug auf den Gong, und als das Echo verhallte, holte er tief Luft und rief: *»Alter vom Berg, zeige dich! Ich bin gekommen, um das Geheimnis der Unsterblichkeit zu kaufen!«*

Das Echo rief *Unsterblichkeit, Unsterblichkeit, Unsterblichkeit,* dann herrschte Stille. Viele Minuten lang lauschten wir auf die leisen Geräusche kleiner Tiere, den seufzenden Wind und den fernen Schrei des Adlers. Schließlich hörten wir das leise Schlurfen von Sandalen, und aus der schwarzen Öffnung der Höhle drang eine Stimme, die klang, als rollten Kieselsteine über Eisen.

»Weshalb wollen alle die Unsterblichkeit? Ich habe so viele andere Geheimnisse zu verkaufen. Schöne Geheimnisse, grausame Geheimnisse, glückliche Geheimnisse, entsetzliche Geheimnisse, liebenswürdige Geheimnisse, verrückte Geheimnisse, lachhafte Geheimnisse, abscheuliche Geheimnisse ...«

Ein Mann kam aus der Höhle geschlurft und blinzelte im Sonnenlicht. Er sah aus wie der älteste und häßlichste Affe der Welt. Schmutzige Strohhalme hingen in seinen wirren verfilzten Haaren, Bart und Gewand waren von Essensresten ganz fleckig. Sein faltiges gefurchtes Gesicht war noch älter als das von Li Kao, aber seine tiefschwarzen Augen sahen mich so durchdringend an, daß mir der Atem stockte und ich instinktiv zurückwich. Er überging mich als unwichtig und betrachtete Li Kao interessiert.

»Ein Weiser, wie ich sehe, mit einem kleinen Charakterfehler«, stellte er leise kichernd fest. »Ein Weiser kann sich doch sicher ein interessanteres Geheimnis ausdenken, das er dem Alten vom Berg abkaufen möchte. Ich vermag Euch zu lehren, wie man Freunde in Blumen und Feinde in Kakerlaken verwandelt. Ich vermag Euch zu lehren, wie Ihr Euch selbst in alles verwandeln könnt, was ihr wollt, oder wie man die Geister der Toten stiehlt und sie zu Sklaven macht, oder wie man über Wesen herrscht, die im dunklen Innern der Erde hausen. Ich vermag Euch zu lehren, wie man Krampfadern entfernt oder Pickel los wird. Und doch kommt Ihr zu mir, um das

Geheimnis der Unsterblichkeit zu erfahren. Dabei ist das so einfach, daß es eigentlich überhaupt kein Geheimnis ist.«

»Ich werde Euch alles, was ich habe, für dieses eine Geheimnis geben«, sagte Meister Li und schob das Stroh auf dem Karren beiseite, unter dem unsere Beute versteckt lag. Der Alte vom Berg griff mit beiden Händen in den Schatz.

»Kalt«, sagte er vergnügt, »seit Jahren habe ich keinen Schatz mehr berührt, der so kalt war wie dieser! Ja, dieser Schatz ist so kalt, daß ich Euch das Geheimnis sofort verraten werde, anstatt wie üblich noch eine Weile mit Euch zu spielen.«

Li Kao verbeugte sich und bot ihm den Weinschlauch an. Der Alte vom Berg trank und wischte sich mit dem Bart die Lippen.

»Kennt Ihr die ungesäumten Gewänder der Götter? Die Jadegürtel und die goldenen Kronen? Eines dieser Dinge genügt«, sagte er. »Wartet bis zum neuen Jahr, wenn die Götter zur Erde kommen, um sich vom Zustand der Welt zu überzeugen. Dann stehlt Ihr ein Gewand oder eine Krone. Solange Ihr das eine oder das andere besitzt, werdet Ihr nicht älter, aber ich rate Euch, wartet damit nicht zu lange. Ich selbst war weit über zweihundert Jahre alt, als ich einen Jadegürtel gestohlen habe, und selbst der Alte vom Berg kennt kein Geheimnis, das die Jugend zurückbringt.«

Meister Li warf den Kopf zurück und lachte.

»Haltet Ihr mich für einen Dummkopf? Was nützt es, nicht zu altern, wenn man im Handumdrehen durch einen Insektenstich oder einen Sturz von der Treppe ausgelöscht werden kann? Unsterblichkeit ist ein leeres Wort, solange nicht Unverletzlichkeit damit einhergeht. Alter vom Berg, allmählich habe ich den Verdacht, Ihr seid ein Schwindler.«

Der Alte vom Berg zwinkerte ihm zu und gab den Weinschlauch zurück.

»Ihr wollt mich zu einer Unvorsichtigkeit verlocken, mein Freund mit dem kleinen Charakterfehler. Glaubt Ihr, ich sehe nicht, daß Ihr in der Tasche eine Visitenkarte mit dem Zeichen eines halbgeschlossenen Auges habt? Oder glaubt Ihr, ich denke nicht darüber nach, weshalb ein alter Fuchs mit einem Grünschnabel reist?« Er drehte

sich um und winkte mich mit dem Finger zu sich. »Komm her, Junge!« befahl er.
Die pechschwarzen Augen brannten ein Loch in mein Herz, und ich besaß keinen eigenen Willen mehr. Ich lief wie ein mechanisches Spielzeug auf ihn zu, und seine Augen blickten in meinen Kopf. Was der Herzog von Ch'in getan hatte, war nur eine schwache Nachahmung des Alten vom Berg gewesen.
»Mich trifft der Schlag!« rief er. »Da sind die drei Zofen, die Flöte, die Kugel und die Glocke, selbst die Federn und die Krone, allerdings nur verschwommen wahrgenommen. Also du hoffst, die Große Wurzel der Macht zu rauben? Junge, du bist eine lebende Leiche.«
Er kicherte, ließ meinen Geist los, ich taumelte rückwärts und wäre beinahe gestürzt.
»Laßt den Grünschnabel ruhig ziehen. Soll er doch den Tod finden«, sagte er leise zu Li Kao. »Er kann ein X nicht von einem U unterscheiden. Aber Ihr scheint Vernunft zu besitzen. Stehlt etwas, das einem Gott gehört, und kommt dann mit einem zehnmal so großen Schatz zurück. Und wenn er so kalt ist wie dieser hier, werde ich Euch das Geheimnis der Unverwundbarkeit verkaufen, das dem Wort Unsterblichkeit erst seine wahre Bedeutung gibt, wie Ihr richtig erkannt habt.«
Li Kao hob den Weinschlauch und reichte ihn dem Alten vom Berg.
»Aber gibt es ein solches Geheimnis überhaupt?« überlegte er laut. »Alles, was ein Herz besitzt, kann getötet werden. Zwar gibt es bei den Bauern unzählige Geschichten von Menschen ohne Herz, aber ich habe sie immer für allegorische Märchen gehalten, mitunter sehr kunstvolle Märchen, aber sie entlarven eher einen Charakter, als etwas über die Anatomie auszusagen.«
»Nicht eine unter hundert solchen Geschichten ist wahr, aber wenn Euch eine zu Ohren kommt, die wahr ist, könnt Ihr sicher sein, daß der weiseste Mann der Welt etwas damit zu tun hat, denn ich allein habe das Geheimnis entdeckt«, erklärte der Alte vom Berg. »Ihr zweifelt daran, mein Freund mit dem kleinen Charakterfehler? Staunt über den Mann, der den Göttern gleichkommt!«
Er öffnete sein Gewand, und ich fiel beinahe in Ohnmacht, denn an

der Stelle, wo einmal sein Herz gewesen war, befand sich ein Loch. Ich konnte hindurchblicken. Ich sah die Steinsäule hinter ihm, die im Sonnenschein glänzte, den Gong, den Hammer und den unheimlichen schwarzen Eingang zur Höhle.

»Phantastisch«, rief Meister Li bewundernd. »Ihr seid wahrhaftig der weiseste Mann der Welt, und ein Dummkopf wie ich muß sich vor Eurer Genialität verneigen.«

Der Alte vom Berg lächelte vergnügt, gab den Weinschlauch zurück. Li Kao verbeugte sich und trank durstig.

»Mir scheint, Euer Herz muß immer noch irgendwo schlagen«, sagte Meister Li nachdenklich. »Wäre es sicher, das Herz in einen Kieselstein oder eine Schneeflocke zu verwandeln? Aber ein verwandeltes Herz ist nicht länger ein Herz. Eine vereinfachende Feststellung, aber intuitiv vielleicht richtig.«

»Sie ist beinahe völlig richtig«, stimmte der Alte vom Berg zu. »Ein Herz kann man nicht in eine Schneeflocke verwandeln, ohne es zu töten, es sei denn, man verwandelt den ganzen Menschen in eine Schneeflocke. Aber man kann ein Herz verstecken. Natürlich nutzt das nur etwas, wenn es sich um ein sehr gutes Versteck handelt, und Ihr könnt Euch die Dummheit mancher meiner Schüler nicht vorstellen. Einer dieser Narren war so töricht, sein Herz in einer Eidechse zu verstecken, die in einem Käfig saß, der auf dem Kopf einer Schlange stand, die auf der Spitze eines Baumes lag, der von Löwen, Tigern und Skorpionen bewacht wurde! Ein anderer Schwachkopf, und Buddha möge mich strafen, wenn ich lüge, verbarg sein Herz in einem Ei im Innern einer Ente, die in einem Korb saß, der in einer Truhe lag, die auf einer Insel stand, die sich inmitten eines unbekannten Meeres befand. Ich muß nicht betonen, daß diese beiden Toren von den ersten einfältigen Helden vernichtet wurden, die des Weges kamen.«

Er griff nach dem Schlauch, nahm einen tiefen Schluck und reichte ihn zurück.

»Ihr würdet nicht so dumm sein«, sagte er, »also versucht, einen Schatz aufzutreiben, der so kalt ist wie dieser hier... ein Mann ohne Herz liebt kalte Dinge, und es gibt nichts Kälteres als einen Schatz.

Und wenn Ihr zurückkommt, werde ich Euch das Herz herausnehmen, und Ihr werdet es gut verstecken. Solange es schlägt, könnt Ihr nicht getötet werden, und nichts ist schlimmer als der Tod.«

Plötzlich bemerkte ich, daß Li Kao sich nur mit allergrößter Mühe beherrschen konnte. Er ballte immer wieder die Fäuste, und er konnte nicht verhindern, daß in seiner Stimme ein Anflug von Abscheu lag.

»Es gibt Dinge, die weit schlimmer als der Tod sind«, entgegnete Meister Li.

Der Alte vom Berg richtete sich plötzlich auf. Ich wich ängstlich zurück, als ich das kalte Feuer in seinen Augen sah.

»Ich verkaufe meine Geheimnisse nicht billig«, sagte er leise.

Der Alte vom Berg stampfte mit dem Fuß auf, ein breiter Spalt öffnete sich in der Erde, und unsere armen Maultiere wieherten vor Entsetzen, als sie mit den Karren in die Tiefe stürzten. Der Alte machte eine Handbewegung, und der Spalt schloß sich, als habe es ihn nie gegeben.

»Es ist gefährlich, mir die Zeit zu stehlen«, flüsterte er.

Der weiseste Mann der Welt hob den Finger an die Lippen und blies. Eine schwarze Wolke verdunkelte die Sonne, der Wind heulte, wir wurden hoch in die Luft geschleudert und wirbelten unaufhörlich in einem schwarzen Trichter herum und herum. Mit uns trieben Steine, Erde, abgerissene Äste und kleine schreiende Tiere durch die Luft. Der Wirbelsturm tanzte den Berg hinunter, und ich versuchte, den zerbrechlichen Li Kao mit meinem Körper zu schützen, während Äste mich schlugen und der Wind ohrenbetäubend heulte. Herum und herum, hinunter und hinunter, dann schien uns die Erde entgegenzuspringen, und wir landeten mit einem solchen Aufprall, daß mir die Sinne schwanden.

Als ich wieder zu mir kam, sah ich, daß wir auf weichem Buschwerk gelandet waren. Wären wir auch nur zehn Fuß weitergeflogen, wären wir über eine hohe Steilwand gestürzt. Tief unten glänzte ein Fluß in der untergehenden Sonne, am Ufer stand bewegungslos ein Junge, und halbverborgen hinter Bäumen lag ein Dorf. Vögel kreisten im kalten Abendwind, der von den schneebedeckten Gipfeln herunterwehte. Irgendwo sang ein Holzfäller ein wehmütiges Lied.

Li Kao hatte mir die Beule am Kopf verbunden. Er saß mit gekreuzten Beinen am Rand des Abgrundes und hielt den Weinschlauch in seinen Armen. Ich blickte zu den fernen Gipfeln hinauf und schien ein leises Lachen zu hören, das klang, als würden Steine über Eisen rollen.

»Meister Li, vergebt mir die freche Bemerkung, aber wenn die Suche nach der Weisheit zu dem Alten vom Berg führt, dann kann ich mir nicht helfen, aber ich glaube, die Menschen wären besser beraten, dumm zu bleiben«, sagte ich.

»Aber es gibt mehr als eine Art der Weisheit«, erwiderte Meister Li. »Es gibt die Weisheit des Gebens und die Weisheit des Nehmens, und es gibt die Weisheit des Himmels, die für Menschen unergründlich ist.« Er hob den Weinschlauch an die Lippen. »In diesem Fall wird der Himmel ergründbar«, sagte er, als er ihn wieder absetzte.

Zu meiner Verblüffung sah ich, daß Meister Li so glücklich wie ein kleiner Junge mit einem großen Hund war.

»Hahnrei Ho hat uns ein Drittel der Lösung zu dieser verrückten Aufgabe erzählt, und nach dem, was der Alte vom Berg gesagt hat, besitzen wir zwei Drittel«, erklärte er zufrieden. Er deutete hinunter zum Flußufer, wo sich inzwischen mehrere Jungen zu dem einen gesellt hatten. »Was machen die Kinder dort unten?«

Ich blickte hinunter und erwiderte achselzuckend: »Sie spielen.«

»Kinderspiele!« Meister Li kicherte glücklich. »Rituale, Rätsel und Kinderreime!« Zu meiner Verwunderung sprang er plötzlich auf, hob den Weinschlauch zum Himmel und rief: *»Jadekaiser, du hast die Nerven eines Meisterdiebs!«*

Unruhig wartete ich auf einen Blitzschlag, aber nichts geschah.

»Komm schon, Ochse, wir müssen eiligst in dein Dorf zurück, um das dritte Drittel des Rätsels zu finden«, sagte Meister Li und trottete den Abhang hinunter.

Der Alte vom Berg hatte uns an den äußersten Rand der Zivilisation geblasen, und wir arbeiteten uns durch eine sehr seltsame Landschaft vorwärts. Flaches rissiges Land erstreckte sich bis zu fernen Bergen in phantastischen Formen, die an zerdrückte Pilze erinnerten.

Ein kalter Wind fuhr seufzend über eine zwölfhundert Meilen weite Steppe. Hin und wieder erreichten wir eine trostlose Ebene, aus der mit beinahe mathematischer Präzision zahllose Erdhügel aufragten; auf jedem Hügel hockte ein Gaffer auf den Hinterbeinen und beobachtete mit großen verwunderten Augen, wie wir vorüberzogen. Einmal rannte ein riesiges Heer von Ratten auf uns zu, aber als sie uns erreichten und an uns vorbeiströmten, sah ich, daß es keine Ratten, sondern Wurzeln, die berühmten rollenden Wurzeln der Pengpflanze waren, die vom Wind zu einem unvorstellbaren Ziel am Ran, am äußersten Rand der Welt getrieben wurden.
Allmählich wuchsen auf den kahlen Bäumen verstreute Bäume; wir erreichten Täler, in denen es wieder grünte. Endlich ging das Land in eine Gegend über, die mir sehr vertraut war. Schließlich stiegen wir auf einen Hügel, und ich entdeckte fern im Dunst die Umrisse des Drachenkissens, und ich war sehr erleichtert, als Meister Li erklärte, das sei unser Ziel. Ich hätte es nicht ertragen können, den Eltern ohne Ginseng für die Kinder von Ku-fu unter die Augen zu treten.
Wir erreichten die Mauer, als zarte violette Schatten wie Katzen über das grüne Tal schlichen. Die Vögel stimmten die letzten Lieder des Tages an, während wir über die alten Steine zum Auge des Drachens hinaufkletterten. Li Kao setzte sich auf den Boden des Wachturms und nahm den Deckel von einer Schale Reis, die er im letzten Dorf gekauft hatte. Eine Weile aß er schweigend, dann sagte er:
»Ochse, Geheimnisse hören auf, Geheimnisse zu sein, wenn man sie aus dem richtigen Blickwinkel betrachtet. In diesem Fall müssen wir den richtigen Blickwinkel finden, indem wir uns an die Worte erinnern, die der Herzog von Ch'in nicht einmal, sondern zweimal gebraucht hat. ›Ihr sucht die richtige Wurzel aus dem falschen Grund.‹ Deutet das nicht darauf hin, daß wir vielleicht unwissentlich in eine ganz andere Suche hineingeraten sind, als wir es uns zur Aufgabe machten, die Große Wurzel der Macht zu finden? Wir dürfen annehmen, daß der Herzog glaubte, wir suchten möglicherweise etwas anderes. Und diese Vorstellung versetzte ihn in Todesangst. Was könnte einen Herzog in Angst und Schrecken versetzen, der so mächtig ist wie der Herzog von Ch'in?«

Meister Li aß etwas mehr Reis und beobachtete, wie die Schatten an der Mauer hochkletterten und wies mit dem Eßstäbchen auf die Singvögel.
»Nehmen wir an, Hahnrei Hos Geschichte beruht auf Tatsachen, und zwar im Sinne historischer Ereignisse, die im Laufe der Jahrhunderte in das konventionelle Gewand des Mythos gekleidet wurden. Es gab tatsächlich eine niedere Gottheit mit dem Namen Prinzessin der Vögel, obwohl sie nicht unbedingt so gewesen sein muß, wie sie in der Geschichte beschrieben wird. Sie trug tatsächlich eine Krone, die drei Federn vom König der Vögel schmückten. Wir müßten so blind wie Neokonfuzianer sein, um nicht zu erraten, was geschah«, fuhr er fort. »Der Herzog von Ch'in kaufte von dem Alten vom Berg das Geheimnis der Unsterblichkeit, und er erfuhr, daß er als erstes etwas stehlen mußte, was einer Gottheit gehörte. Er überlistete und ermordete Jadeperles Zofen, entführte die Prinzessin und stahl ihr die Krone. Danach nahm ihm der Alte vom Berg das Herz aus dem Leib, und deshalb lacht der Bursche gutmütig über Beile in der Brust und über tödliche Mengen Gift. Natürlich war es die ganze Zeit derselbe Herzog. Der Tyrann, der alle Bücher Chinas verbrannte, hockt seit dieser Zeit im Schloß des Labyrinths und verbirgt sich hinter der Maske eines brüllenden Tigers.«
Mir wurde ganz schlecht, wenn ich an den Herzog und seine Spielgefährten wie Die Hand, die Niemand Sieht, dachte. Er hatte den weisesten Mann der Welt nicht nur dafür bezahlt, daß er ihm das Herz entfernte. Der Herzog von Ch'in hatte auch das Geheimnis gekauft, das ihm ermöglichte, in den Köpfen von anderen zu lesen und das Geheimnis der Herrschaft über die Wesen, die im dunkeln Innern der Erde hausen. Welche Chance hatten wir, gegen einen Schüler des Alten vom Berg zu gewinnen?
»Jadeperle besaß etwas, das beinahe ebenso wertvoll war wie ihre Krone«, fuhr Meister Li fort. »Sie hatte eine Patin. Mit Sicherheit entging einem so habgierigen Burschen wie dem Herzog die Tatsache nicht, daß die Ginsengkönigin die wertvollste Pflanze auf der ganzen Erde sein mußte. Mit Jadeperle als seiner Gefangenen war es ihm wahrscheinlich auch gelungen, ihre Patin in seine Gewalt zu bekom-

men. Ich möchte jetzt noch etwas behaupten: Die Große Wurzel der Macht ist die Ginsengkönigin, und deshalb sind die beiden Aufgaben miteinander verbunden.«

Li Kao blickte nachdenklich zum Himmel auf.

»Ochse, der Himmel der Chinesen ist allen anderen weit überlegen, denn nichts ist dort absolut mit einer einzigen Ausnahme: das Gesetz! Die höchste Gottheit ist an die Regeln des Kaiserlichen Buches der Etikette gebunden, und wenn der Himmelskaiser diese Regeln nicht einhält, wird er auf der Stelle abgesetzt. Auf diese Weise überließ der Himmlische Meister des Ersten Ursprungs dem Jadekaiser seinen Thron, und der Himmlische Meister des Jademorgens vom Goldenen Tor steht bereit, um die Herrschaft anzutreten, sobald der Jadekaiser zu groß für seine Sandalen wird. Als die Lieblingsgöttin des Kaisers ihre Krone verlor und nicht zu dem Sternenhirten zurückkehrte, stand sie nicht länger unter dem Schutz des Himmels, und das Kaiserliche Buch der Etikette läßt keine Entschuldigungen gelten. Was sollte der Kaiser tun? Direktes Eingreifen hätte ihm den Thron gekostet. Wenn er also tatsächlich etwas tat, mußte er sehr gerissen vorgehen.«

Meister Li beugte sich vor und lachte, bis ihm die Tränen über das Gesicht rollten.

»Ich sehe Seine Himmlische Majestät förmlich auf dem Thron sitzen mit dieser verdammten Gouvernante von einem Buch auf dem Schoß!« Er kicherte. »Und ich sehe, wie seine Augen prüfend über die Erde schweifen, und ich sehe, wie er sich kerzengerade aufrichtet, als zwei prima Kerle namens Li Kao und Nummer Zehn der Ochse sich auf den Weg machen, um die Große Wurzel der Macht zu suchen. ›Was ist falsch daran zu versuchen, den armen Kindern des kleinen Dorfes Ku-fu zu helfen?‹ fragt er sich ganz vernünftig. ›Schließlich sind solche Aufgaben der Grund meines Daseins!‹ Also tauchen Pfandleiher Fang und Ma die Made auf, um uns zu erzählen, daß der Herzog die Wurzel besitzt... und wenn sie zufällig noch eine Tontafel ausgraben, auf der die Geschichte von Jadeperle aufgezeichnet ist? ›Zufälle gibt es immer‹, seufzt der Jadekaiser. Fang und Ma tauchen noch einmal auf, um uns und

Geizhals Shen bei der Flucht von einem Turm zu helfen... Und wenn Shen uns etwas über den Alten vom Berg erzählt? ›Zufälle gibt es immer‹, seufzt der Jadekaiser. Die Bambuslibelle fliegt geradewegs zu der Höhle der Glocken, und nachdem wir uns eingehend das Gemälde mit dem Hausierer angesehen haben, treffen wir wieder mit Hahnrei Ho zusammen, der inzwischen die Geschichte der Prinzessin der Vögel entziffert hat. ›Zufälle gibt es immer‹, seufzt der Kaiser, ›und schließlich helfe ich ihnen ja nur, die Wurzel zu finden, mit der sie vielleicht die Kinder von Ku-fu retten können.‹ So weit so gut. Aber jetzt wollen wir uns etwas wirklich Raffiniertes ansehen, und das sollte eigentlich nicht so schwierig sein, denn wir sitzen darauf.«

Ich blickte mich unruhig auf der Mauer nach etwas Raffiniertem um, doch das einzige Raffinierte, was ich sah, war eine Eidechse, die sich an eine Fliege heranpirschte.

»Vor vielen Jahren träumte ein General zufällig, er sei in den Himmel befohlen worden, und als er von der Audienz beim Himmelskaiser zurückkehrte, mußte er entdecken, daß seine Pläne soweit geändert worden waren, daß er das Drachenkissen an dieser absurden Stelle bauen sollte«, sagte Meister Li. »Dann liefert ein Orakel zufällig einen Geistwächter namens Wan, und ein paar Jahrhunderte später fangen ein paar Dorfkinder an, ein Spiel zu spielen.«

Meister Li beendete seine Mahlzeit und wies mit einem Eßstäbchen auf mich.

»Der Herzog von Ch'in löschte beinahe alle Spuren der Prinzessin der Vögel aus, als er die Bücher verbrannte, Priester und Gläubige umbrachte, Tempel zerstörte und Geschichtenerzähler enthaupten ließ. Aber er vergaß ein Kinderspiel«, sagte Meister Li. »Ochse, es gibt so etwas wie ein Rassengedächtnis, das Ereignisse bewahrt, lange nachdem die historische Vergangenheit in Asche und Staub gesunken ist. Einer der Wege, durch die sich dieses Gedächtnis Gehör verschafft, sind die Spiele und Lieder der Kinder. Als die Kinder an jenem Tag hierher zur Mauer kamen, begannen sie, das Hüpf-Versteck-Spiel zu spielen, das zufälligerweise die Geschichte des Herzogs von Ch'in und der Prinzessin der Vögel erzählt.«

Ich starrte ihn fassungslos an.
»Jadeperle war ein Ginsengkind, und zwar in dem Sinn, daß ihre Patin die Ginsengkönigin war«, fuhr Meister Li fort. »Wie fängt man ein Ginsengkind?«
»Mit einem roten Band«, erwiderte ich.
»Wie verkleidete sich der Herzog, als er sich den Zofen näherte?«
Ich dachte an das Gemälde in der Höhle der Glocken. »Als hinkender Hausierer, der sich auf eine Krücke stützt«, antwortete ich.
Li Kao begann, die kranken Jungen in den Betten im Kloster nachzuahmen. Er zog die Schultern hoch und griff in die Luft. Dann ahmte er die Mädchen nach, die etwas durch die Luft zu ziehen schienen.
»Die Jungen spielen den lahmen Hausierer, der auf einem Bein hüpfen muß, obwohl ihnen das natürlich nicht bewußt ist«, erklärte er. »Sie versuchen, die roten Bänder der Mädchen zu packen. Und den Mädchen ist nicht bewußt, daß sie Ginsengzofen sind, die getötet werden. Das letzte Mädchen wird zu Jadeperle, doch die Prinzessin der Vögel kann nicht getötet werden, denn sie hat den Pfirsich der Unsterblichkeit gegessen. Der Junge, der ihr rotes Band erobert hat, versteckt sie deshalb. Er ist jetzt der Herzog, und die anderen Kinder werden die Vögel Chinas. Sie verbinden sich die Augen, denn die Vögel können ihre Prinzessin nicht mehr sehen, nachdem sie die Krone verloren hat. Durch Tasten versuchen sie, die Prinzessin zu finden und zu retten, aber die Zeit dafür ist begrenzt. Also, weshalb zählt der Herzog bis neunundvierzig?«
Ich bin normalerweise nicht so intelligent, aber die Antwort schoß mir unaufgefordert durch den Kopf.
»Sieben mal sieben«, erwiderte ich. »Jadeperle könnte fliehen, wenn sie den Sternenhirten vor dem siebten Tag des siebten Monats erreicht. Aber Meister Li, weshalb könnte es nicht zehn oder zwanzig andere Deutungen des Hüpf-Versteck-Spiels geben?«
»Ginseng«, erwiderte er ohne zu zögern. »In dem Augenblick, als die Kinder deines Dorfes eine winzige Probe der Großen Wurzel geschluckt hatten, regte sich ihr Rassengedächtnis, und sie begannen instinktiv, ihr Ginsengspiel zu spielen. Eine etwas stärkere Dosis weckte eine tiefersitzende Erinnerung und eine Erkenntnis, die dem

Bewußtsein der Kinder entfallen war, die es zum ersten Mal erlebt hatten. Sobald sie begonnen hatten, den Kinderreim zu singen, gelang es ihnen, die Prinzessin der Vögel zu finden. Es war kein Zufall, Ochse, daß Affe die Hand ausstreckte und Fangs Reh berührte.«

Li Kao begann, mit seinen Eßstäbchen langsam und rhythmisch auf den Rand seiner Eßschale zu schlagen.

»Der Geist des armen Wan muß sehr einsam gewesen sein«, fuhr er fort. »Auch Geister haben teil am Rassengedächtnis, und als er sah, daß die Kinder das Hüpf-Versteck-Spiel spielten, begriff er, daß die Frage, die das Spiel stellt, lautet: ›Wo ist die Prinzessin der Vögel? Wo hält der lahme Hausierer sie versteckt?‹ Wan kannte die Antwort. Er wollte an dem Spiel teilnehmen, doch er war entschlossen, fair zu spielen. Wie oft hatte er die Rätselreime der Kinder gehört, und seine Improvisation war so gut, daß ich den starken Verdacht habe, er war weit mehr als nur ein einfacher Soldat.

Jadepracht
Sechs, acht.
Feuer, das heiß brennt,
Nacht, die man nicht Nacht nennt,
Feuer, das kalt brennt,
Silber
Gold
Doch wer es kennt,
Sieht ein anderes Element.

Meister Li warf die Eßstäbchen in die Schale und zwinkerte mir zu.

»Was ist die allgemeine Metapher für den Mond, seit Yang Wan-li damit angefangen hat?«

»Eine Jadescheibe«, erwiderte ich, »die zehntausend Meilen über den blauschwarzen Himmel zieht.«

»Was kannst du in Zusammenhang mit dem Mond aus sechs, acht machen?«

»Der sechste Tag des achten Mondes?« riet ich.

»Umgekehrt.«
»Der achte Tag des sechsten Mondes... oh, das ist ja heute«, rief ich.
»In der Tat. Wir haben mit dem Mond angefangen. Was ist also das Feuer, das heiß brennt?«
»Die Sonne?« fragte ich.
»Und die Nacht, die man nicht Nacht nennt?«
Ich kratzte mich am Kopf. »Eine Sonnenfinsternis?«
»Könnte sein, aber ich kann mich an keine Sonnenfinsternis am achten Tag des sechsten Mondes erinnern. Versuche es mit etwas Einfacherem.«
»Der Sonnenuntergang«, sagte ich. »Die Sonne ist schon verschwunden, aber das Licht ist noch da.«
»Ausgezeichnet«, lobte Meister Li. »Bei ihrem Spiel fragen die Kinder: ›Wo ist die Prinzessin der Vögel?‹ Und Wan antwortet ihnen, wenn sie am achten Tag des sechsten Mondes von seinem Wachturm aus dorthin blicken, wo die Sonne am Horizont verschwindet, würden sie den Ort sehen, wohin der lahme Hausierer Jadeperle gebracht hatte. Genauer gesagt, sie würden etwas sehen, das kaltem Feuer gleicht, das zuerst silbern und dann golden brennt. In wenigen Minuten werden wir genau danach Ausschau halten«, sagte Meister Li.
Ich wurde rot und erwiderte beinahe zornig:
»Meister Li, wir versuchen, die Große Wurzel der Macht für die Kinder von Ku-fu zu finden! Wir versuchen nicht, eine kleine Göttin für den Himmelskaiser zu finden!«
»Mein lieber Junge, glaubst du, der Kaiser weiß das nicht? Gedulde dich noch ein paar Minuten«, erwiderte Meister Li begütigend.
Die Sonne versank langsam hinter fernen Berggipfeln, und die Wolken begannen, in den Farben des Sonnenuntergangs zu glühen. Ich entdeckte nichts, das kaltem Feuer glich. Das Licht begann zu verblassen, und ich sah schwach die ersten Sterne am Himmel, aber sonst sah ich nichts. Es war beinahe dunkel, und um die Wahrheit zu sagen, ich glaubte nicht an Meister Lis Deutung des Kinderreims.

Plötzlich sank die schon verschwundene Sonne in eine unsichtbare Lücke in der Bergkette im Westen. Ein leuchtender Lichtstrahl schoß wie ein Pfeil durch das Tal bis zu den östlichen Bergen. Zu keiner anderen Zeit und an keinem anderen Tag des Jahres wäre der Einfallwinkel richtig gewesen, aber jetzt begann ein kleiner runder Fleck, der irgendwo zwischen den Gipfeln verborgen war, wie kaltes Feuer zu glühen. Er schimmerte wie Silber, verwandelte sich dann in mattes Gold und verschwand.
Meister Li bedeutete mir niederzuknien und die Hände zu falten.
»Gut gemacht, Wan«, rief er. »Du hast die Mission erfüllt, zu der dich der Himmelskaiser ausersehen hatte. Und gewiß wird deinem Geist erlaubt sein, zu den Sternen aufzusteigen. Dort wirst du viele Kinder finden, die dich auffordern, mit ihnen zu spielen, und die Göttin Nu Kua wird sich freuen, einen solchen Wächter zu bekommen, der ihr dabei hilft, die Mauern des Himmels zu bewachen.«
Wir verneigten uns dreimal, machten neun Kotaus und standen auf. Li Kao lachte mich an.
»Ochse, was glaubst du, was sollen wir dort finden?«
Ich starrte ihn an. »Ist das nicht der Ort, an den der Hausierer die Prinzessin der Vögel hingebracht haben soll?« fragte ich.
»Er hat sie ganz sicher dort hingebracht. Vielleicht wollte er so die Stadt finden, in der ihre Patin lebte. Aber für uns wäre es ziemlich nutzlos, Jadeperle zu suchen«, erklärte Meister Li geduldig. »Falls der Herzog von Ch'in auch nur ein bißchen Verstand hatte, brachte er sie auch zum Alten vom Berg. Töten konnte man sie nicht, aber man konnte sie verwandeln. Die Prinzessin der Vögel kann jetzt vielleicht ein Regentropfen in einem Gewittersturm sein, ein Blütenblatt auf einer Wiese voller Blumen oder ein Sandkorn unter einer Million anderer Sandkörner am Strand. Nein, du, ich und der Jadekaiser, wir tun uns alle gegenseitig einen Gefallen, denn es gibt etwas auf dieser Welt, das wir benutzen können, um den Herzog zu zwingen, uns die Große Wurzel der Macht auszuhändigen. Und es kann ihn ebenso zwingen, Jadeperle freizugeben. Ich wette um alles, was du willst, daß der Himmelskaiser es so einrichten wird, daß wir das eine nicht ohne das andere bekommen.«

Meister Li streckte sich, gähnte und kratzte sich den struppigen Bart.
»Wir wollen schlafen. Morgen früh werden wir uns auf die Suche nach dem schlechten schleimigen Herzen des Herzogs von Ch'in machen«, sagte er.

27.
Der See der Toten

Wir zogen im Morgengrauen los und erreichten am vierten Tag die Ausläufer des Gebirges. Als wir in die Berge hinaufstiegen, ließen wir den Sommer hinter uns. Die grünen Bäume, die duftenden Blumen, die plätschernden Bäche wichen der bedrückendsten Landschaft, die ich je gesehen habe.

Die Berge lagen im Bann einer eigenartigen Kälte, die merkwürdig starr und leblos wirkte, als sei ein gewaltiger Eisberg auf einen Berggipfel geschleppt worden, wo er seit tausend Jahren reglos und ohne zu schmelzen lag. Mitunter gingen wir eine Stunde, ehe wir ein Erdhörnchen sahen oder einen Vogel zwitschern hörten. Am dritten Tag des Aufstiegs waren alle Zeichen von Leben verschwunden. Wir hielten vergebens Ausschau nach einem Adler am Himmel, und auf der Erde konnten wir noch nicht einmal eine Ameise entdecken.

Seit geraumer Weile hörten wir das ferne Rauschen von fallendem Wasser, und schließlich erreichten wir es. Ein dünner Wasserfall stürzte über eine scharf gezackte Felswand. Wir kletterten hinauf und entdeckten, daß dieser Felsen Teil eines gigantischen Bergsturzes war, der vor vielen Jahrhunderten den schmalen Eingang eines Tals versperrt hatte. In der Ferne sahen wir noch einen Wasserfall über eine noch höhere Felswand fallen. Das ganze Tal hatte sich in einen riesigen See verwandelt. Ich hatte noch nie ein so kaltes, graues, abweisendes Gewässer gesehen. Ich spürte das Böse in meinen Knochen. Li Kao setzte sich und begann, schnell zu rechnen.

»Ochse, der See hat die richtige Größe, die richtige Form und die richtige Lage«, sagte er, »ihn haben wir vom Drachenkissen aus gesehen. Er brannte erst silbern, dann golden, und es sieht mir sehr danach aus, als müßten wir feststellen, was auf seinem Grund liegt.«

Das war schwieriger, als wir erwartet hatten. Wir bauten ein Floß und paddelten in die Mitte des Sees. Aber als wir versuchten, mit einem Stein, den wir an ein Seil aus Ranken gebunden hatten, den Grund zu erreichen, hing der Stein nach zweihundert Fuß immer noch ohne Bodenberührung im Wasser. Es sah so aus, als habe der See keinen Grund. Meister Lis Gesicht wurde feuerrot, als er wutentbrannt die Serie von Sechzig Sakrilegien ausstieß, mit der er drei Jahre hintereinander die chinesische Meisterschaft in Freistil-Blasphemie in Hangchow gewonnen hatte. Dann beschloß er, die Felswand am anderen Ende des Sees zu ersteigen, um das Problem aus einem anderen Blickwinkel zu betrachten.

Es war eine schwierige und sehr gefährliche Klettertour. Wir stiegen meist über bröckligen Schieferton. Als wir die Spitze erreichten, stellten wir fest, daß der Boden weich und porös war. Nur das Wasser lief in einer harten Felsenrinne. Meister Li kroch vorsichtig bis zum Abgrund und blickte beinahe fünfhundert Fuß hinunter auf den goldgrauen See, der stumpf in der Sonne glänzte.

»Es ist nur eine Sache einfacher Hydraulik!« rief er, »wir können den Grund des Sees nicht erreichen, also bringen wir ihn zu uns herauf. Als erstes brauchen wir jede Menge starker Muskeln.«

Wir mußten weit auf der anderen Seite des Berges hinabsteigen, ehe wir ein Dorf erreichten. Die Dorfbewohner wollten nichts von einer Arbeit wissen, die verlangte, daß sie sich in die Nähe des Sees begaben. Sie nannten ihn den See der Toten und schworen, daß nicht einmal Fische in seinem Wasser leben konnten.

»Einmal im Jahr, am fünften Tag des fünften Monats nähert sich um Mitternacht eine gespenstische Karawane dem See der Toten«, erzählte eine alte Frau leise unter Zittern und Beben, »zur Zeit meiner Großmutter legten sich einmal ein paar törichte Männer dort auf die Lauer, um die Prozession des Bösen zu beobachten. Man fand sie später mit aufgeschlitzten Bäuchen! Seit dieser Zeit verschließen wir am fünften Tag des fünften Monats in unserem Dorf alle Türen und verkriechen uns unter den Betten.«

Meister Li warf mir einen Blick zu, und ich wußte, was er dachte. Um diese Zeit mußte der Herzog von Ch'in seine Rundreise beendet haben und sich wieder auf den Rückweg machen. Er kam dabei wahrscheinlich auch zu dem kalten Berg und dem See der Toten.
Es war nicht leicht, sie zu überreden. Aber wir konnten ihnen mehr Geld bieten, als sie hoffen konnten, in tausend Jahren zu verdienen. Schließlich nahmen die Männer ihre Hacken und Schaufeln und folgten uns ängstlich zu der Felswand. Sie arbeiteten wie die Teufel, um so schnell wie möglich wieder dort wegzukommen. Als erstes hoben wir einen Graben aus, der vom Ufer des Gebirgsbachs zu einer tiefen Schlucht führte. Dann zogen wir Gräben zu anderen Erdspalten. Schließlich hatten wir einen Kanal, der von einem Ende der Felswand bis zum anderen reichte. Wir fällten Bäume und errichteten einen Damm. Es war nicht so leicht, das Wasser zu überreden, sein Bett zu wechseln. Aber schließlich rauschte es ärgerlich aus seiner Felsrinne und verschwand fauchend und zischend in der porösen Erde auf dem Grund der Erdspalten. Wir gaben den Männern noch eine Belohnung. Doch sie nahmen sich kaum Zeit, uns zu danken, während sie Hals über Kopf davonstürzten.
Meister Li und ich schlugen auf der anderen Seite des Sees ein Zelt auf. Wir wußten nicht, wie lange es dauern würde, und vertrieben uns die Wartezeit damit, daß wir Taucherausrüstungen herstellten: Luftbehälter aus den Blasen von Wildschweinen und Atemschläuche aus den Därmen. Wir fertigten Bambusspeere und befestigten Schlingen an unseren Gürteln, um die Felsbrocken zu halten, die uns beim Herabsinken beschweren sollten. Es geschah sehr viel schneller, als wir das für möglich gehalten hätten.
Ich blickte über den kalten, glatten See zum Steilhang, der im Mondlicht glänzte, und Li Kao schrieb im Schein einer Laterne Lieder. Plötzlich schwankte die Laterne auf dem Tisch. Verblüfft sahen wir zu, wie sie über den Tisch rutschte und auf den Boden fiel. Dann bäumte die Erde sich unter uns wie ein junges, wildes Pferd. Wir rannten aus dem Zelt und blickten zur Felswand hinüber, hörten ein Grollen und Knirschen, und die Steilwand begann, sich im Mondlicht zu bewegen. Selbst Meister Li hatte nicht mit etwas so

Spektakulärem gerechnet. Aber das Wasser hatte sich tiefe Tunnel in die poröse Steilwand gegraben, so daß beinahe die Hälfte des Berges sich neigte, in der Luft hing und dann fünfhundert Fuß hinunter in den See der Toten stürzte.

Wir rannten zum nächsten Baum und klammerten uns daran fest. Ich sah, wie eine gewaltige Wasserfontäne, die silbern im Mondlicht glänzte, sich wie eine Wolke in die Luft erhob. Die riesige Woge schien sich sehr langsam dem Damm zu nähern. Wir spürten einen eisigen Windstoß, dann schoß die Welle über den Damm und donnerte in das tiefer liegende Tal. Wir sahen, daß ein Wald im Handumdrehen zermalmt wurde. Wir sahen, daß gewaltige Felsen wie Sandkörner durch die Luft geschleudert wurden. Der Berg unter uns erzitterte, und tief im Innern der Erde preßte sich das Gestein mahlend und kreischend zusammen. Ein eisiger Nebel hüllte uns ein. Der Baum, an den wir uns klammerten, schien schwankend und zuckend aus der Erde gerissen zu werden. Eine Ewigkeit schien zu vergehen, bis die Erde sich beruhigte und das Dröhnen des Wassers verhallte.

Allmählich löste sich der Nebel auf, und uns bot sich ein unglaublicher Anblick. Aus dem flachen, zurückgebliebenen Wasser ragte ein Wald von Kuppeln und Türmen auf. Es dauerte einige Zeit, bis mein Verstand erfaßte, daß der See der Toten eine ganze Stadt unter sich begraben hatte! Li Kao jubelte vor Freude, packte mich und tanzte mit mir im Kreis herum.

»Welch ein hübscher Platz, um ein Herz zu verstecken!« schrie er, »wirklich hübsch!«

Ich tanzte mit Meister Li, konnte ihm jedoch nicht zustimmen, daß es ein hübscher Platz war. Die geisterhaften Türme ragten aus dem Wasser auf und schienen sich an dem Mond festkrallen zu wollen wie die Finger ertrinkender Männer. Von den Kuppeln tropfte das Wasser wie Tränen.

Die Nacht ging vorüber. Die strahlende Morgensonne, die auf unser kleines Floß schien, wärmte uns. Aber nichts konnte das Wasser im See der Toten erwärmen. Ich überprüfte meine Schweinsblasen und die Luftschläuche, die Steine an meinem Gürtel und den Speer.

»Fertig?« fragte Meister Li.
»Fertig«, erwiderte ich.
Ich schob mir den Atemschlauch der ersten Blase in den Mund, hielt mir die Nase zu und sprang. Das Wasser war sehr kalt. Doch ich hatte meinen Körper mit einer dicken Schicht Schweinefett geschützt, und die Kälte war erträglich, bis ich in eine seltsam eisige Strömung geriet, die mich beinahe gezwungen hätte, an die Oberfläche zurückzukehren. Ich sah plötzlich, wie meine Fingerspitzen blau wurden. Glücklicherweise handelte es sich um eine schnelle Strömung, durch die ich bald hindurchgetaucht war. Ich sank schneller, als mir sicher erschien, deshalb warf ich ein paar Steine ab, bis ich langsamer nach unten trieb. Ein Seil aus Ranken führte von meinem Gürtel nach oben. Li Kao zählte die Knoten, während sie durch seine Finger glitten. Als ich schließlich den Boden berührte, befand ich mich dreißig Fuß tief.
Ich hatte erwartet, es würde in dieser Tiefe völlig dunkel sein. Doch phosphoreszierende Felsen verbreiteten ein gespenstisch grünes Licht, in dem ich recht gut sehen konnte. Ich ging durch eine der Straßen der versunkenen Stadt und bewegte dabei die Arme wie beim Schwimmen, um den Druck des Wassers auszubalancieren. Die Luft aus der Schweinsblase schmeckte scheußlich, aber der Atemschlauch funktionierte. An meinem Gürtel hingen noch zwei Schweinsblasen. Ich erreichte ein Haus und spähte vorsichtig durch die Tür ins Innere. Es dauerte eine ganze Weile, bis ich begriff, daß ich etwas sah, das es einfach nicht geben konnte.
Ich griff zur zweiten Luftblase und eilte, so schnell ich konnte, durch die Stadt. Überall bot sich mir der gleiche unfaßbare Anblick. Als auch diese Blase leer war, griff ich zur dritten und kehrte um, bis das Seil an meinem Gürtel beinahe senkrecht in die Höhe führte. Dann warf ich weitere Steine ab, bis ich nach oben trieb und schließlich wenige Fuß vom Floß entfernt wieder auftauchte.
»Meister Li!« keuchte ich, »Meister Li...«
Er verbot mir, etwas zu sagen, zog mich auf das Floß und rieb mich trocken. Dann mußte ich einen Schluck Wein trinken, ehe ich berichten durfte, was ich erlebt hatte. Ich begann von der merkwürdig

eisigen Strömung zu erzählen und dem phophoreszierenden Licht. Ich sagte: »Meister Li, im ersten Haus habe ich die Skelette einer Frau und eines kleinen Kindes gesehen. Es muß Jahre gedauert haben, ehe dieser See hinter dem Bergsturz entstanden war, doch die Frau ist so schnell ertrunken, daß ihr nicht einmal Zeit blieb, ihr Kind aus der Wiege zu nehmen!«

Überall war es das gleiche gewesen. Ich hatte Spieler gesehen, die mit dem Würfel in der Hand ertrunken waren, und Schmiede, die über dem Amboß hingen. Frauen, deren Knochen in den Töpfen lagen, mit denen sie gerade gekocht hatten.

»Meister Li, diese Stadt ist in einem einzigen Augenblick zerstört worden!« berichtete ich aufgeregt, »wenn der Herzog von Ch'in für ein solches Massaker verantwortlich ist, muß er das kälteste Herz der Welt besitzen!«

Li Kao packte mich am Arm. »Sag das noch einmal!« forderte er mich auf.

»Äh... wenn der Herzog von Ch'in dafür verantwortlich ist, muß er das kälteste Herz der Welt besitzen...«, murmelte ich.

Li Kao zog ein merkwürdiges Gesicht. Ich fand, daß er mich an eine Katze erinnerte, die sich an einen großen selbstzufriedenen Vogel heranschlich. Mit einer Handbewegung wies er auf das Gewirr von Türmen und Türmchen.

»Ochse, auch dies hier ist ein Labyrinth, und wir haben den Drachenanhänger nicht mehr«, erklärte er, »aber brauchen wir ihn? Ich habe das Gefühl, als der Alte vom Berg uns von der Dummheit einiger seiner Schüler so anschaulich erzählte, hat er möglicherweise sehr geschickt etwas über den Herzog von Ch'in gesagt.«

Eilig fettete sich Li Kao mit dem Schweinefett ein und griff nach seiner Taucherausrüstung.

»Schließlich kann der weiseste Mann der Welt mit einem Schüler kaum zufrieden sein, der als Versteck für sein Herz eine riesige Stadt aussuchte, sie unter einigen hundert Fuß Wasser begrub und dann eine Spur zurückließ, die geradewegs auf das Charakteristische des entfernten Organs hinweist. Ochse, führe mich zu dieser merkwürdigen eisigen Ströhmung«, sagte Meister Li zufrieden.

28.
Das kälteste Herz der Welt

Wir sanken langsam in das gespenstisch grünliche Licht hinunter, und es dauerte nicht lange, bis ich die Strömung gefunden hatte. Wir erfroren darin beinahe, ehe wir entdeckten, daß wir sie aus sicherer Entfernung verfolgen konnten, wenn wir auf eine winzige Spur von Bläschen achteten. Wir folgten ihr stundenlang durch ein unglaubliches Gewirr von Straßen. Ich schwamm immer wieder an die Oberfläche zurück, paddelte das Floß ein Stück weiter, dann tauchte Meister Li auf, kletterte an Bord, wir ruhten uns aus und erneuerten unsere Luftvorräte. Langsam näherten wir uns der Mitte der Stadt, und am späten Nachmittag ruderten wir das Floß zu einer kupfernen Kuppel, die sich zwischen vier Steintürmen aus dem Wasser erhob. Beim Einsturz der Steilwand hatte ein Felsbrocken die Kuppel durchschlagen, und die winzigen Luftbläschen perlten aus der Öffnung.

Wir zwängten uns durch das Loch und sanken auf einen Berg von Schätzen, der zehnmal größer war als alle anderen zusammen!

Über dieser Beute des Herzogs hing an einer Steinmauer seine riesige Tigermaske. Das Maul des Tigers war aufgerissen, und in einer Nische hinter den Zähnen lagen die kostbarsten aller Edelsteine. Ich schwamm näher und sah, daß die Steine sich um ein goldenes Kästchen häuften, und mein Herz pochte freudig, als ich bemerkte, daß die Bläschen aus dem Schlüsselloch perlten. Ich streckte die Hand aus, aber Li Kao hielt sie fest. Er wies mit dem Kopf eindringlich auf die Maske. Ich bemerkte die spitzen Stahlzähne im Maul des Tigers, schwamm zu einem der Türme, und es gelang mir, einen Mauerstein loszureißen. Damit schwamm ich zurück und schob ihn zwischen die furchteinflößenden Fänge.

Die Zähne schnappten zu und bohrten sich mit einem Knirschen durch den Stein, das vom Wasser noch verstärkt zu werden schien. Doch der Quader hielt gerade lange genug, daß ich in die Lücke greifen und das Kästchen herausholen konnte. Ich ließ es in den Sack fallen, den ich an meine Hüfte gebunden hatte, als der Stein auseinanderbrach, und das Maul sich mit einem schrecklichen Dröhnen schloß. Wir kehrten um und wollten an die Oberfläche zurückschwimmen. Aber mir blieb beinahe das Herz stehen. In dem grünlichen Glühen trieben drei weiße Gestalten auf uns zu. Wenn nicht der Luftschlauch in meinem Mund gewesen wäre, hätte ich vor Mitleid aufgeschrien. Es waren die drei ermordeten Zofen der Prinzessin der Vögel. Ihre Körper waren nach all den Jahrhunderten unversehrt. In das Entsetzen in ihren Augen mischte sich ein seltsames, hilfloses Flehen. Sie glitten mit fast unmerklichen Bewegungen der Hüfte und der Beine durch das Wasser, und ihre langen schwarzen Haare trieben wie Wolken hinter ihnen.
Die Haare widerstanden dem Druck des Wassers. Plötzlich trieben sie vor den Mädchen her und glitten auf uns zu wie unzählige Schlangen. Die kalten, nassen Strähnen legten sich um unsere Luftschläuche, rissen sie uns aus dem Mund, dann überzogen sie unsere Gesichter wie Ranken und verstopften uns Mund und Nase. Wir tauchten wie Schildkröten, zerrten an der zweiten Schweinsblase und schoben uns die Atemschläuche in den Mund. Dann schnellten wir herum, schwammen wieder nach oben zurück und stießen mit den Bambusspeeren nach den Mädchen. Das war reine Zeitverschwendung. Die schlaffen Körper lebten seit Jahrhunderten nicht mehr. Die Speere glitten durch die Haarwolken hindurch, die wieder nach uns griffen. Wieder wurden uns die Atemschläuche aus dem Mund gerissen, und die Luft perlte aus der zweiten Schweinsblase. Wir tauchten noch einmal, schoben den Atemschlauch der letzten Blase in den Mund. Noch während ich damit beschäftigt war, spürte ich, wie sich schwere, nasse Haarsträhnen über meine Schultern ringelten. Die letzten Atemschläuche wurden uns abgerissen. Ich versuchte verzweifelt die Zofen abzuwehren, und sah, daß in ihren flehenden Augen offenbar Tränen standen. Aber ihre Haare

bildeten eine undurchdringliche Wolke über uns. Wir konnten nicht weiter.
Ich packte Meister Li, schwamm zu dem Turm und löste mit meinem Speer einen zweiten Steinquader. Das Loch war gerade groß genug. Ich schob Meister Li hindurch, zwängte mich nach ihm hinein und drückte meinen Speer in das Loch, um die Zofen aufzuhalten. Wir rissen uns die Steine von den Gürteln und begannen, aufzusteigen. Meine Lunge drohte zu platzen und das Trommelfell zu explodieren, und meine Augen brannten wie Feuer. Ich war beinahe bewußtlos, als unsere Köpfe schließlich in einer Luftblase direkt unter dem Kupferdach aus dem Wasser tauchten. Ich hielt Li Kaos Kopf über Wasser, während ich japsend die Luft einsog; gequält schrie ich auf, als die Luft in meine Lunge drang. Schließlich konnte ich normal genug atmen, um wieder denken zu können. Ich sah, daß die Mauer auf der linken Seite sehr brüchig schien. Nach ein paar Tritten gähnte ein Loch. Ich trug Li Kao hindurch und kletterte auf ein flaches Dach.
Meister Li hing schwer und leblos in meinen Armen. Ich legte ihn auf den Bauch und begann, ihn künstlich zu beatmen. Ich weinte, weil ich dachte, es sei zu spät. Aber nach kurzer Zeit hörte ich ihn husten. Ich schrie vor Freude laut auf und ließ in meinen Bemühungen nicht nach, während ihm das Wasser aus dem Mund strömte und er schließlich wieder selbst atmete. Dann sank ich zu Boden, und wir lagen nebeneinander und schnappten nach Luft wie zwei Fische auf dem Trockenen. Schließlich vermochten wir uns aufzusetzen und uns umzusehen. Wir befanden uns immer noch in großen Schwierigkeiten. Das Ufer lag mehr als eine Meile entfernt, und die drei Zofen schwammen wie Haie um den Turm. Meister Li schüttelte sich das Wasser aus den Ohren und hob zitternd den Finger.
»Nummer Zehn der Ochse, wir sind Zeuge eines so entsetzlichen Verbrechens, daß es jede Vorstellung übersteigt«, sagte er heiser, »der Herzog von Ch'in hat diese armen Mädchen ermordet und sie dann in einen Zauberspruch gebannt, der sie zwingt, das Herz ihres Mörders zu schützen. Da er beabsichtigt, für immer zu leben, hat er drei unschuldige Mädchen zu ewiger Verdammnis verurteilt.«

Er lief vor Zorn dunkelrot an.
»Nicht einmal der Himmelskaiser hat das Recht, jemanden zu ewiger Verdammnis zu verurteilen«, schrie er wütend, »es muß eine Gerichtsverhandlung stattfinden. Der Angeklagte muß verteidigt werden, und die Yamakönige müssen dem Urteil zustimmen, ehe eine solche Strafe verhängt werden darf!«
Knurrend zog ich das Kästchen aus dem Beutel an meiner Hüfte. Ich hielt das eiskalte Ding an mein Ohr und hörte ein schwaches Pochen ... *Poch ... Poch ... Poch ...*
»Soll ich es in Stücke schneiden oder zerquetschen?« fragte ich finster.
Diese Frage besaß keinen praktischen Wert. Li Kao machte sich mit seinen Dietrichen ans Werk, aber einem solchen Schloß war er noch nie begegnet. Es handelte sich um das komplizierteste Druckschloß, das er je gesehen hatte. Es ließ sich nur mit dem richtigen Schlüssel öffnen. Ein Dolch hinterließ auf dem Kästchen noch nicht einmal einen Kratzer. Ich warf es mit aller Kraft auf den Steinboden, aber davon bekam es noch nicht einmal eine Beule. Durch Reibung entstand nicht einmal die kleinste Spur von Wärme auf dem eiskalten Metall. Ich warf das Kästchen schließlich zu Boden; wir saßen davor und starrten es an. Beim Herausnehmen aus dem Tigermaul hatte ich offenbar auch ein paar Edelsteine mitgenommen. Li Kao nahm sie langsam in die Hand: ein Diamant, ein Rubin, eine Perle und ein Smaragd. Er betrachtete sie voller Verwunderung.
»Schachmatt«, sagte er leise, »ich habe dir gesagt, der Jadekaiser würde die beiden Aufgaben hübsch miteinander verknoten. Es gibt nur eine Möglichkeit, von diesem Turm zu fliehen. Wir müssen einen heiligen Eid ablegen.«
Ich hatte keine Ahnung, wovon er redete.
»Einen Regentropfen in einem Gewittersturm finden, ein Blütenblatt auf einer Wiese voller Blumen oder ein Sandkorn unter einer Million anderer Sandkörner am Strand ...«, flüsterte Meister Li. »Ich bin ein Dummkopf. Ich leide an Gehirnerweichung. Ochse, ich kann dem nicht mehr trauen, was ich einmal als meinen Verstand bezeichnete. Kannst du dich vielleicht noch an die Namen der Zofen erinnern?«

»Schneegans«, sagte ich langsam, »Kleine Ping... und Herbstmond.«
Li Kao verstaute die Edelsteine in einer Muschel an seinem Schmugglergürtel, bat mich, das Kästchen wieder in den Beutel zu legen und ihn sorgfältig an meiner Hüfte festzubinden. Dann erhob er sich mühsam und wendete sich den armen Mädchen im Wasser zu, die langsam den Turm umkreisten.
»Schneegans«, sagte er ganz ruhig, »Kleine Ping und Herbstmond, hört zu! Die Aufgabe ist beinahe gelöst. Wir haben die Flöte, die Kugel und das Glöckchen. Ich weiß, wo wir die drei Federn vom König der Vögel finden. Ich weiß, wo wir die goldene Krone finden. Und jetzt weiß ich auch, wo wir die Prinzessin der Vögel finden. Ihr müßt uns vorbeilassen. Ihr müßt kämpfen, wie noch niemand je gekämpft hat und ermöglichen, daß wir sicher das Ufer erreichen.«
Ich starrte ihn fassungslos an. Er holte tief Luft.
»Zofen, wenn Ihr den Bann brechen und uns ziehen lassen könnt, schwöre ich bei allem, was heilig ist und beim heiligen Namen des Jadekaisers, daß die Vögel fliegen werden!« schrie Meister Li zu ihnen hinunter, *»am siebten Tag des siebten Mondes werden die Vögel von China fliegen!«*
Ich bezweifle, daß Tapferkeit mich noch jemals sonderlich beeindrukken wird, denn ich hatte das Privileg, Zeuge einer Tapferkeit zu werden, die jedes menschliche Vorstellungsvermögen überstieg. Die Türme der tragisch versunkenen Stadt warfen das Echo von Li Kaos Worten zurück, und es herrschte Schweigen. Dann begannen sich die Körper der ermordeten Mädchen im Wasser zu drehen. Zuerst glaubte ich, sie hätten die Herrschaft über sich verloren, aber dann begriff ich, daß sie sich drehten, um sich in ihre Haare einzuwickeln.
Eine qualvolle Schmerzenswoge überflutete mich und warf mich beinahe ins Wasser. Zwar konnte ich die Schreie der Zofen in meinen Ohren nicht hören, aber ich hörte sie in meinem Herzen. Meister Li hüpfte auf meinen Rücken, ich sprang ins Wasser und schwamm auf das ferne Ufer zu. Eine seelenerschütternde Qual umgab die sich drehenden Mädchen. Aufschrei um Aufschrei schnitt mir ins Herz, und unter dem Zucken ihrer Körper brodelte das Wasser. Ich schwamm so dicht an der einen vorbei, daß ich ihre Tränen erkennen

konnte und sah, daß sie sich in ihrer unendlichen Pein so verzehrte und krümmte, daß ihr Rückgrat zu brechen schien. Ich schwamm weiter, und die drei Mädchen blieben hinter mir zurück. Sie gaben den schrecklichen Kampf erst auf, als ich sicher an das sandige Ufer geklettert war.

Wir drehten uns nach den drei Zofen um und berührten mit den Köpfen die Erde. Aber Li Kao hatte nicht die Zeit für die angemessenen Ehrenbezeigungen.

»Ochse, uns bindet ein heiliger Schwur, und es ist Zeit herauszufinden, welche Anstrengungen deine Muskeln aushalten«, sagte er düster. »Um das Schloß des Labyrinths zu erreichen, müssen wir halb China durchqueren. Aber wir müssen am siebten Tag des siebten Mondes dort sein. Wirst du das schaffen?«

»Meister Li, setzt Euch auf meinen Rücken« erwiderte ich.

Er hüpfte hinauf, ich drehte mich in Richtung Süden und rannte los.

Am späten Nachmittag des siebten Tages des siebten Monats standen wir an einem Sandstrand und blickten über das Wasser auf eine hoch aufragende Felswand, auf der sich drohend das Schloß des Labyrinths als dunkle, riesige Mauer abzeichnete. Die Sonne fiel durch schwarze Wolken und verwandelte das Gelbe Meer in geschmolzenes Gold. Ein heftiger Wind peitschte das Wasser in der Bucht zu kleinen, kurzen Wellen auf. Möwen schwebten wie Schneeflocken an einem Himmel, der Regen verhieß. Ich konnte mit Meister Li unmöglich durch diese Wellen schwimmen, ohne einen von uns oder beide umzubringen. Ich sah ihn verzweifelt an.

»Ich glaube, da kommt Hilfe«, erklärte ich ruhig und wies auf eine kleine Schar Boote, die sich uns mit großer Geschwindigkeit näherten.

An der Spitze lag ein kleines Fischerboot mit einem leuchtend roten Segel, das mit Speeren und Pfeilen bombardiert wurde. Der Wind trieb abgehackte zornige Schreie an unser Ohr: »Meine Geldbörse!... Mein Jadegürtel!... der Sparstrumpf meiner Großmutter!... Pulverisierter Fledermausdreck kann keine Arthritis heilen!... Meine golde-

nen Ohrringe!... Nicht einmal eine Erbse war in diesen Muscheln!... Gebt mir meine falschen Zähne wieder zurück!«
Das kleine Boot landete praktisch vor unseren Füßen am Ufer. Zwei zwielichtige Herren kletterten heraus und drohten ihren Verfolgern mit den Fäusten.
»*Wie könnt ihr wagen, uns Betrüger zu nennen?*« kreischte Pfandleiher Fang.
»*Wir gehen vor Gericht!*« schimpfte Ma die Made.
Die aufgebrachte Menge stürmte schreiend ans Ufer, und Ma und Fang gaben Fersengeld. Wir stiegen in das kleine Fischerboot, stießen ab, und schon drehte sich gehorsam der Wind und blähte das Segel. Während wir über die Wogen schossen, verschwand die Sonne. Es wurde dunkel, Blitze zuckten über den Himmel, und es begann zu regnen. Vor uns ragte die steile Felswand drohend auf. Ich steuerte zwischen die gezackten Klippen und fand einen Platz, wo wir anlegen konnten.
Der Wind umtoste uns heulend, und der Regen fiel so dicht, daß ich kaum etwas sah, als ich ein Seil über dem Kopf kreisen ließ und einen Enterhaken hoch hinauf in die Steilwand warf. Beim dritten Versuch traf ich einen Felsen, in dem sich der Haken sicher verfing. Meister Li hüpfte auf meinen Rücken, und ich begann hinaufzuklettern. Die senkrechte Wand war glatt und schlüpfrig vor Nässe. Doch wir mußten das Risiko eingehen, wenn wir das Labyrinth erreichen wollten, ehe die Flut einsetzte.
Wir schafften es. Ich kletterte über den Felsvorsprung in die kleine Höhle, wo wir den ersten Schatz des Herzogs gefunden hatten. Dann sicherte ich mich mit einem Haken und einem Seil, kletterte durch den Kamin in das Labyrinth hinunter. Li Kao zündete eine Fackel an und sah sich nachdenklich um.
»Wie schade, daß wir den Drachenanhänger nicht mehr haben«, murmelte er, »wenn ich das unfehlbare Gedächtnis von Hahnrei Ho einmal gebrauchen könnte, dann jetzt.«
Meister Lis Gedankengänge waren mir so unverständlich wie die geheimsten Gedanken Buddhas. Er zögerte kein einziges Mal, obwohl er jede Abzweigung und Biegung wiederfinden mußte – und

dazu noch rückwärts. Ich folgte ihm auf den Fersen und lauschte unruhig auf das erste metallische Gebrüll des Tigers. Der Herzog war seit seiner Rückkehr nicht untätig gewesen. Die Luft stank nach Blut und verwesendem Fleisch. Und von den Spalten und Rissen in der Decke starrten neue Leichen blicklos auf uns hinunter. Ich starrte voll Entsetzen auf dunkle Streifen, die über den Boden glitten, und weit entfernt aus der Schwärze hinter uns drang das Gebrüll eines Tigers.

Li Kao brummte zufrieden und lief durch einen gemauerten Bogen in die Höhle, in der sich unter einer Falltür hoch oben ein runder Teich befand. Ich band ein Seil an einen Felsvorsprung auf der einen Seite und ein zweites Seil an einen Felsvorsprung an der anderen Seite fest, sicherte beide Enden, indem ich sie mit einem Laufknoten um die Hüfte band. Den Knoten konnte ich mit einem Zug öffnen, dann blickte ich ängstlich in die Dunkelheit, wo eine Falltür sein sollte. Wenn sie sich von dieser Seite nicht öffnen ließ, würden wir wie die anderen Glücklichen in einer der Felsspalten landen.

Das Wasser strömte immer schneller herein und stieg mir bis zu den Oberschenkeln. Es trug mich nach oben. Meister Li saß auf meinem Rücken, und ich strampelte. Ich hörte den Tiger brüllen, und dann traf uns die Flut mit voller Gewalt. Wir wurden hin- und hergestoßen, doch die Seile hielten, und wir stiegen weiter gerade nach oben. Meister Li richtete sich, so hoch er konnte, auf meinen Schultern auf und griff nach oben. Ich hörte, wie er sich stöhnend abmühte. Dann ertönte ein metallisches Quietschen, als ein Riegel zurückglitt. Meister Li duckte sich, und die Falltür verfehlte um Fingerbreite seinen Kopf. Ich zog den Knoten auf, ließ die Seile sinken und kletterte durch die Öffnung in den Thronsaal des Herzogs von Ch'in.

Durch eine beiläufige Bemerkung des Schlüsselhasen wußten wir noch von unserem ersten Besuch, daß der Thronsaal nach Sonnenuntergang verschlossen wurde, und niemand außer dem Herzog ihn betreten durfte. Li Kaos Fackel flackerte blaß in der Dunkelheit. Ich hörte das Klirren von Waffen und die schweren Tritte von Soldaten, die vor dem goldenen Tor Wache hielten. Der Sturm legte sich so schnell wie er aufgezogen war. Der Wind riß die Wolken vor dem aufgehenden Mond wie Vorhänge auseinander, und Licht fiel durch die Fenster. Ich blieb wie angewurzelt stehen und hielt entsetzt die Luft an.

Der Herzog von Ch'in saß auf seinem Thron. Die schreckliche Tigermaske starrte uns an.

Li Kao ging ungerührt weiter. »Keine Sorge, Ochse, das ist nur eine leere Hülle«, versicherte er mir. Als ich mich zwang, weiterzugehen, erkannte ich, daß er recht hatte. Mondstrahlen streckten sich wie blasse goldene Finger aus, griffen durch die Augenhöhlen der Tigermaske und berührten die Rückenlehne des Throns. Es war wirklich nur eine Maske, die zusammen mit einem langen Federumhang über einem leichten Metallgestell hing.

»Ochse, wir müssen ein Versprechen einlösen, ehe wir uns Gedanken über Ginsengwurzeln machen können«, sagte Meister Li, »das heißt, wir haben nur ein paar Stunden, um die Federn vom König der Vögel, die goldene Krone und die Prinzessin der Vögel zu finden. Außerdem benötigen wir den Schlüssel zu einem Kästchen. Also fangen wir an. Bei deinem ersten Schlag damals ist das Beil einfach vom Herzog abgeprallt. Weißt du noch, wo du ihn getroffen hast?«

Ich wies auf drei winzige weiße Federn in dem Federumhang.

»Federn, an denen ein Beil abprallt?« flüsterte ich, »Meister Li, sind das die Federn vom König der Vögel?«

»Das werden wir bald wissen«, sagte er, »versuch sie herauszuziehen.«

Die Federn ließen sich nicht herausziehen, sie ließen sich nicht abschneiden, und Li Kaos Fackel konnte sie nicht einmal versengen. Er klappte ein paar Muscheln an seinem Schmugglergürtel auf und gab mir drei kleine Gegenstände. Ich legte die winzige Flöte mit zitternden Fingern auf die Armlehne des Throns und streckte die Hand nach dem Umhang aus.

»Schneegans gibt die Flöte im Tausch gegen die Feder zurück«, flüsterte ich, und die erste Feder glitt so leicht vom Umhang wie ein Strohhalm durch warme Butter. Ich legte die Kristallkugel auf die Armlehne des Throns.

»Kleine Ping gibt die Kugel im Tausch gegen die Feder zurück«, flüsterte ich.
Die zweite Feder löste sich ebenso leicht wie die erste. Ich legte das Bronzeglöckchen auf die Thronlehne.
»Herbstmond gibt das Glöckchen im Tausch gegen die Feder zurück«, flüsterte ich, und die dritte Feder sprang mir praktisch in die Hand.
Li Kao steckte die Federn in seinen Schmugglergürtel.
»Das übrige wird nicht so leicht sein«, erklärte er grimmig, »wir brauchen Hilfe. Gehen wir und suchen sie.«
Wir warteten, bis die Flut zurückwich. Dann sprangen wir in den Teich hinunter, und Li Kao führte uns wieder durch das Labyrinth. Das Seil und der Haken hatten gehalten, und ich zog uns durch den Kamin hinauf in die Höhle. Dann ließen wir uns mit Seilen und Haken an der Felswand zum Meer hinab, das sich soweit beruhigt hatte, daß ich über die Bucht zur Stadt schwimmen konnte.
Die größte Vergnügungsstadt der Welt erwachte zum Leben. Lachen und Flüche, das fröhliche Anstoßen von Weinkrügen begleiteten uns auf unserem Weg durch die Straßen. Betrunkene Zecher torkelten in Scharen um uns herum. Wir schoben sie beiseite und eilten weiter. Wir kletterten über eine Mauer in einen kleinen Garten. Die Wachhunde kannten uns gut, und nachdem wir sie gestreichelt hatten, erhoben sie keine Einwände, als wir durch ein Fenster in das Haus kletterten. Manchmal findet man an den merkwürdigsten Orten Hilfe – etwa in einem kleinen, bescheidenen Haus, wo ein bescheidener kleiner Mann mit seiner geradezu großartigen gierigen Frau einen der seltenen ruhigen Abende verbrachte.
»Bu-Fi!« jubelte Lotuswolke glücklich.
»Geister!« schrie der Schlüsselhase und verschwand unter dem Bett.

29.
Der Blick durch ein halb geschlossenes Auge

Wir benötigten einige Zeit, den Schlüsselhasen davon zu überzeugen, daß wir die schreckliche Pest der Zehntausend Ansteckenden Fäulnisse tatsächlich überlebt hatten. Nachdem es uns gelungen war, ihn unter dem Bett hervorzulocken, bildeten wir eine glückliche kleine Familie. Er ging sogar soweit, ein paar Krüge Wein aus seinem ärmlichen Keller zu holen. Wir saßen zusammen um den Tisch, nippten Wein und knabberten Nüsse. Nachdem die lange Nase des Kleinen nicht mehr angstvoll zuckte, sagte Li Kao so sanft wie möglich.

»Lotuswolke, wollt Ihr Euren Mann auffangen, damit er sich nicht verletzt? Seht Ihr, Ochse und ich haben nämlich beschlossen, den Herzog von Ch'in zu ermorden.«

Lotuswolke konnte den Schlüsselhasen im letzten Augenblick hochreißen, ehe sein Kopf auf dem Boden aufschlug. Nach mehrfacher Anwendung von Riechsalz, konnte er einen Schluck Wein trinken, und die Farbe kehrte wieder in sein Gesicht zurück.

»Ihr werdet uns dabei helfen«, erklärte Meister Li.

Lotuswolke griff geistesgegenwärtig zu, und ich holte schnellstens noch mehr Riechsalz.

»Geht es Euch besser?« fragte Meister Li mitfühlend, als der Schlüsselhase wieder etwas Farbe im Gesicht hatte. »Vielleicht sollte ich damit anfangen, daß ich erkläre, weshalb der Herzog verdient, ermordet zu werden. Es beginnt mit einer bezaubernden Geschichte, die Lotuswolke bestimmt gut gefallen wird, denn sie handelt vom hübschesten Gott des Himmels und dem schönsten Mädchen der Welt.«

»Und ihrer bösen Stiefmutter«, sagte Lotuswolke mit leuchtenden Augen.
»Seltsamerweise kommt die böse Stiefmutter nicht vor. Ich kann mir eigentlich gar nicht denken, warum nicht«, sagte Meister Li nachdenklich.
»Gott sei Dank!« rief der Schlüsselhase, »böse Stiefmütter machen mir Angst. Eigentlich die meisten Dinge, wenn ich es mir so recht überlege«, fügte er traurig hinzu.
Li Kao übernahm die Rolle des Gastgebers und füllte die Weinbecher nach. Dann wiederholte er beinahe Wort für Wort Hahnrei Hos Erzählung, als er die Geschichte vom Sternenhirten und der Prinzessin der Vögel erzählte. Niemand hätte sich eine bessere Zuhörerin wünschen können als Lotuswolke, die ganz aufgeregt auf und ab hüpfte, als der Jadekaiser Prinzessin Jadeperle die Krone aufs Haupt setzte. Sie vergoß Freudentränen, als die Prinzessin über die schöne Brücke der Vögel in die Arme des Sternenhirten lief. Man mußte kein Hellseher sein, um festzustelllen, daß Lotuswolke davon träumte, das schönste Mädchen der Welt zu sein und eine Göttin zu werden, die zu den Sternen emporsteigen durfte.
»Und sie lebten...«, Meister Li füllte sich den Becher wieder mit Wein, »nein, leider muß ich sagen, daß sie fortan nicht glücklich miteinander lebten. Es gab nämlich einen Bösewicht, der ewig leben wollte. Er hatte erfahren, daß er nur etwas zu stehlen brauchte, das einem Gott oder einer Göttin gehörte, um nicht mehr zu altern, solange er es besaß. Er hatte auch erfahren, daß er unverletzbar sein würde, wenn der weiseste Mann der Welt, der Alte vom Berg, ihm das Herz aus dem Leib nahm. Also stellte er der unschuldigsten und leichtgläubigsten Gottheit, die er finden konnte, nämlich Jadeperle, der Prinzessin der Vögel, eine Falle.«
»O nein!« rief Lotuswolke.
»O doch«, sagte Meister Li.
»Sie hatte drei Zofen, die ebenso unschuldig waren wie sie«, erzählte Meister Li weiter, »der Bösewicht kaufte beim Alten vom Berge drei wunderschöne Spielzeuge und drei Federn, die genauso aussahen wie die Federn vom König der Vögel. Dann verkleidete er sich als

lahmer Hausierer und machte sich an die Zofen heran und erzählte ihnen irgendeine Geschichte... er gestand, er bewundere die Prinzessin und würde alles geben, um etwas zu besitzen, das sie berührt hatte... er bot den Zofen an, ihnen die wunderbaren Spielzeuge zu schenken, wenn sie ihm einen kleinen Gefallen tun würden, nämlich die Federn in seiner Hand gegen die Federn an Jadeperles Krone auszutauschen und sie ihm zu bringen.«
»So etwas würden die Zofen doch niemals tun!« rief Lotuswolke aufgebracht.
»Wußten die Mädchen, daß die Federn an der Krone so unglaublich wichtig waren?« überlegte Schlüsselhase.
»Schlüsselhase hat den Nagel auf den Kopf getroffen«, lobte Meister Li, »die Zofen wußten nicht, daß die Federn vom König der Vögel stammten, und man darf nicht vergessen, daß sich das alles vor tausend Jahren ereignete. Damals benutzte man Federn für allen möglichen Kopfschmuck... auch für Kronen. Weshalb sollte es ein schlimmes Verbrechen sein, einen alten Schmuck durch einen neuen zu ersetzen? Außerdem waren die Spielsachen wirklich unwiderstehlich. Aber in einem Punkt ließen die Zofen nicht mit sich reden: Der Hausierer mußte einen bindenden Eid schwören, die Federn wiederzubringen und dafür die Spielsachen zurückzunehmen, falls die Prinzessin aus irgendeinem Grund es verlangte. Natürlich ging der Hausierer kein Risiko ein, daß es soweit kommen konnte. Eine nach der anderen kehrten sie mit den Federn zurück; einer nach der anderen gab er ein Spielzeug, und einer nach der anderen stach er ins Herz.«
Lotuswolke begann zu weinen. »Die armen Mädchen«, schluchzte sie, »die armen treulosen Zofen.«
»Und die arme Prinzessin der Vögel«, sagte Meister Li, »ich könnte mir vorstellen, daß der Bösewicht sein Verbrechen am siebten Tag des siebten Mondes beging, damit der Himmel nicht vorher gewarnt war. Jadeperle war befohlen worden, zu ihrem Gemahl zurückzukehren. Also rief sie die Vögel Chinas, doch die Vögel konnten sie nicht mehr hören, weil sie die Federn nicht mehr in der Krone trug. Arme kleine Prinzessin. Sie rief Vögel, die nicht kamen, sah sich hilf-

los um, blickte auf zum Großen Fluß der Sterne, wo ihr Gemahl wartete... und vergebens wartete, weil der siebte Tag des siebten Monats gekommen und gegangen war. Ein Schwur war geleistet worden, ein Schwur war gebrochen worden, und die Prinzessin der Vögel stand nicht mehr unter dem Schutz des Himmels. Damit war es für einen Bösewicht im Gewand eines Hausierers ein leichtes, einem einfachen Bauernmädchen die Krone zu stehlen.»

»Tragödien machen mir Angst!« jammerte der Schlüsselhase.

»Ich fürchte, es kommt noch schlimmer«, seufzte Meister Li, »der Bösewicht kehrte zum Alten vom Berg zurück, der ihm das Herz herausnahm. Jetzt war er unverletzbar, und solange er die Krone besaß, würde er nicht altern. Im Lauf der Jahrhunderte kaufte er beim Alten vom Berge viele Geheimnisse, und seine Macht wuchs. Und Ihr, mein lieber Schlüsselhase, kennt ihn besser als jeder von uns, denn er wurde der Herzog von Ch'in und sitzt seitdem hinter einer goldenen Maske verborgen auf dem Thron.«

Ich fing den Schlüsselhasen mitten in der Luft auf, und Lotuswolke schwenkte das Riechsalz.

»Seit Jahrhunderten derselbe Herzog!« stöhnte er schwach, als er sich wieder erholt hatte, »um eines bitte ich Euch, zwingt mich nicht, das Gesicht hinter der Maske zu sehen, denn es muß das schrecklichste Gesicht der Welt sein!«

»Vielleicht... vielleicht auch nicht, denn wir reden von einem sehr ungewöhnlichen Mann«, erwiderte Meister Li nachdenklich, »er hat alle Bücher Chinas verbrannt und Millionen hingeschlachtet, um alle Spuren der Prinzessin auszulöschen. Aber warum hat er sich diese Mühe gemacht? Sie stand bereits nicht mehr unter dem Schutz des Himmels, und so starben Millionen Menschen völlig grundlos. Er baute ein Schloß mit sechsunddreißig Schlafzimmern, um Meuchelmörder zu verwirren. Aber Meuchelmörder konnten ihm nichts tun, denn er war unverletzlich. Er lebt nur für Geld, aber hütet er seine Schätze hinter eisernen Toren und läßt sie von Armeen bewachen? Nein! Er schützt sie in Labyrinthen und mit Ungeheuern, die einem Kinderbuch entstiegen sein könnten. Obwohl die Ungeheuer Angst und Schrecken verbreiten, so sind sie doch nicht sehr wirkungsvoll.

Großer Buddha, jeder dumme Feldwebel könnte sich bessere Verteidigungsmöglichkeiten ausdenken!«
»Glaubt Ihr, er ist verrückt?« flüsterte Lotuswolke.
»O, nein, keineswegs!« antwortete Meister Li, »dieser Bursche hat es so eingerichtet, daß jeder, der ihm nach dem Leben trachtet, sich in der Landschaft seiner mörderischen Märchen verirren muß. Und das ergibt keinen Sinn, wenn man ihn sich als einen großen und mächtigen Herrscher vorstellt, doch es ergibt sehr wohl einen Sinn, wenn man sich ihn als das vorstellt, was er einmal war: ein feiger kleiner Junge, der nachts wach im Bett liegt und voll Entsetzen auf jedes Geräusch lauscht und in jedem Schatten Ungeheuer sieht. Er wurde älter; aber man kann kaum behaupten, daß er erwachsen wurde, denn der Gedanke an den Tod jagte ihm solches Entsetzen ein, daß er bereit war, jedes Verbrechen zu begehen. Er war selbst bereit, sein Herz zu verlieren, wenn ihm dadurch erspart blieb, auf das Große Rad der Wandlungen zurückzukehren. Es gibt noch etwas an dem Herzog von Ch'in, und das ist vielleicht das Seltsamste von allem.«
Li Kao griff an seinen Gürtel und holte die Edelsteine hervor, die ich zusammen mit dem Kästchen aus dem Tigerrachen herausgeholt hatte: einen Diamanten, einen Rubin, eine Perle und einen Smaragd. Er legte sie auf den Tisch.
»Seht Euch das an, Schlüsselhase«, sagte er, »wir haben von einem kleinen Jungen gesprochen, der nur für Geld lebt. Und doch beschäftigt er Euch als Steuereinnehmer von Ch'in. Ihr seid gezwungen, Geldbußen zu verordnen, seinen Anteil an jedem Geschäft einzutreiben, ihn auf seiner Rundreise zu begleiten und festzulegen, was jedes Dorf ihm schuldet. Er zwingt Euch, Nacht für Nacht in seinen Schatzkammern zu sitzen und den Tribut bis auf die kleinste Münze zu zählen. Der geheimnisvolle Herzog von Ch'in, der nur für Geld lebt, hat es so eingerichtet, daß sein Steuereinnehmer weit mehr Zeit bei den Schätzen verbringt als er selbst. Merkwürdig, nicht wahr?«
»Lotuswolke hat recht. Er ist verrückt«, sagte ich entschieden.
»Leider nein«, erwiderte Meister Li, »seht Ihr, alles würde sehr gut zusammenpassen... das Geld, die Ungeheuer, die Labyrinthe, das andere Drumherum aus den Märchen, das Fehlen vernünftiger Vor-

sichtsmaßnahmen und die lächerlichen Vorsichtsmaßnahmen, dort, wo keine nötig sind... wenn sich hinter der Maske das *richtige* Gesicht verbergen würde. Angenommen, hinter einem schrecklich brüllenden Tiger verbirgt sich...«

Meister Li beugte sich vor. Seine Stimme klang hypnotisch, und seine Augen waren so kalt wie die einer Kobra.

»... das Gesicht eines Angsthasen«, flüsterte er.

Li Kao hatte mir mit den Augen bedeutet zu springen, und ich mußte nur noch wissen, wohin. Ich warf den Schlüsselhasen auf den Boden. Li Kaos Hände schossen vor, griffen nach einer Kette und zerrten einen Schlüssel über den Kopf des Schlüsselhasen. Wir verhedderten uns augenblicklich in dieser Kette, an deren Ende ein Schlüssel hing, der wie eine Blüte mit sechzehn winzigen Staubgefäßen geformt war. Li Kao zog ein goldenes Kästchen unter seinem Gewand hervor – ein Kästchen, in dem das Herz des Herzogs von Ch'in lag, und das durch ein Druckschloß in Form einer Blüte mit sechzehn winzigen Löchern gesichert war. Jedes Staubgefäß mußte mit genau dem richtigen Druck in jedes Loch gepreßt werden. Li Kao legte angestrengt die Stirn in Falten, als er den Schlüssel in das Schloß drückte.

Lotuswolke gehörte eigentlich nicht zu den Frauen, die bei jeder Gelegenheit schreien, aber jetzt schrie sie wie wahnsinnig, und draußen im Garten bellten die Hunde wie verrückt. Ich kam vom Boden hoch, aber nicht auf dem Rücken eines Mannes, sondern auf dem Rücken eines fauchenden, brüllenden Tigers.

Ich konnte mich in keine bessere Lage bringen. Ich hatte meine Arme um den Hals des Tigers geschlungen, die Zähne in sein Nackenfell geschlagen, und wir jagten durch das Zimmer, während Meister Li sich mit dem Schloß abmühte. Und ich bin heute nur noch am Leben, weil der Herzog von Ch'in zweifellos der dümmste Schüler des Alten vom Berg war. Nachdem er feststellte, daß er mich als Tiger nicht abwerfen konnte, verwandelte er sich in eine Schlange, dann in einen wilden Eber, darauf in eine riesige Spinne, während ich die ganze Zeit betete: »Himmlischer Jadekaiser, lösche in diesem Dummkopf jede Erinnerung an Skorpione aus!« Ich konnte beinahe spüren, wie der tödliche Schwanz sich krümmte, um mich wie einen Käfer aufzuspießen. »Lösche in seinem Kopf alle Gedanken an Stachelschweine, Kakteen, Treibsand und fleischfressende Pflanzen!« Ich weiß nicht, ob der Jadekaiser etwas damit zu tun hatte oder nicht, aber der Herzog las in diesem Augenblick meine Gedanken eindeutig nicht, denn er verwandelte sich gehorsam in ein riesiges Krokodil. Leider schleuderte der peitschende Schwanz Li Kao unter einen schweren Tisch, der auf ihn stürzte, und Kästchen und Schlüssel sausten wie Kreisel über den Boden. Ich spuckte Tigerfell, Schweineborsten, Spinnenhaare und Krokodilschuppen aus. *»Lotuswolke, öffne das Kästchen!«* schrie ich.

Der Herzog von Ch'in verwandelte sich in einen riesigen Affen. Wir rasten durch das Zimmer, während Lotuswolke mit angstgeweiteten Augen langsam hinunter nach dem Kästchen zu ihren Füßen griff. Jetzt verwandelte sich der Herzog in einen großen Stein. Wir schlugen dumpf auf den Boden, und das riesige schwere Ding rollte langsam über mich. Ich rang nach Luft, plötzlich tauchten in dem Stein ein paar rot geränderte Schlüsselhasenaugen auf. Schlüsselhasenlippen öffneten sich, und ein Stück Stein zuckte wie eine lange Nase.

»Ich kann schwerer werden«, kicherte der Herzog, »schwerer und schwerer.«

Alle Luft wurde mir aus dem Leib gepreßt, und meine Rippen knirschten. Ich sah, wie Li Kao mit dem schweren Tisch kämpfte und Lotuswolke wie betäubt versuchte, den Schlüssel in das Schloß zu drücken. Sie streckte die Zungenspitze zwischen den Lippen hervor, und sie sah aus wie ein kleines Mädchen, das zum ersten Mal versucht, einen Faden in die Nadel zu fädeln. Über mir glitzerten die rot geränderten Augen. Dann erkannte ich, daß die nackte Angst den Herzog an den Rand des Wahnsinns trieb, wie es schon so oft in der Vergangenheit geschehen war.

»Ich werde dich und den alten Mann in einen Käfig neben mein Bett hängen«, flüsterte er, »meine lieben Freunde *shan hsiao* werden euch mit den Krallen und den Schnäbeln zerfleischen. Euer Fleisch wird

nachwachsen, die Krallen und Schnäbel werden euch wieder zerfleischen, eure Schreie werden mich nachts in den Schlaf wiegen, und so werdet ihr die Ewigkeit verbringen.«
Ich bekam keine Luft mehr. Das Zimmer verschwamm vor meinen Augen, und das Herz klopfte mir schmerzhaft in den Ohren. Der Stein wurde schwerer und schwerer. Ich konnte es nicht mehr länger ertragen.
Lotuswolke schrie auf. Sie schrie so durchdringend, daß eine dünne Porzellanschale zerbrach. Das offene Kästchen fiel zu Boden, und vor ihren Füßen lag ekelerregend ein feuchtes, pochendes Herz.
Im nächsten Augenblick war der Stein zum Schlüsselhasen geworden, und er versuchte verzweifelt, sein Herz zu erreichen. Ich klammerte mich mit letzter Kraft an seine Beine. Er heulte vor Angst, als er mich langsam über den Fußboden schleppte. Der Schlüsselhase streckte die Hand aus, und Lotuswolke starrte ihn mit entsetzten Augen an. Dann griff dieses wunderbare Mädchen hinunter, hob das schleimige Ding vor ihren Füßen auf und warf das Herz wie ein echtes Bauernmädchen, das der Schrecken aller Krähen gewesen war, quer durch das Zimmer, und es flog in hohem Bogen aus dem offenen Fenster in den Garten. Die rasenden Wachhunde stürzten sich auf das Herz ihres Herrn.
Der Schlüsselhase stand reglos da. Dann drehte er sich langsam nach seiner Frau um, streckte die Hand mit einer seltsam zärtlichen Geste nach ihr aus und öffnete den Mund. Ich werde nie erfahren, was er sagen wollte; das Fleisch verschwand vom Gesicht des Tyrannen, der China seinen Namen gegeben hatte. Ich starrte auf die blanken, weißen Knochen eines Schädels, und dann zerfielen auch die Knochen zum Staub der Jahrhunderte. Ein leeres Gewand sank langsam durch die Luft und lag schlaff auf dem Boden.

Es gelang mir, hinüberzukriechen und Li Kao von dem Tisch zu befreien. Er richtete sich schwankend auf und stürzte sich auf den Weinkrug.
»Die Yamakönige haben lange gewartet, und ich könnte mir denken, daß dem Herzog von Ch'in in der Hölle ein warmes Willkommen

bereitet wird«, sagte er, als er den Krug zum Luftholen absetzen mußte.
Meister Li reichte ihn mir. Ich nahm einen großen Schluck und gab ihn an Lotuswolke weiter, die einen Zug hatte wie ein Landsknecht. Das Staunen trat an die Stelle des Entsetzens. Ihre großen Augen leuchteten voll Verwunderung. Meister Li ging zu dem Gewand auf dem Boden hinüber. Er bückte sich, griff hinein, und seine rechte Hand brachte eine kleine goldene Krone zum Vorschein.
»Kann es einen besseren Platz geben, um den größten aller Schätze aufzubewahren, als das Loch, in dem einmal das Herz gewesen war?« sagte er.
Er hob die linke Hand, und ich stieß einen lauten Freudenschrei aus, als mir ein unglaublich starker Ginsengduft in die Nase stieg. Er war so intensiv, daß er mich augenblicklich belebte.
»Meister Li, ist die Suche nun zu Ende?« fragte ich.
»Noch nicht ganz«, warnte er, »dies ist tatsächlich das Herz der Großen Wurzel der Macht, doch wir dürfen nicht vergessen, daß es auch die Ginsengkönigin ist. Man darf Ihre Majestät niemals zwingen. Wenn sie den Kindern von Ku-fu helfen soll, muß sie es aus freien Stücken tun, und wir müssen ihr Patenkind bitten, uns ihre Wünsche zu übermitteln.«
Meister Li faltete die Hände und verbeugte sich tief vor Lotuswolke.
»Womit ich Eure Hoheit, die Prinzessin der Vögel meine«, sagte er.
Lotuswolke starrte ihn an, aber ihre Augen waren nicht so groß wie meine.
»Meister Li, das kann unmöglich Euer Ernst sein?« flüsterte ich.
»Mir war in meinem Leben noch nie etwas so ernst«, erklärte er ruhig.
»Ich? Mit meinen dicken Beinen und dem runden Gesicht?« rief Lotuswolke. Ihr Gefühl für die Ordnung der Dinge wehrte sich, und sie lief vor Empörung rot an. »Der Sternenhirte hat sich in das schönste Mädchen der Welt verliebt!«
»Rein literarische Konvention«, erwiderte Meister Li mit einer wegwerfenden Handbewegung. »Schönheit wird geradezu lächerlich

überbewertet. Wenn der Sternenhirte Schönheit gesucht hätte, hätte er nur unter den jungen Göttinnen des Himmels zu wählen brauchen. Der Sternenhirte besaß genug Verstand, um ein Bauernmädchen zu lieben, in dessen Augen alle Hoffnung, alle Freude und alles Staunen der Welt lagen, und dessen Lachen einen Ochsen auf fünfzig Schritte zu Falle bringen konnte. Frag diesen Ochsen hier«, sagte er mit einem Zwinkern in meine Richtung. »Ochse, erinnere mich daran, daß ich meine Geschäftskarte ändere: Das Auge muß zu neun Zehntel geschlossen sein. Ich hätte wissen müssen, daß Lotuswolke zu den Unsterblichen gehört, als Geizhals Shen genauso auf sie reagierte wie du.«

Lotuswolke stampfte mit dem Fuß auf. »Ich weigere mich, auch nur ein einziges Wort von diesem Unsinn zu glauben«, sagte sie sehr zornig.

»Warum solltet Ihr? Der Herzog von Ch'in hat Euch zu dem Alten vom Berg gebracht, der Euch das Gedächtnis nahm«, erklärte Meister Li einleuchtend.

Er ging gemächlich zum Tisch hinüber, setzte sich und legte die kleine Krone und die Große Wurzel der Macht neben die Weinkrone. Dann klappte er eine Muschel an seinem Schmugglergürtel auf, und die drei Federn vom König der Vögel hüpften geradezu auf ihren Platz, sobald sie den Rand der Krone berührten.

»Wie wahr ist doch das Sprichwort: Die Menschen sterben wie die Bäume von oben nach unten.« Meister Li seufzte. »Wenn meine armen Gehirnwindungen nicht von Holzfäule und kleinen grünen Würmern befallen gewesen wären, hätte ich vielleicht darüber nachgedacht, weshalb Geizhals Shen auf Nummer Zehn den Ochsen nicht eifersüchtig war, und Nummer Zehn der Ochse nicht auf Geizhals Shen. Keiner der Liebhaber von Lotuswolke war je eifersüchtig. Und das ist nicht menschlich, wenn wir von Liebe sprechen. Wenn wir von Anbetung sprechen, ist es etwas sehr Menschliches. Man ist auf einen Glaubensbruder nicht eifersüchtig, und alle, die reinen Herzens sind, erkennen eine Göttin unfehlbar. Ich hatte Anlaß, mich über das reine Herz von Ochse zu äußern, und unter seinem abstoßenden Äußeren war Geizhals Shen ein wahres Gold-

stück. Ich bezweifle nicht, daß die anderen Liebhaber ebenso liebenswert sind, und deshalb konnte ich die junge Dame nicht erkennen.«
Er stand auf und verbeugte sich noch einmal vor Lotuswolke.
»Ich habe eben«, sagte Meister Li, »einen kleinen Charakterfehler.«
Er setzte sich, füllte zwei Becher mit Wein und schob sie für Lotuswolke und mich über den Tisch. Dann nahm er die Perle in die Hand, die er zusammen mit den Edelsteinen dem Schlüsselhasen gezeigt hatte.
»Meine Dummheit war so groß, daß mir das Augenfällige entging, bis ich das hier fand«, sagte er traurig, »es ist eine sehr seltene Perle. Sie ist tiefschwarz mit einer kleinen weißen Wolke in Form eines Sterns. Lotuswolke, ich habe diese Perle einmal unserem Ochsen gegeben, der sie vor Eure Füße rollen ließ. Das nächste Mal sah ich sie in einer versunkenen Stadt neben dem Kästchen mit dem Herzen des Herzogs. Mein liebes Mädchen, ich wußte sehr gut, daß Ihr Perlen und Jade, die man Euch schenkt, nach kurzer Zeit vergessen habt. Doch es kam mir nie in den Sinn, mich zu fragen, was mit dem ganzen Zeug geschah...«
Er drehte sich um und betrachtete sinnend das Gewand auf dem Fußboden.
»Der Herzog von Ch'in war bodenlos dumm. Aber bei einer Gelegenheit bewies er wirklich Intelligenz. Nachdem der Alte vom Berg der Prinzessin der Vögel die Erinnerung genommen hatte, schlug er zur Sicherheit vor, sie für viel Geld in einen Regentropfen oder in ein Rosenblatt zu verwandeln. Aber der Herzog hatte eine bessere Idee. Er lebte nur für Geld, und wenn er Jadeperle genauso ließ, wie sie war, besaß er etwas, das mehr wert war als zehntausend Goldminen. Wißt Ihr, es liegt im Wesen der Männer, eine Göttin anzubeten und ihr wertvolle Opfergaben zu bringen. Und es liegt im Wesen einer Göttin, die Anbetung der Männer und ihre Opfergaben entgegenzunehmen. Die Männer sind nicht wollüstig. Die Göttin ist weder habgierig noch promisk. Sie spielen lediglich Rollen, die von Anbeginn der Zeit festgelegt wurden. Nach meinem Wissen hat Lotuswolke mehr Perlen und Jade eingeheimst als das ganze Heer des

Herzogs von Ch'in. Alles endete in Schatzkammern, die von Ungeheuern bewacht wurden.«

Mir lief es eiskalt über den Rücken. Ich hob den Becher und leerte ihn mit einem Zug. Lotuswolke schien wie erstarrt zu sein und vergaß den halb erhobenen Becher.

»Ich kann es nicht glauben«, flüsterte sie.

»Ich wette, er hatte zunächst seine Zweifel«, sagte Meister Li. Dann begann er zu lachen... ein Lachen, das tief in ihm aufstieg und mit einem fröhlichen Glucksen endete. »Es ist etwas unbeschreiblich Komisches daran, daß dem habgierigsten Mann auf der Welt die bescheidenste Göttin der Geschichte in die Hände fällt«, japste er und wischte sich die Lachtränen vom Gesicht. »Ochse, der Herzog muß schrecklich an Magengeschwüren gelitten haben, ehe er den einzigen schwachen Punkt bei Lotuswolke entdeckte. Denk darüber nach. Denk gründlich über Perlen und Jade nach, denn es hilft dir vielleicht, etwas Unangenehmes zu tun.«

Er füllte meinen Becher, während ich versuchte, über Perlen und Jade nachzudenken. Mein Kopf verweigerte mir den Dienst, aber etwas versuchte, sich aus der Tiefe nach oben zu arbeiten. Deshalb gab ich den Versuch auf zu denken und ließ zu, was geschah. Ich schloß fest die Augen und befand mit plötzlich in einer eigenartigen Welt, die milchigweiß schimmerte. Ein dreizehnjähriges Mädchen blickte mich ernst an.

»Seit wir uns an den Händen gehalten und das Lied der Waisen gesungen haben, weiß ich, daß du dich in Lotuswolke verlieben würdest«, sagte sie sanft. »Ochse, du mußt deine ganze Kraft aufbieten und versuchen, die Königin zu berühren, ehe neunundvierzig gezählt sind. Neunundvierzig kann für immer und ewig bedeuten.« Maus verschwamm in Weiß. »Sind tausend Jahre nicht genug?« fragte sie leise. »Die Vögel müssen fliegen... Die Vögel müssen fliegen... Die Vögel müssen fliegen...«

Die Erscheinung war verschwunden, und ich erinnerte mich daran, daß die Welt weiß gewesen war, weil ich mich in meinem Traum im Innern einer Perle befunden hatte, und plötzlich verstand ich die Bedeutung der Perle.

Ich öffnete die Augen und stellte fest, daß Li Kao mich streng, aber mit freundlichen Augen ansah.
»Nummer Zehn der Ochse, bald wird der Wächter dreimal schlagen, und der siebte Tag des siebten Mondes wird dann gekommen und gegangen sein«, sagte er ruhig. »Dann wird der Sternenhirte zum tausendsten Mal vom Großen Gelben Fluß der Sterne in einem leeren Himmel zur Erde hinunterblicken, und er wird zum tausendsten Mal bittere Tränen weinen. Und so wird er in alle Ewigkeit Tränen vergießen und daran denken, daß der Himmelskaiser vorausgesagt hat, daß die Chancen, die Prinzessin zu den Sternen zrückzubringen, eins zu zehntausend Billionen Trillionen stehen. Natürlich besteht die schwache Möglichkeit, daß jemand dem himmlischen Buchmacher zu einem Herzanfall verhelfen möchte.«
Meister Li schob mir die Krone zu. Ich nahm sie unter Tränen in die Hand. Lotuswolke konnte sich nur an dieses Leben erinnern, und sie wich ängstlich zurück.
»Nein«, flüsterte sie, »ich liebe dich, du liebst mich, und wir können eine einsame Insel suchen und dort fortan glücklich und zufrieden leben!«
»Das ist es ja«, sagte ich mit belegter Stimme, »fortan ist eine so lange Zeit.«
»Ich fürchte mich« flüsterte Lotuswolke verzweifelt. »Ich möchte nicht in etwas Unbekanntes verwandelt werden.«
»O doch, das willst du«, sagte ich traurig. »Lotuswolke, du gähnst beim Anblick von Diamanten. Smaragde langweilen dich zu Tode. Ich habe dir ein Kästchen voll Gold geschenkt, und du hast es dem ersten Menschen gegeben, der es wollte. Du hast dir nie ein neues Kleid gewünscht, mit Dienstboten kannst du nichts anfangen. Aber das änderte sich alles, wenn ich dir Perlen und Jade brachte. Du konntest dich nie richtig erinnern, doch du konntest auch nie ganz vergessen. Deine Augen wurden groß vor Hoffnung und Staunen, und aus deinem Gesicht sprach nur noch Sehnsucht. Ein seelenerschütterndes Verlangen erfaßte deinen ganzen Körper, und du hast die zitternden Hände nicht nach Perlen und Jade, sondern nach dir selbst ausgestreckt.«

Mir brach das Herz, als ich sie schließlich in eine Ecke des Zimmers gedrängt hatte. »Perlen und Jade, und die Prinzessin der Vögel hieß Jadeperle . . .« sagte ich leise.
Ich hob die Hände und setzte der Frau, die ich liebte, die kleine goldene Krone auf den Kopf.

30.
CHINA!

Ich vermute, es bestehen nur geringe Aussichten, daß ein Mensch vor der Aufgabe steht, eine Göttin zu retten. Doch die Chancen stiegen beträchtlich, wenn es sich um so bedeutende Menschen handelt, wie meine Leser es sind. Deshalb möchte ich euch allen zwei Ratschläge geben.
Man nehme sich vor dem göttlichen Licht in acht und gehe in Deckung.
Kaum hatte die Krone den Kopf von Lotuswolke berührt, als ich beinahe erblindete. Ich sank auf die Knie und starrte benommen auf tanzende schwarze Flecken und leuchtende, orangenfarbene Funken. Aber trotzdem sah ich in meinem Herzen, daß sie sich von mir entfernt hatte. Und als meine Augen sich an das überirdische Leuchten gewöhnt hatten, sah ich, daß meine geliebte Lotuswolke die Große Wurzel der Macht vom Tisch genommen hatte und hinaus in den Garten gegangen war. Ein Strahlenkranz umgab sie, und die Krone auf ihrem Kopf glühte wie Feuer. Die Prinzessin der Vögel beachtete mich nicht, und ich spürte eine Hand auf der Schulter.
»Mein lieber Junge, sie hat jetzt an viele Dinge zu denken«, sagte Meister Li freundlich. »Setz dich zu mir an den Tisch und trinke einen Schluck. Trinke sechs oder sieben.«
Im Garten saßen die Hunde vor einem kleinen Häufchen Staub, das einmal das Herz ihres Meisters gewesen war. Sie saßen so still wie Statuen. Lotuswolke hob das Gesicht zum nächtlichen Himmel und stieß eine leisen Laut aus, der weder ein Zwitschern noch ein Pfeifen war, sondern dazwischen lag. Die Köpfe der Hunde fuhren herum, und sie schienen einem fernen Echo zu lauschen. Lotuswolke sank

auf die Knie, senkte den Kopf und faltete die Hände. Sie betete lange und berührte dann demütig mit dem Kopf die Erde. Lotuswolke erhob sich, beugte sich über die Große Wurzel und unterhielt sich stumm mit ihrer Patin. Dann drehte die Prinzessin der Vögel sich nach dem Schloß des Labyrinths um, dessen riesige schwarze Umrisse drohend vor dem nächtlichen Himmel aufragten, und hob die Ginsengkönigin in die Luft.

Meister Li griff nach einem Weinkrug und forderte mich auf, seinem Beispiel zu folgen. Dann verkroch er sich unter dem massiven Tisch und legte sich als zusätzlichen Schutz ein paar dicke Kissen zurecht.

»Ich hatte schon als kleines Kind eine große Schwäche für ein spektakuläres Ende«, erklärte er nicht ohne Sentimentalität. »Gib mir deinen Becher.«

»Meister Li, ich glaube, ich kann nicht noch mehr Wein vertragen«, erwiderte ich zitternd und starrte mit aufgerissenen Augen auf die unheimliche Festung.

»Unsinn! Versuch, vierundvierzig tote Steinlöwen zu sagen.«

»Vierundvierzig tote Steinlöwen.«

»Nüchtern wie ein Konfuzianer«, stellte Meister Li fest.

Ich konnte ihm nicht widersprechen. Wir unterhielten uns im Dialekt von Peking, in Mandarin. Und *vierundvierzig tote Steinlöwen* hören sich dann so an: *ssu shih ssu ssu shih shih* – falls man es überhaupt herausbringt. Also reichte ich ihm meinen Becher.

Nicht nur ich starrte voll Entsetzen auf das Schloß des Labyrinths. Es drehte sich langsam auf seinen Fundamenten, wie von einer riesigen Hand herausgezogen. Gellende Schreie ertönten in den Straßen der größten Vergnügungsstadt auf der Welt, und Kaufleute, Zecher, Priester und Prostituierte fielen auf die Knie, fingen an zu beten und gelobten, Buße zu tun.

Das monströse Denkmal vergänglicher Macht zerfiel! Unbezwingbare Mauern bogen sich wie Wachs, große Steinquader regneten herab wie Sandkörner. Mächtige Eisentore zerrissen wie dünnes Pergament. Die Eisentürme schmolzen zu Schlamm, und die Zugbrücken versanken in den Gräben. Der Felsen barst und riß, das Wasser aus den Gräben schoß über die Steilwand und stürzte als silberne Kaska-

de ins Meer. Gänge, Kerker stürzten ein und begruben für immer die schrecklichen Geheimnisse des Herzogs von Ch'in unter sich. Tief unten im Labyrinth brüllte der Tiger zum letzten Mal.
Eine große Wolke aus Staub und Schutt stieg auf und schob sich vor den Mond. Stahl und Steine regneten auf die Stadt des Herzogs herab. Kleine Trümmerstücke durchschlugen das Dach und tanzten wie Trommelschlegel auf dem Tisch, der uns schützte. Ein mächtiger Windstoß fuhr vom Himmel herab, die Staubwolke verschwand, als hätte es sie nie gegeben, und ich starrte voll Staunen auf das Schloß des Labyrinths, so wie man es heute noch sieht: Trümmerberge, die sich verstreut hoch oben auf den Steilfelsen über dem Gelben Meer türmen!
Li Kaos Augen leuchteten, und er hieb mir glücklich auf die Schulter. »Man sollte nicht traurig sei, wenn es zu einem spektakulären Ende kommt, und wenn ich mich nicht sehr irre, steht uns das eigentliche Wunder noch bevor«, sagte er. »Hörst du es?«
Das Geräusch war zunächst sehr schwach. Dann wurde es stärker, immer stärker und voller im Klang, als der Chor anschwoll und im großen Lied der Freude mündete, als eine Million Vögel, eine Billion, eine Trillion, als jeder Vogel in China, selbst alle Vögel, die aus ihren Käfigen ausbrechen mußten, den Mond verdunkelten, als sie zu ihrer Prinzessin flogen. Die Menschen in den Straßen sprangen auf und rannten schreiend vor Entsetzen davon, als die Bäume und Sträucher sich unter dem brausenden Wind der Flügel neigten und Billionen Blüten durch die Luft wirbelten, heulende Bonzen in Blumensträuße und die flüchtende Menge in Blumengestecke verwandelten.
Der große Phönix, der mächtigste von allen, führte den Zug an, und seine flammende Federkrone schoß wie ein Meteor über den Himmel. Hinter ihm flogen Adler und Albatros, die Könige der Vögel auf dem Land und im Meer. Es folgten die Eule, die Fürstin der Vögel der Nacht, und die Lerche, Fürstin der Vögel des Tages, und der Schwan, Fürst der Vögel der Flüsse, und der Kranich, Fürst der Vögel der Sümpfe, und der Papagei, Fürst der Vögel des Dschungels, und der Sturmvogel, Fürst der Vögel der Stürme, und der Rabe, Fürst der Vögel mit der Gabe der Weissagung... ich will sie nicht alle aufzäh-

len. Hahnrei Ho hätte eine Liste aufstellen können, die zwanzig Seiten lang gewesen wäre. Hinter den Führern flogen die Heerscharen, und über der Welt lag der durchdringend klare Duft von grünen Zweigen und Ästen, die sie in den Krallen trugen.
Die Krone auf dem Kopf von Lotuswolke leuchtete sogar noch strahlender als die Krone des Phönix. Noch einmal stieß sie einen leisen Ruf aus, und der mächtige Falke, der Fürst der Vögel des Krieges, schwebte lautlos vom Himmel herab und landete im Garten. Er war so groß wie ein Pferd, seine Krallen blitzten wie Schwerter, und die klugen alten gelben Augen glühten wie rauchige Fackeln. Lotuswolke lief zu ihm, schlang ihm die Arme um den Hals, und legte ihre Wange an seinen Kopf. So blieb sie eine Weile stehen. Dann drehte sie sich um und sah, unbewußt majestätisch, die beiden Herren an, die immer noch unter ihrem Tisch kauerten. Wir krochen darunter hervor und gingen gehorsam hinaus in den Garten. Die Prinzessin der Vögel streckte die Hand aus und reichte mir die Große Wurzel der Macht.
»Meine Patentante möchte Euch begleiten«, sagte sie leise. »Sie hat viel gelitten, und sie betet zu den Göttern, daß es ihr im Dorf Ku-fu gelingen wird, die Aufgabe zu erfüllen, zu der sie geboren wurde. Ich habe mit dem Falken gesprochen. Von allen Lebewesen ist er wahrscheinlich allein in der Lage, Euch rechtzeitig dorthin zu bringen.«
Sie wendete sich an Li Kao.
»Ich habe eine Botschaft, die ich nicht verstehe«, sagte sie schlicht. »Der Erhabene Jadekaiser sagt, daß er Euch im Sternbild Skorpion einen Platz freihalten wird, wo Ihr als Antares, der Rote Stern, herrschen sollt, dessen Zeichen der Fuchs ist, aber nur unter der einen Bedingung, daß Ihr nicht versucht, ihm Anteile an einer Senfmine zu verkaufen.«
»Bedingungen, Bedingungen«, nörgelte Meister Li, doch ich sah, daß er sich riesig freute.
Auf eine Geste von Lotuswolke beugte sich der Falke, und Li Kao und ich kletterten folgsam auf seinen Rücken. Lotuswolke trat zu mir, und ihre Lippen streiften sanft meine Wangen.

»Ich werde dich nie vergessen«, flüsterte sie, »in aller Ewigkeit nicht.«
Die Prinzessin trat zurück. Zum letzten Mal sah ich ihr unglaubliches Lachen. Sie winkte, die großen Schwingen breiteten sich aus, hoben und senkten sich, einmal, zweimal, und dann schoß der Fürst der Vögel des Krieges hinauf in die Luft. Der Falke kreiste; seine Flügel schlugen so schnell, daß sie im Mondlicht beinahe durchsichtig wirkten, und Meister Li und Nummer Zehn der Ochse flogen über den nächtlichen Himmel von China.
Ich drehte mich um und blickte mit tränenden Augen zurück. Eine Billion Vögel hatte begonnen, aus Zweigen und Ästen eine Brücke zu bauen, und ihre Prinzessin betrat die erste Stufe. Ich würde sie nie wiedersehen. Ich würde sie nie wieder in den Armen halten. Der Falke wandte den Kopf, und seine Stimme klang überraschend leise und sanft.
»Nummer Zehn der Ochse, weshalb weinst du?« fragte der Falke. »Die Prinzessin der Vögel hat gelobt, dich bis in alle Ewigkeit nicht zu vergessen, und inzwischen solltest du wissen, daß Menschen der Unsterblichkeit näher kommen können, ohne den Verstand zu verlieren.«
Die wunderschöne Brücke der Vögel wuchs langsam den Sternen entgegen, und ein mächtiges Lied erklang über ganz China. Wir schossen schneller und schneller über den Himmel, und unten auf der Erde rannten die Bauern aus ihren Hütten, hoben die kleinen Kinder hoch, um das Wunder zu bestaunen.
»Seht ihr?« sagten die Bauern. »Deshalb darf man nie aufgeben, ganz gleichgültig, wie schlecht die Lage auch zu sein scheint. In China ist alles möglich!«
Wir flogen über einen Bergkamm und über ein kleines Tal, wo die Menschen starr vor Staunen und Ehrfurcht zum Himmel blickten, und allmählich begann ich, einen gewissen Respekt vor Pfandleiher Fang und Ma der Made zu empfinden, die sich die Gelegenheit nicht entgehen ließen, die Taschen der Menge zu leeren, die sie hatte lynchen wollen. Die brennenden Augen des Falken leuchteten in der Nacht wie die Strahlen eines Leuchtturms, und wir flogen weiter,

glitten über einen anderen Bergkamm und in ein anderes Tal hinunter, wo sich ein alter Brunnen und eine Mauer mit einer verschlossenen Öffnung befanden.
Der Falke hatte recht. Weshalb sollte ich weinen? Leuchtender Stern hatte genug Tränen für uns beide vergossen, aber jetzt weinte sie vor Freude, als sie die Brücke der Vögel sah, die in der Ferne schimmerte. Das Tanzmädchen und ihr Hauptmann erwiesen dem großen Gelehrten die Achtung und Aufmerksamkeit, die er verdiente, und Hahnrei Ho deutete mit einer großen Geste zum Himmel.
»Und so kniete das Bauernmädchen vor dem Himmelskaiser, und er setzte ihr die kleine goldene Krone auf den Kopf. ›Erhebt Euch, Prinzessin der Vögel‹, befahl er, und als Jadeperle aufstand, bemerkte sie voll Staunen, daß ein göttliches Licht sie umgab...«
Der Falke schoß blitzschnell dahin. Berge und Täler verschwanden so schnell, als würde China wie eine Landkarte unter uns zusammengefaltet, und wir glitten den Abhang eines niedrigen Berges hinunter, wo wieder drei Geister auf einem Felsen saßen und zur Brücke der Vögel aufblickten.
»Wißt ihr, ich spüre in meinem Herzen, daß ich etwas damit zu tun hatte, obwohl es mir unmöglich vorkommt«, sagte Geizhals Shen staunend. »Ich kann mir nicht denken, daß etwas so Schönes mit jemandem in Zusammenhang stehen kann, der so häßlich ist, wie ich es bin.«
Seine Frau küßte ihn auf die Wange, und das reizende kleine Mädchen in seinen Armen sah ihn überrascht an. »Aber Papi, du bist doch sehr schön«, rief Ah Chen.
Sie blieben hinter uns zurück. Wieder flogen wir über einen Berg und über ein Tal, das verschwommen unter uns lag, dann verlangsamte der Falke seinen Flug und schwebte über einem Friedhof, wo ein erschöpfter und einsamer alter Mann sich mit einer Leiche auf den Schultern durch die Reihen der Gräber schleppte. Er drehte den Kopf des Toten hinauf zur Brücke der Vögel.
»Sieh dir das an. Wenn die Vögel ein solches Kunstwerk vollbringen, gelingt dir doch sicher so etwas Einfaches wie eine Auferstehung«, sagte Doktor Tod sachlich. »Vielleicht hilft es, wenn du begreifst, wie

wichtig es ist. Meine Frau war nicht hübsch, doch sie war die beste Frau der Welt. Sie hieß Chiang-chao, und wir waren sehr arm, aber aus einer Handvoll Reis und den Kräutern, die sie im Wald sammelte, konnte sie die köstlichsten Mahlzeiten bereiten. Wenn ich niedergeschlagen war, sang sie schöne Lieder, und sie nähte Kleider für reiche Damen, um mir zu helfen, meine Studien zu bezahlen. Wir lebten sehr glücklich zusammen, und ich weiß, wir werden auch wieder glücklich zusammen sein.«

Der Falke stürzte wie ein Stein in die Tiefe, spreizte die mächtigen Krallen, und es gab einen dumpfen Schlag. Wir erhoben uns wieder in die Luft, während der alte Mann zu Boden stürzte. Sein Geist löste sich von seinem Körper, ein anderer Geist rannte mit ausgebreiteten Armen auf ihn zu, und Doktor Tod und die beste Frau der Welt umarmten sich unter der Brücke der Vögel.

Die Sterne über uns verschwammen zu einem leuchtenden Band, und die Landschaft unter uns entrollte sich wie ein Bild: die Hügel und Täler, die Salzwüste und der Steinglockenberg, die Stationen auf unserem mühsamen Weg. Wir flogen eine Bergflanke hinauf, auf eine steinerne Säule zu, an der ein Hammer und ein Gong hingen, und wo schwarz die Öffnung einer Höhle gähnte. Dort stand der weiseste Mann der Welt und blickte zur Brücke der Vögel auf, und einen Augenblick dachte ich: »Vielleicht ist es doch nicht so schlecht, kein Herz zu haben.« In den Augen des Alten lag echte Freude. Dann entdeckte ich, daß seine Hände Juwelen streichelten, und ich erinnerte mich daran, daß ein Mensch ohne Herz kalte Dinge liebt, und nichts ist kälter als ein Schatz.

»Kalt«, sang der Alte vom Berg. »Kalt... kalt... kalt.«

Der weiseste Mann der Welt kehrte der schönen Brücke der Vögel den Rücken zu und schlurfte in seine dunkle Höhle zurück.

Wieder zog unter uns ein Tal dahin, dann ein Fluß und ein Hügel, und wir näherten uns einem Berggipfel, als Meister Li und ich wie aus einem Mund riefen: »Sie haben doch sicher für ihre Torheit bezahlt!«

Wir starrten auf die Leiber der drei Zofen, die immer noch im kalten See der Toten unter uns trieben. Der Falke wandte den Kopf.

»Im Leben waren sie treulos, aber im Tod waren sie treu über alle Maßen«, sagte der Fürst der Vögel des Krieges. »Ihre Tapferkeit ist den Richtern der Hölle zu Ohren gekommen, und soeben treffen die Yamakönige ihre Entscheidung.«

Wir sahen, wie die Leiber sich friedlich auflösten, und spürten eine unbeschreibliche Welle der Freude, als die Seelen von Schneegans, Kleine Ping und Herbstmond an uns vorbeiglitten, um ihrer Herrin in den Himmel zu folgen.

Das starke Herz pochte unter uns, der Falke schlug kraftvoll mit den Flügeln, und die Brücke der Vögel blieb weit hinter uns zurück. China versank. Der Wind trieb mir die Tränen in die Augen, ich konnte nichts mehr sehen und klammerte mich verzweifelt fest. Eine Stunde lang hatte ich keine Ahnung, wo wir uns befanden. Aber dann trug der pfeifende Wind mir unzählige vertraute Gerüche in die Nase. Die Geschwindigkeit verringerte sich, ich blinzelte, der Falke glitt in die Tiefe und flatterte grüßend über dem Wachturm auf dem Drachenfelsen. Als das Kloster näherkam, sahen wir die wachehaltenden Bonzen auf dem Dach staunend in die Luft weisen, und dann begannen alle Glocken zu läuten. Wir sanken hinunter, und der Falke landete sanft im Hof.

Meister Li und ich stiegen von seinem Rücken und verneigten uns tief. Der Fürst der Vögel des Krieges sah uns mit seinen gelben rauchigen Augen an.

»Ich werde Euch nicht Lebewohl sagen. Der Rabe hat mir erzählt, daß es uns bestimmt ist, uns wiederzusehen... beim großen Kampf mit der Weißen Schlange in der Geheimnisvollen Höhle der Winde hoch oben in den Bergen. Der Rabe irrt sich nie«, sagte der Falke, breitete die Schwingen aus, hob und senkte sie, einmal, zweimal, stieg in die Luft auf und glitt davon, zurück zur Brücke und zu seiner Prinzessin.

Li Kao und ich rannten zum Krankenzimmer. Der Abt kam uns entgegen, um uns zu begrüßen. Er war völlig erschöpft, und ein Blick verriet uns, daß die Kinder nicht mehr lange durchhalten würden.

»Wir bringen die Große Wurzel!« schrie ich. »Meister Li hat die Ginsengkönigin gefunden, und sie ist bereit uns zu helfen!«

Meister Li und der Abt bereiteten die Phiolen vor, und ich lief von Bett zu Bett. Ich hielt den Kindern die Wurzel vor das Gesicht, nannte ihren Namen und zählte ihre Vorfahren auf. Vermutlich war das albern, doch ich erinnerte mich, daß die Geschichte von Jadeperle damit begonnen hatte, daß die Ginsengkönigin Mitleid mit einem Kind empfand und das kleine Mädchen fragte, ob es sich verirrt habe. Und die Kinder meines Dorfes hatten sich wirklich verirrt. Ich lief zu Meister Li, und er legte die Wurzel ehrfurchtsvoll in die erste Phiole.

Ich kann den Duft unmöglich beschreiben, der die Luft erfüllte, als Meister Li die Phiole aus dem kochenden Wasser nahm und den Stopfen entfernte. Doch der alten Mutter Ho stieg der Dampf direkt ins Gesicht, sie warf ihre Krücke beiseite und hat sie seitdem nie wieder benutzt. Der Abt und Meister Li begannen ihre Runden: drei Tropfen auf jede Zunge.

Die Gesichter der Kinder röteten sich, die Bettdecken hoben und senkten sich von ihren tiefen Atemzügen, sie setzten sich auf, und ihre Augen blickten in ihre Welt des Hüpf-Versteck-Spiels.

Die zweite Runde mit drei Tropfen: Die glücklich lächelnden Gesichter richteten sich alle gleichzeitig in Richtung Drachenkissen. *»Jade-Pracht, Sechs, acht. Feuer, das heiß brennt. Nacht, die man nicht Nacht nennt. Feuer, das kalt brennt. Silber, Gold. Doch wer es kennt, Sieht ein anderes Element«*, sangen die Kinder von Ku-fu.

Die dritte und letzte Runde: Drei Tropfen, und die Essenz reichte gerade für alle Kinder. Sie hörten plötzlich auf zu singen, saßen regungslos in den Betten und blickten mit aufgerissenen Augen ins Leere. Niemand wagte zu atmen. Im Kloster herrschte völlige Stille, bis Großer Hong es nicht mehr ertragen konnte. Er lief zu seinem Sohn und bewegte die Hand vor den leuchtenden Augen seines Jungen hin und her. Nichts geschah.

Großer Hong fiel auf die Knie, sein Kopf sank in den Schoß des kleinen Jungen, und er begann zu weinen.

Meister Li ist überzeugt, daß die wahre Geschichte von der Brücke der Vögel für den Geschmack von Priestern und Palast-Eunuchen viel zu derb ist, und daß angemessen kultivierte und fromme Legenden erfunden werden, um das außergewöhnliche Ereignis zu erklären, das am siebten Tag des siebten Mondes im Jahr des Drachens 3338 (640 n. Chr.) das ganze Reich in Erstaunen versetzte. Er glaubt auch, daß man vermutlich künftig ein Fest der Liebenden feiern wird, zu Ehren einer bescheidenen kleinen Göttin, die saumlose Gewänder webt, und eines bescheidenen kleinen Gottes, der Kühe melkt, und ein paar Elstern, die für Komik sorgen. Vielleicht... aber im Dorf Ku-fu im Tal von Cho wird man fortan den Augenblick feiern, in dem die Ginsengkönigin prüfte, probierte und dann vorsichtig das *ku*-Gift an sich zog und in ihr Herz aufnahm. Kleiner Hong blinzelte und senkte den Kopf.

»Was ist denn los?« fragte er.

Das Vertrauen Ihrer Majestät wuchs, sie setzte ihre ganze Macht ein, und Kind um Kind blinzelte und schüttelte den Kopf, als wolle es sich von Spinnweben befreien. Und alle wollten sie wissen, weshalb ihre Eltern weinten.

Die Kinder waren sehr schwach.

»Hinaus!« schrie Meister Li, »tragt die Kinder hinaus in den Hof!«

Die Betten wurden in einer langen Reihe im Hof aufgestellt, und die Kinder blickten verwundert auf das seltsame Leuchten am Horizont, wo ein zweiter Mond aufzugehen schien. Und dann stand die Brücke der Vögel über dem Drachenkissen. Die Ginsengkönigin lächelte bestimmt, als sie sah, daß ihre geliebte Patentochter den letzten Schritt zur Heilung tat. Die Welt war in den Duft grüner Zweige und Äste gehüllt, und unter dem mächtigen Gesang einer Billion Vögel stieg ein göttliches Licht höher und höher, bis hinauf zu den Sternen. Eine Trillion Flügel brach das Licht zu zahllosen Regenbögen, und im Großen Fluß der Sterne erhob sich ein dankbares Brausen und Rauschen; der Sternenhirte warf seinen Stab beiseite, sprang mit großen Sätzen über Wellen und Felsen, und die unbeaufsichtigten Sterne ergossen sich über die Ufer. Der Erhabene Jadekaiser befahl, überall im Himmel die Glocken zu läuten, die Gongs zu schlagen und die Trompeten zu blasen. Die Kinder von Ku-fu sprangen aus ihren Betten, begannen mit ihren Eltern zu tanzen, und der Abt hing mit seinen Bonzen fröhlich an den Glockenseilen, von denen sie sich auf-

und ab tragen ließen. Meister Li tanzte mit Nummer Zehn dem Ochsen den Drachentanz; Sternenschauer, ein Sternenregen, eine prächtige wunderbare Sternenexplosion zischte über den Himmel von China, als die Brücke der Vögel die Tore des Paradieses erreichte. Der Sternenhirte breitete die Arme aus, um meine geliebte Lotuswolke, die Prinzessin der Vögel, zu empfangen...

Ich falte die Hände und verbeuge mich in alle Himmelsrichtungen. Mögen Eure Dörfer von Steuereinnehmern verschont bleiben, mögen Eure Söhne zahlreich, häßlich, stark und willige Arbeiter sein; mögen Eure wenigen Töchter schöne und hervorragende Anlässe für Liebesgaben von bedeutenden Familien sein, die weit entfernt leben. Möge Euer Leben mit der Schönheit gesegnet sein, die mein Leben berührt hat. Lebt wohl!

Wolfgang Hohlbein

Das Vermächtnis der Feuervögel

Fantasy-Stories. ca. 304 Seiten. Serie Piper

Wolfgang Hohlbein, der »deutsche Stephen King«, ist der meistgelesene Autor phantastischer Spannungsromane. Jedes seiner Bücher wurde ein Bestseller. In der vorliegenden Sammlung mit sieben Fantasy-Stories ziehen Menschen unversehens die Rache eines verzauberten Vogelschwarms auf sich oder sehen ihre Umwelt plötzlich durch die Augen eines anderen Wesens. Nie ohne eine Prise Horror mixt Wolfgang Hohlbein dem Leser unwiderstehliche und einzigartige Cocktails, wie sie meisterhafter niemand zu zaubern versteht.

05/1477/01/L

Hans Bemmann

Stein und Flöte

und das ist noch nicht alles

Roman. ca. 1072 Seiten. Serie Piper

Lauscher ist ein Mensch, der stets in die Irre geht und dennoch immer ans Ziel gelangt. Als er einen geheimnisvollen Stein und eine Flöte erbt und dazu ein wundersames Holzstück geschenkt bekommt, setzt er alles daran, mit diesen magischen Gaben die Welt seinen Wünschen gemäß zu unterwerfen – und scheitert. Doch das Schicksal beschert ihm so manches phantastische Abenteuer, um ihn letztendlich auf seinen ganz persönlichen Weg zu führen.

»Bemmann beschwört wundersame alte Mythen, die der Held – eine Mischung aus Faust und Parzival – mit allen Fährnissen zu bestehen hat.«

Deutsches Allgemeines Sonntagsblatt

05/1479/01/R

Patricia McKillip

Winterrose

Roman. Aus dem Amerikanischen von Anne Löhr-Gößling. 317 Seiten. Serie Piper

Unheimliches geschieht in dem Dörfchen am Rand des Elfenwaldes, seit der geheimnisvolle Corbet Lynn zurückkehrte, um das Anwesen seiner Vorfahren zu bewirtschaften. Ein Fluch lastet auf ihm, so erzählt man sich, seit sein Großvater vom eigenen Sohn ermordet wurde. Nur die junge Rois erliegt Corbets magischer Anziehungskraft und ahnt nicht, welches Geheimnis sie miteinander verbindet …

»Diese Autorin versteht es wie keine zweite, den klassischen Motiven der Fantasy neuen Glanz und Charme zu verleihen.«
The Encyclopedia of Fantasy

05/1480/01/L

Anne Eliot Crompton

Merlins Tochter

Roman. Aus dem Amerikanischen von Joachim Pente. 313 Seiten. Serie Piper

Als Gehilfin des berühmten Zauberers Merlin gelangt die junge Elfe Niviene an den Hof von Camelot und zieht den großen König Artus in ihren Bann. Anfangs schützt sie ihn mit Hilfe ihrer magischen Zauberkräfte vor dem Ansturm feindlicher Sachsen und den nicht minder gefährlichen Intrigen aus den eigenen Reihen. Doch als sie sich ihm in einer Sommernacht hingibt, büßt sie ihre Kraft ein. In seinem schwersten Kampf ist Artus ganz auf sich gestellt …

»Diese Autorin spinnt ein überaus glänzendes Garn.«
Chicago Tribune

05/1390/01/R